新☆ハヤカワ・SF・シリーズ

5030

爆発の三つの欠片《かけら》

THREE MOMENTS OF
AN EXPLOSION: STORIES

BY

CHINA MIÉVILLE

チャイナ・ミエヴィル

日暮雅通・他訳

TOKYO
HAYAKAWA
BOOKS

A HAYAKAWA
SCIENCE FICTION SERIES

カバーイラスト　引地 渉
カバーデザイン　渡邊民人（TYPEFACE）

マリアへ

謝辞

本書に収めた作品については、たくさんの人にお世話になったが、特に次の人たちに感謝したい。ジェイミー・アリンソン、マーク・ボウルド、ナディア・ボウジディ、ミック・チータム、ミーハン・クライスト、ルパ・ダスグプタ、アンドレア・ギボンズ、Ｒ・Ｌ・ゴールドバーグ、マリア・ダーヴァナ・ヘドリー、クリス・ジョン、サイモン・キャヴァナー、ジョン・マクドナルド、ジェマイマ・ミエヴィル、カレン・ミルザ、スージー・ニックリン、ヘレン・オイェイエミ、アン・ペリー、スー・パウエル、マギー・パワーズ、マックス・シェイファー、リチャード・シーモア、ジャレド・シューリン、ジュリアン・トゥアン、そしてロージー・ウォーレン。

さまざまな作品でお世話になった編集者の方々にも、お礼を申し上げる。ベン・イースタムとジャック・テスタード、ジャスティン・マガーク、リチャード・リア、ジョーダン・バス、デイヴィッド・リーヴィット、ユカ・イガラシ、オマール・コレイフ、そしてリヴァプールのＦＡＣＴのみなさん。また、次の方々にも心からの感謝を。ニック・ブレイク、ロブ・コックス、ジュリー・クリスプ、ジェシカ・カスバート‐スミス、サム・イーデス、パン・マクミラン社のみなさん、キース・クレイトン、ペネロピー・ヘインズ、デイヴィッド・モエンチ、トリシア・ナーワニ、スコット・シャノン、アネット・スラクター＝マッギン、マーク・タヴァニ、ベッツィ・ウィルスン、そしてランダムハウス・デルレイ社のみなさん。

収録作のうちいくつかは、マクダウェル・コロニーおよびラナン・ファウンデーションの特別奨学金給付生であった期間に書いた。二つの組織の惜しみない援助に、深くお礼申し上げる。

馬は立ったまま夢を見、猛獣は眠りながらジャンプしようと身構え、毛皮の下に悲しみをかき集めて爆発させようとしているように見えた。

——イルゼ・アイヒンガー『縛られた男』（眞道 杉・田中まり訳）より

目次

爆発の三つの欠片《かけら》

爆発の三つの欠片《かけら》

Three Moments of an Explosion

日暮雅通訳

1

その解体のスポンサーは、ハンバーガー・チェーンだった。今では誰もが、染伝荒告《ロットバタイジング》、つまり巧妙に遺伝子を微調整した腐敗物質にブランド名や最新製品のロゴを描き込むことに、慣れてしまっている。たとえばアップル社は、リンゴが腐って分解していき、むき出しになった芯に歯形がつくという広告に金を払っている。その中でも、爆発は新しいマーケットだ。適切なナノ物質をロケットの導火爆管やミサイルに詰めることにより、戦争用マシンの爆風がＢＡＥ（イギリスの軍需・情報・航空宇宙企業）やレイセオン（アメリカの軍需製品メーカー）の名前をその企業が都市の上空に点火した火の中に刻む。だが今の話題は、われわれにとってそこまで憂鬱なことではない。これ以上放っておくには危険なほど古い、貯蔵庫ビル。そのビルから距離を置いた所定の位置に、いつものように群衆が集まる。市長は起爆装置のスイッチを、〈メイク・ア・ウィッシュ〉（難病と闘う子供の願いを叶える世界的ボランティア団体）によって選ばれた女の子に渡す。女の子は報道陣のカメラに向かってにっこり微笑み、起爆装置のスイッチを押して爆発させる。群衆が喝采を送る中、古いビルは砕け散り、頭上にもうもうと巻き上がるほこりとちりが、素早く動くフォントで「お好み通りに」という文字に膨らんでいく。

2

それは一種のくだらない芸術だ。錠剤を口に拋《ほう》り込めば、超高速粒子タキオンの詰まったＭＤＭＡ（幻覚剤の〈エクスタシー〉）がたちまち効きはじめ、時間を忘れさせてくれる。それは究極の不法居住でもある。陽気で愛情あふれる連中が互いに沈黙をまもりながらビルに向かってゆっくりと進んでいく。ビルの中に入った三人は現実の時間に引き戻される。だが彼らは〈エクスタシー〉を大量に服用しているので、崩れていくビルの中を探険する時間が――主観的意味合いにおいて――たっぷりとある。ビルの床は傾斜して崩れる寸前であり、通路はゆっくりとした爆発による破片が邪魔をしている。三人の探険者は登山用具を準備しているので、すぐに瓦礫となってしまうビルの内部で、みずからの代謝をしのぐほど活発に動き、新たにできた不規則な斜面で身体を引っ張り上げ、肩をすくめたようなビルの最上階に到達し、また下りることで、時間を取り戻す。そうして彼らはやり遂げるが、下りてビルから出てくるのは三人のうち二人だけだ。二人は仲間を失ったことに対し、互いに主張することで自分をなぐさめる。いわく、彼女の最後のつまずきは意図的なものだ、わざとゆっくりすることにより、〈エクスタシー〉が彼女の毛穴から漏れ出し、爆発が喝采のように広がり彼女を呑み込んだんだ、都会の鬱病患者にとっては先例のあることだ、と。

3

そういうことをするのは不法居住する侵入者の傾向だとか、ここには教訓があるとか、言うことはできない。彼女にしろ、このビルのどこかの部屋で、築百二十六年の歴史の中で死んだ誰かにしろ、そんなことはない。せつなかろうがそうでなかろうが、このビルの記憶ですらない。この都市は、今ではこうしたことに慣れてしまっている。かつて貯蔵庫ビルが占めていたスペースにつくられた団地の通りを吹く重く息苦しい風は、爆発そのものの亡霊なのだ。それは何かを欲しがっている。それは悲しんでいる——亡霊の視点からは、それがゆっくりと渦を巻いたり広がったりしていることがわかる。そして司祭が呼ばれる——聖書、ろうそく、鈴。ついには爆発が屈服する。ビルに入った二人のドラッグ常習者が最後に主張したのと同じく、義務感からではなく憐れみの情からなのだ、とでもいうように。

ポリニア

Polynia

日暮雅通訳

ロンドン上空で冷たい〝塊《マス》〟が凝結しはじめたとき、最初はレーダーに映らなかった。二時間ほどたってようやく映りはじめたころには、すでに何十万もの人々が通りに出て、呆然と空を見上げていた。曇り空なのにとてもまぶしく、みんな目の上に手をかざし、地平線上にぼんやりと現われた大聖堂ほどもある輝く物体を見上げていた。

はじめはほんの小さな塊で、異変に気づいたのは熱心な気象専門家だけだった。それが少しずつ大きくなって、冬の初めのその日の午後、輝きを放ちはじめたのだ。塊はさらに凝結し、いくつもの面ができて不透明な白さを増していき、やがて影を落とすようになった。

ソーシャルメディアは、やっきになって様々な論を展開した。物体は幻覚、でっちあげ、テレビ番組用の新手の宣伝として片付けられた。あるいは天使の到来と告げられ、エイリアンの襲撃や新式の武器ではないかと忌み嫌われた。

最初のひとつが現われたのは、シティホールの上空だった。いかにも戦略目標になりそうな場所なので、人々をよけい動揺させた。もっとも、そこからわずか数マイル先には国会議事堂があり、そちらのほうがよりわかりやすい選択肢だったのかもしれないが。ほかの塊もたちまち大きくなって、ルイシャム区やサザーク区、それにうちの近所の上空にも姿を見せた。

じっと動かないものもあれば、ゆっくり移動しはじめるものもあり、動きは不規則で、風ではなく独自の流れに乗っているように見えた。

　街の上空では、軍用機を除く飛行はすべて禁止され、街路には警察の特殊部隊と軍が出動した。ジェット機が頭上を低空飛行し、殺気立ったヘリコプターが不気味に浮揚し、渦を巻く物体の側面や下面を嗅ぎまわっているように見えた。

　当時のぼくは十一歳――今から十五年近く前の話だ。そこにいたのは、ぼくとロビーと、サル――彼女は年のわりに体が大きく、ほかの仲間に対してちょっとだけ威張っていた――それにイアン。臆病な少年で、ぼくは少し意地悪していた。

　ぼくたちは〈マス2〉――のちにそう呼ばれることになった塊――の下にいた。それはニースデン上空でゆっくり左右に揺れていて、呆然と見ているロンドン北部の住民たちのまわりを、ぼくたちはわくわくしながら駆けまわった。みんなで走って追いかけ、ハールズデンのほうまでついていった。〈マス2〉は空に現われた塊の中で一番興奮しやすいたちらしく、じっとしていられない船のように東南方向へ進んでいった。

　それぞれの塊は、局地的な気候をつくり出した。そこから降りそそぐ空気の中で、みんなめいっぱい厚着をしていた。真上からものすごく冷たい突風が吹きつけて雪がふわふわと舞う、そんな感じだった。

　とにかくすべてが狂乱的で、いつ何が起きたのかわからない。猛スピードで突っ走り、ステーション・ロードの時計を通過したのを覚えている。そこはウェンドーヴァー・ロードとアヴェニュー・ロードと接する地点で、黒いジルバブをかぶったイスラム教徒の女性とぶつかって、買い物の荷物を突き飛ばしてしまった。相手が怒りくるってわめくものだから、悪いのはこっちだとわかっていても、ぼくは「黙れくそばばあ！」とかなんとか叫び返し、仲間たちに笑われた。今になって思うと不思議な気がする。頭の真上にあんなものが浮かんでいるのに、一時でも足を止めて言い返したことも、あの女の人があれほど腹を立てたことも、そもそもぼくなんかに気づいたこともだ。

「おい、あれを見ろよ！」とロビーが言った。何台もの軍用車両が、ポルトガル系のカフェやイスラム系の書店の前を通り過ぎていった。

ぼくたちは、ウェスト・ロンドン火葬場のほうまで一気に駆けていった。騒々しい子供の集団が敷地内に入ってくるのは当たり前だとばかりに、誰も気にしなかった。塊が真上にあるものだから、みんながゲートからなだれこんでくる。塊は記念庭園の上に浮いていた。あの日も葬儀が営まれていたのだろう、葬儀とは無関係の人が庭園に何百人もいて、頭上にはあの物体が浮かんでいる中で。

みんな情報をたぐりよせようと携帯電話でニュースを見ていたが、政府の科学者たちが（彼らが何者で、どのように物体を入手したか知らないが）分析結果を発表したころには、誰の目にも結論は明らかだった。ロンドン上空に覆いかぶさっているものが氷山だと、すでにみんなわかっていた。

軍のパイロットが、塊を取り囲む冷たい渦を突き抜ける機動演習を敢行した。塊の下側と側面の部分は、霜と雪に覆われた氷だった。ロンドンの街からは見えないので、軍用機からの映像を見て初めて知ったのだが、てっぺんの部分はいちばん低い雲のそばまで突き出ていて、雪はほとんどなかった。まるで白いガラスか、ごつごつした切り子面《ファセット》でできた丘か塚のようだった。

街の熱と塊の冷たさが出会った。二日目、〈マス4〉から巨大なつららのような鍾乳石状の氷が折れて地上に落下し、ダゲナムで車が一台破壊され、新たなパニックが巻き起こった。仲間たちとメールで連絡を取り合い、また〈マス2〉の真下で会うことになった。

挑発するかのような行動だ。十一歳のぼくたちに、死は手出しできなかった。

〈マス2〉はワームウッド・スクラブズ公有地の上で停止し、一列に並んだ警官が草地を囲んでいた。「入っちゃだめだ」と警官のひとりが言った。彼の背後には、ロンドンを見渡すぬかるんだ草地が広がり、その上空に氷山が浮かんでいる。氷山のつくる影の中でぼくたちは震えた。木々のあいだで怯える野生インコの甲高い鳴き声が聞こえてきた。

どうやって警官の目を盗もうかと相談していると、一時間もしないうちに無線で何かの指令を受けた警官たちは、中へ誘導こそしないが、警備を放棄してしまった。〈マス2〉はまた動きだし、ぼくたちは歓声を上げて追いかけた。

最初に氷の柱が落下して以来、みんな神経質になっていた。氷そのものに直撃されるよりも、氷に破壊された家に押しつぶされたほうがましとばかりに、外に出ないよう指示が出された。実際、氷山はかなり強固だった。出現後の一週間で三度だけ、いろいろな大きさの氷の板が落ちてきたが、損害は出たものの死者はひとりも出なかった。

落下したのは三つでも、剝がれ落ちたのはそれだけではない。

両親と妹と一緒にブレント・クロス・ショッピングセンターにいたとき、氷山が割れるのを初めて見た。出現して数日後、ぼくのサッカー用品を買いにいったときだ。みんなで駐車場にいて、ぼくは数マイル離れたイーリング上空に浮かぶ〈マス4〉——確かそうだったと思う——を見ていた。父が「急げ」と言ってこっちを振り向いた瞬間、パキパキという音が聞こえ、建物ひとつ分もある巨大な氷の塊が、氷山の北端部から剝がれた。

ぼくははっとして、父は怯えたような声を出した。と、剝がれた塊はぱたんと横に倒れて回転し——やがて止まった。落下はせず、水平方向へ漂っていく。ひょこひょこと上下に振れ、くるくる回り、あとには宙に浮いたままの氷の航跡が残った。ぼくたちは顔を見合わせた。

それから一日半たって、剝がれた塊は戻ってきて、ふたたび氷山本体と合体した。

初の公式政府調査チームが氷山を目指したのは、出現から二日後のことだった。科学者、プロの探検家、さらに国際オブザーバーも数人。英国海兵隊の特別奇襲部隊が護衛についた。プレスリリースの映像を見ると、最新鋭の極地用装備を身につけた彼らは、みな一様に決然とした表情をしていた。

チームは〈マス3〉へ向かった。頂上のスロープを分断する平らな台地があったので、彼らはヘリコプターからそこへ降り立った。そのころには、すべての氷山に名前がつけられていた。たいていは形からとった名前だ。《ロンドン・イヴニング・スタンダード》紙は〝シチュー鍋登頂〟と銘打った。保温性の高い装備に身を包んだ兵士たちが揺れるロープに吊り下げられ、風が吹く真新しい氷の表面に着地し、バタシーの約一マイル上空にベースキャンプを設置する様子がインターネットでライブ配信された。

それからの五日間、ぼくたちは調査チームが発する簡潔な通信やツイート、写真、カメラがとらえた画像をフォローし、〈マス3〉はふらふらと街の上空で円を描いていた。みんなは震えながらオフィスの窓から身を乗り出し、上空を飛行する氷山を眺めた。〝シチュー鍋〟は軍のヘリコプターに護衛されていた。街の高い場所からは、〈マス3〉が小さな点のような機体に囲まれているのが見えただろう。

ぼくたちは、氷の側面を必死に登る調査チームのレポートを読み、彼らが地上に向けて発信する画像に見入った。当然ながら、その劇的な出来事に誰もが夢中になったし、調査チームの勇敢さを否定する者などひとりもいなかった。ところが、それが数年続くと、もはやコメントするほどの衝撃はなくなって、送られてくる情報も普通の極地探検がもたらすものと似たり寄ったりと言っても過言ではなくなった。冷たい風とか、とてつもない氷とか。

つまり、こういうことだ。〈マス３〉もほかの塊もみな、見てのとおり、しょせんは氷山なのだ。それ以上でも、それ以下でもない。冷たく、険しく、不毛。そしてもちろん、圧倒的な迫力がある。そもそも、氷山はそういうものだろう？　こう言ってはなんだが、ロンドン上空に浮かんでいる点を除けば、海の氷山と比べて、迫力が優るわけでも劣るわけでもない。

とはいえ、調査チームが発信した画像の中には、ひときわ珍しいものが二つあった。ひとつは、チームが二枚の白い絶壁をつなぐ氷の橋を渡っている象徴的なショットで、はるか下方にはウォンズワース地区のスレート屋根やアンテナがいくつも見える。もうひとつはジョアンナ・ルンド博士の自撮り写真《セルフィー》で、氷山の頂上近くで撮られたものだ。

ルンド博士は不機嫌そうな顔でカメラを見ている。痩せた女性で、黒いくまに囲まれた目を細め、帽子を耳が隠れるまで深く引きおろしている。背後には頂上がそそり立ち、ほかのメンバーは氷山のふもとから白い氷のブロックを見上げている。この風景には、独特のハードな美しさがある。街は見えない。どの氷山なのかも定かでない。しかし、平板な光の質感やルンド博士の表情が、かなり不穏な写真にさせていた。

調査チーム撤退後の報告書で、政府は氷山が崩壊する危険性については当然ながら考慮していたことをしきりに強調していた。それが本当ならば、政府が講じた措置は完全に失敗だったことになる。

六月十七日の朝、〝ビッグ・ベア〟の愛称をもつ

〈マス6〉が、クロイドン上空から北方向へ異例の速度で旋回しはじめた。折しも、ルンド博士の最後の写真が公表され、調査チームが問題の〈マス3〉への登頂を試みていると報じられた日だった。

最初はとりたてて警戒心を呼び起こしはしなかったが、何時間か経過するうちに〈マス6〉が速度を増し、一方で〈マス3〉のゆるやかな軌道にも変化が生じると、このままいけば二つの氷山が衝突することが明らかになった。

ルンド博士のヘルメットカメラが惨劇をとらえた。チームの一行は、分厚い氷の一枚岩の陰に体を固定している。〈マス3〉の揺れにともない、視界の下のほうにペッカムの高層ビル群がちらちらと入ってくる。そして南のほうから突如、氷の絶壁がぬっと現われた。〈マス6〉の動きは速かった。

ロンドンじゅうが衝撃音を聞いた。

全体の大きさからすれば、かすった程度の打撃にすぎない。二つは激しくこすれ合い、剝がれ落ちた巨大な塊が回転しながら飛んでいった。〈マス6〉は東へがくんと揺れ、〈マス3〉は傾いた。

避難場所が傾き、ルンド博士はよろめいた。鋼のロープは切れることもなく、どうにか踏みとどまったが、ロープを結びつけていた氷が砕けてしまった。何時間もかけて登ってきた斜面を、ものの数秒で滑り落ちる。ぼくたちは、ルンド博士の視点でその映像を見た。今や急斜面の漏斗と化した絶壁間の裂け目へ、彼女は猛スピードで落ちていった。

両親に見るなと言われたその動画ファイルを、ぼくは何度もくり返し見た。スローモーションにして、気分が悪くなるほど興奮しながら、落ちていくルンド博士を見ていた。ぼくは何度も何度も動画をループバックし、そのたびに氷は博士を宙へ放り出した。彼女はパラシュートを支給されていなかった。

幸運にも、地面に落下する前にカメラは映らなくなった。

ぼくたちは〝ロンドン氷山ごっこ〟をして遊んだ。ロビーの大おばさんがウェンブリーに近いところにある老人用住宅に入っていて、ぼくたちはそこで彼と会った。建物の裏に、下の線路まで続く草の生えたゴミだらけの坂があって、隣り合う庭のそばにある低いフェンスを越えると線路に近づくことができたからだ。

大おばさんはビスケットをくれ、みんなそろって何をしているのかと聞いた。家は散らかっていて、書類や本でいっぱいだった。小柄でにこにこしていて、今になって思えば賢い人だったのだと思う。ぼくたちが行くと楽しそうだったが、つねに心ここにあらずというか、何かに聞き耳を立てているような様子だった。ロビーは大おばさんにやさしかった。ボクサー顔にメガホンみたいな声のロビーのあんなやさしい姿を見るのは、妙な感じだった。小さいころ矯正用ギプスをはめていたことがあり、それ以来、その埋め合わせをしているようだった。彼は大おばさんをナンティーと呼んでいたので、ぼくたちは本当の名を知らなかった。

「あれはみんな――」ぼくたちがリビングでお行儀よく腰かけ、気づまりなおしゃべりをしていたときのことだ。そこに割りこむように大おばさんは言い、急に立ち上がって、氷山のひとつが近づいてくるのが見えるように玄関のドアを開けた。それからまた腰をおろし、「ポリニアの生き物なのかしらね?」と言い、ぼくたちの反応をうかがいながらにっこりと笑った。

「それって、氷に閉ざされた湖ですよね」とイアンが言った。ぼくはびっくりして彼を見た。ポリニアを知っていたのが腹立たしかった。イアンはこちらを見返そうとしない。ナンティーは笑った。

家に帰って自分で調べてみると、彼は正しかった。氷の穴やオオチョウザメなど、スクロールしながらいろいろな画像を見た。

ぼくたちは、できるだけナンティーの話し相手になるよう努めていた。話すことが何もなくなってしまうと外へ出て、ロビーも抜け出してくるのを待ってみんなで駆け出し、柵をすりぬけ、線路よりほんの数フィート高いだけの鉄条網まで、ゴミだらけの急斜面を滑り下りた。

たいてい、真っ先に下りていくのはサルだった。長い髪に指をからめて団子を作ったり、じれったそうに歯のあいだから息を吐いてスースーと音をたてたりしながら、彼女は鉄条網のところでぼくたちを待っていた。

「デブっちょのクマみたい!」サルが大声でそう言った相手は、ぼくのうしろで慎重に足を進めるイアンだったのかもしれない。彼はちっとも太ってなどいなかったが、サルは誰彼かまわずデブと呼んだ。彼女がイアンに向かって、太った人がドタドタ走る真似をして見せると、ロビーとぼくはいつも笑った。ぼくはがんばってスピードを上げて坂を下り、彼女と並んで立って、イアンがこちらを見もせずに下りてくるのを見ていた。

その坂は近所のどの坂よりも急で、登るのにも下るのにもかなりの労力が必要だった。ぼくたちは上空で探検家たちがしていることを真似ることで、彼らに敬意を表しているような気持ちでいた。みんなでよく、眼下を走り過ぎる列車を眺めた。下を見ながら、氷山のてっぺんからロンドンを見下ろすさまを思い描いていたのは、ぼくだけではなかった。

誰よりも氷山に夢中になったのはイアンとぼくだったから、彼はぼくとつるみたがった。それがちょっと厄介だった。いろいろな雑誌を読んで、自分と同じくらい、あるいはほぼ同等の知識をもつ仲間がほしいと思う一方で、フクロウみたいな目をしたイアンから仲間意識をもたれるのは、むしょうに腹立たしかった。彼と話をしていると、サルはいつも嘲るような目でぼくを見た。イアンには袖口を嚙む癖があり、その部分がいつも濡れていた。

時たま彼の家へ行った。ぼくの〈アイスバーグ・アップデート〉のパックにかっこいいカードが入っていると、二人でコレクションを比べっこして、何枚か交換することもあった。

ルンド博士は、スーパーマーケットの前庭に落下した。警察は可能なかぎり迅速に現場に到着したが、周辺住民は当然、博士の死体の写真をアップロードした。ぼくたちはそれを見つけ、言葉にできない複雑な思いで互いに見せ合った。

その画像は、今でもどこかに保存してある。胃にぽっかり穴があいたような感覚は、たんなる猟奇趣味などではけっしてなかった。ぼくは写真に写っている野次馬全員の顔を覚え、ルンド博士の死体を奇妙な形に組み立てた。ひどくショックだったのだと思う。気がかりでしかたがなかったのだと思う。

ぼくは博士を救いたかった。仲間が誰も見ていないと、列車が通り過ぎるときに鉄条網のあいだから手を差し入れ、その手を疾風の中へ伸ばして、助ける自分を想像していた。

雨の日が続いたため、氷山が水で浸食され、半溶け状態でなだれ落ちてくるのではないかと心配された。ところが、表面を探索している第二陣の調査チームからの報告では、最もひどい土砂降りのときでも一センチかそこらしか溶けなかったという。溶けてもまたすぐに凍り、雨が降る前の形に戻るのだ。科学者たちが調査しているあいだ、小規模ながら強い影響力をもつ下院の超党派グループが、焼夷弾で氷山を爆破するよう政府に要請した。

数人のコメンテーターが、氷山の出現とブリュッセルの建物の表面に生育するサンゴとの関連性を初めて示唆したのは、そうした雨の多い時期のことだった。

ノウサンゴやピラーコーラル、シカツノサンゴの枝が最初に生えはじめたのは三年前。欧州議会や周辺の建物をびっしりと覆うサンゴや、にょろにょろと揺れるサンゴを、業者が毎週除去していた。彼らは今もまだ、骨のようなサンゴを砕いてこそげ落とし、ごしごし磨いている。それでも毎週生えてきて、建物は魚のいないサンゴ礁《リーフ》と化していた。

　関連性が論じられているあいだも、調査チームは〈マス1〉と〈マス4〉によじ登っていた。アンカーを打ちながら、スパイクブーツで一歩一歩、幾何学的な形の尖峰を慎重に登っていく。しかし、さらなる風以外には何も発見することなく、ふたたび下山した。

　国内のほかの地域では、空の便が復活した。ヒースロー、ガトウィック、シティの三空港は閉鎖したままだが、スタンステッド空港は営業を再開した。BBC放送は、〈マス2〉の調査隊を扱ったドラマシリーズの制作を発表した。

　ときどきイアンと二人きりで会って、氷山の影をついていった。ぼくのお気に入りは、〈マス5〉。頭蓋骨《スカル》に似ているので、ぼくはそれを〝アイス・スカル〟と呼んでいた。イアンが好きなのは、〈マス2〉。一番小さく、一番低いところにあり、一番多くのつららに覆われ、おもに森の入り口のあたりを旋回していた。氷山が再開発を待つ遊休地や荒れ地の上空にさしかかると、ぼくたちは喜々としてその下を歩き、古いレンガのかけらやゴミなどを蹴飛ばしながら、氷の影に隠された秘密を探しまわった。

　ぼくらは画像や情報、逸話を収集した。街がぼくに門戸を開いたのは、そんなころだ。ニュー・クロスからシルヴァータウン、南へ、東へ、一度も足を踏み入れたことのないエリアにまで、氷山が行くところならどこへでもついていった。

　ステップニーのとある雑誌販売店では、店主が店のウィンドウからあらゆる雑誌を排除し、《ニュー・サイエンティスト》だけをずらりと並べた。「おれはみんなに言ってやるんだ」店主は中にいる誰かに大声で言っていた。「おれは言いつづけるぞ」それからぼくに向かってうれしそうにその雑誌を振ると、「見てみろ」と言った。

表紙には、ぼくが生まれる何年も前に行われた南極ミッションの写真が載っていた。水面から顔を出している氷山の写真だ。各写真の横には、ロンドン上空に浮かぶ氷山の写真がある。氷の斜面も薄片も、亀裂も同じだった。頭上にある氷の岩は、かつて南極海に浮かんでいたものと瓜二つだった。

「溶けるんだとよ！」と店主は言った。「まず溶けて、それから、ああやって戻ってくるんだ」

たまに氷山の下で猛烈に冷たい突風が吹くと、局地的な厳冬が訪れ、空気が冷えきって小規模な嵐が起きた。たとえ十二月や一月でも、ロンドンがこれほど本格的に寒くなるのは久しぶりだった。氷山《バーグ》コートというローカルファッションが流行りはじめたのはそのころだ。軽量で、季節を問わず一年中着られる防寒着は、上空を氷山が通過したらさっと羽織れるように、今もほとんどの人が持ち歩いている。

ぼくはそれまで、本当の雪を見たことがなかった。しっかり積もった雪のことだ。ある日の午後、ドリス・ヒル駅に近いショッピングセンターの外で、イアンとぼくは大量の雪を見つけた。枯木を寄せ集めた場所にある雪の塊は、ぼくたちのどちらよりも大きかった。なんとなく違和感を覚えていたのだが、あとになって、吹き溜まりにしてはごつごつしすぎているのだと気づいた。それは、まれに空から落下してくる大きな氷山のかけらだったのだ。

二人で周辺を少しうろついたが、遅くなったので、ぼくはイアンを残して先に帰った。家に着くと彼からメールが来ていて、汚れて溶けかけた雪の塊の写真が添付されていた。雪を蹴っていたイアンの足先が、それに当たったのだ。雪の塊の真ん中に、つぶれた太いチューブが入っていた。トイレットペーパーの芯よりも少し大きいそのチューブは、黒いビニールでぴっちりと包まれていた。

『落下物の中に、何か入ってた』とイアン。

『ばかだな、がらくたの上に雪が積もったんだよ』とぼくは返信した。

　そのころ、ある非公式な探検隊がインターネットに動画をアップロードした。


　カメラをまっすぐに見つめるその男は、もこもこした帽子をかぶり、口をバンダナで覆っている。背後とやや下方に、闇に包まれたロンドンの街の明かりが見える。襟にマイクがクリップで留めてあり、風か吹き荒れているが声はクリアだ。

「そう、つまり、おれたちが〝ザ・シャード〟に登るのも、今回で四度目ってことだ」超高層ビルに挑んだ過去三回のビデオ映像へのリンク情報がしばらく表示された。「だけどまあ、『セキュリティの強化』は大したもんだよ、市長さん」見えないところで、皮肉るような歓声が上がる。

　カメラが回転し、ロンドン一の高さを誇る建物のアンテナ塔のそばに集まった、ほかのメンバーを映し出す。クライマーたちのいでたちは、さまざまな色やスタイルの寄せ集めだ。彼らはフーフーと声を上げ、手を振る。カメラは次にロンドン南部の街の通りをズームするが、道行く人々の姿しか見えない。

「ところで」と最初の男が言う。「前にもおれを見たことあるよね。おれはインフィルトレックス（インフィルトレーションは「侵入」）。またの名を――」口を覆っていたバンダナをはずすと、びっくりするほどやさしげな顔が現われる。ビールでもおごってくれそうな、かっこいいお兄さんだ。「そう、おれはライアン。今回は覆面なしでいくぜ。いよいよ本番だ」

　カメラがパンアップする。頭上の夜空を埋めつくすように、驚くほど近くに、ぎざぎざした氷原が迫っている。ぼんやりとした大きな姿がだんだん近づいてくる。あまりにも低い位置にあるので、底からぶら下がった最も長いつららは、〝ザ・シャード〟のアンテナ塔の先よりも下まで達していた。カメラが一瞬、アンテナ塔で待機する二人の探検家の姿を映し出す。

「おいおい、早くしろよ。あんまり時間がないんだ」映像の外でライアンが言う。つららがぶら下がった天井が彼らに覆いかぶさり、恍惚とするような閉塞感を生み出す。

「おれたちは、じっと観察しながら待っていた。全部の中でいちばん低いのはこいつだ。おまえら創造主の計画をぶちこわすのは、こいつだ。しかも今までで一番低い位置に来てるから、こいつをうまく……」

　クルーがどんな装備を使ったのかは、まったくわからなかった。カメラはそれを映し出さないが、〈グラップル・ガン〉ではないかという憶測はあった。わかったのは、衝撃音がして叫び声が上がったことだ。そしてヘルメットカメラからの映像に切り替わり、二秒足らずのあいだ、高圧ケーブルからぶら下がる誰かが見えた。はらはらする場面で終わるドラマさながらに、ビデオは数秒間静止したのち、真っ暗になった。そしてふたたび、ライアンの顔がフレームいっぱいに映し出された。

「さあ来たぞ」ライアンは自分でカメラを持っている。昼間の光だ。そして彼は見せてくれる。彼の背後にある氷の端、次に空と雲、そして一マイルほど下方に這いつくばるロンドンを。

　都会探検ブームは終息しつつあった。廃病院や忘れ去られた雨水渠などの写真映えのする場所への小旅行は、もう飽きるほどあった。そうした場所への潜入者にとって、〈マス5〉登頂は新たなスケールの偉業となり、探検熱を再燃させた。「ああ、彼らが何をやってるかはわかるよ」ＢＢＣへのモザイクのかかった情報提供者が、音質を変えた声で言った。「どうやってあそこに到達したのかは見当がつかないけどね」

「見ろ、バタシーだ」ライアンは息をきらしながら、何本もの屋根のない煙突を手で示す。彼は上にいる相棒の靴に蹴られそうになりながら、手足を突っ張って亀裂をよじ登っていた。「ロンドン・アイだ。あっちはファッキンガム宮殿か？」

　登山シーンのショットをつなげた映像が延々と続く。『ロッキー』にひけをとらない入念なモンタージュだ。ふたたび登場したライアンの顔には、無精ひげが伸びていた。陽気さはうすれ、首のまわりで呼吸装置が上下に揺れている。

「オーケー」氷山のてっぺんだとわかる氷の塊が見える。「聞こえるかな？　おれたちには、言ってみれば、ちょっとした方法論《セオリー》がある。兵士がぞろぞろと山を登って、また下りてくるのを見たことがあるだろ？　だけど、何かに登る方法はひとつじゃない。てなわけで、おれたちの誰よりもすばしこいジョーが、先頭を切って行ってる……」

　彼の二百メートルほど上方を、赤いジャケットを着た人物が登っていた。彼女は険しい氷の山の頂上のすぐ下にいる。

「そのままあいつを撮れ」とライアン。「おれたちも、もうすぐ行く。すぐうしろにいるぞ、ジョー！」

　女はすぐ目の前にいるようにも、はるか遠くにいるようにも見える。彼女は斧を振った。映像が乱れる。さらに数歩登り、冷たい岩の陰へ回りこむ。カメラが一瞬向きを変え、戻ったときには女の姿がなくなっていた。どこにもいない。

「ジョー？　ジョー？　ジョー？」

　ライアンの目が大きく見開かれている。

「あいつ、しくじったんだ！　だから言ったろう！」

ぼくは画面に目を凝らした。

「おまえはちゃんと正しい方向に行けよ」ライアンがカメラを持つ人物に向かって言う。「よし行こうか？先に行ってくれ、兄弟」

ぼくはイアンにメールを打った。何度も何度も。

『こないだ見つけたあれ、どうした？』『あの雪の中で見つけたやつ』彼にそうメールしたのは、ライアンのリュックサックからぶら下がっていたものが、イアンが雪の塊から蹴り出したあのチューブ型の包みにそっくりだったからだ。

ライアンが氷の塊に登る。ぜいぜいという息づかいが聞こえる。相棒の靴底が見える。次に顔を上げたとき、彼はたったひとりで雲に包まれていた。そこで映像が終わった。

やっとのことでイアンをつかまえた。「そのまま置いてきたよ」と彼は言った。「だって汚かったから！泥まみれで、がらくたにまぎれてたんだよ！」

ドリス・ヒルへ引き返して、見つけた場所へ案内しろと言った。ばかばかしいとさんざん文句を言いながらも、イアンはぼくのことが怖いから、結局はやってきた。

頭上に氷はなかった。がらくたの山を通り過ぎるたびに、彼はいちいち立ち止まってこれみよがしに確認した。

ぼくは雑誌販売店の掲示板に貼られたお知らせを見ていた。それが何かの助けになるかのように。若い女性が、自分の赤ん坊に向かって「泣き止んで、お願いだから泣き止んで」と言っていた。はるか遠く東の方向から、轟くような音が聞こえてきた。氷が動く音、氷山のひとつが移動する音だった。そのころはみな、嵐の音との違いを聞き分けられるようになっていた。

「ばかだよ」とぼくは言った。

「きみが言ったんだよ」とイアン。「がらくただって言ったのは、きみだよ」

「うるさい。そのまま置いてくるなんて、大まぬけだ」

彼は何も言わなかった。ハトの群れが旋回した。ゆっくりと視線をおろすと、イアンと目が合った。しばらくにらみ合ううちに、彼の表情から何かを読み取り、ぼくが一歩踏み出すと、彼はいきなり地下鉄の駅のほうへ駆け出した。驚きすら感じなかった。ほぼ義務感から大声で呼びながら追いかけたが、もうかなり遠くへ行っていて、距離が縮まらないうちにイアンは地下へもぐっていった。


イアンは何日も学校に来なかった。ソーシャルメディアのアカウントも停止した。家に行ってみるとお母さんが出てきて、これまでにない嫌悪の表情でにらみつけ、ぼくが口を開く前に「あの子は会わないから」と告げた。そしてドアを閉め、扉越しに言った。「もう来ないで。もし来たら、おたくのお父さんに言いつけるから」

何が起きているかを、ぼくは誰に打ち明けるべきだったのだろう？

誰かがまた別の太いチューブを発見し、《デイリー・ミラー》紙に売った。ある若い女性は、チャンネル4ニュースにチューブを渡した。「強調しますが、中身が真実を物語っているのか、それは確認しようがありません」とニュースキャスターは言った。

強化段ボール製のチューブは、防水用に黒いビニールで覆われ、気泡シートで厳重に包まれていた。「これは雪の塊の中に入っていたものです」テレビに映った女性が言った。「どこかおかしいなと思いました」

中に入っていたメモが示された。大きな手書き文字で書かれ、「メッセージ4」とある。

こちらライアン。おれたちは頂上付近を登っていた。ジョン（仲間うちではドゥーロと呼んでた）は残してくるしかなかった。

彼は古いスパイクとロープを見つけた。前に別のキャンプがあったようだ。氷の柱《シャフト》の中に何かがある、何年も前に凍った動物みたいな黒っぽいものがあると彼は言ったけど、見られなかった。亀裂や落下物がひどくて、たどりついたときにはもう見えなくなってた。彼はまだそこにいて、小声でささやくだけだった。

下を見ればそっちが見えるけど、光は屈折する。これが誰にも当たらないことを祈る。念のため、雪で包んでおく。こっちには鳥《バード》、つまり〝飛行機《バード》〟がいる。

いろいろ写真を撮ったけど、カメラは落とせないな。こっちの氷は別物だ。

上空にて。


最初は「メッセージ4」でなく「要塞からこんにちは」と書かれていたのを、誰かが「要塞」に線を引いて別の筆跡で「幻の氷山《ゴースト・バーグ》」と書き、それをまた誰かが消していた。


地上のロンドンでは、氷山のせいなのか、久方ぶりに極寒の時期がめぐってきただけなのかわからない異例の寒さに見舞われていた。十二月二十五日、〈マス6〉がサーペンタイン・リド上空に降りてきた。ちょうどスイミングクラブによる恒例のクリスマス水泳大会が開催中だった。下降気流が水をまたたくまに凍らせ、六十二歳の男性が死亡した。「彼は大好きなことをしながら亡くなりました」クラブの事務局長は、ニュースでそう語った。

武装ヘリコプターが〈マス6〉に接近した。パーラメント・ヒルにまた人が集まり、兵士たちが氷山のふもとの斜面に降り立つのを見守った。侵攻作戦さながらの光景だ。

それを見に、父がセンター・ポイントの展望台へ連れていってくれた。本人はそれほど興味がないのに、わざわざ連れていってくれたのだ。正直に言えば、外の通りに出て真下から見たかったが、それでもすごくうれしかった。ビル側が高性能の望遠鏡を設置してくれたので、順番にレンズをのぞき、山腹を這い上がっていく小さな人の姿を見ることができた。

彼らはライアンのキャンプの残骸を見つけたらしいが、探検隊そのものは消えていた。亀裂や横穴の奥まで兵士が入っていって確かめたが——内部から撮影された美しい写真が公開された——何も見つからなかった。

ロビーの大おばさんが亡くなった。

「だから最近いないのよ、彼」とサルが言った。ぼくは気づいていなかった。「あのあと一家そろって消えちゃったの。何があったか知ってる?」

ある晩、ロンドン北部上空に〈マス7〉が数時間とどまり、ちょうど真下にある老人用住宅の入所者たちは、暖房を強め、早々とベッドに入って縮こまっていた。翌朝、氷山が動きだし、窓ガラスについた霜を太陽が溶かしはじめたころ、共用の庭でベンチに腰かけ、輝く氷に包まれたナンティーが発見された。

「苦痛の叫びみたいな表情だったって」とサルは言った。

サルがそう言っていたと教えると、母は猛烈に怒った。

「そんなの、まったくのでたらめよ」と母は言った。「私がロビーのお母さんをよく知ってるの、わかってるでしょ。彼女のおばさんはね、それはそれは穏やかなかただったわ。きっと庭でうたた寝をしていて、そのまま目を覚まさなかっただけよ。私の番が来たら、そんなふうに逝きたいものだわ」

玄関のドアが開いていた、とサルは言った。そしてぼくは、あのときナンティーが急に立ち上がって、氷山が近づいてくるのを知っていたかのようにドアを開けたのを思い出した。

イアンはまだ学校に来なかった。そのことで、彼の両親も困っていたはずだ。ぼくはもう一度彼の家へ行き、『ぼくだけど、外にいるから出てきてよ』とメールした。しばらくして、イアンがドアを開けた。中に入ると彼のお母さんが胡散臭そうにこっちを見たが、追い返されはしなかった。

「入っていいよ」とイアンは言った。

彼の部屋に落ち着くと、棚に置かれた本の陰から、イアンはぼろぼろになった段ボール製の太いチューブを引っぱり出した。

それを見つめるぼくを、イアンはじっと見ていた。

「まだ誰も見てない」と彼は言った。「ママも見てない」彼はチューブの端の蓋をはずし、一通の手紙を取り出した。ぼくたちはそれをベッドに広げた。

『メッセージ1。ロンドンへ』ニュースで見た筆跡と同じだった。『氷山といえば真っ先に習うのはなんだ？　見えるのはてっぺんだけってことだろう。どの氷山も、十分の九は見えないところにある。

きみたちも、正しい登りかたを知らなくちゃ。そうすれば、登って上から見おろせる。おれたちからは、そっちが見えるよ。

ここからは、ほかの氷山も全部見える。だけど誰も知らないなら、ここから見てもなんになる？

おれたちは登りつづける。幸運を祈ってくれ。これは、おれたちがかき集めたプレゼントだ』

「プレゼントって？」ぼくは聞いた。「何をかき集めたって？」

「ちょっと待って」イアンはそう言うと階段を下って

いき、小さなプラスチックの容器を持って戻ってきた。氷がいっぱい詰まっていた。

「中にはサーモス（魔法瓶の商品名）みたいなのが入ってたんだ」とイアン。メガネの奥の目が大きかった。「紅茶を入れるやつさ。「それがチューブに押し込まれてた。少し割れてたけど、開けたときは氷でいっぱいだった。そのうち溶けはじめたから、氷をすくい出してこれに入れて、冷凍庫にしまったんだ」

氷はいろいろな形と角度からなるひとつの塊だった。もっと小さな粒だったものが、中途半端に溶けて再凍結したらしい。

「親に見つかったらどうするんだよ?」とぼくが聞いた。

「もう見せたよ。実験だって言ってある。親はべつに気にしてないよ」目と目が合った。

キッチンに行くと、イアンはボウルをお湯で満たし、蓋をはずしたタッパーウェアを入れた。容器はボウルの縁にぶつかりながら浮かんでいる。

気持ちが顔に出ないようにした。イアンもぼくと同じように、張りつめたいらだちを感じていたに違いない。氷はたちまち溶けはじめ、割れてピシッと鳴った。

また別の音がした。誰かが炭酸飲料の蓋を半分開けたときのようなシュッという音。長い年月——数千年、それとも数百万年?——氷に閉じこめられていた空気が放出された音だ。今のぼくには、それがセルツァー・エフェクトと呼ばれるものだとわかる。まばらに漂流している氷の破片が暖流に当たったときに発する音で、北極観測船に乗れば聞けるのだ。イアンとぼくは、空の一部をなしていた昔の空気がたてるシュッという音に耳を傾けた。

ぼくはボウルを引き寄せて抱えこみ、気分が悪くてメントール入りの湯気を吸いこむときのように、上から覆いかぶさった。そして息を吸いこむ。

無のにおいがした。頭がくらくらしたのは、深く息を吸い過ぎたせいかもしれない。小さな冷たい空気の塊が肺に入っていく感触を想像した。

「ぼくにも回して」イアンが言った。彼と一緒にいるとたまに感じる、例のむしょうに意地悪したくなる衝動にかられた。そばに寄ろうとする彼を払いのけ、そのまま吸いつづけた。

氷はたちまち溶けた。時間はそうかからなかった。彼を押しとどめ、できるかぎり強く素早く吸いこむぼくのかたわらで、イアンはぶつぶつと文句を言い、哀れっぽい声を出して懇願し、そうこうするうちに泡がはじけるような音が止んだ。

ぼくは、冷たく澄んだ水から顔を上げた。けっして罪悪感を見せまいと、まっすぐイアンを見つめる。

彼はひどく傷ついた表情でぼくをにらみ、顔の下からボウルを取った。ぼくは何も言わなかった。こちらをじっと見たまま、彼は丸みをおびたプラスチック容器の端をぎごちなく唇に当て、水を飲みくだした。

ぼくたちはにらみあった。「その手紙は渡すべきだ」ぼくはついに言った。「きみのじゃない。ロンドンのみんなに宛てた手紙だ」

彼はただにらみつづけるだけだった。ぼくは立ち上がり、その場を去った。

兵士たちはあいかわらず、氷山に登ったり下りたりをくり返していた、彼らのうちの誰かが、さらなる高みへ到達する方法を見つけたのかどうかは、何ひとつ伝わってこなかった。それが物体なのか、実在するのかさえも。非公式な探検家はひとりも戻ってこなかった。ぼくはサルとつるむのをやめ、戻ってきたロビーはぼくとつるむのをやめた。

イアンが学校へ復帰したときには、いとも簡単に彼を避けられるようになっていた。彼がたまに教室の向こう側や食堂でこっちをにらんでいるのに気づくこともあった。そういうときは、チューブが埋まっていた雪のことを思い浮かべ、「先に見つけたのはこっちだ」と心の中でつぶやいたりした。彼があの手紙をしかるべき機関に提出したのだとしても、いっさい公表されることはなかった。

以前は、彼とばったり出会うのを期待していた。ぼくは今でも同じエリアに住んでいるし、彼も長いあいだ住んでいたけれど、ロンドンは常にぼくたちを引き離しつづけた。あるとき母から、イアンが昔のナンティーの庭を訪れたと聞いた。ちゃんと心配りをしてえらいわね、と母は言った。彼は今ごろ配備されているだろう。

いずれは氷山に関わる職業につくと思っていたのだが、ぼくは今、輸出入の仕事をしている。かなりの時間をヨーロッパ本土で過ごすので、グレイト・ブリュッセル・リーフも何度となく通った。サンゴのかけらをベルギーの旗の形に彫った、小さな栓抜きを持っている。

こんな地味な業界にも、それなりに「神話」と呼べるようなものがあって、何かで供給プロセスが乱れると、そのたびにあらゆるたぐいの不可思議な話が浮上する。面白いのは、実際に関係のある話がどれだけあるのかという点だ。何カ月も前に噂で聞いた、すでに新鮮味のない話を、ニュースで見聞きすることもしょっちゅうだ。

ちょうど今、日本製電子部品の組み立てが減速している。噂では、工場が使えず労働者が閉め出されており、工場が使えないのは、雨林から生えた下草で埋め尽くされているかららしい。

ぼくはロンドンの氷山が大好きだ。氷山は今なお上空をめぐり、しかもビジネスを妨げることはない。

政府は問題のブロックにどうにか到達したのだと考えざるをえない。なぜそう思いたくないのか自分でもよくわからないが、空の別の部分を旋回する氷の上から、あの分厚い板のようなものの上から、きっとイギリスの兵士たちがぼくを見ていると思う。彼らが氷塊を爆破しないのは、きっとそれなりの理由があるのだろう。

イアンは入隊し、新設された特殊氷山部隊に加わった。今ごろ彼も、上から見おろしているかもしれない。彼はあの水を飲み、ぼくはあの空気を吸った。

どの季節にも、氷塊はつねに変わらぬ冷気を放出する。コンスタントに氷の塵をほとばしらせ、真下の空気から羽毛のようにやわらかい淡雪を生み出す。夜のあいだに氷塊が降りてくると、目を覚ましたとき、ロンドンのあちらこちらに、カタツムリが通った跡のような、氷塊の通り道を示す雪や氷の筋が、うっすらと残っていることがある。暖かな夏の日でも、カーテンを開けると窓が氷で覆われていることもあるだろう。外に出ると、目の前の道を横切る一本の凍った線ができていることもあるだろう。

〈新死《ニュー・デス》〉の条件

The Condition of New Death

日暮雅通訳

〈新死《ニュー・デス》〉が最初に報告されたのは、二〇一七年八月二十三日、ガイアナのジョージタウンにおいてだった。午後二時四十五分ごろ、五十三歳の図書館員ジェイク・モリスが自宅の居間に入っていくと、五十一歳で薬剤師の妻マリー＝テレーズ・モリスがあお向けに床に倒れ、動かなくなっていた。彼は「私がドアを開くと、彼女の足の裏はこちらを向いていました」と言っている。

モリス氏の証言によると、彼は妻の脈をとり、身体が冷たくなっているのを確認した。そのとき自分は脈をとるために夫人の身体のわきにいたとも主張しているが、これは〈新死体《ニュー・デッド》〉の場合には不可能な行動とされ、その後新死亡学《ニュー・サナトロジー》において議論のもととなってきた問題である。主流派の意見によれば、こうした証言は、発見者が取り乱した際の不正確な記憶に基づくものだという。だが、少数派の実力ある研究者は、そうした間違いを想定する根拠は存在せず、したがってこの時点でモリス夫人は〈旧死体《オールド・デッド》〉だったと考えられ、彼女の状態は発見後急速に変化したのだと主張している。

モリス氏は部屋の北東の隅に置いてある電話のところへ行き、救急車を呼んだ。それから妻のもとに戻ると、〈新死〉状態が明らかになっていた。「振り返ってみると、彼女の両足はまっすぐ私のほうに向いていました。私のほうに向き直っていたのです」と彼は言う。

モリス氏が電話をしているあいだに、夫人の身体は腰のあたりを中心に、音もなく水平に約一六〇度回転したと考えられるのだ。

びっくりしたモリス氏は、夫人の身体のまわりを歩き回ったが、「彼女の身体がさらに回転して足が私のほうを向くので」立ち止まったのだという。モリス夫人の身体はコンパスの針のように回転して、つねに足が彼のほうを向いていたのだった。

モリス氏はじっとしていた。夫人の足は自分の靴の数インチ先にある。彼女の身体をこれ以上動かしたくないモリス氏は、なんとかしてスムーズに、まったく音をたてないように動こうとしていた。救急隊員たちが夫人の身体のかたわらに彼を発見したとき、彼はまさにそういう動きをしていたという。

その後の一時的な混乱に際して、隊員はモリス氏に、夫人の髪を踏まないように注意してほしいと言った。だが、モリス氏にしてみれば、彼女の頭は彼から見てつねに遠い側にあったのである。

この一件から、〈新死〉の特異性が明らかになっていった。

モリス事件のあとに起きたのはブカレストでの動脈瘤事件で、さらにトロントの横断歩道事件、香港の双子事件が続いた。〈新死〉は加速度的に広まっていった。報道は当初散発的で、面白がっているものや懐疑的なものばかりだったが、その後は急速に、深刻な出来事としてとりあげられるようになった。モリス夫人が〈新死体〉として発見された二週間後、エトルリア沿岸とイタリアのランペドゥーザ島の港を結ぶフェリーボート《カーニバル》が過積載で沈没すると、大量の〈新死〉という痛々しい光景を初めて世界に見せつけることになった。

今や、最後に確認された〈旧死《オールド・デス》〉は六年も前のこととなり、すべての人間の死が完全にアップグレードされたと考えられる。われわれはドローンの墜落やテロリストの攻撃、地滑り、流行性の病気などで残される無数の〈新死体〉を見るのに慣れてしまった。初めてあの光景を見たときのショックを思い出すのが難しくなっていると言えるだろう。

救命用浮き輪があるにもかかわらず溺死した、百人もの難民が浮かぶ画像。彼らの身体は奇妙に硬直しており、脚は真っ直ぐに伸びて、足先は沈まず水面に見えている。そうしたシーンは今でも象徴的だ。水中における死の場合、〈新死〉による身体の回転は、地上における同様の現象と比べ、それほど不自然には（最近の言葉を使うなら「旧自然」と言ったほうがいいかもしれないが）思われないかもしれない。だが、問題はそこではない。

すぐに流された映像でわかったのは、溺死したすべての難民の足が回転して、あらゆるカメラの方向につねにまっすぐ向くことだった。完全な同時性をもっているのである。カメラを積んだボートやヘリコプターがいきなり、偶発的に動こうと、あるいはカメラの位置が動いたとき死体がどこにあろうと、つねにすべての犠牲者の足がすべてのカメラに向かうのだ。こうした動きが海流や風や隠れた動力のせいでないことは明らかだった。

レスキュー・ダイバーのヘッドカメラからの映像は、さらにショッキングなものだった。救命具をつけていない死体はゆっくりと沈んでいくのだが、どの深度にあろうと、そのすべてが完全な水平方向に維持され、パニックになって浮上していくダイバーに両足を向けていたのだ。当然ながら、まったく別の方向から同時に撮られたショットにおいても、同じ死体について同様のことが確認された。

それからの何週間かにわたり、完全な水平状態で横たわり、静かに回転する死体の映像が、さらに公開された。バグダッドの広場やメキシコの丘の斜面、デンマークの学校の乱射事件現場など、さまざまな勾配の斜面で水平に横たわる死体たちだ。とはいえ、〈新死〉に新時代を開いたのは、先の《カーニバル》の悲劇である。
〈新死体《ニュー・カダヴァー》〉どうしでも、差異はある。腕と脚はさまざまな角度で広がるが、その程度は〈旧死〉のときに可能だった程度におさえられているのだ。また、ばらばらに切断された死体や爆発に遭った死体は再構成されたりしないが、それぞれの部位は、たとえ散らばっていようとも、〈新死〉の条件に沿って横たわる。つまり、「安らかに新死したまえ《ニュー・デス・イン・ピース》」だ。

手短かに言うなら、〈新死〉の条件は、人間の死体が横たわる場所の角度がどうあろうと、何でできていようと、つねに水平方向のベクトルで横たわることにある。しかも、死体の足がつねにすべての観察者に向いていなければならない。

この新時代の死亡学的変遷に関しては、次の二つの事実がすぐに定着した。

1.〈新死〉は〝主観的〟である。

〈新死体〉を前にした観察者はすべて、本人みずからまたは映像技術を通じて、死体または死体たちの足が自分のほうを向いていると認知する。これは観察者たちが互いに正反対の方向を向いているというケースでも有効である。〝認知〟と〝観察〟は〈新死〉の構成要素である。

2.〈新死〉は〝客観的〟である。

物理的な介入により、この主観的な印象が錯覚に基づくものではないということが証明されている。〈新死体〉は質量を持っており、相互作用することができる。しかし、〈新死〉では位置に関する基本的な述語を確立することはできない。有名なバニフ＝マーチョウ実験で示されたように、ひとつの〈新死体〉を複数の観察者が見た場合、全員が死体の足は自分を向いていたと認識し、全員が別々の方向から来て同時に死体をつかもうとしても、全員が同時に死体の足をつかむことになるのだ。このいささかショッキングで、ある意味危険でもある、ベクトルのあるいは位置的なずれは、当然ながら〈新死〉時代以前にはあり得ないことだった。生物学的にだけでなく、物理学的にも変化があったわけである。

〈新死〉は、死亡率や死亡原因について影響を与えることはなかった。生きている人間に対する死体の置かれた立場を変えるものでもなかった。〈新死体〉は〈旧死体〉と同じように、平穏な存在である。〈新死〉は〝死ぬこと〟や〝死〟に関する現象なのではなく、〝死の状態の本質〟に関する現象なのだ。

その原因と結果や、（もしあるなら）意味に関する哲学は、当然ながらそのすべてが発生初期にある。だが、ごく最近になって、刺激的な変化が現われた。

二〇二四年のムンバイ会議『〈新死体〉とその批評』で、デジタルデザイン専攻の女子大学院生P・J・ムコパドヤイが、「ゲームとしての〈新死〉」という論文を発表したときのことだ。彼女は論文発表の途中で、ほとんどついでにとでもいうように、死体における足から視点への方向付けという典型例は、ファーストパーソン・シューター（主人公の本人視点でゲーム中の世界を移動するシューティングゲーム）の第一世代と言えると指摘したのだった。

そうした一人称ゲームでは、〝あなた〟がどこにいようと、あなたが倒した敵はあなたに向かって横たわり、あなたが動くと位置を変える。設定された時間が経ったあと、ゲームから死体が消えるまでこの状態のままだ。

この見識が示されて以降、われわれは〈新死〉研究の新しい時代に入った。《ケンブリッジ哲学ジャーナル》の最新号には、こんな一節がある。「なぜムコパドヤイの指摘が重要なのかを、はっきりと言える者はいまだにいない。それが重要であり、すべてを変えてしまうということに、疑いの余地はないのだが」

研究者の理解はまだ曖昧であったが、文化は割り切っており、すばやく変化する。足の裏を向けるのが侮辱にあたるような人々も、彼らを侮辱して楽しむ人々と同様に変わっていった。〈新死体〉を崇拝し埋葬するセレモニーが過剰に増えていった。あらゆる伝統的な宗教学のほとんどが、〈新死〉にスムーズに適応し、古い文書やしきたりに新たな解釈を与えていった。〈新死体〉はすでに、映画やテレビ、演劇、それ以外のものの中で——もちろんビデオゲームの中でも——完全に平凡な存在になっていた。メキシコの業者が、砂糖でつくったぜんまい仕掛けの回転するガイコツを売りに出したが、そのこと自体が重要なのではない。重要なのは、《死者の日》（メキシコなどの祝祭日）に売れるほかの品と同じくらい売れたということだ。

　この無頓着はあっぱれとも言えるが、いささか未熟であるとも言える。われわれは〝香と鐘〟に限らず、さまざまなものについて、調整を行ってきた（「香と鐘」は英国教会の高教会派の象徴）。だがわれわれは今でも、以前と同じように死ぬし、死ぬまでは以前と同じように生きるのである。

　われわれにはまだ準備ができていない。何をもって準備ができたというのか？〈新死〉の最終段階にくるものは何なのか？

　これは声明書《マニフェスト》ではない。その前段階のものですらない。われわれは何を求めるべきかわかっていないし、〈新死〉のもつ可能性に添う方法もわからない。これは、これから書かれるべき声明書への、要望である。励ましのための励ましの言葉であり、われわれが必然的に迎える〈新死〉にうまく到達するために必要な、嘆願書なのである。

　われわれは、さまざまな仮定のもとに進んで行かねばならない——自分たちが期待して生きていける何かがあるという、あるいはわれわれのアップグレードされた死には究極の目的があるという、あるいはいつかは何かを〝なし遂げる〟ことができるという、あるいは正しく死ぬことで目的達成の手がかりを得られるのだという、仮定のもとに。逆に言うならば、もしそうでないとするると、われわれはずっと失敗しつづけるということなのだ。

そうした成功や失敗の結果がなんであろうと、われわれの誰もまだ知るところではない。

だが、われわれみなが、やがて学ぶことになるのである。

〈蜂《ビー》〉の皇太后《ダウアジヤー》

The Dowager of Bees

日暮雅通訳

ぼくが〝伝授〟をされたのは二十二年前、モントリオールにある品のいいホテルの、窓のない地階の一室でだった。扉は小さくて、外側に『管理人』と表示されていた。内側はというと豪勢な部屋で、いたるところに賭け事を題材にしたきらびやかな絵画が飾られ、いくつもの棚にハードカバーのルールブックが並んでいる。ぼくら四人はカード・テーブルにつき、負けてゲームをはずれている若い二人が、大きく目を開けておとなしく見物していた。

「ウィルズデンって何だ？」と、ジル・シュガー、通称〝シュガーフェイス〟が聞いた。彼はかなりの年配で、誰もが認めるところだが、腹が出て《ポーンチー》いてもまだまだパンチがきいて《パンチー》いた。

「ウィルズデンですか」とぼく。「ロンドンにある街です」

彼は言う。「おれはあんたのことをウィルズデン・キッドとは呼ばないぞ」

「お手合わせいただいて光栄ですよ」

「続けろよ」とデンノ・ケインが口をはさんだ。童顔で肌が浅黒い、数カ国語に通じた男だ。トウェンティワン、つまりブラックジャックが得意だが、カードがあればどこででも金を賭けたがる。

シュガーフェイスとデンノがひと回りして降りると、ぼくの向かいに座っている、ぼくの倍ほどの年齢のむっつりしたウェールズ人女性と二人だけになった。彼女にはデトロイトで会ったことがあった。そのとき彼女は、7のペアでちょっとした都市を破産させるくらい稼いだあと、ひと休みしていたところだった。そして、ぼくが株式仲買人の雑魚どもを片づけてしまうのを見物していた。

「すてきな指さばきだこと」彼女は鼻であしらった。ぼくはカードを配るときにちょっとしたごまかしをやっていたのだ。「ジョイよ。名字はなしで」

彼女が何者かわかったとき、ぼくは臆面もなく少年ファンじみた歓声をあげていた。「お相手させてください」

彼女は一笑に付したが、あつかましいところがかえって気に入ってもらえたようだった。かくして今ぼくは、彼女のオードブルとして指名された三人のうちのひとりとして、このテーブルについている。しかも、まだ勝負に残っているただひとりの相手だ。

各自ひと組のカードを持参するようにと言われたとき、ぼくらは死ぬほどうれしかった。ほかの二人は高価なものを準備したが、ぼくは通りの角を曲がったところにあるガソリンスタンドで買った。シュガーフェイスは、ぼくのカードの裏面にあるロゴについて、意見を差し控えていたようだ。

一緒に来た新米たちは思ったとおりさっさと消えたが、まったく望外のつきにめぐまれて、ぼくは遅れをとらずにいた。とはいえ、三巨頭はぼくのことなど意に介さなかった。ぼくは無礼にならないようにと、一張羅のスーツを着こんでいた。シュガーフェイスはタイなしのタキシード姿、ジョイは堅苦しいドレス姿。デンノが着ているのはソースのしみがついた緑のTシャツだ。

デンノは一度、強い手で上がった。「そっちはどうだい？」と彼は言った。

「お手合わせいただいて光栄」と、ぼく。

戦争の巻き添え被害《コラテラル・ダメージ》を受けたような二人が立ち上がり、まるで彼らがしゃべっていることを気にかける者がいるとでもいうように、みんなが時間を割いてくれたことにていねいな礼を述べ、出ていった。
「おお、時代よ！　おお風習よ！《オー・テンポラ・オー・モーレス》（キケロの慨嘆の言葉）」と、ジョイ。デンノがロシア語で、次にはギリシャ語で悪態をついた。

勝負は続いた。ぼくの手はストレートだった。あまり高くはレイズしなかった。ジョイも手を見せることになる。彼女は噂どおりすごい。石のように冷徹な顔だ。

「じゃあ」と言うと、カードの裏側を見せ、ゆっくりとめくりながら置いていった。

デンノがヒューと口笛を鳴らした。シュガーフェイスは息をのんで椅子にもたれかかった。

〈スペード〉の2、〈クラブ〉の7と〈クラブ〉のジャック、〈ダイヤ〉の8、そしてもう一枚はぼくの見たことのない札だ。

黒と鮮やかな黄色に彩られた、年配女性の絵。毛皮のコートをまとい、クラッチバッグと長いホルダーに付けた煙草を持っている。毛皮の肩のところと顔のそばに虫がとまっていた。

「くそ」シュガーフェイスが声を上げた。「なんてこった」

「フルハイヴよ」とジョイ。「〈蜂《ビー》〉の皇太后《ダウアジャー》」

彼女は手帳を取り出して何か書きつけると、シュガーフェイスに手渡した。彼は哀れっぽくうなずいてそのページにサインし、デンノに回す。光沢のある黄色いカードが、赤色と黒色のカードとともにテーブルの上にある。どの絵札《フェイス・カード》とも同じように、下半分と接するところで絵柄が反転している、様式化された女性像だ。

デンノがぼくに手帳をよこした。「その点を打ってあるところに」

「何のことかわからないんですが」と、ぼくは言った。

ややや間があった。

「そりゃあないぜ」シュガーフェイスがきつい調子で言った。

「どういうことなんです？」

「まあ、おめでとう《マーズル・トーヴ》（ヘブライ語）ってやつだ」とデンノ。

「ほかのやつらは消えるべくして消えたってわけだ」とシュガーフェイス。

「へえ、新参者いじめですか」とぼく。「クールなことで」

「ちっとは敬意を払ったらどうだい」とデンノ。

　彼は棚のところへ行くと、『ロバートのポーカー・ルール』の革装版を手に戻ってきた。ページをぱらぱらめくっていって、ぼくの目の前に本を広げ、関連する部分を指さした。

　そこは『隠れスートを含む役《ハンド》』という章だった。

「フルハイヴ」ぼくは読んだ。「〈ビー〉の皇太后と、黒のスートのジャック一枚、合計すると素数になる数札三枚」ほかにもたくさん書かれていたが、彼がパタンと本を閉じてしまい、先を読むことはできなかった。

「その本なら持っているけど」とぼくは言う。「覚えがない……」

「信じろ、どんな手だろうとこいつには負ける」本をもとに戻しながら、彼は言った。ぼくはおずおずとストレートの手札を見せた。「やめてくれよ」と彼。

「たのむから、おれを困らせないでくれ」

「サインするんだ」とシュガーフェイス。「ジョイにひとつ、あんたの気が進まないような頼みを聞くっていう借りができたんだ」

「どんな頼みを？」

「今聞いただろ？」とデンノ。「あんたの気が進まないような頼み、だ。サインしろ。期限は一年と一日。彼女が頼みごとをしに来ないようにするんだな」

　笑いごとではなさそうだった。どこからどこまで大まじめな話に思える。耳鳴りがした。あの札を見やる。大きな針をもった虫たちを。みんなの目がぼくに向けられていた。

　ジョイの手帳には、『1 D・o・B《ダウアジャー・オブ・ビー》の頼みごと』と書かれたあとにサインが続いていた。ぼくもサインした。

　シュガーフェイスがパチパチと手をたたいた。ジョイがうなずいて、手帳をぼくから受け取った。デンノがぼくに高価なワインをついでくれた。

「久しぶりだな、〝伝授〟に出くわしたのは」とシュガーフェイス。

　彼はカードを集めた。ぼくが観察しているなか、裏面にガソリンスタンドのロゴのついたあの黄色のレディが、ほかのカードに混ぜ込まれていく。彼がシャッフルした。

「おれはモスクワでだった」と彼は言う。「六六年だ」

「あんたが〝伝授〟されたのが？」とデンノ。「おれはキンシャサ（コンゴの首都）。十一年前だ」

　ジョイも言う。「私はスウォンジー・ブリッジ・クラブ」

　ぼくは何も言わない。スリーカードで上がり、ささやかな金額の勝ちをあげた。もう集中していなかった。借りになっている頼みごとのことは、もう誰も言わなかった。

「楽しんでるか？」とシュガーフェイス。

　あの札はもう出現しなかった。デック（カードの一セット）を指にはさんでこすってみたが、ごく普通の安物の感触だった。

　ゲームをおしまいにして片づけをすませたところで、ぼくはできるだけさりげなく本棚に近づき、あのルールブックを取り出した。目次と索引で、皇太后、〈ビー〉、隠れスート、スート（隠れ）とチェックしてみた。見つからない。

　ほかの三人が話をやめて、しょうがないなという目でこちらを見ているのに気づいた。

「ばかだなあ」とデンノ。

「あのラウンドはもう終わった」シュガーフェイスがぼくに向かって言う。「もう見つけられんよ」

彼は三組のカードを全部ゴミ箱に捨てた。ぼくはなおもポーカーの役の一覧に目を通していた。フルハイヴなんていうのはどこにも見当たらない。

「あなたは一度〝伝授〟されたってだけのことよ」とジョイが言う。「何か自分へのごほうびでもお買いなさい」

彼女が戸口のところで文句も言わずに待っているあいだに、ぼくはゴミ箱のところへ行って、煙草の灰をかき回してカードを全部すくい上げ、ぼくが買ったものを選り分けた。

〈ビー〉の皇太后はない。エキストラ・カードはちゃんとあった。カードは五十五枚で、二枚はジョーカー、もう一枚はソリティアのやり方を書いたカードだった。


彼女の住所はちゃんと聞いておいた。あれから三百四十七日後、ぼくはジョイの頼みをいやいやながら聞き入れることになった。


二度目に隠れスートに出くわしたのは、マンチェスターでだった。

初回から六年後のことだ。一流のポーカー・プレイヤーとは言わずとも、ぼくは引けをとらない勝負ができるようになったうえ、対象とするゲームを多角化していた。バカラ、ホイスト、ラミー、ブリッジ、ファロ、スポイル・ファイブ（ユーカーの一種）、シェマン・ド・フェール（フランスでのバカラの原型）、カナスタ、ウルグアイ・カナスタ、パンギンギ（ラミー系のゲーム）、スナップ（数字合わせの子供向けゲーム）、なんでもござれ。そのどれでも賭け勝負ができるようにしていたのだ。タラビシュの勝負では初めての車を手に入れた。以来、もっと勝ちたくなった。

コーン・エクスチェンジ（元穀物取引所の複合施設）で〝ゲーム

フェスト〟という名のイベントがあった。来場者のほとんどは子供向けのゲームを品定めしようとする家族づれだ。だがわずかながら賭け事師もいて、適当に遊んで回ったり仲間と一緒にぶらついたりしていた。ぼくら五人は、ホールの片隅を仮設の壁で囲んだ小部屋にいた。酔っぱらって、しのび笑いをもらしながらちょっとだけ金を賭け、ぼくららしくないゲームに興じていた。

やっていたのは、オールド・メイド(日本で言う「ジジ抜き」)だ。あらかじめクイーンを一枚抜いて五十一枚の札を配り、手札から一枚を隣に引かせる。ペアになった札を捨てていくと、いつまでも片づかないオールドミスのクイーンだけ手に残しているまぬけな誰か以外、全員が上がる。オールドミスをつかんだやつの負けだ。

一般人は、この勝負は完全に運しだいだと言うかもしれない。だがそんなことはない。

ぼくらは賭け方を考案した。最初に賭け金を場に出し、上がった人がそれを総取りする。残りがまた賭け金を出し、上がったら取れる。最後にオールドミスを引いた者は、二重三重に負けるという方式だ。焼けつくような暑さの日で、高い窓越しに射し込むまばゆい光にテーブルが輝いていたのを覚えている。

あぶなげなく上がって自分の取り分を手にしたぼくは、椅子の背にもたれかかっていた。みんなは互いに札を引き合っては、ペアになった札を意気揚々と捨てていく。三人が残っていた。さらに引いていく。ペアを捨てる。二人になった。ストロベリー・ブロンドをボブカットにして、古着屋が引き取ってくれそうもないくたびれた革のジャケットを着た二十代の女が、コーデュロイのジャケット姿でしょっちゅう目をしばたたいているぽっちゃり体型の中年男を威圧している。ぼくらが見守るなか、二人は顔をこわばらせて札を引き合い、捨てる。と、誰かが小さく声をあげ、ぼくは顔をしかめた。互いににらみ合って椅子にもたれている二人、それぞれが一枚だけカードを持っているのだ。

「手違いがあったのかな？」と、誰かが言う。「数え間違いとか？」

男のほうが手札を見せた――〈スペード〉のクイーン。彼がオールド・メイドだ。

全員が若い女を見た。彼女は目を大きくみはっている。ぼくに顔を向けた。彼女の手札の裏はほかのカードとまったく変わらないように見える。ぼくは酔いがさめて、ひとこと言った。

「見せて」

彼女が札を表にして下ろした。背景が均一なダーク・グレイのカード。四つつながった金属の環が二列、白抜きであしらわれたデザイン。

彼女は唾をのみこんだ。「〈鎖《チェーン》〉の8」

誰かがドアの鍵をかけにいった。

「何だこりゃ？」彼女の対戦相手が言った。度を失っている。「どうなってるんだかさっぱりわからん」

「みんな同じですよ」とぼく。

「いつもはジンラミーなもんで、よく知らないんだ……ルールはどうなってる？」

若い女の右側にいた背の高い男が、粗末なペーパーバック版『ホイル』（エドモンド・ホイル編の権威あるトランプ規則集）をめくっていた。ぽっちゃり男のほうは、スマートフォンで賭け事のサイトを探している。

「わかんねえな」メンバーのもうひとり、十七歳くらいの若造が言った。「何なんだ、あれは？」

そのときにはもう、ぼくは察していた。彼にはわからないとしても、どうやらここにいるほかの誰もが、何が起きているのかちゃんとわかっている。わからないやつが誰かいるとしたら、必ずひとりだけなのだ。

「おまえは〝伝授〟されたんだよ」ぼくは若造に言った。「よく見て聞いてりゃいい。ほかにあれが手札にあったやつはいるかい？　途中のどこかで」

ルールブックを見ていた男が手を挙げた。「配られてきたとき」と彼。「彼女はぼくんとこから引いたんです。ああ、ありましたよ」と言って、読みはじめた。「オールド・メイド——隠れスートのルール。〈チェーン〉の何でしたっけ？」

ぼくが「8だ」と言うのを、ぽっちゃり男がさえぎった。

「見つけた」と言いながら、スマートフォンを横目で見る。安堵して肩の力を抜いた。「やっぱりおれの負けになる。やっぱりおれが負けたんだ」

あの若造が、何のことかわからないとまた文句を言いかけているのに気づき、ぼくは戒めるように指を一本立ててみせた。

若い女が唇をなめた。「でも、罰があるはずよ」と言う。「そうだとしてもね」

太った男はためらいながらもうなずき、スマートフォンを彼女に渡した。彼女がそれを読む。ほかの面々は上品すぎたのか尋ねようとしなかったが、ぼくがルールブックをもっている男の目をとらえると、彼は安心させるようにちょっとだけうなずいた。

「わかった」娘は緊張しながらも感情を抑えた声で言った。「いいわ、そんなに悪くない」

「だろ？」対戦相手は言った。「まあまあってところだろ？」

「悪くないわ」

全員がため息をついた。ぼくはカードを拾い上げて重ね、デックに戻してシャッフルした。全員、緊張が解けてぼうっとしていた。ぼくがカードを一方の手からもう片手に跳ばす芸当をしてみせると、場が沸いた。

「わからないな」と、あの若造が言う。「見せてもらってもいい？」彼が手を差し出したので、ぼくは放り投げたデックをぴったり彼の前に着地させた。みんなが、〈チェーン〉で終わることになった彼女さえもが笑った。

「気のすむように」とぼく。「驚くようなことはないと思うけどな」

　彼はデックを調べた。もちろんあのカードは見つからない。彼は断りもせずに、あのスマートフォンも取り上げて見た。だが、あのラウンドはもう終わった。さっきのサイトに、いや、どのサイトにも、隠れスートのことは出ていない。


　彼女は時間をかけて帰り支度をし、ぼくから目を離さずにいた。待っていてほしがっている。

「実にみごとな手並みだったな」と、太った男が指をひらひらさせながら言った。

「年季が入ってますからね、早わざと手品には」

　彼はうしろをちらりと振り返った。彼女はジャケットをはおっているところだ。彼が声をひそめた。

「よっぽど彼女にあれを見せまいかと思ったんだがね」ひそひそと言う。「8はそう悪くないよ。いいほうだ、だって……」

　ぼくが首を振ったので、彼はそれ以上言おうとしなかった。

「それにしても、もし9のところをあの娘が見たら」と、彼は首を振る。「それとも6。いや、あの子の最後の手札が〈はさみ《シザーズ》〉の2だったとしたら!……」

「だけどそうじゃなかった」とぼく。男の言い方が気にくわなかった。「だったかもしれないなんて考えても、何にもならない」

　彼が帰ろうとしたとき、あの子が近づいてきた。彼はぼくに愛想よく手を振った。ぼくは偽善者じゃないとでも言うように。ぼくらはみな、どんなプレイヤーもみな、だったかもしれないという深い森の中で生きているんじゃないとでも言うように。


　若いころ、いざというときに備えてカードのパスやターンの指さばきの修業に励んだものだが、そういうチャンスはなかなか訪れなかった。いずれにせよ、それがどんな出来事なのかはっきりわかっているわけではなかった——一種の妄想かもしれないが、画期的で貴重な、仰々しくも秘密めいた何かだ。

ぼくはごまかしをあまりしないようにし、せいぜいストレートで勝って、人目をひくような大きな勝ち方はしなかった。だが、賭け金、ゲームの種類、対戦相手、懐具合、気分によってはたまに、体で覚えているに任せて指をひねり、そうでなければやらずにすませられるごまかしをはたらいて、対戦相手が必要としているのがわかっているカードを渡さないようにした。

したたか酔っているとき、ベリンダになら手技のひとつふたつを見せてやることもあった。見ると喜んでくれるし、ぼくのショーを見る彼女の顔がたまらなく好きだった。ときどき、ぼくは彼女を〈チェーン〉と呼んだ。ときどき、彼女はぼくを〈ビー〉と呼んだ。

彼女はぼくより強運の持ち主で、強気でベットした。手役やオッズや手札の組み合わせにも詳しかったが、ぼくより負けることも多かった。一度計算してみたら、ぼくらのあげた収益はほとんど同じだった。

ぼくらはパリへ芸術鑑賞に出かけた。ブラジルに行って有名なキリスト像の写真を何枚も撮った。ブカレストではゴー・フィッシュ（同じランクの四枚組カードを集めるゲーム）をやった。ぼくらはお互い、テーブルについた相手を見るのがたまらなく好きだったけれど、抑えがきかなくなるとわかっていたから、あまりたびたび対戦相手にはならないようにした。

ぼくらはあの日マンチェスターで、電話番号を交換したのだった。ただ、彼女から電話があったのは数週間後。そのときの彼女は機嫌がよかったので、例の罰をすませたんだなと思った。

彼女はごまかしをやったことがあるのかと聞かなかったし、ぼくが進んで洩らすこともなかった。彼女に対しては決してごまかそうとしなかったが、彼女ほどの名手なら疑わないはずがない。

　最初の一年かそこら、隠れスートをぼくらはあまり話題にしなかったが、おずおずとあの愛称を使いはじめたことで十分だった。かなりの期間をおいて何度か、彼女が一日か二日ふっといなくなっては、疲れて考え込んだ様子で戻ってくることがあった。ぼくは、ああ、例の罰の期間だったんだなと思い、何も言わずにいた。

　ヴェガスで一度、カナダ人の腫瘍学者が軽率な調子で、バラハ（スペイン語でトランプ）のデックにも隠れスートがあるんだとぼくらに話した。ぼくはその会話にぞっとして、彼女と一緒に口実を設けてその場を離れた。

　バラハやイタリア製のデック、色の違うドイツ製のデック、それにガンジファ（ペルシャやインドの古いトランプの一種）などがもてはやされているのは知っていたが、ぼくはずっと、古いルーアン（フランス北部の都市）起源の絵柄による現代の標準的な五十二枚《フィフティ・トゥー》を熱愛してきた。ぼくらが今手にしているものに至る歴史を愛していた。ぼくらに「自殺するキング」（ハートのキングが頭に剣を突き刺しているように見えることから）や「片目のジャック」（ハートとスペードのジャックが横を向いて片目しか見えないから）を見せてくれた誤りや複写ミスを。ぼくは反転ではない回転対称を愛していた。黒と赤の配色を愛していた。黒と赤は隠れスートの色が——青、グレイ、緑、〈チェーン〉の白、〈ビー〉の黄色が——ぱっとひきたつのだ。

「もうひとつだけ、別のを見たことがあるわ」ベリンダがかつて、慎重な口ぶりで言ったことがある。「〈歯《ティース》〉の9を。ほんの一瞬だけだったけど」

　難しいところだ。ずけずけとしゃべるのはよろしくないのだが、ひとたび〝伝授〟されたからには知っておいたほうがいいとも言える。なるべくたくさんのスートのなるべくたくさんの札が意味する手役のための、なるべくたくさんの自分がプレイしそうなゲームのなるべくたくさんのルールを、いざというときのために。

　どんなにすまし込んでいたところで、結局は疑問が出てきて、尋ねられたり尋ねたりすることになるのだ。

〈シザーズ〉の探偵《ディテクティヴ》の上を飛んでいるのは何という鳥か？　〈チェーン〉の9の欠けている環はどうなっているのか？　〈蔦《アイヴィ》〉のエースはなぜ骨から生えているのか？

見たことがあろうとなかろうと、知っている札のような気がするかもしれない。「誰だってそのうち、特定の札に詳しくなっていくんじゃないかしらね」いつかベリンダがそう言ったことがある。「なんだかんだで」お気に入りの札ができるものなのかもしれない。

三度目はルブリン（ポーランド東部の工業都市）だった。

ぼくらは俗化した教会でブーレ（ユーカーに似たギャンブル向きのゲーム）に興じていた。ぼくの対戦相手は二人で、ひとりとは殴り合いのケンカをしたことがある。ぼくとベリンダは交替でプレイしていた。彼女は片手をぼくの肩に置いて背後に立っていた。ぼくのカードは見えるが、ほかのプレイヤーの手は見えない。

ぼくは手札をめくった。五枚。一枚は見たことのない札だった。

一、二、三、四本の青い煙突が青い空に突き出し、様式化された青い煙雲を吐き出している。

ぼくは表情に出さなかった。ベリンダの手がぴくりと動いた。誰も気づかなかっただろうが、ぼくには彼女が悲鳴をあげたも同然だった。『まあ！』

〈煙突《チムニー》〉の4について何か記憶がなかったか、思い出そうとする。ほかの手札とどういう組み合わせになるだろうか。ぼくは可能性をよく考えてみた。

見込みはたっぷりあった。緊張がうえにも緊張が高まる。やがて手札を公開したとき、誰もが驚きの声をあげるのがどれほどうれしかったことか。彼らはぼくのあげた勝ちでそれぞれがこうむる余分の損失を計算し、うらやましさのあまり息をのみ、あの札を見て呆然とした。

それは何だと尋ねる者は、いなかった。居合わせたのはすでに〝伝授〟された者ばかりだったのだ。そういう場はぼくには初めてのことだった。

みんながぼくに自分の秘密を書き出してよこした。自分のチップと余分のチップを渡してよこした。今やわがものとなった馬《ホース》やら鍵《キー》やらをどうしようかと、ぼくは思いをめぐらせた。ぼくはただ隠れ札を配られただけではない。隠れ札でうまくやったのだ。

ぼくはこれまで何度も自分に言い聞かせてきた。あんなことをしたのは一瞬の気の迷いだった、われながら説明のつかないことだった、と。だがそのころ、ぼくの指先の技は長年のあいだに完璧の域に達していた。

全員が肩の力を抜き、憂鬱な顔をした元兵士がデックを取り上げてみんなの手札を集めた。ぼくは誰かの言ったしゃれに笑いながらうなずき、彼のほうをろくに見もせず手札を重ねて、渡した。ベリンダの手がまた硬くなったかどうかはわからない。指先のつかのまの動きに、ディーラーもほかの誰も気づかなかったはずだ。ぼくは手札から〈チムニー〉の4を抜き取って、袖口にすべり込ませていた。

うちへ帰ってもまだそれがあるかどうかはわからなかった。だが、自宅のバスルームに座って袖をめくってみると、あった。元のデックにたどり着いたらすぐにでも立ち去ろうと、繰り込まれるのを待っている。

「おまえ、ずっと待つことになるぞ」ぼくはささやきかけた。

四本の煙突が二本ずつ、二本は上向きに、二本は下向きに、くっきりしたダークブルーと黒の筋になった煙を吐き出している。

ぼくは恥ずかしくなった。恥を胸にしまい込んだ。

「すごいゲームだった」その晩、ぼくもベリンダもそれだけしか言わなかった。ぼくらはその後も変わらずゲームを続けた。負けることよりも勝つことのほうが多かった。

ぼくはそのカードを透明なビニールケースに入れて、財布にしまっていた。すりきれさせたくなかったのだ。ときどき取り出しては、黒々とした煙突をちょっとだけ眺める。不安でどうしようもなくなるまで。不安になると裏返して、カードの背面をもっと長いあいだ見つめるのだった。

ぼくはとんでもなく高価なデックでプレイするほかに、ガソリンスタンドで売っているプラスチック製のデックでプレイすることもあった。プロがそれほどうるさいわけではない。ぼくらはたいてい、自動的にと言っていいほど、バイスクル（アメリカのカード製造会社のブランド）のもちのよいデックを使った。裏面の無意味な装飾模様《フィリグリー》は長年同じものだ。選択肢がほしいって？　赤か青かを選ぶことはできる。

ぼくのもとにあの〈チムニー〉の4が配られてきたとき、使われていたのは裏面が赤のバイスクル・デックだった。

ぼくは指使いの訓練を続けた。隠れ札の話題が出てこないかと聞き耳を立てた。たぶん、〈チムニー〉がからむ手役の話にはよけいに注意していた。決して迷信深いわけではないのに、ぼくは験《げん》をかつぐようになった。あのカードを直接肌身につけておくのが好きだった。カードがぼくにぴったりすり寄っている感触が好きだった。

大物ゲームの前になると、ぼくはその〈チムニー〉の4を小さなケースから取り出し——そのたびに興奮と驚嘆と悔恨、そしてまだそこにあったという安堵でぞくぞくして——右前腕の内側の手首裏の、シャツに隠れた輪ゴムの下にすべり込ませるのだった。袖口に仕込む単純な隠し札のようなものだ。それで強運が味方してくれそうな気分になる。そんなふうに考えていただけだった。

貨物船でも乗船客用に若干の船室をとっておいてく

れるような会社が、いくつかある。それを利用して大西洋を渡ることもできるのだ。そういう船のひとつで大金の動く洋上ゲームを始めたという情報が入った。もちろん、ぼくらは船旅を予約した。行楽の旅でもなければ甲板で船上プールを眺めようというわけでもないのに、料金は高かった。貿易船でぼくらが眺めるのは、コンテナがぎっしり積まれた甲板だけだ。

　二日間はみんな船室にひきこもっていた。三日目、プレイする前に空の下へ出てみたら、誰かが背中をぽんとたたいてきた。

「やあ、キッド」

「シュガーフェイス！」

　彼がまだ健在だったことに驚いた。以前とちっとも変わらないように見える。

「あんたがいるんじゃないかって思ってた。活躍ぶりは聞いてるぞ」

　ベリンダは彼を大いに気に入った。シュガーフェイスは彼女と戯れながらも、いかがわしげにならないようにうまくやっていた。彼はぼくらが初めて会ったときのことを大げさに話して聞かせた。〈ビー〉の皇太后を見たときのぼくの顔つきを真似てみせたが、その話をする前に、彼女ももう〝伝授〟されているのかどうかと迷ったりはしなかった。

　夕刻、いつものように右手首の輪ゴムにぼくのカードを裏向きにはさみ、軽くたたいてからシャツとジャケットで隠した。ぼくらは間に合わせの特別室に集合し、太陽が沈みゆくあいだモヒートをすすった。

　プレイヤーは七人。ぼくはひとりを除いた全員と、以前向かいの席に座ったことがある。それほど広い世界でもないのだ。ぼくとベリンダ、シュガーフェイスのほかには、ぼくがかつてピッグ（ポーカーの一種）で勝ったことのあるマロン派教徒（レバノンに住む東方帰一教会系の教徒）のコンピュータ・プログラマー、ブリッジでさんざんな手札だったときにぼくと組んでいたことのあるフランス人出版業者、クリベッジ（トランプゲームの一種）の暗殺者という異名をとる南アフリカ人裁判官、そして船長。青いシャツを着た船長は、ふんぞりかえったちょっといやなやつだ。ぼくら全員にとって初めての相手だった。この集まりは全部彼の発案したものだとぼくらにはわかっているからこそ、彼は偉そうにしていられるのだ。

もちろん、船長がゲームを指定した。そしてもちろん、テキサスホールデム（プレイヤーどうしの対戦型ポーカー）だった。ぼくはあきれて目をぐるりと回した。

レバノン男はぼくが記憶していたよりも弱かった。裁判官は慎重ながら抜け目がなく、なかなか読めない。出版業者はこそこそしたベットをじっくり積み上げていった。シュガーフェイスのプレイはぼくが覚えているそのまんまだった。

ベリンダがいちばんの競争相手だった。ぼくら二人はひとりずつに分かれてプレイしていた。

船長はまったく相手にならなかったが、本人は気づいてもいない。鼻高々だった。みんなに向かって、やれおまえがディーラーの番だの、さあベットしろだのと吼えたて、おまえはどの札があれば勝てるんだと声をかけた。やつの船、やつが主催する旅、やつのテーブルなんだと思えばこそ、くたばりやがれと言わずにいただけだ。

ぼくは好調だったが、ベリンダはもっと好調にプレイしていた。彼女がツーペアでぼくを負かした。いきりたったぼくは、手札の一枚をこぶしの上で回転《スピン》させた。プログラマーがぼくに乾杯し、裁判官が拍手した。ベリンダはにっこり笑みを浮かべながら、ぶっきらぼうなブラフでぼくから数千ドルを巻きあげた。

夜が更けて、空はずっしり重い鉛のシートのようだった。ぼくらはカードを取り替えた。船長が引き出しから新品のパックを取り出して、シュガーフェイスに放ってよこした。

バイスクル・ブランドのカード。裏面は赤。シュガーフェイスはパックを開封して、二枚のホールカード（手開きまで伏せておく札）を配っていく。

まじめなプレイヤーはたいてい、自分の前に札を伏せたままにしておくものだが、その晩のぼくは西部劇映画の中でやるように立てて手に持っていたかった。

3のペア。いいすべり出しだ。

ぼくらはベットした——大きく賭けた——誰も降りない。シュガーフェイスがフロップ（第二ラウンド）に入り、三枚のコミュニティカードが表向きに提示される。〈クラブ〉の6、10、ジャック。いい感じだ。いや、よくないかもしれない。いや、やっぱりいいぞ。シュガーフェイスがウィンクしてくる。このラウンドのベット勝負でミスターITが抜ける。彼のことはすぐに読めたので、意外には思わない。

四枚目のカードがオープンする、ターン（第三ラウンド）。やあ、シャルルマーニュ、こんにちは。これまでなかなかお出ましにならなかった〈ハート〉のキングが登場だ。かすかなつぶやきや、ざわめき。ベリンダは微動だにせず考えている。いつもよりさらに落ち着き払っているところからして、調子がいいか悪いかのどちらかだ。きっと調子がいいほうだろう。裁判官が降りる。出版業者がぼくに投げキスしてそれに続く。

シュガーフェイスは頬をふくらませて、ぼくらを長々と待たせる。そしてとうとう、彼も降りる。

ぼくがベットする番だ。考えをめぐらせつつ相手プレイヤーたちの手札の赤い裏面を眺めているうちに、乗り手のいないボートがふらふら漂い着くかのように、この何年かのあいだに小耳にはさんだ、ある手役の名前が頭に浮かぶ。

ボイラールームという役だ。10、ジャック、キング、そして〈チムニー〉の4。

それでどれほどの勝ちになるか、ぼくは考えはじめる。このテーブルでどれほどのものを得られるか。金額の問題ばかりでない。そして、気づいてみると、ある種の静かな驚嘆の境地で、よこしまと言っていいようなことを考えている。これこそぼくが待ちわびていたものじゃないか！

　そう考えながら、誰の目にも両手は動いていないように見せて、ぼくの指はもはや役立たずの余分な3をつかんで袖から闇に葬り、輪ゴムの下から盗んだカードをうまく引き出して袖口へ、そして指先へ送る。みごとな早わざで、裏面を向こうにして所定の位置へすべり込ませる。すべてはほんの一秒ほどの出来事で、誰の目にもとまらない。

　ベリンダが残り、船長ももちろん残る。きっとそうだと思っていたとおりだ。彼の手にどんないまいましい札があろうとかまわない。ぼくの手にかなうはずがない――ぼくの必勝の手には――もう。さあ来い。

　ベットがすんで、シュガーフェイスがリバー（第四ラウンド）のカードを配る。コミュニティカードの五枚目がさっとめくられる。明かりが揺らぎ、誰もが息をのみ、あらゆるものが速度を落とす。そのデックから出てきた最後のカード、テーブルにオープンになった最後のカードは、それまでと色が違った。

〈チムニー〉の4だ。

「なんと！」シュガーフェイスの声がする。「おっと《モン・デュー》」とも聞こえてくる。「まあ！《オー・マイ・ゴッド》」

　ベリンダの声だ。

　ぼくは赤と黒の中の青い色をじっと見つめる。共通の隠れ札。誰でも隠れ札で手役をつくれることになる。

　船が縦揺れし、ほんの一瞬窓の向こうの夜を見やったぼくは、蜂の羽音を聞いたような気がする。誰かが甲板を歩いているような気がする。長身で背筋の伸びた、分厚いコート姿の堂々とした誰かが煙草を吸いながら、興味津々、満足そうにぼくらをのぞき込んでいるような気が。

　船長の声が聞こえる。「何だ、これは？　こいつはどういうことなんだ？」そしてシュガーフェイスが言う。「いいから黙って見ていなさい。少しは敬意を払ってな。あんたは〝伝授〟されたんだから」ベリンダはまっすぐにぼくを見ている。口を開け、目を見開いて。

　半狂乱になったぼくの指は、まさかと思われるほど深くまで袖の中をさぐっていくが、あの3をどこだかわからないところへ落としてしまったらしく、取り戻せそうにない。もとのカードにすり替えることも、取り替えたカードを手からはずしてもとのように隠すこともできない。当然ながら、ぼくがホールカードを二枚手にしているのは誰の目にも明らかだ。

　その二枚のうちの一枚が、テーブルの上にあるのと同じ〈チムニー〉の4。もしも〈チムニー〉の4があるとしたら、たった一枚しかないというのに。

　シュガーフェイスがぼくの顔を見ている。「どうした、キッド？」ベリンダを見て、テーブルを見下ろし、ぼくの手札の裏を見た彼の顔色が曇る。「まさか、キッド、いかん、いかん、ああ、キッド、まさか」今まで聞いたことのないほど悲痛な怯えた声だ。

「こいつは何なんだ？」と、船長が騒ぎたてる。「このカードは何なんだ？」

　ぼくはフォールド（ゲームから降りること。ホールカードを裏にしたままディーラーに返す。それまでに賭けた金額はすべて没収される）しようとするが、シュガーフェイスがぼくの手首をがっちりつかむ。

「キッド、おれは見たくないんだ、これから見ることになりそうなものなどな」彼はやさしくそう言う。

「裁判官、ルールブックを持ってきてくれ」彼がぼくの手を引き下ろしはじめる。「隠れスートを見てもらおう」と言いながら。

　ベリンダ以外の誰もが、落ちてくるぼくのカードを見つめている。彼女は自分の手札をじっとにらんでいる。

「〝いかさま〟を見てもらおう」シュガーフェイスが言う。「そして〝制裁〟を」

ベリンダのカードが一瞬の小さな動きにぴくっと揺れる。あいているほうの手で彼女もぼくの手首をつかんだのだ。彼女のほうがシュガーフェイスよりも強い。ぼくのカードをもとに押し戻す。

「勝負《コール》します」

「プレイの途中だぞ」とシュガーフェイス。

彼女は言う。「〝偶数のリンク〟を見てください、裁判官」

裁判官がページをめくるあいだは船長さえも黙る。

「〈チェーン〉を含む2、4、6、8、10」と、彼女が読み上げる。「それをもって彼女はプリエンプティヴ・コールをすることができる。それを負かすことのできる手はない。賞品として……室内にあるものを何でも、ひとつだけ選んで獲得できる」彼女は顔を上げる。

「そして、その賞品には誰も手を触れぬこと」と、ベリンダは言い、ぼくが手にしている手札をじっと見る。「見ない、触れない、めくらない。伏せたままこっちへすべらせて」

裁判官がテーブル上のカードを見やる。「彼女が2と8を持っているなら、彼女の勝ちだ。でも、勝者の罰がある……」

「〈ハート〉の2があるわ」ベリンダは声に疲れをにじませながらも、ぼくに笑顔を向ける。「それに、〈チェーン〉の8」

誰もが姿勢を正す。

「ちょっと待った」ぼくはなんとか小声を絞り出す。「罰は何だ？」

誰も耳を貸さない。ベリンダがカードを下げて提示する。

「わたしの勝ちよ」とベリンダ。

ぼくは、「何だ、それは?」と言おうとする。

「わたしの勝ち。賞品にはカードを選ぶわ」ベリンダはそう宣言する。

自分のカードを下ろしながらぼくの手にしたものを見て賞品をつまみ上げ、誰にも調べられないようにする。ぼくと目を合わせ、にっこりする。彼女はいつだってぼくのことを読んでいた。彼女はきっと正しいカードを選ぶはずだ。

山腹にて

In the Slopes

日暮雅通訳

マカロックがお茶をいれておもての店に出ていくと、若い女と若い男が商品を物色していた。二人が入店したときにベルは鳴ってない。また故障か。

二人はふくらんだポケットがいくつもあるカーゴパンツをはいて、リュックサックを背負っている。マカロックは二人にうなずいてみせ、カウンターの奥で高いスツールに腰かけた。壁のテレビにリモコンを向けて音量を下げる。

女が笑顔で、「おかまいなく」と言った。連れの男より背が高く、肌が浅黒くてたくましい彼女は、ブロンドの髪の毛をじょうずに巻いてアップにしている。そしてマカロックに親しげな、あからさまな品定めの目を向けてきた。

「どちらから？」とマカロック。

「スウォンジーよ」よく通る声になまりが聞き取れた。「そういうあなただって地元の人じゃないみたいだけど」

「今じゃ地元人だ」

マカロックの店は自宅のおもての部屋を改装したものだ。三方の壁いちめんが棚で、フロア中央にも陳列ユニットがあるが、塗料ははがれかけている。ここを買ったときから取り付けられている曲面鏡で、店内全体を見渡すことができる。

たいていの店がそうだが、彼も夏になると色鮮やかなビーチボールやタオル、バケツを店の外にぶらさげる。そういうものは一週間前から、ひとまとめにして奥の物置に積んであった。

男のほうは、小間物やおもちゃ、〈コラボレーター〉の形をしたせっけんが入ったかごのあいだをじっくり物色して回っている。マカロックには、黒髪のてっぺんがもう薄くなりはじめているのが見えた。女は売り物の本に目を通している。

「ここへは何しに？」とマカロック。

「発掘よ」と彼女。

「聞いたことがある」とマカロック。「フリー・ベイだな」

客二人が視線を交わした。「いいえ」と女のほうが言う。「私たちはバントーってところにいる」

「おれが聞き間違えたのか。バントーに何があるんだい？」

「こっちこそ教えてよ」と彼女。「ミスター地元人」

「そりゃごもっとも。たいしたものはない。農場くらいかな。一時間くらい行ったところだが。まだ行ってないのかい？」

「来たばっかりなんだ」マカロックが耳を澄ませなくてはならないような小声で、男のほうが言った。「ゆうべ遅くに着いて。いろいろ仕入れて、これから向かうところでね」

男は雑なプラスチック製のゆがんだフィギュアが付いたキーホルダーをカウンターに持ってきた。

「四ポンド《クィッド》」マカロックがそう言うと、若者は片眉をつりあげた。

「ここじゃ何も作ってないんだから」と女が言う。「よそから運んでくるのよ。帰って買ったほうが安いわ」

「ああ、だけどそういう問題じゃない」と言って、彼はコインを数えて取り出した。「うわ、ソフ、破産するつもりか、そんなに買って」

「ポテトチップスなしじゃやってけないのよ」彼女が買いものかごを置くと、マカロックはレジを打って、商品を紙袋に詰めた。

「ここにはどのくらい？」

「三週間よ、私は」と彼女。「ウィルはひと月。教授は二月までいるわ。ニコラ・ギルロイっていうんだけど」知っているかうかがうような目を向けると、店で売っている本を指さす。〈コラボレーター〉の写真が載った、安っぽくて古くさい遺跡ガイド。思わせぶりでこっけいな、ニューエイジ志向のものだ。

「情報にうとくて」とマカロックは言った。

女がドアを開けたが、ベルはやはり沈黙していた。

「どうも」と彼女。「たぶん、また」

「エラムしか町はないから、たぶんな。チャットアップっていうクラブが、トルトンまで行けばあるぞ」彼はそっちの方角を指さした。こんな店をやっているむさくるしい五十代のおやじが、クラブの何を知っているのかとでも思われただろう。「一番いいバーはコニー・アイランドかな。ここから二分ばかりのとこだ。来ればおごるよ。買いものしてくれたお礼に」


二人が帰ってから、彼は自分で本を改めた。二冊だけ索引がついていたが、どちらにもギルロイの名はなかった。

マカロックは店の入り口に立って、坂を南に下ったところにあるメインの広場を眺めた。空はまだ明るいが、古い町並みにおぼろなネオンの明かりがともりはじめている。町当局が冬時間に切り替えたばかりで、何週間かは街灯が無意味なほど早い時間に点灯するのだった。エラムの通りは波止場を引き揚げる漁師や、遅咲きの香り高い花を見に公園へ登っていく会社員らでいっぱいだった。

彼の店の友好的な商売がたきたちがいるむこう、制服のネクタイをはずした子供たちがつめかけて夕方のドンパチ騒ぎが始まっているゲームセンターのむこう、町はずれのむこうに、火山の山腹の勾配が急な地面を、うっそうとした植生が縁取っている。

そのバーの「コニー・アイランド」という看板は、「ナッツ！　ビール！　ウォッカ！」と書いたものやトイレの案内板とは書体が違う。マカロックがやかましい団体客のあいだを縫って店内に入っていくと、チーヴァーズがいた。むこうもちょうどマカロックを見つけて、飲んでいた隅の席から手を振っている。

いつもそうだが、チーヴァーズはこの島のたいていの人間が着ているものより高価なダーク・スーツ姿だった。マカロックより若干年上だが、髪が白くなりはじめているのと肉づきがいいのは、似たり寄ったりだ。二人は自分たちの違いを楽しんでいる。如才のない身なりのりっぱな弁護士と、風采のあがらない商店主。別々の時の流れを経た同一人物の二つのバージョンかと思うほど、似たものどうしでありながら似ても似つかぬ飲み仲間だ。

チーヴァーズは、青白い顔のやせた男と同席していた。年のころは四十そこそこで、着ているランバージャック・シャツ（チェックの綿シャツ）が若づくりに見える。「それで？」男はウィスキーを飲みながらまばたきしてみせるチーヴァーズに声をかけた。「ここの店主は難民になったニューヨーカーか何かなのかね？」（コニー・アイランドはニューヨーク市ブルックリン南部の地域）彼がよけて、マカロックを座らせた。

「あとから来たやつに説明させてやろう」とチーヴァーズ。「ジョン・マカロックだ、こちらはダニエル・パディック。ジョンはこの店のことを実によく知っている。よそ者にしてはね」おなじみの決めぜりふだ。『島で生まれたやつもいるんだよ。新参者のジョニー・マカロックと違ってね』

「もとはストリップ劇場だったんだ」とマカロック。「看板はカニー・アイランドだった」（cunnyには女陰という意味がある）パディックの顔を見て、意味がわかったか確かめる。「ジェイがあとを継いで店をきれいにしたとき、どうしてもっていう文字だけを変えたのさ」

「いいセンスだ」とパディック。「でもがっかりする人もいるだろうね。カニーのつもりでやって来て」

「よっぽど古いガイドブックを見たら、そうかも」とマカロック。「え？　まさか……」

パディックは笑ってとぼけ、二人に酒をおごった。

「ロンドンの出身かね？」と、マカロックに聞く。

「そんなにわかりやすいかな」

「お仲間の密告だ。だがまあ、すぐわかる。アクセントがはっきり残ってる」

「それどころか、絶対ひどくなってるぞ」とチーヴァーズ。

「ステップニーだよ」とマカロック。「ずいぶんと昔だ。よそへ出たくても頭が悪くて新しい言葉は覚えられないし、両替するのもおっくうでね」この島は厳密に言うと独立していて、帝国の再来だ。

「いつごろからここに？」

「新しい発掘調査のずっと前からだよ。発掘に来たんじゃないかと思った？」マカロックは首を振った。

「それがおたくの仕事？」

パディックはうなずいた。「考古学者だ。私たちにはうんざりしていることだろうが」

マカロックは肩をすくめた。「家賃の助けになってるよ。そういえば学生たちに会った。バントーだとか？」

「いや」とパディックは言って、ちらっと目をそらせた。「それはまた別の区画だ。私はフリー・ベイにいる」

「それだ。そこのことは聞いてた。あっちのほうを知らなかったんだ」

「まるっきり別ものだ。別の組織、別の発掘調査。手法も目的も違う。何もかも違う。最後の最後まで。私たちのどちらも、互いに共通点があるとは思ってないんじゃないかな」

たいていはフリー・ベイかミラーの神殿のあたりに調査中のチームがいて、恒常的に野営している興奮ぎみの学者たちが、環状道路上の不機嫌な通勤者に囲まれたフィールドで柱を掘り出していた。およそ三十年前にマカロックが島に移住してきたころは、そんなことはなかった。そのころ島のことを知っている英国人は――どこの国の人間でも――ほとんどいなかった。もちろん、そこが彼には魅力だった。第二波の調査が始まると、島が新たに注目を浴びるようになったのが、わずらわしかった。

島は観光客だらけになった。定住者人口も増え、中心街が広がった。

だが、それほどたいした結果にはならなかった。あまり豊かでもない小所帯の割に、地元自治体は遺跡で金を稼ぐことにずっと遠慮がちだったし、回を重ねてもその慎重な姿勢は実質的に変わらなかった。発掘も発展も観光事業もすべて抑えぎみだった。商工会議所は絶えず不満を訴えた。エラムは、マカロックが移住してきたときよりほんのちょっとしか大きくなっていない。

パディックはグラスの中身をじっと見ている。「バントーの話をしたのは誰だろう？」

マカロックとチーヴァーズはちらっと視線を交わした。「背の高い娘。それと、小柄で無口な男。うちの店に来てね。おたくらはみんな知り合いだとばかり――

――」

「まあね」パディックはグラスを空けた。「そこそこ大きな島だし」

彼がトイレに立つと、チーヴァーズは主のいないあいだにパディックのグラスを、次にマカロックのグラスを自分のグラスでカチッと鳴らした。片方の眉をつりあげてみせる。

「ありゃ何だったんだ？　かりかりしてたぞ」

「学者の世界さ」とマカロック。「仲の悪さは弁護士業界以上なんだ」

「言ってくれるじゃないか。おれは詮索好きなんだよ。

ああ、そうだ、いつものペントタール・ナトリウム（チオペンタールのナトリウム塩、麻酔・睡眠薬）ひと振りのかわりに」チーヴァーズは、印章付き指輪《シグネット・リング》のふたを開けてパディックのグラスに何かを入れるふりをした。

「やりすぎだ」とマカロック。チーヴァーズが眉をつりあげる。

「黙んな」チーヴァーズがひどいロンドンなまりで言った。「おまえさんほどうるさいやつぁいねえよ」

「異議あり」と、マカロックがやり返す。二人はときどき、こんなふうに行商人と勅選弁護士ごっこをするのだった。

　ガソリンスタンド兼雑貨店がバントーの中心地になっている。町というものはなくて、乾燥地域やくすんだ茂みの広がるなかに、むさくるしい小規模農場が散在するだけだった。

「どこかで発掘調査をしてるって聞いたんだが」マカロックがレジ係にそう言うと、彼女は地図で場所を教えてくれた。彼は車を火山のほうへさらに五マイル走らせた。うららかな日和で、長いあいだ眠っている火山錐が雲に縁取られ、遅咲きの花をちりばめている。何かに引き寄せられたミヤマガラスたちが山腹上空を飛び交っている。赤いプラスチックの矢印の下に「発掘現場」と書かれた看板があった。

　木立のあいだに小道ができていて、そのつきあたりに大きなテントが三つ、二台の車で張られていた。やや離れたところに見えるのは、生まれは違っても島民であるマカロックにはなじみの、平底立坑《ピット》だ。

　ボクサーのように鼻のつぶれた警備員が近づいてくる。

「ソフィーを捜してるんだが」とマカロック。

「ソフィアよ」テントから現れた本人が訂正した。彼女が顔をしかめて初めて、マカロックは相手にどう思われるか気になった。名前を偶然耳にして、捜しにきた男。ばつが悪かった。

例の若者、ウィルが、彼女の後ろに姿を見せた。マカロックはほっとした。「よかった」警備員は離れていく。「きみたち二人がいるかなと思ってさ」

二人の後ろからもうひとり若い娘が出てきた。服は泥だらけ、髪の毛をヘッドスカーフに包んでいる。リベット打ちのロージー（第二次世界大戦中、航空機・武器製造の軍需産業で働いた女性のこと）のようだ。

「どうしてここへ？」とソフィア。

「ちょっと興味があってね」とマカロック。「ここのことは何も知らないんだ。で、こっちのほうへ来たら看板があったから、寄ってみようかなと」ソフィアがためらっているのがわかった。「すぐ帰るよ。ちょっと寄っただけだし、きみらは知識を広めたりなんかしなくちゃならないんだろ。おれがチェックボックスみたいなものになれるんじゃないかな。また買いものしてくれるときには割り引きするよ」

ソフィアはにっこりした。この島は狭いことだしとでも考えているのかと、マカロックは思った。地元民とはうまくやっていかなければ。「ちょっと待ってて」と言うと、彼女は立坑《ピット》へ向かった。

「きみもここで仕事を？」マカロックはもうひとりの女に聞いた。

「シャーロットよ。私は反対陣営」

「パディックか？」

彼女がうなずく。「だけど、ソフはヨークにいたころからの知り合いだから、挨拶しにきたの。あの子が私のところに来るより楽だから」そばかすと埃だらけの顔でにっと笑った。

ソフィアがとぼとぼ戻ってきた。「先生は手が放せないわ。でも、私でも見せてあげられるものがある」と言って、彼をテントのほうへ連れていった。「保存処理のことは知ってる？」

ここに住んでいる彼がそんなことも知らないとでも

いうように。

島では下生えや土からレンガ造りの壁や柱、溝がしょっちゅう出てきていたが、地元小隊指揮官のしろうと発掘で見つかったモザイク床が専門家や学者の興味を惹いたのは、やっと十九世紀になってからだった。専門家たちがやって来て、その山腹で細々と暮らしていたブリトン兵や難破船の生存者や罪人の末裔たちを、不満をものともせず押しのけた。

その大災害が古典資料のなかで言及されたものとしては、タキトゥスの残している挿話ひとつしかない——「島は火に包まれた。神はその島の農夫たちを愛されたわけでも嫌われたわけでもない」火山学者によると、その山は長期にわたる沈黙ののち噴火し、以来およそ二千年にわたって沈黙している。目撃談はなかった。生き残って話ができた者はいなかった——この小さな離島から、逃れられたものなどあっただろうか？作家たちの書く、燃えあがる闇に煙と化す樹木、地中からもれるガスに窒息する広場《アゴラ》の群衆、火砕流といったヴェスヴィオ山噴火のイメージは、小プリニウスの記述を借用したものだった。

火山灰と溶岩の燃える懸濁液《スラリー》が町区や神殿地区を抜けてほとばしり、海を沸き立たせた。そのまま立ち尽くす建物や、なりゆきでまるごと炭化した人工遺物が残った。

発掘にかかった考古学者たちは、穴《ホール》をいくつも見つけた。入り口のない潜穴《バロー》だ。何年かは、ただこじあけて、内部の骨やかけらを取り出していたが、一八六三年になって、ポンペイの似たような空洞部にジュゼッペ・フィオレッリがジェッソ（焼き石膏と膠を混ぜ合わせた、画布の下塗り用の白色顔料）を充填してそのまま固めたという情報が入った。

このとき初めて、石膏《プラスター》ごと穴《アース》がすくい取られ、地面が死者を産み出した。

肉体は腐敗し、不気味な土台、苦痛の形をした空間が残っていた。うずくまる死。焼けていく筋肉が固まって、拳闘の構えのような姿勢になったのだ。骨のように形をとった、石膏《プラスター》の反転死体《アンチ・コープス》には、その叫びの形まで保存された。

ポンペイのあと、この島でも。

保存された死者が地面に残した穴は埋められて、石《プラ》膏《スター》で型取られた死者が発掘された。女、男、子供、犬や猫、住居跡で飼われていた熊。今は島の資料館や最大の発掘現場にある観光センターに置かれている。

この島の鋳型《キャスト》がそっと飛行機に乗せられて、海外で『もうひとつのポンペイ』などといったタイトルの展示に出演することもあった。とびぬけて有名な像には、死に姿に応じた命名がされていた。「恋人たち」、「反抗する少年」、「ランナー」。

一九八五年に、マカロックは大英博物館で彼らを見ている。だが、のちにエラムに住むことにしたのとは何の関係もないと、彼はいつも言い張った。

「今でも私たち、ほとんど同じ手法でやっているの」とソフィア。彼の前では抑えていても、彼女の気がたかぶっているのがマカロックにはわかる。「割とね。だけど先生は――どうぞ」

彼女が大きめのテントの出入り口を開けてくれたので、マカロックは中に入り、キャンバス地越しの赤みを帯びた太陽光のまぶしさに、目をしばたたいた。汗のにおいがする。四面それぞれに、カーテンのかかった透明プラスチックの窓があった。

キャンバス地の床で何かが光り輝いている。

マカロックが目にしているのは、人間の半身だった。もう何度も見たのと同じような、鋳型《キャスト》だ。両腕を伸ばし、空洞になった目の下で口をあけた人物。身体が腰のところでふっつり途切れているが、マカロックが息をのんだのは、そのせいではない。

汚れた穴だらけの石膏の像ではなかった。水晶やガラスのように透明だったのだ。

鋳型《キャスト》の表面は磨きあげたように見えるが、小石がちりばめられていた。中身に泥の汚れもある。吹きだまって付着した物質、宙ぶらりんのごみ。

マカロックは膝をついた。近寄って見ようとした。光が身体を通って屈折している。

「新しい処理法を試しているの」とソフィア。「これは石膏じゃなくて、樹脂《レジン》の一種。穴を見つけたら二つの薬品を流し込む。二つが混ざり合って化学反応を起こすと、どんどん固くなっていく。で、二、三日たったらこうなる。さわらないでね」

「さわるもんか」とマカロック。

「そのうちさわっても大丈夫になる。それも大事な点なの。石膏より丈夫で、多孔質でもないから。だけど、まだまだ改良中よ。薬品の調合を変えてみたり、固める時間を変えてみたり」

彼は、つやつやした透き通る顔をなでてみたいと思った。透き通った穴となった目に、自分の目をぴったりつけてのぞき込んでみたかった。

「この人の脚がどうなったのかはわからない」とソフィア。

像は光を放っている。ひょっとしたら、彼はこのように不完全な身体で死んだのかもしれない。それとも、彼が消え失せたずっとあとに、脚のあったところの穴を細かい土がふさいで、彼の半身を消去してしまったのか。彼を欠けさせる物質。

「ハロー」

マカロックは立ち上がって、初めて聞く声のほうを向いた。

長身で背筋の伸びた女性のシルエットが、テントの入り口にあった。両手のほこりを払っている。髪の毛を後ろにひっつめているが、白髪まじりの後れ毛が垂れていた。テントの赤い光に足を踏み入れたので、マカロックは彼女の顔を見ることができた。

ニコラ・ギルロイは彼より何歳か若かった。不機嫌で陰気な目つきで彼を見た。眉が高く、頭が反り返って、鼻がローマ人風の彫りの深い顔立ちを目立たせている。全身泥まみれだった。

「先生」とソフィア。「私、問題ないと思って、ちょっとだけ――」

「いいわよ」教授は笑顔をつくろうとした。意外にもか細い声だった。「誰かさんにポテトチップスの礼をさせられてるんでしょ」

「マカロックです」と彼は名乗った。「おじゃまでなければいいんですが。長年ここに住んでますが、発掘調査があるとは知らなかった」

「ええ、そうでしょうね。ごく最近のことだから」とギルロイ。「衛星画像を参照して、掘ってみることになったの」

「いつ見つけたんですか?」とマカロック。

「私が見つけたわけじゃないわ。送り込まれただけ。新たな発見には新たな手法をってね」

マカロックは、振り向いて、彼女が地中から掘り出したものをじっくり見たいと思った。

「ここは神殿か何か?」

「まだわからない」

「美しいですね。あの像ですが」

「像なんかじゃないわ」

「公明正大ですね。何か特定のものを捜してるんですか?」

ギルロイは答えなかった。まるで彼が何も知らないとでもいうように。


エラムに二つあるうち安いほうの映画館で、マカロックはチーヴァーズに会った。プログラムが予告とは変更になっていて、二人とも今上映中の探偵映画は見る気にならない。映画はやめて、向かいの店へ飲みに行った。

マカロックはチーヴァーズに、見てきたことを話して聞かせた。

「グーグルでちょっと調べたよ。樹脂を試したのは彼女が初めてじゃないんだな。ポンペイの『オプロンティスの淑女』ってのがあるんだ。内部の骨やら何やらが底のほうに寄せ集まってるのがわかる。だけど、彼女の場合は蠟とか琥珀《こはく》みたいなんだ。こいつは完璧に透き通ってた」

「じゃあ、パディックはなんだっていまだに石膏を使ってるんだ？」とチーヴァーズ。「そうだろ。なんでみんな石膏なんだ？」

「そうだ。誰だって石膏を使ってる。シャーロットって女の子がそう教えてくれた。ギルロイの材料は実験的なものだって」彼は親指と人差し指をこすり合わせてみせた。「おまけに、石膏のほうが安あがりだ」

「未知の分野《テラ・インコグニタ》か」とチーヴァーズ。「でも、地《テラ》ってやつはいつだって十分既知《コグニタ》だよなあ。わからないのは失われた肉体だろ。失われた肉体《ペルディディ・コルプス》。それとも未知なのは穴か。未知の穴《カウス・インコグニタ》ってね」

マカロックは鼻を鳴らした。

島で暮らすようになって数年のあいだ、彼はチーヴァーズを知らなかった。エラムはそう広くもないし、チーヴァーズはとうてい控えめとは言えないことを思えば、あとから考えると不思議なことだった。二人の関係は、マカロックが不動産を買おうとしたときに始まる。町はずれの小さな店舗だが、地元の法的手続では購入にあたって、犯罪歴を開示しなければならないらしいことがわかった。

彼がロンドンで荒れていた若いころの前科は、ショッキングなものではなかったが、些細なものとも言えない。申し込みは断られる可能性があった。恥よりも、そのほうが心配だった。秘密にするための秘密がほしいわけではないが、彼は自分でも愚かだと思っている過去を失いたくなかった。

そんなころ、電話帳でチーヴァーズを見つけた。チーヴァーズがどんな抜け道をくぐったものかマカロックは気にもしなかったが、最終的に彼は不動産を購入できた。今でも、彼が打ち明けることにした相手しか彼の前科を知る者はいない。

　用件が片づいた二週間後、彼はチーヴァーズにバーでばったり出くわした。マカロックはチーヴァーズに一杯おごって、自分が打ち明けた秘密を彼があっさりと、うれしそうに受け入れたことに最初はびっくりしたが、今は興味をそそられていると話した。

「この島《アイル》は物音《ノイズ》ばかりじゃなく秘密でもいっぱいなのさ」とチーヴァーズは言った。マカロックは、「それに音楽《スイート・エアーズ》だな」と応じた（シェイクスピア『テンペスト』第三幕第二場キャリバンのせりふ「この島はいつも物音や歌声や音楽でいっぱいだが、楽しいだけで悪いことはなんにもしねえ」〔小田島雄志訳〕より）。チーヴァーズはその返しが予想外だったらしい。口にしてひとり楽しんだだけだったのだが、マカロックに驚かされてうれしそうだった。

　その後二人の一致した意見となったのは、島は騒々しい《ノイジー》秘密でいっぱいだということだ。二人でゴシップごっこをしてふざけあった。込み入ったゲームだ。

　これほど親しくした相手はいないとマカロックは思うものの、たとえば、たまに誰かと短期間の性的関係を結んだときなども、チーヴァーズに知らせたりはしなかった。二人が自分の生活を話題にすることもめったにない。

　チーヴァーズの妻の葬式にマカロックは呼ばれなかったが、意外でもなければ気分を害しもしなかった。

　彼らがデザートを食べているころ、映画が終わった。マカロックが目を上げると、ソフィアとウィルが、シャーロットや彼の知らない若者二人と一緒に映画館から出てくるところだった。彼が手を振ると、一同は店にやってきた。

「友だちのチーヴァーズだ」と彼らに紹介する。「島いちばんの弁護士《ローヤー》さ」

「卑しい弁護士業《ロウ・バー》だよ」とチーヴァーズ。「弁護士業。

クソみたいなもんだ。映画はどうだった？」彼がぐっと乗り出すと、シャーロットは身をかわした。

「ろくでもなかった」とウィル。

「だと思ったよ」とチーヴァーズ。「だから食事にしたのさ。一緒に酔っぱらおう」彼は安ワインをついだ。

「私たち、踊りにいくの」ソフィアが言った。マカロックのほうを見る。「チャットアップに」

「きみら、親しくしてていいのか？」とマカロックが聞いた。

「おっと、うるさいことを言わないでくださいよ」と男のひとりが言う。「慈善行為なんだ、ぼくらと一緒ならソフとウィルが外出させてもらえる」

「ぼくらは最先端なんだぞ」とウィル。「石器時代のやり方から抜け出せないくせに」

「だけど、まじめな話、あの先生ってちょっと怖くない？」とシャーロット。

「ううん」とソフィア。「彼女は優秀よ。私たち三人しかいないところへ、仕事が山ほどあるってだけよ。あそこでもっと見つかるはずなんだって」

「前に彼女が間違ってたこともあったじゃない」

「発掘調査のことでもないけどね」誰かが言った。

「あなたは黙ってて」とソフィア。

「彼女とパディックはどうかしたのか？」とマカロックが言うと、学生たちは互いに顔を見合わせた。

「なんでそんなに気にするんですか？」ウィルが穏やかに言う。

「パディックは彼女のことが好きじゃないだけよ」とソフィア。「彼女は彼の存在もろくに知らないわ」

「すてきなロマンチック・コメディの第一幕って感じだな」とチーヴァーズ。「タイトルは『ディグ・イン』。いや、『コラボレーターズ』かな。ちょっぴり哀愁漂う、そんな感じだろうね」

「あの二人じゃ、第三幕になってもいちゃいちゃするようにはならないと思うわよ」とシャーロット。「ギルロイはうまくいかないだろうって、パディックは思ってる。あの魔法の糊のファンじゃないからってだけじゃない。全部が気に入らないんだわ。彼が言うには、私生活でもいかれた女だって」

「あの二人、一緒に仕事したことがあるのか？」と誰かが言った。赤ワインがもう一本来た。

「ええ、だから彼が知ってるんじゃない」

「誰だって前に誰かと一緒の仕事をしてるさ」とウィル。「そして、みんなが張り合ってもいた」

「そして彼女の勝ち」とシャーロット。「ぶっちぎりで」

「よせよ、そんなことあるもんか、きみらのほうに何人いるか考えてみろよ」

「まあね、だけど彼女、彼の現場を手に入れたのよ」

騒いでいたわけではないが、ワインのせいで声が高くなって、人目をひいた。電話の呼び出し音がして、パディックの学生たちのひとりが席を立つと、ちょっと離れたところで電話に応えた。マカロックはちらっと見上げた。島で電波を確保するには金がかかる。

月がくっきりと見えた。レストランの色つきの明かりに虫がたかっている。活動停止中の火山がむっつりと、肩を丸めてうずくまっている。

「ひとつだけ見た」とマカロック。「いいと思ったけどな」

「ええ、だけどね」とシャーロット。「絵葉書になりそうなのが彼女のほうが多いってだけで……」

「あら、よしてよ」とソフィア。「見た目がきれいってだけじゃないのは、わかってるくせに。石膏じゃ内部が見えない。捜すことになってるのに」

「何を？」

男が戻ってきた。彼がテーブルをコツコツたたき、全員がそっちを向いた。彼の目は大きく見開かれている。

「行かなくちゃ」張りつめた声だった。

「何ごと?」とシャーロット。「まさか……」

「見つけたんだ」

「大変だわ」

学生たちは両手で口をふさいだ。

「ほんとに?」とソフィア。「おめでとう!」

「行かなくちゃ」若者はそう言って、チーヴァーズに向かって目を細めると、ポケットをたたいた。「いいのかな……?」

「もちろんだ」とチーヴァーズ。「何が見つかったのか聞いても?」

だが、パディックのグループはもう「ごちそうさま!」と叫んで、暗い通りへ駆けだしていた。

「連中、運転して大丈夫だと思うか?」とチーヴァーズ。

「先生の耳にも入るわね」ソフィアがウィルに言った。

「もう聞いているかもしれない。くそ」彼女は興奮し、怒ってもいるようだった。

「ぼくらも帰ったほうがいいね」とウィル。

「ちょっと酔っぱらっててよかった、正直なとこ」とソフィア。「お酒をごちそうさま。さあ、いざ行かん!」

二人だけになったチーヴァーズとマカロックは、黙って座っていた。

しばらくしてチーヴァーズが口を開いた。「ところでだ。たった今掘り出されたものについちゃ、大いに疑問を感じるね」

「大ごとだぞ」とマカロック。「えらく時間がかかったが」唇をすぼめる。「見にいこう。明日の朝にでもどうだ? うちに六時に来られるか?」

「六時? よしてくれよ。なんでおれがそんなことしなくちゃならない?」

「見たくないのか? どのぐらい時間がかかるかな? 夜通し作業をするだろう。文句なしだ。おれたちを追い返す元気なんかなくなってるぞ」

フリー・ベイはごく小さい現役の港だ。パディックのチームが作業しているフィールドから何ヤードか離れたところでは、小型船が何艘か煤煙を吐き出している。噂を聞きつけたのだろう、マカロックとチーヴァーズが翌朝発掘現場に到着するころにはもう、町の住民がひとかたまり、その場に集まっていた。

発掘現場の警備には民間業者と島の警察があたり、ギルロイのところよりずっと大がかりだった。彼らは見物人を追い払おうとはせず、臨時に設けた柵から出ないようにとどめているだけだった。

「前に出ないでください、みなさん」と、警官が呼びかけた。

「うれしそうじゃないか、ボブ?」誰かが叫び、笑い声があがった。警官たちのなかからも笑いが洩れる。

彼は帽子をちょっと動かし、チーヴァーズに声をかけにきた。

マカロックは雑草の生えた斜面を見下ろした。立坑《ピット》の中で、間に合わせのついたてのまわりを考古学者たちが動き回っている。シャーロットを見かけて片手を上げると、彼女が手を振り返した。疲れ果てているようだ。

「おい、見ろよ」チーヴァーズが指さした。ウィルとソフィアが穴のそばの、パディックのチームの近くに立っている。「どうやら、ギルロイはゆうべここに来たらしいな。学者の礼儀ってやつか。パディックは自分たちの発見を彼女に見せたんだな」

「さぞかし得意だったろうよ」とマカロック。

学生たちがついたてをたたみはじめた。見物人たちが前に出ようとして押し合う。マカロックは爪先立ちした。

大きめの立坑《ピット》の中に、石膏像のまわりの泥土をていねいに掘りのけた深い穴があった。慈しみ深い守護者のように考古学者たちが像に吊り索《スリング》を回し掛け、地面から引き上げていく。

ゆらりと持ち上がったものが見えてきた。完全体だった。損なわれていない。さまざまな画像や島の資料館で目にして、マカロックがよく知っている姿勢。典型的な死に姿だ。

ガラスのケースに収まったものを見て、解説のキャプションを読んだだけでも、マカロックは畏怖の念に打たれたものだ。今、それが土中から解放されるところを目にしている。息をのむしかなかった。

翼が巻きついていた。重たげな頭がだらりと垂れている。輪郭のくっきりした大きな目のくぼみ。巻き貝の殻からえぐり出したような螺旋状の胴体。たくさんの肢が伸びている。小さな手のようなものが、まるで懇願しているように見えた。

考古学者たちが、死んでから幾時代もを経たものの石膏複製に毛布をかけた。暖かくしてやろうとでもいうように。そして運び去った。


こうした形状のものが初めて出てきて、きれいに埃を払われてから、ほぼ二十年になる。

最初の発見からほとんど時をおかずして、考古学者たちはさらに二体を発掘した。そのときから火山裾の神殿の渦巻き図形は装飾細工でなくなり、にわかに、地元にいた異種の人々を描いたものと認識できるようになった。廃墟となった古い町の出入り口がいっぷう変わっていることが、新たな意味をもってきた。モザイク床なども はや伝説見学の呼び文句にはならない。単なるリアリズムだ。

島じゅうの水底が探測探査された。船を見つけた者はいなかった。それがどこからどうやって島にやって来たのか、誰にもわからない。共存の証拠が——それも決定的な証拠が——見つかっているからには、ずっと島にいたとしか思えない。

その生きものたちは人間たちと一緒に見つかった。

死んだ島人たちは彼らのそばにいた。ともに働いていたのだ。信仰もともにしていたと、破片上に今も判別できる描画を改めて調べた科学者たちは述べた。光冠のかかる、祭壇上の輝く箱に、ともに祈りを捧げる宇宙人と地球人。

空洞《キャヴィティ》が、またひとつ見つかった。もしそこに何かがあったとしても、何がなくなってそんな空洞になったのかは決してわからない。四つ目の空洞は大量のジェッソをのみ込んだ。彼らはそれを長時間放置して乾かした。

彼らは〈コラボレーター〉文化の決定的イメージからゆっくりと土をはがしてきた。その生きもののひとりが、火砕流の猛威に対してうずくまり、飛ぶ力はなかっただろうが誰もが翼と呼んでいる翼状の肢を、守るような格好で幼い人間二人に巻きつけていた。ひとりが女の子、もうひとりは男の子だった。

子供たちはしがみついている。彼らはともに死を迎えたのだ。

ギルロイの樹脂だったら、光が何千年も前に死んだエイリアンの姿を複雑にあちこち反射しながら通り抜けたことだろう。マカロックがその顔に手を這わせて、なめらかな表面を指先に感じることもできただろう。

石膏をかき混ぜているコンクリート・ミキサー車のそばで、パディックが笑っている。自分が発見したものをうれしそうに見つめているのだ。

「あの男の大成功ってわけだな」とチーヴァーズ。

「誰もが望むが、叶う者はごくわずかってやつだ。あいつはどこもかしこも予備調査して、あらゆるところに発掘調査を申し込んできたんだぜ」

「ほかに申し込んだのがどこかは知ってる」とマカロック。

「ギルロイのしかめっ面が好きな役人がいて、彼女のあと押しでもしたんじゃないのか。だけど、パディックを見ろよ。石膏で見返してやれたんだから最高だ。古めかしくてトレンディじゃない技術を使って発見したってのが、格別うれしいんじゃないか？　それも、バントーじゃなくて、こんな昔ながらの場所で」

「ギルロイは歯ぎしりしてるんだろうな」

「ここに来たのを見かけた連中の話によると、彼女はプロ精神のお手本みたいだったそうだぞ。チームに祝辞を述べて、現場全体を見せてほしいと頼んだ。あの標本を適度に感心しながら見た。潔くね」

　チーヴァーズは、彼いわく「クソおもしろくもない訴訟」に関わっていた。マカロックは数日のあいだ彼を見かけなかった。

　マカロックは、自分ひとりならそれでいいと思う人間だ。まれに孤独感を覚えることがあると、自分でもぎくりとする。今回は、孤独だからといって会話やセックスを求めようとはしなかった。

　休火山の中腹に小規模な洞窟があった。島にやって来た当初と、その数年後にもう一度訪れたことがある。小道が内部でとぎれ、一本のロープを頼りに進む。入り口の看板に、洞窟内の岩石や岩層タイプ、生息するコウモリの種類が解説されている。マカロックはまたあの山に行きたくなった。だが、行かなかった。当地での最初の日々を、あるいは子供のころのロンドンのチズルハースト洞窟行きをなつかしむ、哀れな愚行でないと言い切れる自信がなかった。あえて行くつもりはない。

　観光客が何人か店にやって来た。ひとりくらい話しかけてくる客がいるのではないかと思った。誰も話しかけてこなかったが、何日かして、電話してきた者がいた。

「来てもらえませんか？」若い男の震える声。

「どなた？」

「電話帳であなたの番号を見つけたんです。来てもらえませんか？」

「ウィルか？」マカロックは、バントーのガソリンスタンドの外にあったおんぼろ電話ボックスを思い出した。「どこにいるんだ？」

「発掘現場です。誰か連れてきてください。パディックが来てるんです。ギルロイと殺し合いになりそうで」

「なんだって？　警察を呼べ」

「だめです、彼女が連れていかれたら――誰か警官をご存じですか？　知り合いの警官をよこしてもらうことができますか？　でも最初に言っておいてください、言っといてもらわなくちゃ、彼女を連れていくことはできないって、今は――」

電話が切れた。マカロックは悪態をついた。

マカロックはバントーの小道を斜めにまたぐように車を停め、身震いしながら、冷たい、あくまでまばゆい日差しの中に出ていった。

パディックが発掘現場のそばにいて、同僚のひとりに身体を抑えられていた。ギルロイに向かってわめきたてている。彼女は意外にもきちんとした服装で、両のこぶしを握りしめて立っていた。二人のあいだに立っているのは、度を失った警備員だ。

ソフィアとウィルが見守っている。彼女は、激情にかられたかのように泣いていた。

ウィルがマカロックのところへ駆け寄ってくる。がっしりした体格の警官がマカロックの車からぬっと現れ、帽子をまっすぐにしたのを見て、口ごもった。

「ヘンシャーなら大丈夫だ」マカロックは小声で言った。「言い含めておいた。いったい何ごとなんだ？」

「ありがとう」とウィル。「今彼女を連れていかせるわけにはいかないんだ」と言って教授を振り返る。

「彼女には計画があって……」

ギルロイがマカロックに気づいた。彼女が激怒しているのを見て、マカロックはひるんだ。太陽に照らされ漂白されたような彼女の顔。埃と土がビジネス・スーツのまわりで渦巻いている。

「どうしたんですか？」とヘンシャーが声をかけた。どっしりした足どりで対決場面に向かっている。

「どうしたもこうしたも、この女が泥棒なんだ！」パディックが叫ぶ。

「落ち着いて。何を盗んだっていうんです？」

「そうよ」とギルロイ。「私が何を盗んだっていうの？」

赤いテントの中、あの人間の半身のそばに、固まって透き通った樹脂の新たな鋳型《キャスト》があった。

エイリアンの肢だった。

小さい込み入ったつくりの肢。やせた人間の腕ほどの幅で、三つの接合部がそれぞれの部分から反対方向に伸びている。長年にわたる大地の緩慢な動きでぼやけているが、先端は手、はさみのように交差するかぎづめになっていた。光を受けたルーサイトのように輝いている。

透明な肢の中に切り子面《ファセット》が、光の斑紋が見える。小石や虫の殻も入っている。それに金属片が、吹き寄せられて遺体の穴だったものの底までは落ちなかったのか、いったん落ちてまた持ち上がったものか、色とりどりのきらめくものと一緒に浮かんでいる。

誰もが凝視した。ヘンシャーが彼らを引き止めた。「それで、一張羅を着て役所に発見を報告しにいきやがった」

「盗んだのはそれだ！」パディックがわめく。

ギルロイは、うんざりしたような音をたてて出ていった。「待て！」ヘンシャーがあとを追う。テント内に沈黙が張りつめた。ヘンシャーがギルロイをいさめる声を全員が聞いていた。彼女は言い返さない。

「見せてやれ」パディックが同僚に言った。

「何言ってんのよ」とソフィア。

「見せてやれ！」

相手の男が懇願するような目で見た。携帯電話のファイルを開いて、マカロックに写真を掲げて見せた。

「今朝、それを掘り出した」とパディック。

もう一体の鋳型《キャスト》、もうひとりの宇宙人移民。廃墟となった広場の塀に横ざまにぶつかった格好だった。カメラのほうをじっと見つめる、痛ましい石膏製エイリアンの死に姿。

いちばん上の肢の片方が欠けていた。マカロックは足もとの宝石のような腕を見た。

「わかるか？」とパディック。「わかるだろう？ あの女が盗んだんだ」

「今朝発見されたんですよね」とソフィア。「先生がこれを見つけたのは二日前です」

「そうさ」とパディック。「うちの発掘現場に招いたあとだ。私たちはもう石膏を穴に注入しはじめていたんだ。あの女、バントーから手を引くくらいじゃすまないぞ、こうなったら……」

「ちょっと待った」とマカロック。「どうもよくわからない。どういうことなんだ？ 彼女が穴をひとかけら盗んだって？ おたくらの穴をちょっぴり盗んで、その穴を土で埋めたっていうのか？」

パディックはマカロックにぎごちない怒りの目を向けた。「そんなこと知るもんか」と叫ぶ。「だけど、見ろよ、接合部を見てみろ。こいつは間違いなくうちで見つかった遺体の腕だ」

「これは私たちが見つけたのよ」とソフィア。「何日も前に。陶器のかけらが積み重なってるそばで」

「まったく、なんてざまだ」とパディック。「何を注入したんだ、クリスタルか？ 科学者のやることじゃないね、いまいましい宝石職人が……」

ウィルが口を開く。「こうすれば内部が見えます」

「穴なんだぞ」とパディック。「かつては腕だった。

内部に何かあるとしたら、虫やら骨やらだ。私たちがレントゲン検査をしないとでも言うのか、いいか……」

「じゃあ、割ってみればいい」テントに戻ってきたギルロイの声だ。ヘンシャーが後ろにいる。「あなたの鋳型《キャスト》を割ってみるといいんだわ。内部に何もないって証明しなさいよ」

壊してこなごなにすれば標本はなくなり、ただの粉末になってしまうだろう。第二の鋳型《キャスト》をこしらえておいてから壊し、もうひとつ型取りしたら、穴の複製にはなるだろう。穴の内部に何かあったら、それは失われてしまう。

ヘンシャーはパディックとギルロイを引き離しておいた。「引き揚げてください」とパディックに言う。「おわかりいただけましたか? おたくの発掘現場に連れていっていただきましょう。でなければ、あなたを逮捕しますよ」

マカロックは車に戻った。ウィルが車の窓に顔を近づけて、彼に耳打ちした。「先生は地面に向かって話しかけてるんだ。ぼくらが聞いてなさそうなときに、ひとりごとを言ってる」

「おれにどうしろと?」とマカロック。

「助けてくれるんですよね?」とウィル。「どうしたらいいかわからない」そのみじめな口調にマカロックはたじろいだ。「先生はぼくにあの光の分析をさせたがってる」ウィルは声をひそめた。「それがぼくの専門みたいに。問題は……」彼は口ごもる。「先生はあれを本当に盗んだんだと思う」

マカロックは彼をまじまじと見た。ウィルがうなずく。マカロックが説明を求めるより先に彼はあとずさり、首を振った。

ヘンシャーはパディックの車に乗り込み、マカロックは自分の車ででこぼこ道を彼らについていった。遠ざかる発掘現場から目を離さずにいると、発掘には向かない服装のギルロイが立坑《ピット》に飛び込んだ。

ソフィアがぎゅっと腕を組んで教授を見ている。ウィルはマカロックを見ていた。

彼はパディックとヘンシャーのあとをついて町まで戻ったものの、ほどなく彼らが前方に見えなくなるに任せた。数分後には車を路肩に寄せていた。

道の両側の土地は、かつて耕作地だったが長いこと遊ばされているようだ。溝や生垣のなごりの茂みがあって、農場のにおいがする。遠くに大きな広告板が道路を向いて立っていた。いったい何を宣伝していたのか、とっくの昔に判読できなくなっている。羽目板がところどころはがれ落ち、あいた穴越しに火山が見えた。中腹あたりで雨が降っている。

まだしばらくは日が残っていそうだ。彼は車の向きを変えて北へ走らせ、高速道路の出口を通り過ぎた。山麓に入っていく。ぽつりぽつりとある店を通り過ぎていく。石屋、トラック運転手相手のカフェ、不景気な園芸センター。彼がこのあたりの高地に来たのは何年かぶりだった。急に高度が変わるため、ここでは植物さえエラムやその近郊とは違っていた。暑いわけではないが、光の加減に真夏の蒸し暑さを思わせるものがある。彼は深紅色の羽虫を見た。

太陽がすっかり傾くと、彼は向きを変えて、南へだらだらと下る道を戻っていった。移動時間をしっかり計算していた。発掘現場入り口に車を停めると、ちょうど日没だった。グローブボックスから懐中電灯を取り出す。

マカロックは一マイルかそこらの小道を、ポケットに両手をつっこんで歩いた。新顔の警備員が二人いたが、ロープを張った入り口のそばでその若造たちは退屈しのぎにおしゃべりに興じながら煙草を吸っていた。マカロックはほとんど身を隠そうともせず木にもたれて立ち、彼らを見ていた。

宿泊用テントに明かりがついている。マカロックは発掘現場の外辺を歩いていった。

ソフィアとウィルの話し声がするが、内容は聞き取れなかった。缶を開ける音が聞こえて、ひどく喉が渇いていることに気づく。

赤いテントに近づいていったマカロックは、ささやき声を耳にした。

窓はビニールのカーテンに覆われている。懐中電灯の光が点になって、キャンバス地の上を動いている。内側からの光だ。マカロックはできるだけ音をたてないように、自分の影がテントの布にかぶさらないよう気をつけながら動いた。

中からギルロイの声がする。

早口の、長い小声の独白。マカロックは耳を近づけた。ギルロイの声が、はやる気持ちを抑えるように高くなったり低くなったりする。

「私は毎晩試すわ」と言って、彼女は答えを聞いているかのように間をおいた。「こうなったら何の違いもない、ほかにどうしようもない。わかるでしょう。前とは違ってしまったとはいえ、まだほとんど同じと言えるほどよ。だから。ねえ。どうか。さあ」

テントの表面が彼女の言葉に細かく震える。声が小さくなり、どんどん低いところから聞こえてくるようになる。彼女はしゃがみ込むか、ひざまずくかしているのだ。「さあ。どのくらい時間がかかるの？」彼女のささやき声。地面のすぐそばでささやいていたにちがいない。地中に向かって。「何を待っているの？　私にできることをするわ。さあ」

彼女の声がだんだんかぼそくなっていき、マカロックには言葉が聞き取れない、懇願するようなつぶやきになった。明かりが動いたかと思うと、いきなり色とりどりの光が星座のようにキャンバス地いっぱいに輝いた。彼女があの樹脂の肢か半身に光を通しているのだと、マカロックは思った。その光線が放射状に広がったのだ。

彼女が力むような声がした。何かを持ち上げたのだろう。何か重いものを。マカロックは、何かを揺すってあやしている彼女を思い浮かべた。

明かりが全部消えた。長い、音もなく暗い間があった。

とうとう、彼女が立ち上がって埃をはたく音がした。出入口のジッパーが開いて、衣擦れの音とともにテントが震え、彼女は立ち去った。

彼女が出ていくとき、マカロックに一番近いカーテンが動き、引っぱられて脇に隙間があいた。暗いテント内をのぞけるようになった。

教授は戻ってこない、付近には誰もいないと確かめて、彼は自分の小さな懐中電灯をつけ、カーテンの隙間からまっすぐ透明な遺物めがけて光を向けた。

テントいっぱいにほとばしる光。拡散し増幅する光は、ギルロイが懐中電灯をつけていたときよりなお明るく、まばゆさのあまりマカロックは息をのんだ。懐中電灯を手さぐりして、あわてて消す。

苦悶しながら待ち構えた。あの燃えるような輝きに気づいた者は誰もいなかった。誰もやって来ない。マカロックは冷たい地面にへたり込んで、動悸がおさまるのを待った。

この島では、誰もがうつろな死を、死んだエイリアンを踏んで歩いている。死骸穴から死骸穴へと動物たちが悪気もなしに掘り進み、隔たりを生命の痕跡でつないでいった。

樹脂が鋳型《キャスト》づくりの標準材料になったら——きっとそうなるはずだ——マカロックは店に小間物の新製品を仕入れることになるだろう。店で売るキーホルダーや人形は白ではなく、はかなげな透明のプラスチック製になるだろう。中国の工場は新たな供給プロセスを立ち上げるだろう。

そして、標本が紛失するようになるだろう。死者の石膏像は、まるごとでなければ意味がない。アルコーヴに飾って部屋を見張らせるといいだろうが、壊しでもすれば、拳のようなかたまりでしかなくなって、注目すべきものは何もない。マカロックは内心、泥棒にとってそういう遺物には何の魅力もないと考えている。自分がかつて泥棒だったからわかる。だが、樹脂の遺物なら――ばらして、かけらにして磨いたら、ばらばらになった〈コラボレーター〉を鎖でつないだ宝飾品になるだろう。

子供のころのマカロックをチズルハーストの隧道に連れていってくれたのは、誰だっただろう。いずれにせよ、彼はそこで洞窟に立っていたことを覚えている。そのときは考えもしなかったが、今思い出すと、あのとき自分が立っていたのは、やがてロンドンとなる場所の地下で死んだ巨人たちが、腐敗して無に帰したあとの空間だったような気がした。

翌朝早くに、チーヴァーズが電話をよこした。「警察署で会おう」と言う。「旧市街じゃなくて――ヴァンダーフーフの警察署を知ってるか？」

「もちろん知らない」

「バドリー・ロードだ、屋根のある市場のそばの。急げ。ギルロイが逮捕された」

マカロックが駆けつけると、チーヴァーズは玄関ホールで、薬物の相談電話ポスターの下にある公衆電話に向かって勢い込んで話していた。あいさつ代わりにこちらへうなずいてみせた。

「ヘンシャーに連絡してたんだ」電話を切った彼は言った。

「クソ。連行しない約束だったのに。何の名目だ？」

彼女はパディックに指一本触れてないのに……」

「その件じゃない」

「じゃあ何だ？　どうしてわかる？」

「おれが彼女の代理人をしてるからだよ」

マカロックは目を見開いた。

「おまえはどう弁解するんだ?」とチーヴァーズ。

「なぜ手を貸した? ウィルってぼうずが、きのうおまえに電話したって言ってたぞ。ヘンシャーが手加減したわけだ」

二人は目を見合わせた。緊迫感のなかに一抹のおかしさがあった。ひねくれ者どうしなのだ。

「なんであんたが彼女の弁護を?」とマカロック。

「猫をも殺すってやつのせいさ」とチーヴァーズ。

「わからないとは言わせんぞ。そもそもおれの好奇心をあおったのはおまえなんだからな。おれに電話してここに来させたのが、あのかわいいソフィアだ。夜が明けるころに警察がやって来たそうだ。彼女はあそこに残って、発掘現場に目を光らせている警察に、目を光らせている」

「賢明な娘だな」

「いかにも。大物になるだろうさ。警察がやって来てギルロイを逮捕した。何の名目かって聞いたな?」チーヴァーズは効果を狙って間をおいた。「不法投棄だよ」

「は? どういうことだ?」

「ああ、彼女の調合した樹脂が、環境庁から正式には認められていなかったと判明したんだ。パディックがあちこち電話したんだろう。陰でどう糸を引いたかわからんが、ボパール(一九八四年、有毒ガス漏出という産業事故で二千人以上が犠牲になったインド中北部の都市)のあとにできた汚染防止法にもとづいて、彼女を逮捕させたってわけだ」

「ばかばかしいにもほどがある」とマカロック。「地中に放置してもいないんだぞ」

「もちろんだ」

「彼女、出られそうなのか?」

「ああ、出られるさ。問題はいつ出してもらえるかだ。四十八時間しか拘束できないが、この調子じゃ、ぎりぎりいっぱい引き止められるな」チーヴァーズは眉をつりあげた。「省庁の縄張り争いにとっちゃ珍しいネタだが。おっと、クライアントに話をしなくちゃならん。壁をひっかいてるころだ」

「おれまでぶち込まれるわけじゃ……」

「ここのやつらは、この件をそう深刻には考えてないよ」とチーヴァーズ。「何人か知り合いの警官がいるんだが、自分たちが利用されたって承知してる。もうメンドリのところにひよっこを一羽入れてやったんだ、おまえがおれの助手を務めたって気にするはずがない。自分も代理人のつもりでいろ」

ギルロイは外を覗けない高さにある窓をじっと見上げて、爪先立ったりかかとを下ろしたりをくり返していた。チーヴァーズが入っていくと向き直り、まっすぐ彼のもとにやって来た。

「形勢はどう?」と第一声。「状況はどうなの?」マカロックがいることに驚いた様子はない。隅のほうに立っているウィルが、マカロックの視線をとらえようとしている。

「大学に連絡させましたか?」とチーヴァーズ。

「もちろん。私が在籍してる学部と化学部にも」

「ほう、たいへんけっこう。たぶん、しばらくのあいだ拘留されるでしょう。法的に可能なので。そして誰かがそれを望んでいるらしいので」

ギルロイは目を閉じて、壁にもたれかかった。マカロックは彼女の横顔を見た。秀でたひたい、弧を描く鼻梁を、岩壁の形状をなぞるかのように。ギルロイは彼女の次の言葉に驚かされた。「ウィルとソフィアにうまくやってもらわなくちゃ。待っているあいだに」

「無理です、先生」とウィル。「ソフはあそこにいますけど、ひとりっきりだし、警官たちが調合物を押収してったし、彼女は何もさせてもらえませんよ」

ギルロイは唇を引き結んで何ごとか決心したように

うなずき、目を開けた。

「聞いて」と、チーヴァーズとマカロックに言う。

「きのう、穴をいくつか見つけたの。こんな騒ぎがもちあがるまでに、注入をすませておいた。たった今も固まっていってる。大発見だと思うの。助けてもらえないかしら?」彼女はマカロックのほうを向いた。

「ウィルからきのうのことを聞きました。あの警官が来てくれなかったら、あのばかな男が何をしでかしていたことやら。

ウィル、あなたは遺物庁に知らせて。私の連絡相手はシメオン・バッドよ」その名前を注意深く口にした。

「ソフィアは車を持ってる?」

ウィルはうなずいた。

「チーヴァーズ、この子を連れていってもらえないかしら?」彼が断ることは想定していないようだった。確かに、彼は断らなかった。「そして、中に入れるように口添えをお願い。もし困ることでもあればね。そんなことはないと思うけれど。ウィル、バッドに伝えて、あそこで見つけたものが何であれ、私たちは撤退できないって。このばかばかしい騒ぎでどんな決定が下ろうとも、あなたたちはあれを掘り出させてもらわなくちゃならない。

一日では難しいでしょうね。もし私がそれまでに戻れなければ、ソフィアが責任者よ。戻れるかしら、チーヴァーズ?」彼は肩をすくめ、首を振った。ギルロイが別の決定をするのを、マカロックは見てとった。

「間に合わなかったら、私を待たないで」と、彼女はウィルに言った。「わかったわね? 準備が整ったらすぐに掘り出すのよ。

ぐずぐずせずに」

マカロックは警察署からの帰りに、回り道をして防潮堤を通った。ぎりぎりまで寄せて駐車した。ここに来ることはあまりない。低いところで水しぶきの中に立った。あまり元気のない海だ。足もとでときどき思い出したように、流去水が掘った穴からピチャピチャはねあがる音がする。

マカロックは一度、一九九三年に八日間ロンドンに戻ったことがある。別段エラムの街が恋しかったわけではないが、ロンドンに行ってみてはっきりとわかった。エラムにいたい、と。

居場所を誰にも教えないことに、マカロックは意地の悪い、身勝手な喜びを覚えていた。数少ない親族やかつての知り合いに、わざわざ彼と連絡を絶やさないようする者は誰もいなかった。散歩しながら、なつかしい場所へ行って心を動かされたり、できるだけたくさん変化を見つけたりして満足するのが気に入らなかった。『もう戻るまい』そう考え、それから戻っていない。

ろくでもないものをうまい具合に蹴り出しさえすれば、自分の下から大きなものを追い出せるような気がしていたものだが。忘れずにいることで彼は自意識過剰になった。とうとう彼は店に戻った。やがてチーヴァーズから電話があった。

「あのぼうず、あんまり口がうまくないな」電話の向こうで彼が言う。「だがまあ、せいいっぱいやった。おれもちょっとは援護したし、こっちには十分説得力があったと思うね。どうやら、もとからギルロイにはえらく説得力があったらしい。あそこに何があるのか、このおれもぜひ見てみたいよ。そうじゃないふりはしなかったがね」

彼の興奮ぶりが耳障りだった。マカロックは電話を切った。ソフィアがどの味のポテトチップスを買ったのか思い出そうとした。しまいに、店にある全種類をひと袋ずつ、翼を広げて人間の幼子二人を守る〈コラボレーター〉がプリントされたキャンバス地のトートバッグに入れた。絵柄の下には、「きみは熱気に耐えられるか？？ エラムで！」という言葉。甘いケーキ二つとナッツ、飲みものもポテトチップスと一緒に入れた。

マカロックはいつになく車をとばして、夜のとばりが下りようとするなか、町の外のでこぼこ道を上っていった。馬力のない老いぼれダットサンが車体を揺らしながら溝沿いに発掘現場へ向かっていたとき、テントのそばに警察車両が見えた。

細道の突き当たりでソフィアが大声をあげて、発掘現場と赤いテントへの行く手をはばむ警察に猛然と抗議している。マカロックはそそくさと車を停め、そこへ走っていった。彼女の前で五、六人の警官が寄ってたかって、ちっとも効き目のないなだめる仕草をしている。

「マカロック！」彼の姿が目に入ると、ソフィアが叫んだ。「この人たちに言ってやってくれない？　私が行かなくちゃ。ギルロイが逃げたの」

「なんだって？」とマカロック。

そばまで行こうともがき、もう一度言ってくれと叫ぶ。巡査のひとりが彼女を脇へ引っぱっていった。

「お知り合いですか？　彼女を落ち着かせられませんか？　正直なところ、いったいどうなっているのやら誰にもわからないんです」

「何があった？」とマカロック。「あの子は何の話をしてるんだ？」

「さあ、私にもわからない。ギルロイがいなくなりました。接見室からいなくなった。聞いた話ですが。そんな目で見ないでください、それ以上何も知らないんですから。誰も何も言わないらしくて。われわれが知ってるのは、あの娘が手助けして逃がしたかもしれないってことだけです。じっとしててもらわなくちゃなりません。落ち着かせられませんか？」

ソフィアはマカロックに連れられてその場を離れた。黙って――いきなりよそよそしいほど冷静になっていた。

「先生に会ったかって聞かれてたの」と彼女。「先生を手伝ったのかって。何を手伝ったっていうの？」そう言いながら、目にかかった髪の毛をかきあげた。

彼女が先に立って突き出した岩に登った。そこから見張っていられるし、警察にも二人がよく見える。

「チーヴァーズは大いに見込みありだと」とマカロック。「きみらがやらせてもらえるって」

「もう少しで準備が整う」とソフィア。「私、先生に言ったの、あの樹脂処理をギルロイフィケーションって呼んだらいいって。先生は笑ってたけど、わかってなかったみたい。あなたも見たでしょ。あれを。あの光を」

彼女の顔つきが変わった。マカロックは彼女の視線のほうへ目を向けた。警察車を先頭に公用車風の黒い車が二台、小道をゆっくりとやって来る。スーツ姿の男二人と女二人が前方の車から降りた。後ろの車から現れたのは、マカロックに見覚えがあるような学生三人、そしてパディックだった。

彼はオーバーオール姿だった――発掘の作業服だ。ソフィアがそちらへ駆けだすと、彼はちらっと彼女を見て、目をそらした。官庁の担当者たちに声をかけて、足早に発掘現場へ向かう。警官がソフィアに立ちはだかった。

「あの人、いったいここで何してんのよ！」ソフィアが叫ぶ。

マカロックは役人のひとりにつっかかっていった。

「どういうことだ？」

「どなたですか？」と、その男は言った。

「ギルロイの仲間だ。パディックは何をしてる？　あの男をここに近づけちゃだめだ、なあ。アラン・チーヴァーズを知ってるな？　ギルロイの弁護士を。やつがバッドに話をつけてるんだ。この子が、条件が整い次第掘り出す許可を得ることになってる」

「そうですか？　でも私たちはたった今バッドのオフ

ィスから来たところでしてね。だからこそわれわれはここにいます。ギルロイが逃亡中で、ある種の緊急事態だということで全員が同意しています。チーヴァーズも」

「じゃあどうして？　彼女も加えてやれよ」

「審理中なんです。ギルロイの弟子にやらせるわけにはいかないでしょう？　だからパディックを連れてきたんです」

ソフィアは大声で罵倒した。「あいつを止めて！　不法侵入者よ！　あいつのほうよ、逮捕しなくちゃならないのは！」

土中深く、投光器の明かりのなか、パディックと三人の学生が凝固したように見える泥だらけの型のまわりを掘っている。

「それは私たちのよ！　先生のよ！　先生が見つけたのよ！」

大ざっぱな人体の輪郭。灼熱の犠牲になった死者に典型的な身構える姿勢ではない。ダイバーのように身体をいっぱいに伸ばしていた。腕や脚はまだ土に隠れ、両手をつっこんだ盛り土のところにまだ掘り出されていないものがある。

「お願いよ」とソフィアが言った。「この材料のことは、先生以外では私が誰よりもよく知っているの。あの人よりも。まだ準備できてない。わからないの？　まだ時間が足りないのよ。もう少し待たなくちゃ」

パディックは照明の光量を上げた。掘るスピードを上げて、人体のまわりの土をせっせとすくいあげるさまに、学生たちが不安そうな顔になる。彼は型をきれいに磨きはじめた。

「それじゃ荒っぽすぎる」ソフィアが声をあげた。

女性役人のひとりが彼をいさめたが、パディックは意にも介さない。人体から土くれをはがし、布でぬぐうと、透き通った樹脂が見えてきた。

現れたのは女性の姿だった。

パディックが彼女の胴部を手荒にこすったので、学生のひとりが大声で彼に呼びかけた。アーク灯の光が現れた透明アクリル樹脂を透過すると、発掘現場の周辺一帯が光り輝いた。パディックは人体磨きに余念なく、いたるところに火花を散らした。

あまりのまばゆさ。人型の中の宝石のような断片、色つきの破片が光を放っている。中にそういうかけらがいっぱい入っていた。虫やネズミの死骸、小石、根の先端と一緒に全身にちりばめられている。

透き通った顔をきれいにぬぐっていたパディックが悲鳴をあげ、ショックを受けてあとずさった。

「ああっ!」ソフィアが息をのんだ。

パディックの学生たちが目をみはった。

マカロックの口がからからになった。

鋳型《キャスト》がきらきら光っている。張りつめた瞬間。発見物の輪郭線はガラスにガラスを重ねたようにはっきりせず、あえいでいる顔を顔と、ましてや特定の顔と見てとるのは難しかった。だがそれでも、パディックの両手のあいだにある透明な荒削りの顔を誰もが見つめていた。しわのあるごつごつした輪郭を、ワシのように張り出した鼻を。

光はそこからあふれ出している。それが光っているのだ。

「彼女はまだ準備ができてない」とソフィアが言った。大きな声ではなかったが、マカロックにはその声が聞こえた。

パディックは像をしっかりつかんだ。遺物庁の女性職員のひとりが穴に飛び込み、大声で加勢を頼みながら、彼につかみかかって引き離そうとしたが、彼は掘り出したものにしっかりとしがみついたままだ。

そして、樹脂はまだ固まっていなかった。女性の体形が、まるで苦しんでいるかのように腰のところで曲がりはじめた。

パディックはわけがわからないとでもいうように、猛然と女性の顔を押さえた。ついさっきまであれほどくっきりした、あれほど見慣れたものだった顔立ちが、内部が真空ででもあるようにしぼみはじめた。醜くゆがんで顔ともつかぬものになっていく。誰ともわからない、ほとんど人間ともわからないものに。

像が身をよじった。依然として光を放ち、ちらちらと輝いていたが、火にあぶられる人形さながらよじれて縮んでいくにつれ光も弱まっていく。手足が、つなぎとめられるかのように地面についた。マカロックは見ていられなかった。

色とりどりの輝きが絶えた。それはもう透明な人体ではなかった。菓子パンの干しブドウみたいな虫の死骸だらけの、ぞっとするだけのろくでもないものだ。

やっと警察が踏み込んで、パディックを引き離した。彼は目をみひらき、考えを変えたような表情でいる。穴の中が、陥没していく発見物を救おうとあたふたする人々でいっぱいになった。

マカロックはきびすを返し、張られた防水シートの下から出ていくと、もう振り返りもしなかった。古なじみの車のそばに立って、月の出ていない夜空を見上げる。

「このクソ野郎！」という、ソフィアの叫び声が聞こえてきた。

彼は深呼吸して動悸を鎮めようとした。星空を見ていて、悩める十代だったころ、煙草を吸いにいったロンドンの墓地で見上げた空に、オリオン座の三つ星を初めて見つけたことを思い出した。

その発掘作業のあと二日間、マカロックはいっさい電話に出ず、誰にも電話しなかった。

警察が全島捜索を公表した。ギルロイは見つかっていない。あれからずっと。

彼は誰にも話をしなかった。教授失踪をめぐってはさまざまに取り沙汰されていることだろう。これから話にどんどん尾ひれが付いていくことだろう。マカロックは聞きたくもなかった。

二日目の晩、彼はもう一度海際まで出かけた。思いつくかぎりでいちばん静かでいちばん暗い浜辺へ。小石の上に座って、爪先を波に浸す。

きっと溶岩流は死者を押し流して寄せ波にのみこませ、煮てしまったにちがいない。冷たい海水に沈んでいるあいだに、彼らは朽ちて軟泥になっていった。きっとこの島周辺の浅瀬には埋もれた空洞が点々とあるにちがいない。海水と小型水生生物の詰まった人型の穴が。

マカロックは発信者番号通知サービスを利用していなかったので、とうとう電話に出た。三日ぶりだ。チーヴァーズからだった。

「どこに行ってたんだよ、え?」とチーヴァーズ。「ウィルかソフィアから何か聞いてるか?」

「何も」

「信じられんよ、おれたちが行ってみると、もうあとの祭りだった。ウィルとおれが顔を出すころには、ほとんど、ただのどろっとしたかたまりになってたよ! だけどおまえは、おまえは見たんだろ。どうやら供述しなくてすんだみたいだな、運のいいやつめ。関係者みんな、今度の異様な演し物と一線を画することに決めたんじゃなかろうな。どんな様子だったんだ?」

「……無理だ。言葉にできない」

「何か溶剤をかけたらたちまち溶けて、中身が出てきた。目下のところ、パディックが裁判を受けるのにさしつかえないかどうかって話になってる。やつが正気じゃないってことにはならんと思うがね」

「どうなるんだ?」

「遺物破損罪だな……懲役六カ月ってとこか? 誰か

を味方につけてるらしいから、あんまり長い刑期にはならんだろう」

「ああ、だろうな。やつはみんなを味方につけた。あんた、そんなにあれを見たがるほど好奇心が強かったのか？」

「どういうことかわかるように言ってくれないか？」ちょっと間をおいてからチーヴァーズが言った。

「役所のやつが言ってたぞ、彼が掘り出すことにあんたも同意したって」マカロックの耳にチーヴァーズの息づかいが聞こえた。「そうなのか？」

「違う。緊急に掘り出す必要があるとしか言っていない」

「その決定に従って、やつが掘り出したわけだな」

「それが既成事実だったんだ。おまえだってあの場にいれば、ギルロイが独房から姿を消したって知らされたときの彼らの顔ときたら――」

マカロックは電話を切った。


一日おきに電話が鳴った。チーヴァーズからの電話かどうか、マカロックにはわからない。電話には出ず、伝言を聞こうともしなかった。コニー・アイランドにも行かず、何をするでもなくただ半日はカウンターの奥に座って、夜になると高地の裾をドライブした。

あの女性像が掘り出されて崩壊した三週間後、ソフィアが店に現れた。

それまで見かけたときよりもきちんとした服装だった。堅苦しいほどに。ふいに気づかわしさに襲われ、マカロックの気持ちがやわらいだ。感情を抑えて、慎重な笑顔をつくる。彼女も笑顔で応えた。

「また会えるとは思わなかった」と彼は言った。

「さよならを言いにきたの」と彼女。「明日、ロンドンに向かうから。ウィルは先にもう行ってる。金曜日にね。ほかの子たちも……ええと、シャーロットは二週間前だったかな」

「そうか」とマカロック。「元気でな」ふたりとも黙った。しばらくして、彼はおおげさに顔をしかめた。

「すまなかった、何もかも、いささか……」

「ええ。ほら、あの半身像と腕は無事よ。資料館に行ってみて。そこにあるから。あそこのキュレーターと話をしたんだけど、彼女、あれにスポットライトを当てて光らせるようにするって。そうしたらきっと、すごくりっぱに見えるわね。聞いてる、結局あの樹脂のことがどうなったか——?」

「聞いたよ」

「有毒なものは何もなかったのよ。関係官庁の決定によって、また使えるようになったわ。

覚えてる?」と彼女は言って、彼をまじまじと見た。

「私は覚えてるわ、ずっと、あれがどんなふうだったか。あなたも?」

「もちろんだ」二人してしばらく黙り込んだ。

「あのあと、あなたは見ていないでしょ」と彼女。

「私はすぐそばで見た。あなたはいなくなってた」彼女は首を振った。「みんながあんなふうな鋳型を見慣れるようになるわ。もう宝石みたいには見えなくなるんでしょうね」

「おれは反対のことを考えてたな。いつになっても宝石みたいに見えるだろうって」

ソフィアが考え込んだ。「だといいけど」彼女は口ごもった。「ありがとう。ご親切に力になってくれて。初めてここに来たときからね、ともかく」そして、にやりと笑った。「ぼったくりは親切じゃないって思うんだったら、初めてのときのあなたはそれほど親切じゃなかったけど」

「誰のことだ?」と彼は言った。「ギルロイのことは気の毒だった。あんたは彼女を好いてたんだろ。あんたら二人ともってことだが」

ソフィアは彼と目を合わせ、自分の目を細めた。いぶかしげな、おもしろがっているような表情を浮かべる。

「そうかしら？」とソフィア。「ええ、先生はなかなかの人だったと思う。

だけど好きだったかなあ？」彼女は肩をすくめた。「ウィルはあとになってちょっとそういう気持ちになったんじゃないかしら。私は？」もう一度肩をすくめる。「尊敬してた。学ぶことが多かった。あなたの言うような気持ちだったかどうかはわからない」

彼女はウィルが買ったのと似たキーホルダーを買った。死んだエイリアンの石膏鋳型のプラスチック製フィギュア。マカロックはプレゼントしようとしたが、彼女はそれを断って代金を払った。ソフィアがドアを開けたところで、彼は呼び止めた。

「なあ、ほかに何を見つけたんだ？　あの――あの女性の次に？」彼女は答えない。無表情だった。「ほら、おれはちょうど居合わせたんだ。パディックがだいなしにしちまった鋳型は、でかい盛り土のほうを指さしてた。まだ掘り出してないものがあった。だろ？」

「ええ。その穴にはまだ注入していなかったの」

「穴はつながってなかったのか？」

「いい質問ね。百パーセント確かとは言えないの。その穴に注入するときはあの樹脂を使うことが許されてなかった、言うまでもなくね。だから、石膏を使ったの。古風に。それを掘り出したわよ、ええ。彼女のすぐそばだった。あなたも見たあの女性のね。彼女の手を覚えてるでしょ？」彼女は自分の手を、せいいっぱい何かに届かせようとするかのように伸ばしてみせた。「土の中にあった手を。私たちが見つけたものに触れたがってたみたいだった。もし何かあるんなら」

「もし？」

「そう。いつも答えがあるわけじゃないの。ときどきあることなのよ。土が動き回って、ごく自然に穴ができる。不思議な穴って、それこそどこにでも無数にあるの。材料を注ぎ込む段階じゃ、それがどんな形になるかわかりっこない。何が出てくるかはね。私たちが見つけたのはね、大きくて伸びて広がってて、いくつも小室があるみたいな。それに、翼と腕と脚だったかもしれないものがひとかたまり。それともネズミ穴だったかもしれないし、何でもなかったかもしれないもの。ただの穴だったのかもしれない」

「保管はしたのか?」ややあって、マカロックは訊いた。

「誰かがね、たぶん」

フィオレッリと彼のもとで働く作業員たちは、そういう面で慎重を期すべきところの、判断を誤ったにちがいない。最初の発掘のあと、手当たり次第ありとあらゆる隙間に石膏を注入し、ひずみつつある板状の大地のあいだに残された形の鋳型を次々とこしらえたにちがいない。どれもみな損なわれていたはずだ。ありえない像。クレバスに潜むひょろ長いクモ。ジャコメッティの彫刻じみた穴居人の石膏像。

「それが何だろうと、もし何かがあったんなら、彼女はそれにつかまってた、あるいはつかまろうとしてたみたいに見えたわ」とソフィアは言う。「それの手を握ってた」

彼女は店の前に歩いていった。襟の立った長袖の服の下に、ネックレスやブレスレットをつけているかもしれない。マカロックは丸い防犯ミラーを見上げて、立ち去る彼女を見守った。彼女の体形がゆがんで、たっぷりした輝く姿になっていく。

「もしそれには手がなかったとしてもね」と彼女は言った。もしそこには何もなかったとしても。

ソフィアが出口で振り返った。「彼女はそれの手を握ってたみたいだったわ」

クローラー《這う者》

The Crawl

日暮雅通訳

予告篇《トレーラー》

○：○○～○：○四

暗闇。ゆっくりとした苦しそうな呼吸が、死に際の喉鳴りに変わっていく。

画面の外から、年配の女性（A）の声：「私たちは世界を失いました」

○：○五～○：○九

破壊され、人の姿がなく風だけが吹く都市の、固定カメラによる一連のショット。都会の景色に、傷や屍肉のクローズアップがちりばめられる。

画面の外から、Aの声：「世界は死者のものになりました」

○：一○～○：一三

腐った死体がひしめき合う、植物が伸びすぎた庭。死体たちはよろよろと歩いている。敷地のはるか奥のほうで、雑草に隠れた何かがゾンビをひとりつかみ、引き倒して視界から連れ去る。

○：一四～○：一六

若い男（Y）が、黒焦げになった美術館の中を駆けぬけていく。そのあとを血まみれの死者の集団が追いかけていく。

○：一七

暗闇。湿った爆発音。
○：一八
Yは振り返り、腐りつつある血の海を見つめる。すべては追っ手たちの残したものだ。
画面の外からAの声：「私たちはみな、何らかの餌食になっています」
○：一九～○：二一
壊れた小屋の内部。ぼろぼろの身なりの男女がYを囲んでいる。Yは言う。「みんなやられちまったんだな！」

若い女が言う。「何に？」
○：二二～○：二八
ゾンビたちの合成画面。足を引きずって歩く者もいれば、走る者もいる。全員が、目には見えない何かがつくる影に向かって、引かれるように進んでいる。
画面の外からAの声：「最初彼らは歩いていました。それが走るようになりました。今は新たな段階に入っています」
○：二九～○：三三
死者の顔のクローズアップ。カメラが引くと、彼は街中の広場に集まった大勢のゾンビのひとりであるとわかる。ゾンビたちはカメラに向かって這っ《クロール》ていく。

ゾンビたちは膝で這うのでなく、足のつま先と両手のこぶしまたは指先または手のひらを使って這っている。その動きは身体とちぐはぐで、さながらクモに育てられた人間のように思える。
○：三四～○：三五
ディレクター・カード。

○：三六
　死者の手がゆっくりとハンマーを振り下ろす。

○：三七〜○：三九
　学校の教室。年配の女性Aが初めて姿を現わす。彼女は生き残った者たちに向かって話している。

「生きている者は適応していきます」

○：四〇〜○：四四
　画面の外からAの声：「死者もまた、適応します」

　塔の平たい屋根に、ひとりのゾンビがいて、下の通りにいる人間たちを見下ろしている。そして、自身のみぞおちのあたりを両手でつかむ。

　下の人間たちのカット。ひとりの男の肩に血が落ちてくる。気づいた男は上を見上げる。

　さっきのゾンビが頭上から降下してくる。血をしたたらせながら、両腕を広げて胸郭をつかみ、ぐいっと引っ張る。開いた胸郭の骨と皮膚がピンと張り、翼をかたちづくる。

○：四五
　一匹のコウモリが、折りたたんだ翼とずんぐりした脚の先端を使って、コンクリートの上を這っていく。
　画面の外からAの声：「存続するための新たな方法があるのです」

○：四六〜○：四九
　書棚の並ぶ図書館で、ひとりの男がよろよろと歩いている。ゾンビのひとりが両手両脚で彼にしがみつき、胸に嚙みつく。男を凝視する。ゾンビが男に縫合される。その縫い目は二人の肉と衣服を貫いていく。

○：五〇〜○：五二
　地下室に新たな死体がぎっしり詰まり、膝の高さまでオイルにひたっている。太いノズルが階段を下りていて、オイルがどくどくと流れ、動かぬ死体をゆっくりと覆い、部屋を満たしていく。

○：五三〜○：五四
死者の手がハンマーをさらに下ろしていく。
画面の外から、見知らぬ男（B）の声：「別の集団だ」

○：五五〜一：○○
這うゾンビたちの合成画面。ひとりの者、集団のものなど、別々の場所のゾンビたち。人間を追う者もいれば、立って歩くゾンビを追う者もいる。這う者たち《クローラー》は、つかまえた獲物をばらばらに引き裂く。
画面の外からAの声：「歩く死者と私たち、その両方が問題をかかえています」

一：○一〜一：○四
ひとりのゾンビがエレベーターシャフトの壁をぼろぼろの両手でつかみ、垂直に這い登っていく。カメラがパンすると、そのひとつ上の階の開いたドアのそばに、人間たちがゾンビに気づかず立っている。
画面の外からAの声：「何かがそれを解決しなくてはなりません」

一：○五〜一：○八
死者の手の持つハンマーが、ついに木に当たる。小さなコン、という音を立てる。

一：○九〜一：一四
飛行機の格納庫で生き残った人間たちのそばに、壊れたドローンが一機ある。ゴロゴロという音。ドローンのエンジンから黒っぽい煙が漏れている。
管制室のカット。死者のドローン操縦士がモニターで生存者たちを見つめ、片手でエンジンを吹かしている。カメラを引くと、彼は四肢を広げて部屋いっぱいに縫い付けられている。肉体による織物。

一：一五～一：一八
Yは重い油圧スプレッダー（災害救助などで倒壊物や重量物を押し広げる工具）を手にしている。まわりには死者たちのばらばらの残骸が。彼は小声で言う。「あいつらは戻らなかった……」

一：一九～一：二三
夜。工場の中。中から光が漏れ、グロテスクなシルエットが浮かび上がっている。
画面の外からBの声：「おれたちはまだ行き着いていない」

一：二四～一：二七
○：二〇に発言した若い女の顔のクローズアップ。まだ死んだばかりだ。
画面の外からAの声：「何が私たちの怒りをおさえているのでしょう？ 私たちは孵《かえ》るのを望まぬ卵となっているのです」
若い女の両目が、かっと開く。

一：二八
暗闇。
画面の外からAの声：「私たちは、あれが戦争であったことを知っていました……」

一：二九～一：三三
川に渡された一本の橋。二人のゾンビが思いきりキスをしたため、互いの顔がめりこんでゆがんでしまう。そのうしろでは、這う死者と立って歩く死者が激しく戦っている。

一：三四～一：三七
破壊されたオフィス。キーボードを打つ音が聞こえる。
カメラからはずれた場所で若い女の声：「誰かが働いている」

一：三八～一：四一
暗い部屋の中。死んでから長時間たった死者のグループが、無言のままテーブルを囲んでいる。
椅子のひとつに人間がいて、寒さに震えている。書類の束を、検討して欲しいとでもいうように押し出す。

一：四二～一：四五
岩の多い丘の中腹。何百というゾンビが這いながら、古い鉱山の入り口に入っていく。
画面の外からAの声：「……〝内乱〟ではないと知っていました」

一：四六～一：四九
夜。鉄条網のそばでゾンビたちがじっと立っている。そのむこうには荒れたエッジランド（都会と田舎が接する（交差する）部分のぼんやりとしたエリア）があるが、急速に見えなくなっていく。
画面の外からAの声：「第二の死者と……」

一：五〇～一：五五
揺れ動く肉のクローズアップ。カメラがパンすると、馬に乗るようにほかのゾンビの背に乗ったゾンビの姿が見える。何百という、這う死者たちのショット。ほかのゾンビ・ライダーの馬となっているゾンビもいる。
クローラーたちは両手両脚を使い、雑木林やゴミのあいだを抜けて街に向かう。ワイアが見え、立って歩くゾンビたちが待ち受けているのが見える。

一：五六〜一：五八
暗闇。タイトル表示。

一：五九〜二：〇四
木製の床のクローズアップ。画面の中央で、腐りつつある手が床をぴしゃりとたたく。その手がどけられると、今度は足が映る。崩れつつあるつま先で立っているが、画面から消える。
あとには染みと肉の小片が残されている。
画面の外から、新たな人物のしわがれ声：「……クローラーとのあいだの戦いだと」

神を見る目

Watching God

日暮雅通訳

タウンホールの上に建つ塔のてっぺん、ちょうど玄関の上のところに、『あらゆる男の願望』と書かれた鉄の銘板が打ちつけてある。その下には高い石の階段があり、崖から湾に張り出した長い岩や、その向こうの海が見渡せ、船がやってくれば船も見える。

タウンホールは二階建てで、三階建ての高さまでの塔があるため、ある意味、町でいちばん大きく高い建物だ。メインホールでは三日に一度マーケットが開かれ、手作りの服や小さくて着られなくなった服、育てた野菜やつかまえた動物、網にかかった小魚、干潮のときに潮だまりの岩から引きはがした貝などを交換しあう。ほかにも病院や図書館の役目を果たす部屋があり、タウンホールは私たちの学校や美術館の役目も果たしていた。

そのうちの展示室の壁に掛けられた額に入っているのは、ほとんどが絵だが、たまに何かの引用句もあり、出典が明記されたものもあれば、そうでないものもある。インクの消えかかった手書きのもの、この地峡にあるどのタイプライターとも一致しない、角張った書体のタイプで打ったもの、それに本から破り取ったらしき、ページの変わり目で途切れた未完成のフレーズもある。図書室にある古い本の多くは、どこかしらページが破り取られている。司書のハウイーがいくら目を光らせていても、そうなのだ。けれども、格言はこの図書室の本から取られたものではなかった。

私も若いころは、人並みに引用句にのめりこんだ時期があった。取り憑かれていたと言ってもいいかもしれない。何度も何度も読んでは、どれが好きだろうかと考えた。私のお気に入りは『金持ちのバグダッド人に小型車を届けなければならない』だった。『彼の来世の動物相を選ぶ』も好きだった。あるとき私は、ほかのみんなと同じように、窓の下に積まれた材木の上にある小さな金色の額を見つけた。そこにはぼやけた文字で『遠くの船は、あらゆる男の願望を積んでいる』と書かれ、その下に小さな斜体の文字で、『彼らの目は神を見ていた』とあった。

大人たちは、こうした遺物のことを子供に教えず、自力で発見させる。その狙いどおり、私は町の古びた鉄の銘板に書かれた引用句を見いだし、この発見にとてつもない興奮を覚えた。息詰まるその瞬間、これに気づいたのは自分ただひとりだと信じて疑わなかった。

そのうちに、海へやってくる船に対する私たちの伝統的な態度は、あの金色の額に入った格言のような引用句に根差しているのだとわかってきた。それはメタファーに違いないのだが、私たちはつい、こんなふうに考えてしまう。船は絶妙なタイミングでやってきて、船のいない数日のあいだに私たちがはぐくみ増大させ、船がふたたび現われたときにちょうど持て余す量に達した（と、都合よく考える）願望や野望を――その多くは名状しがたいのだが――積んでいってくれるのだと。湾の向こうに船の姿が見えてくると、私たちは心の重荷が軽くなるのを感じ、せめぎあう思考をいかに抱えこんでいたかを知るのだ。

船はたいてい、二、三日のあいだ湾の外側にじっと停泊し、中にともる明かりで舷窓が輝いて見える。そして船倉がいっぱいになると――私たちにはそう思えた――船はふたたび動きだし、錨を上げ、私たちの願望を積んで地平線の彼方へ去っていく。

私の母も友だちのギャムも知性的な人間なのだが、二人の期待とは裏腹に、私はあまり本を読まない。そんな、図書室が秘密の王国になったことは一度もない私だが（森のはずれにある風雨にさらされて白くなった木に登って鳥の卵を取り、慎重に中身を出して殻に色を塗ったり、落ちた枝と古釘で隠れ家を作ったりするのが大好きだった）、額に入った格言を見つけたときは、来る日も来る日も図書室で長時間過ごし、背表紙を丹念に調べてまわった。ところがその甲斐もなく、堅い表紙の古文書にも、今なお記憶に残る住民たちによって書かれ、薄い木の皮や、ウサギやネズミの皮で装丁された新しい文献にも、『彼らの目は神を見ていた』と題するものは見つからなかった。

　やってくる船には、さまざまな種類のものがある。帆で走る船もあるが（防波堤や崖に当たる風は、人を持ち上げて海水や岩場へ突き落す力があることで知られるため、気をつけなければならない）、たいていはエンジンで動き、排気ガスを吐きながら、あの格言を成立させにやってくる。木の幹のような形の船、一本のパイプのような船、傾斜した船、複雑な層になった船、幹を割ったような形の船、さまざまな輪郭と通気口を組み合わせた形の船。背の高い船体のマストよりもさらに高い煙突がついていて、倒れてしまいそうな船もいくつかある。また、小型で背が低く、本で見た蒸気機関車の前の部分にあるような広がった形の煙突がついているものもあった。

　友だちの中には、船が最初に現われるときの姿を見るのが好きな者もいた。何もない海原に、ぽつんと船だけが見える光景だ。私は、あの格言を実現させるために近づいてくる船が好きだった。

　展示室にある油絵は、花や丘の風景を描いたものがほとんどだが、船の絵も何枚かある。泡のスカートをはいて軽快に船首を揺らしている、じつに鮮やかな絵だ。船が願望を運んでいるのは一目瞭然だ。私たちはカメラをもっていないが（ギャムが本にあった図面を見て作ろうとしたが、できたのはただの箱だった）、写真も何枚か展示されている。大半は白黒写真で、色飽和はしていないまだらになったカラー写真も数枚ある。岬にはいないが本では見たことのある動物の写真、インクまみれのブロックを下手くそに組み立てたように見える、高い場所から撮影された巨大都市の写真、それに船の写真。

写真の船は、じっと目を凝らさないと形がよくわからない。海水よりもほんの少し薄いグレーで水際にスッと引いた線にしか見えないものもあれば、黒くもやもやしたもの、レンズの傷か汚れにしか見えないものもある。水から現われた影のような写真もある。船がいる場所が遠ければ遠いほど、それが願望を積んでいるとは想像しにくい。

『彼らの目は神を見ていた』は、写真ではなく一枚の絵を見て書かれたフレーズだと思う。それにしても、船の積み荷にはなぜ〝あらゆる女の願望〟が入っていないのだろうか。

北、南、そして西側に海がある。東へ数マイル行くと森と渓谷に到達し、誰もそこを通過することはできない。船はいつも同じ四分円の、海岸線から一マイル余り先に姿を現わした。子供のころ、私たちは船に向かって手を振ったが、誰かが手を振り返すのを見たことはない。私たちは望遠鏡がどういうものか知っていたが、誰も持っていなかった。

テュロスとギャムが長い時間をかけて望遠鏡らしきものを作った。両端にはちゃんと円に近い小さなガラスもついていたが、それを通して見ても、少しも大きくは見えなかった。本を見て何かを作ってみるのが好きな人もいる。ギャムはその望遠鏡を私にくれた。

ふつうは誰もそれほど船を気にしていない。崖の道を散歩していて近所の人とすれ違ったとき、ちょうど新しい船が到着していれば、おはようございます、いいお天気ですねと挨拶するついでに、今回の船のマストはことさらに高いですねとか、長い船ですね、水面すれすれですね、などと軽く言ってみたりもするが、いい木ですねとか、きれいな花ですねと言ったり、何も言わないのとさほど変わりはない。

私が船の話をすると――子供はよく船の話をする――母はいつもばつの悪そうな顔をしていたので、少し大きくなって理由を尋ねると、それがまた母を気まずがらせた。

船の話をしたがる大人は少ないが、自分たちだけで話すぶんには誰も気にしない。話したがらない多数派を巻き込みさえしなければいいのだ。ホンブルグは以前、船がやってくると、石ころだらけの海岸で盛大にたき火をし、プラスチックのかけらやごみ、木、食べられない魚などを燃やしてのろしを上げようとしたので、巨大な悪臭の塊が空に立ち昇っていくのが見え、風向きが変わると町全体が臭くなった。そこでみんなはやめてほしいと彼に頼み、いつもながらしぶしぶではあったが、彼はやめた。

船には誰ひとり乗っていないと思っている人もいる。私たちは船乗りが何かは知っているが、やってくるどの船にも乗っていないかもしれないのだ。

私のこれまでの人生で、二隻の船が沈んだ。

最初の船が沈んだのは、森で母とキノコを採り、ウサギの罠を確認していたときだった。私が袋を抱え、母が私を抱えて――私は小さかった――森を出ると、町じゅうの人がミーシャの作業場の前に集まって、さかんに議論していた。みんなは母を見るなり、何が起きたのか、何を目撃したのかをまくしたてた。事態を把握した母は私を連れて急いで海岸へ向かい、私たちはあの格言を見たが、そのときすでに船は完全に水の中に沈み、新たな発見は何もなかった。それでも私は、残骸のあいだの水面がいつになく荒れているのに気づいた。

きっと見えない文法が隠れているのよ、と母は言った。

　次は私が十五歳のときだ。ある寒い朝、私は体をロープでつないで崖の途中まで下り、ミツユビカモメの巣から卵を盗もうとしていた。ある種の快感にも似た恐怖を覚えながら、私はロープがきしる音を聞いていた。と、何がそう思わせたのかわからないが、見るべきものがあるような気がして、肩越しにめいっぱい振り返って海のほうを見た。ぼろぼろの汽船が一隻、かなりのスピードでこちらへ向かっていた。なかば水に沈んだ船はまだだいぶ遠くにあり、ミスプリントの像のように見えた。

　私は苔と混じりけのない白亜に足をかけてふんばった。船は速度を落とさない。急に転覆したときも、私はなぜか驚かなかった。目に見えない風刺文がそうなるように穴をあけておき、沈没したほかの船でできた、雨風にさらされた突起物のあいだを通るタイミングを見計らっていたのではないか。汽船は巨大な手で押さえつけられたように舳先を水に突っ込み、黒い煙を吐いて斜めに沈むと、海底の硬い岩礁か障害物に当たって急に止まった。母と私が沈むところを見なかった、あの沈没船に当たったのだろう。海全体にきしるような音が響き、共鳴した船尾がちぎれて波間に落下し、着地した水面下の高台に屹立した。

　それから半日のあいだ、船はじたばたとあがき、人々が見つめる中、さらに沈んでいった。そしてようやく、みずからの折れた尾部の破片に覆いかぶさる庇《ひさし》のような形に落ち着いた。沈没船は、錆びた煙突の丸い部分や水を分けて伸びる指のようなマストの柱、船側、デッキ、転覆した貨物船の竜骨など、ほかの残骸たちに混じって墓場に座を占めた。

　水面下で岩が待ちかまえる浅瀬の部分は、あの格言の水域だ。死んだ船たちが波からしゃしゃり出て、破壊された新たな沈没船の瓦礫の形で格言を汚す。その形ひとつひとつが単語であり、たえまなく配置され、狂いなく自滅を始める。

私はギャムに言った。彼もまた、格言を解読しようとしているひとりだった。ギャムはよく、崖や海岸のいくつかの地点から見た沈没船の位置や形をざら紙に描き、そこに線を引いて結んだり、間隔を測ったり、さまざまな暗号キーを当てはめてみたりしていた。正しい場所から正しい方法で見れば格言の意味がわかるとギャムは確信していた。あるとき、私はギャムがタウンホールの屋根の上でスケッチしているのを見た。誰もそこに登ってはいけないはずだった。誰にも言わない、と私は約束した。

ほら見て、また単語が増えていく、と私は言った。解読も解釈もまだ無理よ、格言は完成していないんだから。


しばらくのあいだ、船は一隻も来ていない。

たしかこれまでは、船が来ない期間があってもせいぜい一週間ちょっとだった、今回はそれよりもずっと長い。

数日間は、誰も何も言わなかった。誰かに挨拶するときに、相手がちょっと不安げに眉根を寄せるのに気づきはじめたかもしれない。また、少し風が冷たく感じる気がしたかもしれないが。ギャムのところに、いつも以上に人が集まっているように思えた。彼らは灰色の空の下で崖っぷちに立ち、いつになく真剣に格言を見つめていた。

私たちの日々に、ある種のパニックが入りこんできた。自分でも気づいていないかもしれないが、生まれてこのかた、私たちの視界の内外には常に、ほとんど音もたてずに——ほんのかすかなエンジン音や帆が鳴る音を除けば——しのびよる船があった。それがいないのは驚くべきことなのだ。とはいえ、船は恐ろしい存在でもあった。そう認めるのはご法度なのだが。

船がまったく来なくなり、人々は子供のように、船とはなんなのか、どこから来るのか、何をしに来るのかと語りだした。ふだんは避けている神学的な問いだ。

船は私たちを観察していて、それをやめたのだろうか、と誰かが問う。彼らは必要な情報を手に入れたのだろうか？　けっして岸へ近づかなかったのは、なぜなのか？

近づけないからに決まっている、とほかの人々は言う。船は遠くにいなければならない、そこにとどまり、あらゆる男の願望を積みこむのだから。

タウンホールで、どうするかを話し合う集会が開かれるだろう。町じゅうで誰よりも群を抜いて年寄りの、カフィーが言う。誰もかれもがつまらないことで大騒ぎしている、何も心配することはない、前にも（ほかの誰も生まれていなかったころ）二週間以上も船が来なかったことがある、と。カフィーはどんな絵空事を言っても許されるのだ（彼女は町の墓地のそばに住んでいるので、『おかげであたしを墓場へ運ぶ手間がはぶけて、そのうちおまえたちは感謝するさ』と言っては、みんなを憤慨させるのが好きだった）。そのカフィーさえも、今回の船の不在は彼女がおぼろげに記憶している期間よりも長そうだと認めている。

私は集会に出ないつもりだ。船を連れてきたくても、何も手立てはないとわかっているし、すでに始まっている、船を呼び、注意を引き、祈ろうという議論はばかげていた。ばかげている程度ならまだいいが、そうでなければ不吉だし、まもなくそうなりそうだった。船の不在があと二、三週間続けば、町で最も厄介な人たちは弱者に目をつけはじめるだろう。私は町民集会には出ない。良識のある人たちと、パニック状態に陥り生贄《いけにえ》を差し出そうとやっきになっている人たちの議論が噛み合うはずなどないからだ。どうせまたいつものように、噂が噴出するのだろう。

無意味な集会に出るかわりに、私は森へ入っていこうと思った。ギャムも誘い、一緒に行ってある計画を手伝ってほしいと頼むつもりだった。

枯れたり倒れたりした若木がたくさんある広い空き地を見つけたとき、私はいかだ作りに取りかかろうと決めた。常に耳を澄ませ、誰かが近づいてくる音がしたら隠れられるように準備をして取りかかったが、誰にも邪魔されることはなかった。乾いた木に、大きなプラスチック容器をいくつもくくりつけた。以前は水が入っていた容器は、今は空気で満たされ、浮きになった。よくわからないが、その空き地にはきっと雷が落ちたのだと思う。私はミーシャの作業場から借りてきた道具を使い、黒焦げになった木の皮を剝いで形を整え、次に木と木を縛って釘を打ち、そこそこ好調なスタートを切ったのだが、だんだん飽きてきて、根気がないせいか技能がないせいか、途中でやめてしまった。ギャムに自分が作ったものを見せ、作り直すのを手伝ってほしいと頼んだ。ギャムはためらうようなはっきりしない声を出したが、すぐに取りかかった。

もちろん、いかだを、あるいはカヌーやかご舟《コラクル》を作ったのは、私が初めてではない。許されてはいないが、作る人はたまにいる。たいていは漕ぎ出す前に見つかってしまうのだが。町の住民が姿を消すと、海へ出ていって乗り物を押さえられ、今は別の場所にいるという噂が流れた。あるいは、これもよくある話なのだが、水平線上に船がいるときに姿を消すと、当然ながら消えた住民はその船に乗っているという噂が広まった。そして壊れた小舟が岸に打ち上げられるのだ。

ギャムは、細い幹を最もうまくつなぎ合わせる方法を編み出した。それほど頑丈で長持ちするいかだでなくても、海へ出て戻ってこられるだけの強度があればいい、と私は言った。どこまで行くのかと言うギャムに、ばかなことを聞かないでと目で答え、近くで格言を見てみれば解読できるかもしれないと言った。

いかだが完成したときには暗くなっていたが、私は手回し式の懐中電灯を持っていたし、集会は深夜まで続くに決まっていた（実際にそうだった）。ギャムと私はいかだを持ち上げ、雑な作りのオールを一本ずつかつぎ、森のはずれを抜けて長い道を通り、町から離れ（とはいえ、町に一番近い藪を通る私たちを、かすかな明かりがまだ照らしていた）、太い石柱を通り過ぎて海へ向かった。

ギャムは数分おきに、これは悪い考えだ、こんなことをするべきじゃない、と言った。フェアな言い方をするなら、許されていないからではなく危険だからという理由だった。私たちのどちらも、少ししか泳げなかった。私は反論しなかった。海辺にたどりつくころには好奇心が勝っているとわかっていたからだ。

寒かったが、最初のうちは寒すぎるほどでもなく、風も弱かった。荒々しい手のような波しぶきに平手打ちを食らってはっとしたが、それだけだった。私たちは低い波にいかだを押し出した。

思ったよりも長いあいだ漕ぎつづけた。岸から数ヤード進んだだけで、二人ともたちまちびしょ濡れになり、一気に寒さが増した。ほぼ満月に近い月が輝いていたが、拡散する灰色の光はほとんど役に立たなかった。月明かりに輝く泡が浮いては沈み、私たちを混乱させた。潮流は、私たちを執拗に小石だらけの浜に引き戻そうとしたが、さいわい横波には流されなかった。力をふりしぼらなければならなかったが、三角測量も、震えながら両手がくたくたになるまで外へ外へと精一杯漕ぎつづける以外の何かをする必要もなかった。実に愚かしい行為であり、死ななかったのは幸運だ。ギャムは気分を盛り上げようと、格言をなす船のことや、やってきた船のことをたえまなく話しつづけた。そしてまた、船がもたらした不安のことも。海が引き出した本音に、私は驚いた。船は嫌いだと認めたギャムの告白に、私は片眉を吊り上げた。

なんのためにそこへ行くの？　ギャムの問いに、私はろくな答えを返せなかった。

前方の影の中から、懐中電灯の光の中へ船の形の断片が出現しはじめた。貝と鳥糞石《グアノ》で分厚く覆われた突起物のあいだをぷかぷか浮かびながら、私は暗い海中で傾いた床や、デッキ、海藻にふさがれて溶けかかった戸口のことを考えていた。私たちは特定の格言を目指していたわけではないし、お粗末ないかだとこの暗闇では、そうするのはとても無理だっただろう。いかだの裏側が腐食しかかった金属にこすれる不快な感触に、二人ともびくっとした。いかだの両脇からそろそろと降りてみると、水ははっとするほど冷たく、足が古い船の屋根に着いた。屹立する屋根、成長と腐食の進んだ金属製の牧草地に、私は海峡の荒れた水面から懐中電灯の光を当てた。

砕ける波の音を聞きながら、私たちはいかだを水から引き上げ、金属の傾斜地にどすんと腰かけた。一マイルほど続くかに見える低い水面の向こうに、私たちの町の明かりとおぼろげな崖の輪郭が見えた。

体力が戻ると、私は立ち上がって周囲に懐中電灯を向けた。私たちがいる場所は、かつて窓だったものが破壊されてできた鉄錆び色のピラミッドの頂点近くだった。少し離れたところの海水からクジラの頭のような舳先が突き出ている。その向こうには、タグボートらしきものの側面があった。私たちは沈没船の群島の海にいて、腐食した残骸、すなわちひとつひとつの単語に囲まれ、複雑なマイクロ海流の渦に巻かれていた。

別の場所へ移動したほうがいいのかな、と私は疑問を声に出した。一番向こうの岩の近くにある、あの鉄柱の塔へでも？　ギャムはぼんやりとした残骸を食い入るように見つめ、息をはずませながら、おれたちはやった、ここまで来たと言うのに忙しく、問いには答えなかった。

鳥の群れは少しだけざわつき、二、三羽ほど飛んでいったが、大半は私たちが近づいても動じなかった。鳥たちはきっと、少しのあいだ海から太陽や月の方向へ上がってくるものに慣れているのかもしれない。

ここから見たら格言の意味がもっとわかるかな？　と私は聞いた。ギャムは問いに答えず、いきなりうしろから抱きしめてきて、私をくるりと振り向かせ、キスしようとした。こうなるかもしれないと、薄々わかっていたような気がする。私は舌打ちして彼を押しやり、古い金属の傾斜地でしばらくもみ合った。突き飛ばすとギャムはよろめき、崩れかけたイソギンチャクを踏んで勢いよく滑った。そのひょうしに頭が金属の角に当たって割れた。私は前へ踏み出したが間に合わず、ギャムの体は海に投げ出された。残骸のあいだを縫う危険な引き波にからめとられ、縄で引かれたように、不自然に思えるほどの速さでぐいと引きずりこまれていった。すぐにライトを向けたが、見えたのは渦と水しぶきと黒い水だけだった。少量の血が、最後に残った船の塗装をまだらに染め、ペンキで描いたロゴの名残りを汚していた。それは、本で見たことのあるロゴだった。

オールで探ってみると、水にぐいと引かれた。ギャムはこの単語の体内に飲みこまれ、長いあいだその階段を上ったり下ったりするのだろうか、と私は思った。冷たい水に手を入れてみたが、下にどんな破片や鋭いエッジがあるのかを知るすべはなかった。

ギャムはそれきり浮かんでこなかった。私はしばらく待ってみたが、タウンホールの明かりが消えるのを見ると、いかだを湾の波に押し戻し、陸へ向かって漕ぎはじめた。

たったひとり、たった一本のオールで。その一方、今回は波が私を連れていきたい方向に向かっていた。石の浜辺にたどりつくまでに費やした労力と時間は、行きとほぼ同じだったと思う。私は浜でいかだを蹴ってばらばらにし、木を海に流すと、疲れ果てた体で、母が眠っているはずの家へこっそり帰っていった。

みんな、ギャムは海へ行ったに違いないと噂した。あながち外れてはいない。また、船で行ったのではなく、森の木を調べていて、けっして通り抜けできないと誰もが知っている渓谷の深い川まで下りていき、そこから本土へ到達したのではないかと言う人もいた。

ギャムのことを持ち出せば、永遠に畏敬や畏怖の念をかきたてることができただろうが、そこへさらに、船がまた戻ってきたのはギャムのおかげだという噂まで流れた。

格言を目指して二人で漕ぎ出し、ギャムが帰らぬ人となってから三日目の夕方、湾に突然とてつもない轟音が響いた。私はその場に居合わせなかったが、テュロスから話を聞いた。テュロスは悲しそうに、じっと海を見つめていた。ひとしきり衝撃音とブーンという低い音が鳴り響き、格言の中でも特大級の残骸がすべて、いきなり、一気に、さまざまな方向にぐらりと傾いた。そして倒れ、みずからを破壊し、あるいは互いに破壊しあった。ひとつひとつの単語は海中でばらばらになり、身震いするような光景だった、とテュロスは語った。

水中の大変革が行われたあと、ほぼすべての残骸は海に沈んだ。わずかに残った巨大な残骸から突き出た数本の足だけが、まだ見えていた。格言はほとんど消し去られた。

地震だったとする説もあれば、潜水艦が残骸に魚雷を放ったのだとする説もあった。あのとき、その場にずっと一隻の船がいたという話もあった。それならばわかる。潜望鏡で見ていたのだ。

いずれにせよ、その日の夕方、新たな船がやってきた。

私も含めた町民の大半がすでに集まり、かつて格言があった場所を見つめていた。目を奪う堂々たる装甲艦が現われると、大喝采とうれしい驚きのため息が上がった。いくつものデッキやレーダーアンテナなどを備えた船は、銃眼でもついているかに見える。船はこれまでよりも海岸線に近い、隠れた砂州と岩礁まで近づいてきた。上のほうの細かい部分までよく見えたが、人の姿はなかった。

今までにない近さにもかかわらず、船にはなんとも描写しがたい質感があり、そのせいで、見慣れたほかの船よりもさらにぼやけた感じに、不完全な複製品か、写真からコピーしたもののように見えた。

船の脇腹の部分にでかでかと、くっきりした黒と白と青のマークが描かれていた。ある会社のシンボルだ。それは、たくさんの文字を重ね合わせたようにも、いくつかの単語のようにも、すべてのアルファベットをひとつひとつかぶせるように印刷したようにも見えた。

みんなが興奮からさめるのに、長くはかからなかった。夕暮れ時、真っ赤な空に浮かび上がる見慣れない船の輪郭は、私たちを不安にさせた。それでも、私たちの大半はその場にとどまり、何時間も、夜になってもそこにいて、ほぼ全員がほぼ無言のまま、新しい船を見つめていた。

私たちの海には、また船がやってくるようになった。そしてふたたび、新しい船が姿を現わさないまま三、四日以上もたつのは珍しくなった。

船には今も数えきれないほどのデザインがあるが、たいていは私たちが子供のころから見ていた船よりも大きく、新しく、よくわからない装備で覆われている。そしてどの船にも、最初の船にあったのと同じ、あの密集した大きなロゴが描かれている。

二隻目の船が現われたのは、最初の船の二日後で、どうしていいか誰もわからなかった。私たちはまた集まった。最近の新たな状況の中で、これが最も厄介だった。新しい船が私たちの海へ向かってきているというのに——記録にも残っているように、それはずっと昔から同じだ——先に来た船がまだ去っていないのだ。去ってもいないし、これから去ることもないだろう、というのが私の考えだ。

二隻の船が同時に浮かんでいるのを、これまで誰も見たことがなかった。図書室にある本の挿絵や展示室にある絵には、もちろん数隻の船が一緒に描かれたものもある。船がひしめく海や港の風景画もあり、景色の端まで船がひしめき、視界を良くしようと互いに押しのけあっているかに見える。ところが現実の海では、私たちのために沈み、放棄された船たちを勘定に入れないなら、一度にやってくるのは一隻と決まっていた。

最初にやってきたロゴ付きの船は、目に見える最後の格言の残骸のすぐ近くに停泊していた。新しい船はそこへ向かって進み、あまりにも速いスピードであまりにも接近していくので、衝突し、また爆発が起きるのではないかと大勢の人が悲鳴を上げはじめたが、そうはならなかった。新たにやってきた細長い貨物船は速度をゆるめて停止し、その舳先で最初の船を私たちの視界から半分遮りながら、古い格言の残骸でまだ乱されている海に腰を据えようとしていた。

その後、さらに二隻の船がやってきた。そこへまた一隻の外輪船が水を打ちながら能率悪くのろのろと進んできて、先の二隻の新顔のうしろへ直角におさまった。それから一日もたたないうちに、低くずんぐりした船がさらに続き、前世代の船の最後の名残りである、湾に二本突き出たクレーンの先端のあいだに斜めに突き刺さった。

どの船も去ってはいかず、残骸がある場所にただ積み重なっていくばかりだ。

新しい船たちにとって、時はより速く移ろうような予感がする。彼らは沈まないだろうが、最初の船が、浮かぶ残骸、骸骨、仲間に支えられて浮かぶ崩れかけた死骸の中の鉄のあばら骨となるのに、そう時間はかからないだろう。残骸がかつて格言であったならば、あるいは今なお格言であるならば、彼らは以前よりも速く、大きく、にぎやかな単語で格言を書いている。すべて同じブランドの単語、新しい会社の単語、敵対的買収によってこの航路の支配権を手に入れた会社の単語で。

沈黙に向かって本当は何を語りかけているのか、古い残骸の上に船の死骸で何を組み立てようとしているのかを、この輸送会社は当然ながら話すことができない。

私は渓谷へ下りていこうとしたが、森を抜ける道も岩肌を下る方法も見つからなかった。いかだで海へ出ようと決心したのは私が最初ではなく、もう一度海へ行って、今度はこの新しい状況のもと、新しい格言の書き出しの部分を歩いてみようと思うのも私ひとりではないだろう。だが、町の誰かが夜に出かけていってに朝が来る前に戻っているのでないかぎり（それはありそうもないし、見にいくことを、新しい船たちは許してくれそうもない）、行くと決めたのは私が最初だ。

そう見えないかもしれないが、私はギャムが最初のいかだを作り直すのを注意深く観察していたので、今度はたったひとりで作った。今夜は寒すぎて、体の芯まで冷えながら漕ぎたくはないが、雲が私たちを少しだけ覆い、凍える空から守ってくれたらすぐ、どれだけ暗くともまた砂州へ行くつもりだ。

ゆうべ、カフィーとミーシャと母が、確かにみんな以前よりも気持ちが軽くなったと言っていた。何が起きているのかよくわからないけれど、また遠くに船がいるのはわかっているから、と。

ギャムは正しかったのだと思う。これは荷積みではなく荷下ろしだ。遠くの船は、荷を集めにくるのではなく運んでくるのだ。彼らは不安を運んでくる。私たちの不安だが、私たちの荷物ではない。注文を受け、ほかの誰かのために運ばれてくる。不安をもたらすために、運んでくる。ここに不安をもたらすのは、彼らのためなのだ。

訳注　『彼らの目は神を見ていた』は黒人女性作家ゾラ・ニール・ハーストンによる一九三七年の小説の題名。映画化もされた。「遠くの船は、あらゆる男の願望を積んでいる」は、その第一章の書き出し部分の一節。

九番目のテクニック

The 9th Technique

日暮雅通訳

〈プレサイズ・ダイナー〉は、ロードアイランドのはずれ、州間高速道の近く、いい時代も悪い時代も見てきたショッピングセンターの端にあった。ダイナーの名前、不必要なほどに味のいい料理、貼ってあるトルコとヴェトナムのヴァンパイア映画のポスター、壁の隅を埋めている使い古しの玩具、そうしたものが合わさった雰囲気のせいか、客の多くは学生が占めていた。店に入ってきた学生は、あいているテーブルの椅子、あるいは客のいるテーブルから余った椅子を引いてきて、大人数の騒々しいグループで寄り集まる。

こうした若い常連、そして彼らを大目に見ているもっとおとなしい地元民たちとともに、たくましい体つきの男女が何人か、別々にひとりずつで座っていた。多くはないが、それなりの数がいて、目にとまる程度には目立って見えた。各自のテーブルに座り、食事をしたり、何かを待っていた。

女性客がひとりいた。ほかの孤独な客が集まっているあたりに座っていないことからも、兵士でないことは明らかだ。彼女の名はコーニング。年寄りではないが、普通は年寄りしかしない、今どきは年寄りもめったにしないような髪型をしていた。くすんだ色の服を着て、そう存在感があるわけでもない。体はどっしりとして、太い眉で、しっかり化粧をしている。だいぶ長いこと座っていて、最初にオートミール一杯をゆっくりと食べ、次にようやくサラダとパスタのランチを頼み、店員を怒らせたりしない程度に少しずつのろのろと食事をしながら、店に入ってくる客全員の顔をうかがっていた。この店で売り手を待つ買い手、兵士を待つ一般市民にしてはユニークなタイプだった。

きりのいい時刻になるたびに客が入ってきて、おずおずと兵士のいるテーブルに近づいていった。携帯電話の画像か走り書きのメモに目をやり、それが約束の相手かどうかを確認する。入ってきた客は待っていた客の向かいに座り、小声で話をする。学生たちはまるでおしゃべりをやめず、耐えがたいほどうるさい声で笑っているが、耳障りなカムフラージュとして役に立っている。

静かなほうのテーブルについた客は、多かれ少なかれ無頓着なそぶりで非番の兵士に封筒を渡し、兵士は中をのぞく。そして交換に、テーブルの塩を手渡すついでに何かを渡すか（客が体裁をつくろって料理を注文した場合だ）、やってきた客の椅子のそばにあらかじめ置いてあるジム用のバッグに向かってうなずいてみせるか、テーブル越しに客の胸ポケットへそっと何かを入れるかする。受け渡しののち、買い手はつねにそそくさと店を出ていく。

叫ぶようにしゃべっている若者の中にも、その様子に気づく客はいるが、たいていは途中で忘れ、受け渡しも見逃してしまうようだ、とコーニングは思った。こうした学生と違法商品の売人との協力関係らしきものは、言うなれば地域の特色で、学生側の大半はまるで気づいていない。

兵士たちはおたがいに挨拶もしなかった。彼らが店にやってきて、隅のテーブルに案内され、待って、食べているあいだ、兵士と待ち合わせている客は、店に入るための勇気を振り絞っている。買い手はほとんどが地元民ではなく、取り引きは買手危険負担（商品の品質や目的適合性の判断は買い手が責任を負う）と考えていて、店に来る前にはぐらかしの言葉を準備し、エヘンとかオホンとか咳払いをして売人を待たせ、見張りや援護者が店の周囲にいるんじゃないか、捜査員がいるんじゃないかとやきもきする。実のところ、いる。ただ、〈プレサイズ〉は注目されている場ではあるのだが、まったくもってのんきな注目の対象でしかない。

コーニングは幾度となく行われる取り引きをながめていた。ときには視線が合い、目を伏せたりもした。午後もなかばになり、彼女に追加のコーヒーを運び水をつぎ足していた我慢強い給仕がそっけなくなってきたころ、三十代前半ぐらいの巨体の男がようやく店に入ってきた。あたりを見まわし、坊主頭を片手でなでながら、コーニングにうなずいてみせた。テーブルにつくと、なんの料理かも聞かずに今日のスペシャルを注文した。

「ずいぶん遅かったのね」コーニングが言った。

「くたばりな」彼は言った。どちらもおだやかにしゃべっていた。男は運ばれてきたものを一心に食べた。コーニングもろくに料理は見なかった。二人はたがいに目をやった。

コーニングはテーブル越しに一冊の本を押しやった。男はそれを手に取り、眉を上げ、うなずいた。古めかしい革表紙の本だ。『骨董』と表紙にはある。著者、ラフカディオ・ハーン。

「粋だね」男は言った。

「封筒のかわり」とコーニング。

「ああ、わかってる」彼は言った。そして本をひらき、最初の何ページかをめくった。

「作者は日本へ行った人」コーニングは言った。「これは日本の幽霊について書いた本よ」

「この作家なら知ってる」男はそう言い、さらにこうつけ加えた。「幽霊の話だけじゃないはずだ」そして本をじっくりとながめた。麻薬ディーラーに見えなくもない男だ。さらに本の半分ぐらいまでページをめくると、ページが硬く糊づけされ、そこをくり抜いて箱状にしてある部分があった。男は中身までは確かめなかったが、そこに金が入っている。

「全部そこに入れたわ」

「おれがこの本を読みたかったらどうするんだ？」男は言った。悲しげな口調にも聞こえた。「この本を半分ぐらいまで読んで、続きが知りたくなったらどうしろって？」

しばし沈黙が流れた。「そこからお金を出して、同じ本を買えばいいでしょ」コーニングは言った。

男は少年のようににっこりとした。「そうだよな」と彼は言った。「俗物め」隠してあるくぼみも、その中も確かめずに本を閉じた。それをバッグに入れてから、栓をしてある小さな瓶を出した。コーニングは周囲に目をやり、それからまた男を見た。

「大丈夫なの、その……？」コーニングは小声で言い、周囲を気にしてみせた。男は軽蔑するように鼻を鳴らした。

「ほら」男は言った。彼が瓶を振ると、小さな何かが中で音をたてた。コーニングはぎょっとして、瓶を男の手から取った。それを光の中にかかげてみた。

ガラス瓶の中には、指ぐらいの大きさの黒っぽい土のような塊が入っていた。何かよくわからないほどちっぽけな何か、自然に存在するものには見えない何かで、表面がごつごつと節くれ立っている。コーニングは畏敬の念でため息をついた。心臓の鼓動が速まり、ずっと見ていたいぐらいだったが、それでも瓶をしまった。男はまだ食事を続けていた。品を渡したらさっさと帰るのかと思っていた。

「これを取ってきたのはあなたなの？」やがてコーニングはそう尋ねた。

「おれだよ。おれが持ってきた。あの箱からね。自分で取りだした」

「あなたはどのぐらい……」コーニングは慎重に言った。口ごもり、言葉にためらった。「グアンタナモにはどのぐらいいたの？」

男は、どこか謎めいた目つきで彼女を見た。口に入れたものをゆっくり嚙んでいた。しばらくたってから肩をすくめ、食べ物を飲み込み、ナプキンで口を拭った。

「長くいたぜ」男は言った。「そいつを取ってこれるぐらいにはな。だいぶ昔のことさ」

コーニングはネット掲示板を調べ、機密をハッキングし、情報源を嗅ぎまわってきた。調査は何年にも及んだ。突きとめるための方法は知っている。この特殊な経済システムで買い物客になるには、努力と奥義を要する。〈プレサイズ〉にいるあいだに行われたいくつかの取り引きの内容も、その気になれば突きとめられるぐらいの見識はある。商品は売り手不詳ではない。

全世界にわたり、地上の暗い部分において、秘密が隠れている場所とは、怪物や不思議なものの棲む洞窟ではなく、マーケットだ。店だ。流通している最悪の秘密とは、特定の情動、影響、権力のすぐそばにある品物に特定の事業が投資しているもので、とんでもなく価値が高い。だからこそ否応なく売りに出される。もちろん、人や物があるかぎり、そうしたことはこれまでもずっと起きてきたが、盛衰も必ずある。物議を醸す商品のオカルト経済は、つねに競争が激しい。戦争が市場にあふれかえっている。

死んだ人間が最期に聞いた音を、記憶にとどめているヘルメット。燃え尽きた戦車から取り出した、融けたiPod――もう一度再生できれば、精霊を怒り狂わすことができるだろう。欲しい商品のレベルやタイプで、買い物をする場所も決まる。アメリカの東海岸側で兵士と取り引きしたいなら、〈プレサイズ〉はそれができる数少ない場所のひとつだ。違法経済にはちがいないが、当然ながら暗黙のうちに見逃されている。略奪と同じように、レイプと同じように、妥当と思われる否認権の範囲内で行われるかぎり、ある程度の魔術や窃盗、巧妙な言い抜けは特権として認められていて、そこは闇市場に任されているのだ。

『貴殿方は、提案されているある行為が、合衆国法典第十八編二三四〇A条に定められた拷問の禁止に違反するかどうか、本執務室の見解を訊ねた』――コーニングはその条項を暗唱できた。記憶したのだ。なぜみんな覚えない？　法律はそのためにあるのに。（グアンタナモ収容所で拷問がおこなわれていたことがリークされたときの証拠資料の引用）

　違反をまぬがれるテクニックというものが十個あった。襟首をつかむ。壁に押しつける。顔の固定、平手打ち。賢い文書だ。敬われぬ予言者にして殉教者、国務省のアレイスター・クロウリー（英国のオカルティスト）、ジョン・ユーとジェイ・バイビー（どちらもブッシュ政権の法律顧問。CIAの尋問手法は拷問ではないという覚書を書いた）。リストは魔法を創造し、箇条書きにされた言葉でリズムを生みだす。番号を振って唱えやすくした十のテクニックを、新たな千年紀の初頭に再起動された『トートの書』（クロウリーによるタロットの解説書）にふさわしい厳粛な散文としてリストに並べているわけではないし、呪文を書いたという意識もない。

　人権の剝奪、つらい姿勢を取らせる、睡眠遮断、それに水責め。水責めは大変な苦しみをともなう。水責めは注目の的で、メインストリームの渦中でもあり裏側でもある。ある視点からは忌まわしいことであり、別の視点からは宣伝コピーだ。コーニングには、最初の水責めのときに濡れた布を買うだけの余裕はなかった。最初の尋問から何年もたつが、その布はいまだに濡れていると聞いている。今ではタオルが濡れていようとなかろうと、あらゆる種類のものが関係なくなっている。

　だが、バイビーがユーの背後にいたのと同じように、隠れているものは有名な呪文にはならない。いわばクライマックスとなる十番目の水責めテクニックに隠れて存在するのは、九番目のテクニックだ。
　九、監禁箱に虫を入れる。『貴殿方は望んでいる』――これもまた法曹界の魔術師たちの言葉だ。コーニングはどんなときでもあの文書を携帯していた。なじみのその言葉を何度も静かに読み、それから黒魔術による改訂版をひどいしわがれ声で口にしていた。コーニングはそれをプリントした紙で瓶を包んだ。『貴殿方は、窮屈な監禁箱に、アブ・ズベイダ（アルカイダの幹部と見なされ米国の捕虜となった人物）と、虫を一匹入れることを望んでいる。貴殿方はわれわれに伝えた』——複数形と完全な二人称の人々。時を越えて語り、ずっとのちに賢明な活動によって拡大を解放し、機密扱いを解かれた文書を読んで憤慨した人々すべてに対処し、全員を連座させた。提示を求められた事実の提供者全員、集団全体をだ。『貴殿方はわれわれに伝えた』と彼らは小声でささやいた。『貴殿方はわれわれに、ズベイダは虫を恐れているようだったと伝えた。とりわけ貴殿方は、箱に入ったズベイダに、人を刺す虫を入れようとしていると伝えることを望んでいる。だが、貴殿方が箱に入れるのは、無害な虫だ』

「彼はそこに押し込まれたんだ」その男性兵士はコーニングに言った。『貴殿方はわれわれに口頭で伝えた。実際には、ズベイダの入った箱に、イモムシのような無害な虫を入れると』

「その虫がこれだ」

　小さな空間に容赦なく引っぱられてくる、汚れきって自分を憐れむ男。いまだ彼の最近の悲鳴で震えている監禁部屋。コーニングは、金を詰められるよう細工した本を手もとに引き寄せているこの男が、その当時、小便溜まりの向こうにある箱に手を入れるところを想像した。とまどい、蠕動し、そして奇跡的に潰されずに済んだ、政府の対テロ戦争のちっぽけな兵器に、彼が指を伸ばしているところを。

「このクソチビは、箱から拾って何日かしてサナギになったのさ」男は言った。すでに立ち上がり、上着を着ようとしていた。声をひそめようともしなかった。ほかの二、三の客が男をちらっと見た。コーニングは、魔術の売人が話を続けるのを待った。しかし何も言わないので、自分から口を開いた。「死んでないのね」彼女は自分の買い物をじっくりとながめた。

「そうさ」彼は言った。「死んでねえよ」それから人差し指を立ててみせた。「あんたがそれをどうしようとかまわんが。おれには、あんたの口からそいつが出てこようとしてるのが見えるぜ」彼は微笑した。親しげなそぶりで片目をつむり、サナギを見つめているコーニングを置いて立ち去った。コーニングは男がいなくなったことを確かめ、店を出た。

コーニングは独学による専門家だ。魔術の書物を細く裂き、契約規則書を丸めて作った巣の中で、自分の買ったものに寄り添った。サナギをながめた。ぴくりとも動かない。

硬い外形にゆるい縁がついた甲殻類の甲皮の手入れをするように、彼女はサナギの手入れをした。紡いだ糸のようなものは見えない。ただ固まっている。有機的なものとそうでないもの、土のかすと金属のくずがついている。サナギがゆっくりとできあがっていくあいだ、コーニングは自分に我慢を強いた。

昆虫の変態は死だ。サナギの内部で幼虫の肉体が完全に壊れ、まるで化学薬品の液体のようになる。幼虫の目が別の目になるわけでも、口部がそのまま口になるわけでもない。すべての部分が失われて再構成のための汚水になり、塩をかけられたナメクジのようにまったく形が消え、無の液体から自己組織されて別の生き物になる。サナギは変態のための容れ物ではなく処刑室であり、同時に誕生の場所でもあり、物質的にはだいぶ質素なものだ。

かつてのイモムシ、今は別のものになっているその生物は、ズベイダの体験した特定の瞬間にどっぷりと浸されて、物理的熱量以上のもので膨らんでいた。適切な世話をすれば、この複雑な、これから噴出してこようとする変異が、新たな肢《あし》や、たくさんの蝶番がついているような新たな口部や、ぎごちない動きで不明瞭な音をたてる紙のような翅《はね》のみならず、時間も解き明かしてくれるにちがいない。この虫は、その物質を過去へと分かち合った。昆虫はこだまなのだ。秘密はつねにそこにある。悲鳴をあげる蝶番を昆虫の体という形に変え、キチン質の点を出現させる音となる。大きな扉を正しく押せば、何度でもくり返しひらくのと同じだ。

ウィリアム・ブレイクが幽霊として賛美し愚弄したのは、ノミだ。アレクサンドロス大王の殺害者。サンタマリア号の乗組員のあいだで蔓延し、彼らの足を破壊的なまでにぼろぼろにして追いだした虫ども。歴史全体にわたるこうした虫たち、時間にあけられた穴のような虫のすべてをつかまえるには、どうすればいい？　虫をつまみだして歴史を変えるにはどうすればいい？

コーニングには計画があった。計画のない人間などいるだろうか？　昆虫が時間をいじくる一般的な力では、計画の策定には不充分だ。彼女には狂った企みと壮大なスケールがあった。そのために長年、くだらない余興や不可能に思えることに、家族から受け継いだ金を使ってきた。戦争によって精錬された工芸品の違法経済について言及し、のちに人脈の長い連鎖を築くことで、ようやく彼女は自分の部屋に座り、ズベイダを苦しめた無害な昆虫のサナギをながめ、羽化して昆虫の道を歩み始めるのを待っている。

自分にとってはとてつもなく重要なことだが、自分が何を望むのかはほとんど問題ではなかった。何かが間違ったのだ。何かが人々をここへたどりつかせた。何かが――これは彼女の賭けだった――何かが切り捨てられた。この昆虫の究極の目的によって、汚され、阻まれ、偏向した。彼女の買ったものは、修正への第一歩だ。彼女はそれが羽化する糸口をとらえたかった。

彼女には潰したいヴァンパイアがいた。遠い昔に失われた、複雑な策略の政治学。昆虫の道を行くために、コーニングはどうやって、護国卿の血に飢えた蚊だとか、唾とともにクロムウェルの体内に運ばれて汗に棲みつき、彼を殺した寄生虫だとかと闘えばいいのか？　国王の殺害者がマラリアで死ぬ日付をちょっといじることで、歴史を変えたい、英国議会の発展を微調整したいという複雑な野心を実現するために。

コーニングは手に入れたものを何時間も見つめていた。身をかがめて瓶をのぞいたり、ガラスの表面を爪で撫でたり、ときどき持ち上げ、非常にゆっくりと振ってみたりした。衝動に抗い、なりゆきに任せようとした。

コーニングは書斎で眠り、夜のあいだ何度も不意に目を覚ましては、電源を落としたモニターと、当初はそれにつなげようと思っていた機器のそばにある検体を見にいった。サナギを手に入れてから三夜目か四夜目、朝方近くに起きたとき、コーニングはかすかな動きが顔を横切ったのを感じた。天井の明かりをつけたとき、何かがそのコードを引っぱり、また放したかのようにライトが揺れた。その下に立つコーニングには、揺れた原因は何も見当たらなかったものの、影が揺れるたびに糸が触れるような感じは強くなっていった。瓶を持ち上げた瞬間、同じテーブルの上に散らばっていた紙やペン、そのほかこまごましたものが、まるでガラス瓶に引き寄せられるように、瓶につながっているかのように、彼女の手の下で二、三インチ滑るように動いた。

瓶の中のサナギは大きくなっただろうか？　コーニングはサナギをじっと見つめていたが、ぴくりと動いたようにも思えた。左手で瓶を持ち、サナギから出ている糸を想像し、それを親指でこすった。

歴史の本に目を通し、たくさんの書き込み——等式、目的、有毒なアルゴリズム——の余白にさらに書き込みをした。これまで準備してきたすべての手順に目を通した。コーニングは何年もかけて慎重に、ビザンティン帝国の分枝構造を理解してきた。遠い昔に死んだ人間の命を長らえるために、原因と結果の滝のような流れを調べてきたのだ。

ある朝、コーニングが立って歩くと、自分の足が抵抗を失って引っぱられ、棚の上の小さな物がカタカタと音をたてた。すべてが結びつけられているように、ガラス瓶に穴があいてそこから絹糸が広がっているかのように、糸がすべてをもつれあわせているかのように。サナギは大きくなっていた。ほとんど瓶いっぱいになっている。

興奮せずにいることも、鼓動のスピードが上がり、呼吸が速まるのを無視することも不可能だったが、できるだけ自制心を保った。その日、あとになってコーニングが部屋に戻り、そこにあるものをざっとながめた次の瞬間、すべてはもとあった場所からなくなった。サナギを取り囲んでいたものは、動くどころか消え去っていた。彼女は完全に息を止め、ゆっくりとしたあえぎ声を漏らしたが、そのときサナギの瓶が目に映った。

瓶の中の虫を包む莢《さや》が拡張していて、瓶のガラスが内側から強く押され、膨らんでいるように見えた。サナギは瓶にぎっちりと詰まり、つやもなく暗い色をしていて、はっきりとは断言できないが、テーブルから消えたプラスティック製のペン、ぼろぼろに食い散らされて丸まっている消えた紙などが、サナギの斑模様を作っているらしかった。コーニングは長いこと瓶に顔を近づけてながめていたが、やがて体を起こしたとき、思わず短い悲鳴をあげ、自分の頭に手を当てた。瓶を持ち上げてみた——これまでよりずっと重くなっていた——コーニングは中身に目を走らせ、瓶の中に人毛の塊らしきものを見つけた。新しい塊だ、自分の髪と同じ色の。

やれるの？　と彼女は考えた。やりたいことを本当にやれる？

その後もいろいろな物がなくなっていった。瓶はさらに重くなった。ガラスは割れることもなく、熱したときのようにグロテスクに曲がることも、たわんだり膨れたりすることもなかったが、どんどん重くなり、瓶が作る影も濃くなっていった。サナギが瓶の中を満たし、さらに満たし、みっちりと詰まっていった。コーニングが瓶を見るたびに、見えない顔の繊維が瓶の中身を充満させていく。

準備は整っていた。これなのね？　そのときが来たのよ。ついに始まるのよ。彼女は道具を用意した。震えながら机の前に座り、ガラス瓶をながめ、夜の中で奇妙なほど改まって瓶を手もとに引き寄せ、またながめ、浅く呼吸をし、昆虫を待った。自分の望みを慎重に考え、これで何をしたいのかを熟考した。

たじろいでいた。自分の野心が遠大なものなのはわかっていたが、コーニングの技能はそれにふさわしく、計算も妥当だ。計画は、傲慢だが、まったく奇天烈なものではなかった。

だが、瓶はそのままだった。サナギは割れようとしなかった。イモムシは羽化しないかもしれない、なるべきものにならないかもしれない。

何日かが過ぎても裂け目は現れず、計画も遂行されずにいた。サナギは重さ千ポンドになり、割れてもおかしくないガラス瓶の中で身を丸めていた。コーニングは瓶を見つめ、震え、目の焦点が合わなくなってきた。

ときには何か飲み食いすべきだったのだ。時は流れた。何週間も。部屋の中の光が変わった。窓の外の木が見えなくなったが、秋が来て葉が落ちたのかもしれないし、暴風が木を倒し、業者がトラックで運んでいったのかもしれない。コーニングはまばたきをした。瓶がその闇を彼女に見せた。

確認するすべはなかった。コーニングの本も家電製品も消え、残ったのは部屋、瓶、そしてコーニング自身だけだった。ひどい寒さを感じ、コーニングはゆっくりと振り返り、窓の外を見た。目がひりひりしていた。外は冬で、すべてが消えていた。

ひょっとして雪かもしれなかった。サナギはただ、果てしなく育っていくだけなのかもしれなかった。

〈ザ・ロープ〉こそが世界

The Rope is the World

日暮雅通訳

　きみが見たい物は何？

　きみの冒険心はどんなもの？

〈ザ・ロープ〉が何かということを知ったのは、いつ？

　地球は細いスポークが付いた車輪だ。そのスポークは不規則な間隔で付いている。子供に乱暴な乗り方をされてスポークがところどころ抜けた自転車のように見えるはずだ。神様視点の場合だけれども。

　はるか昔の時代、ずっと長いあいだ、宇宙エレベーターのシャフトとか、支持ロープやスペーススワイヤ、タワーなんてものをつくるのは、不可能だとされていた。そういうものはジョークというか、学者の思いつきでしかないと思われていた。凝り過ぎの思考実験だと。でも、ある日を境に、それは可能に見えてきた。カーボンナノチューブ技術の飛躍的な進歩とか、滑り《スリッページ》エンジンにおける拡張エネルギー、アメリカ産業界の平価切り下げと切り上げの関係、疑似《パラ》ドル経済の興隆など、原因はいろいろに言われるが、いずれにせよ突然のきっかけで可能になったのだ。

　まだ半分冗談に思われていたころ懸念されていたのは、エレベーターが理論上、本気でやったとして、経済性があるかということだった。だが、当初の経費は確かに莫大だったものの、一トンの荷物を重力に逆らってエレベーターで軌道上へ運ぶのは、あれやこれやを考えると——膨大な利ざやのことからしても——ロケットやシャトルやその他の別の方法で運ぶより何倍も安かった。宇宙エレベーター、あるいはスカイフック、あるいは〝静止軌道上ロープ留め輸送円柱〟は、いきなり実現可能となり、全人類の夢だとか「そこに宇宙があるからだ」とかいろいろな理由を付けて、調査プロジェクトが生まれていった。そうしたプロジェクトの前では、経済性なんて俗悪なことだとでもいうようにだ。

シャフトにかかる張力を小さく抑えるのに理想的な場所にある赤道上の国々は、脅され、おだてられ、懇願され、あるいは併合されていった。ガボン、インドネシア、あるいはコンゴ、ブラジル、エクアドル、ウガンダの経済は、複雑な融資条件や債務に毒されてはいても、パラ・ドルや人民幣（元）によって強力になった。初の軌道上プラットフォームを鳴り物入りで準備したエクアドルが、その後、国連支持による戒厳令を二十七年間敷いたあと（振り返ってみるとあっという間だった）、人類初の宇宙エレベーター――何年ものあいだにゆっくりガラパゴス諸島のイサベラ島にシャフトを下ろしていった〈フリーダム・タワー〉――が、オープンしたのだった。

もちろん、それは余分な話とも言える。宇宙エレベーターの重心、つまり一番遠くに最初につくられた部分である、クラーク・ベルト（静止軌道上の人工衛星群）のベース・ステーションにおけるテクノロジーは、突き出ていったタワーがそのベースに到達したとき、地上のドックのテクノロジーに比べれば、古くさいものとなっていたのだ。エレベーターは古くさい宇宙科学によって上下しているとも言える。

この〈フリーダム・タワー〉――あるいは〈イサベラ・タワー〉、別名〈ザ・ロープ〉は、最初につくられたわけだが、オープンしたのは三番目だった。発達していく段階で、中国の共同企業体とアメリカの共同企業体がつくったタワーに、相次いで追い抜かれたのだ。〈フリーダム・タワー〉はいわば、生まれながらの重荷をしょった博物館だった。

〈フリーダム・タワー〉は自身を再設計し、休日の娯楽用ブロックや、展望塔などの設備を加えることで、生き残っていった。ところが、そこは見世物として自殺をする連中に好まれた。選択した高度によっては、投身自殺と焼身自殺を同時にすることができるからだ。高度二万三千キロメートル以上の場所から飛び込む場合、もっとも華麗な死に方は、身体を偏心的な軌道に向けることである。理論上は死後も永久に世界一周旅行を続けることになるからだが、たいていの場合、死体は軌道上から排除された。

　宇宙エレベーターは三基から七基へと増え、さらには十一基となった。地上側の発着拠点《ベース》と宇宙側にある釣り合いおもり（あるいは小人工衛星、あるいはガラクタのかたまり）のセットは、〝コンカーズ〟（紐に通したトチの実を振り回して相手の実を割るゲーム）と呼ばれるようになった。その二つのあいだに、静止軌道まで三万六千キロメートルもの長さのカーボンないし新スチール素材による円柱が伸びている。だからタワーはつねに垂直なのだ。巨大なエレベーターで垂直方向に進む列車のように持ちあげられた荷物は、コンカーズのベースである釣り合いおもり部分からコロニーまで、無人船でゆっくりと運ばれる。

　都市のひとブロックから細身の高層ビルくらいの大きさまで、強化構造の円柱――窓や目的のわからない突起、パラボラアンテナ、ケーブル、エアロックなどが点在する莫大な質量の物体が、上へ上へと伸びていった。ほんの数キロメートルの空気がある地帯を過ぎ、カーマン・ライン（高度百キロの仮想のライン。これを超えると宇宙空間、以下は大気圏）を超え、たかだか三、四百キロのところにある宇宙ステーションの軌道を超え、漆黒の宇宙空間で、染みのように見える窓からかすかな光を放つのだ。

　隕石や放射線、スペースデブリなどからの安全策は、当然練られている。地球そのものはスポークの中心にあるハブとして、どっしりかまえている。

地球外生命の派遣した観察者たちが、こうしたことをどう見ていたかは、はっきりしない。だがこの数十年で、〈サブ〉、〈ポージン〉、〈ハッシュ〉といった種族が、宇宙における地球の隣人としてのさまざまな規範をもとに訪れており、理解しうる種類の交流を求めてきた。地球の貿易関係代表者は、宇宙エレベーターが目立ったのだと主張するが、誰に聞いたところで、地球外訪問者たちが発したのは、女王陛下がビスケット工場を視察したときに、興味がないが失礼にならない程度に洩らす「ふーむ」という言葉と同等のものだったという。彼らの船が母星の引力をどのように脱してきたのかはまったくわからない。

　タワーは、最も有名なスポンサーの名前をとって名付けられることもあった。〈リアル・シング〉、〈ｉＴｏｗｅｒ〉、〈アイ・キャント・ビリーブ・イッツ・ア・スペース・エレベーター〉などだ。でもたいていは、もっと一般的な呼び名で呼ばれた。〈ビーンストーク〉（童話『ジャックと豆の木』の豆の木）や、〈スカイフック〉（天空の鉤）、〈スカイタワー〉などいろいろあるが、そのひとつが〈ザ・ロープ〉だ。

　一階から百五十万階までのあいだのそれぞれには、大都市ひとつ分くらいの労働人口がいる。この機密構造のチューブには、垂直方向何千キロメートルもに、展望ステーションや教育とレクリエーションのゾーン、警備員と警察のステーション、廃棄物処理エンジンとロシアの国土より長いダストシュート、労働者用ホステル、技術研究所、道具用スペース、小さな庭などがある。だが何よりも重要な目的は、つねに物を上げ下ろしできるということだ。

　タワーそのものが荷物用エレベーターであり、そこにはクルーがいる。それまで誰も経験したことがないほど遠くの場所で働くので、クルーたちは家族を伴っている。その家族は快適な環境と設備を要求する。そうやって連鎖していったのだった。

だが最初のタワー、つまり〈フリーダム・タワー〉あるいは〈イサベラ・タワー〉、〈ザ・ロープ〉は、誕生する前からうまくいかなかった。

　オリンピックが終わったあとの選手村のように、役立たずだったのだ。クルーたちは無用の長物ばかり運びつづけた。エレベーターで昇っていく客は、単なるロマンチストや見物人、自殺志願者や人生に絶望した人たちだった。荷物の運搬も続いたが、運ぶのはもっと健全なタワーへ行く金のない連中か、セキュリティの厳しいタワーを避けようとする連中のものばかり。〈イサベラ・タワー〉は、〝垂直犯罪者〟やペイロード略奪者、脱税者、単なる泥棒などに好まれ、スラム化していった。あちこちでシャフトが壊れ、中空のジャンクションで積み荷を別のリフトに移さねばならなくなったが、それは通路や階段にたむろする荷役人やポーターと、積み荷をねらう略奪者の懐をうるおすことになった。

対流圏の上にあるいくつかの階で電力が止まり、多くの人が死んだほか、その階の両側に労働者が置き去りにされて、空っぽの部屋がたくさんできた。地上レベルのベースと、軌道上のステーションという、技術的に進んだ両端がお互いを必要としていた。そして長い年月がたつうち、タワーが解体されることはなかったが、邪魔になっていき、ひとつのセクション、また別のセクションと、単に無視され、放っておかれるようになった。

　ひとつの世代が過ぎ、次の世代に移っていく速さには、驚くべきものがある。上空の階でどんどんトラブルが続き、明かりも暖房も、酸素さえもなくなるのは、いつだろうと思われた。だが、気密構造のエレベーターが階のあいだを動けるうちは、どんなに暗くても、寒くても、あるいは死体が散らばっていようと、そうした階が問題になることはなかった。

四世代目の溶接工だろうとコックだろうと、百万階ちょっとのレベルにいる誰かを、どこの国の人間だと言うことは難しい。その人が立っている床のナノチューブがどの国につながっているかというだけでは決められないし、その国の地面に足を下ろすことは決してないのだ。国があったとしても、地上でその国の首都から最も離れた場所の、何倍も遠くにいることになる。もちろん、人が死ぬのは悲しいことだけれど、その人がどの国に属するかということは、大した問題でなくなっていった。ただ、ベースと衛星の双方を襲撃や侵入、あるいは〝侵出〟から守る、セキュリティは必要とされた。特にエレベーターが貧困層の階を通過するときは、武装していなくてはならなかった。

　ほかのタワーも失敗していった。あるものは朽ち果て、〈ザ・ロープ〉よりもひどく人口が少なくなった。落下したタワーもある。二つのタワーは、テルミット（アルミと酸化鉄の粉末の混合物で焼夷弾用）を使った無謀なテロ行為のせいで、ベース・ステーションから分離してしまった。糸のような垂直の都市は、地球の求心力でいきなり引っ張られ、ケーブルを引きずりながらエレベーターや人間をまき散らしたが、そのとんでもない図体にしては驚くほどのスピードで、静止軌道に向かって遠のいていった。

　もちろん、収容人口を維持していたタワーもある。地球は、スポークがところどころ抜けた車輪のままだった。

　今でも人々が住んでいる階、〈ザ・ロープ〉の百二十万階で、みんながどう暮らしているかを、きみは知らないだろう。きみや、きみの親が生まれる前に孤立してしまったコミュニティなのだから。私たちが知っているのは、旅人に聞かされるストーリーだけだ。彼らがどんな言葉を話し、何を作り、何を学んでいるのか、何に向かって祈るのかを、きみは知らない。タワーの窓から外を見たり、外界へ画像を送って宇宙を見上げたり、荷物をいっぱいに積んだリフトが自分たちのテリトリーを通り過ぎるたびに地球に向かって伸びるシャフトを見下ろしたりしながら、子供たちにどんな話をするのか、そうしたことも知らない。愛する人が死んだらどういうことをするのかも、知らない。もしあそこに誰かがいるのなら、その人たちにとっては〈ザ・ロープ〉こそが世界のすべてなんだ。

〈ザ・ロープ〉だけが。

ノスリの卵

The Buzzard's Egg

日暮雅通訳

気持ちのいい朝じゃないか。

そうでもない？　まだ拗ねてるのかね？

そうかい。まあ、ふくれとりゃいい。わしにはどっちでもいいことだ。ともかく、わしの食事はとらせてもらうよ。

その食事のことだが、わしの火のつけっぷりはどうだい？　載せる薪はどうだね？　美味い煙じゃないか？　うしろを向いて、あんたに向けて燃えさしを肩越しに放ることだってできるし、そうされたって自業自得だと言うやつもいるだろう。でもわしはやらんよ。

そうだろ？

あんた、昼間は見えてるんだろう？　あんたがその黄金の目で見つめているのが、わしには感じられるよ。

そんなふうに見ても、わしを恐がらせることはできんよ。わしの後ろの、窓の向こうでも見ていたらどうだね。わしらの丘は美しいと思わんか？

そうさ、あれはあんたたちの丘じゃない。でも、陽の光に照らされた果樹園を見てほしい。サイラスが歩いている小径が見えるはずだ。確か、あいつの名前はそんなだったと思う。はっきりとはしないが、わしと同じくらいの歳で、わしの目と同じような灰色の髪をした男だ。ここいらにはあまり人がいないんでね。でもときどき大声が聞こえて、あいつが顔を上げる。みんながサイラスって呼んでいるんだと思う。

さあ、食べてくれ。わしは見てないようにするから。でも、あの岩が見えるかい？　岩が張り出してるあたりにある穴も。

男の神官と女の神官、それに兵隊たちと奴隷たちが、町からやってきた——話したと思うが、この塔とは遠く離れた町からだ。二、三カ月前に。連中はツルハシを持ってきて、あの丘をごっそりえぐっていった。隊長が言うには、山から削り取ったもので、何か新しい力が生まれるんだそうだ。

名前は覚えてないな。隊長の名前も、神様の名前も。神様が男だったかどうかも。

あそこにいるのは、ワシだな。それに、ほら、ノスリだ。

一羽のノスリと一羽のワシが、恋仲になったことがある。お互いに嫌っていながら、でも愛し合ってもいた。ワシがノスリに乗っかって、ノスリは卵をひとつ産んだ。でもノスリは誇り高かったから、その卵を抱くことがなかった。そこへハトが一羽やってきて、こう言った。「あら、私って馬鹿ね。こんなところに子供を置いてくるなんて」そしてハトは卵を抱いた。「私の子供がこんなに大きくなるなんて！　ここからなら海が見渡せるわ」

食べたかね？　あんた、食べるんだろう？

頼むよ。この煙は美味くないかい？　気分が悪くなったりするはずはない。

海はここから四十マイル東にある。わしは見たことがないがね。一度、町から商人がこの塔へやってきたことがある。兵隊がなぜその男を入れたかはわからんが、その男がわしに海のことを教えてくれた。男の背中には、小さな娘がおぶさっていた。ほんとに小さくて、わしがあんまり見つめるもんで、泣き出してしまった。男は体を折り曲げ、上下させて、ほら、お舟だぞう、とあやしていた。

それでだ。さっきの卵はハトの体の下で孵《かえ》った。中から出てきたのは、鉄のように硬い羽毛がびっしり生えた鳥だ。そいつが羽ばたくと、雪が降りはじめた。そいつが鳴くと、その口から虹が出てきて空にかかった。そんな話だ。

あんた、あそこにいたのかもな。なぜ口をきかんのだね？　わしが何か無礼なことを言ったかな？

あんた、何かをしようとは思わんのかね？　外じゃあ何も起きちゃいない。動いてるのは森を抜ける風だけだ。出たり入ったり、登ったり下ったり。なんにもならん。サイラスも今日は果物を摘もうとしない。

中庭まではけっこう距離があるが、あそこの井戸を知ってるかね？　以前は泉が湧いていたところだ。動物の像の口から水が流れ出ていた。その音はここからでも聞こえたが、いい音だった。ところがひとりの兵士が酔っ払って——そう、何年か前のことだ——そいつにぶつかり、一見何事もないように見えたんだが、像の中の何かを曲げたらしく、二度と水が出なくなってしまった。

兵士が罰せられることはなかった。鞭打ち刑にはならなかった。おそらく仲間の兵士たちが、かばったんだろう。それからしばらく、最後の何滴かの水を蚊が飲んでいた。今は単なる石の置物になっている。

いや、石がくだらんもんだという意味じゃない。失礼した。あんたのお国じゃ、石はあんたのものだったな、確か。

何か言うことはないのかね？　曇り空のむこうは陽の光ってこともあると、わしは思うがね。

あんた、子供みたいだな。あんたが食べ終わろうと食べなかろうと、わしには関係ない。そんな渋い顔して。もう煙はいいかい？　これからすることがあるんでね。わしの日課にはあんたのこと以外もあるのさ。

じゃあ、またな。日がな一日、眺めてるがいいさ！

そんなふうに見ないでくれ。こいつはただの布きれだよ。風が吹くと、ここは砂だらけになる——あんたのとこへ来たのかい？　あんたが呼び集めたのか？

まあ、わしの知ったこっちゃない。わしはただ、あんたの顔がきれいになってりゃいいのさ。

あんたはわしらの敵だが、わしは手を震えさせたりしない。ほとんどの連中はこういうことを恐れるがね。みんな、あんたに触れようともしないだろう。

たいしたことじゃない。あんたは輝いてなくちゃな。

今朝は申しわけなかった。あんたにじらされるところがなかったわけじゃないが、声を上げたりすべきじゃなかった。それだけさ。蒸し返す必要はないだろう。

あんたみたいな捕虜は、これまでにもけっこういた。わしらの国の兵隊を止めるのは難しくてね、あんたたちには勝てる見込みがなかった。あんたらはそれを知っていたはずだ。

なぜなら――失礼なことをいうつもりはないが――あんたのお国は小さかったからだ。

あんたのところには、きれいな水があるかね？　新鮮な水と、豊かな森が？　獲物でいっぱいの森が？　町には道路が通っているかね、え？

この古い塔には、五つの部屋がある。木のてっぺんと同じ高さまで回り階段が続いたあと、食堂、武器庫、それにここと同じような三つの部屋が、上に行くにしたがってひとつずつある。登っていくと、風で体が揺さぶられる。どの部屋にも重たい木の扉がついていて、ばたんと閉めると壁がぐらつくくらいだ。

ここは三つの部屋の真ん中だ。ほかの二つは空っぽで、下のひとつにわしが寝ている。上の部屋には、がらくたが少し置かれているだけだ。

そのどれにも捕虜がいないときがあったし、三つ全部に捕虜がいたときもある。壁の裂け目が見えるかね。何年も昔――下にいる兵隊たちがまだ生まれていなかったころ――この国の軍隊は四方の国を攻めてあらゆる相手をなぎ倒し、すべての国から人質を連れ帰った。ひとつの国に押し寄せた軍隊は、守備陣を倒し、貢ぎ物を手に入れ、新たな法を定め、その市民に逆らわせないようするため、あんたのような存在を持ち帰るってわけだ。

だからこの下の階には、木工の見事さで知られる国の男女の神がいたり、安産の神がいたりした。トカゲの頭をした、戦《いくさ》の神が上の部屋にいたこともある。失礼なことを言うつもりはないが、その戦の神はあんたよりうまくつくられていたようだ。その翼は黄金の上に瑠璃色と黒で色づけされていた。右手に鎚矛《つちほこ》を持ち、左手では鳥と骨をつぶしていた。実にみごとなものだし、宝石をたくさんはめ込むのは大変なわざだ。

わしはその神様の世話もしたよ。好意も悪意もなく。そう言えるだけのことを、ちゃんとやった。あんたのための火だって、毎朝毎晩おこしてるだろ？

その神様がどうなったかは、考えたってしょうがない。彼がいた国の連中は――彼がこっちにいるってのに、戦えるわけがないだろう？　戦の神がいなくなったってのに。だから、その国は今、わしらのもんになっている。

あんた、自分の国の人たちを感じられるかい？　連中があんたを崇拝してるって感じるかい？　連中は悲しんでるか？　それとも逆上しているか？　あんたのことを案じてるかい？　連中の祈りはあんたに届いているかい？

ほら、お日様がまた沈んでいく。誰かほかの連中がまた拝むんだろうさ。わしがこんなことを口にしたなんて、神官には言わんでくれよ。そうは言っても、老人があれこれ考えたところで、誰も怒ったりはせんだろうがね。お日様はまた沈み、すべては影に包まれる。巨大な岩がつくるような影に。

気分はどうだい？　ひとりで寂しいか？　それとも、ひとりになるのが好きか。

まあ、わしに何か話をする必要もない。

実を言うと――いや、冷酷なやつだとは思わんでほしい。嘘をつくには歳をとりすぎているんでね――あんたを見てると、あんたのことがわかってくるよ。

あんたは自分の仕事をうまくやれなかったのに、今の状況をやっかいだとは思っていないようだな。

これまでここへ連れてきたやつの中には、わしがひとりじゃ運べないようなのもいた。昔はわしも力があったんだがね。わしと同じくらいの背丈で、分厚い金属が張ってあり、数え切れんほどの宝石がはめこまれたやつだ。

あんた以上に荒けずりな出来のやつが、ここに来なかったとは言わんよ。昔、わしらの軍隊がある村を占領したことがあった——そこの住民は国と呼んでいたが、残念ながら、枯れた林のそばにある沼地に小屋がいくつかあるだけのところだ。そして兵隊たちは、相手をおとなしくさせるために、そいつらの神様を持ち帰った。

あれは気の毒だったね。その神様はわしの腕くらいの大きさで、木と粘土でできていたが、あまりにすり減っていて、見ても何だかわからんほどだった。かつては青銅が張られていたのかもしれんが、それも今はない。ちょっと突き出た二つの小さな目で、わしを見つめていた。目は宝石でなく、緑色の小石を磨いたものだった。胸が締めつけられるような思いがしたものだ。

連中は、その哀れな沼地の神様を愛《いつく》しんでいた。愛しんではいたものの、わしに言えるのは——わしにわかっていたのは——連中は自分たちがどうしたらいいのか、わかっていなかったということだ。降伏して、小さな神様を返してほしいと懇願するべきか、それとも神様を取り返すための戦いを続けるべきか。なぜなら、戦の神様がいなくなってもまだ、枯れ果てた林の中に野営して小競り合いを挑んでいたからだ。

わしはその神様に、あんたにしたのと同じように煙を食べさせてやった。そしてもちろん、連中は降伏した。

わしらの神官たちは、その神様を返してやった。無礼なことはしなかったよ。だが見苦しい神様だった。あの神様がじめじめした土地を治め、住民に魚を与えてくれてるんならいいんだが。

だから、これまでわしが世話した中であんたがいちばん力のない神様だなんて、言うつもりはない。あんたを指先で突いてみたことがあるが、木の上に張られた金属は十分な厚みがある。ちゃんと黄金を混ぜたものだ。顔に使っている瑪瑙《めのう》は小さいが、カットのしかたがうまい。象牙も洗練されている。

でもあんたは小さいし、お国もとても小さい。失礼なことを言う気はないがね。お国の人たちは、あんたをちゃんと崇めてくれているかい？ あんたを助けることができないでいるじゃないか。水路をきれいにしたりするのが、あんたの役目だろう。今じゃ汚れっぱなしなんじゃないかい？ いや、失礼。崇めかたが足りんのが、問題に違いない。

こんなことを言うのは、あんたの神殿で嘆いている人たちに、何か伝えられるんじゃないかと思ったからだ。

その人たちに幻想を送ってやるといい。あんたがあの西のむこうに送るのは、幻想か？ それともコウモリか？ 降伏しろと伝えればいい。行動を起こせ、貢ぎ物を持ってこいとね。そうすればあんたを取り戻せるだろう。

あんたは優しい神様だな。わしはあんたと一緒にいて、ほんとにありがたいと思ってる。わしはここに来てから長いから、あんたが厳しくて、不信心を許さないものの、わしに対しては優しいということがわかるんだ。何も言わんでいい。あんたはいい神様だ。

兵士たちは、時折わしと話をしてくれる。悪い連中じゃない。一緒に遅くまで起きていると、以前ここにどんな神様がいたかと尋ね、町での出来事を教えてくれる。わしは連中のために料理をつくり、ワインを注いでやる。連中も時折、ミルクや水で薄めたワインをちょっぴり飲ませてくれる。

自分がこの塔を出て地上に足をつけたら——許されないことだが——どうなるだろうと考えることもある。そうしたら命令に従わなくちゃならんから、困るものもいるだろう。わしのために泣いてくれるとは言わんが、「おい、じいさん、なぜそんなことするんだ！しっかりしろ！」とか「じいさん、やめてくれ！」とかは言うだろうと思う。そして、わしを石でつぶしたり谷に落としたりするときは、憐れんでくれるかもしれん。取り乱すところまでいくかは、わからんがね。おそらくこう言うだろう。「あいつは不満があったのか？」と。わしは時々、老いていくことの悲しさを口にすることがある。「いや、自分だけのことなんだから、黙っていろ。相手が知る必要はない、おまえの悲しみなんて誰も気にかけないさ」となんべん心で思ったとしても、黙っているのは難しいものだ。だから連中の中には、「あいつには昔子供がいたんだが、なくしちまったのさ」と言うものもいるだろう。「何か重荷があったんだろう、哀れな奴隷だ」と言うものも。

まだ若い男が、赤ん坊や妻と引き離されて連れて来られたときのことを、連中は話すだろう。それがすべての始まりだった。ひとつの国と呼ばれるところだったから、そこにも神様がいた。その神様は人質として、男は奴隷として、一緒に連れて来られたんだ。

連中はその国に、看守は死んだと伝えなければならないだろう。わしも看守という呼び方が大嫌いだが、連中がわしのことを奴隷と言わないときはそう呼ぶんだから、しかたがない。そして連中は、代わりの者が送られてくるまで、わしの仕事を肩代わりしなくちゃならなくなる。

いや、あんたはそんなことにならないようにと願ったほうがいいぞ。がさつな若造たちが、あんたを磨いたり香を焚いたりするなんて。まったく情けない。笑うしかない。

そんなふうにわしを見なくたっていい。どんなに退屈しても、外の汚れた世界に足を踏み出す気はないさ。あんたは優しい神様だ。それは目の色合いを見ていればわかる。あんたが空を見ているとき、何かを欲しがるような、切ない思いに沈んでいるのがわかる。戦いの道具のことかね？　それとも獲物を引っ掛ける鉤《かぎ》か、流れの深さを測る竿か。

薪をレモンの皮でくるんでみたよ。パチパチいうかもしれんが、気に入ってくれると思ってね。

おやすみ、神さん。


武器庫から何か持ってくることはできるが、それでどうしろと言うんだね？　兵士たちの前を通ることはできん。それに、連中は今や、わしの同胞みたいなものだ。

町からは役人が来ることもある。神官や巫女も。しょっちゅうじゃあないが、新しい人質が来たときとか、何かの祭礼や儀式をするときにだ。そういうときは全員が歌う。ルーラー、カイヤ、ルーラーってね。ほとんどいつも同じ歌だから、とっくの昔に覚えてしまうことはできたはずだ。だがわしは覚えなかった。歌えと言われることもなかった。兵士たちがドラ声で歌うのを見るのは、楽しかったよ。

一度、女の神官長と男の神官が来たとき、別の歌を歌ったことがある。嵐の日で雲が厚く、蒸し暑かった。屋外に出ないはずのわしも、神官たちと同じくらいびっしょり濡れていた。彼らについて歩くうち、汗だくになっていたんだ。二人は今のわしよりも歳を食っていたな。男のほうは腕と脚に傷を負ってかさぶたができていて、女のほうは息が荒かったが、二人とも足早に石段を登って、隊長のところへ行った。

三人は武器庫で話をした。わしはワインを運ぶのをわざとゆっくりやって、話を漏れ聞くことができた。

神官たちは険しい表情で、考えにふけっているようだったな。女のほうは嵐の空をじっとにらんでいた。

「取り戻すのです」と彼女が口を開いた。

「すべてが持ち去られたのですか？」と隊長は言った。神官長が黙っているので、男の神官はわずかにうなずいて、こう言った。

「やつらは手ごわいですよ」

わしらはまた戦争をしていたんだ。と言っても、衰退した港が相手の小さな戦いだった。こっちの軍勢は川と海岸線に沿って猛攻を加えた。ところが敵は、変装した兵士をわしらの国に送り込んでいた。その連中が警備兵を殺し、わしらの神様たちを持ち去ってしまった。

「こいつはそのせいなんでしょうかね」と言いながら、隊長は窓の外を指した。温かい雨が降りつづいている。男の神官は目をこすると、拳でドンとテーブルをたたいた。女神官は歯をむいて怒りを見せている。


わしは不安に怯えたかって？　たいしたほどではなかったと思う。だが、わしらの神様は厳重に守られていたし、兵士はよく訓練されていたし、町の防衛は堅固だった。それなのに誰かが持ち去ることができたというのだから、驚いたね。

むしろわしは、好奇心をそそられた。いったい何が起きたのだろう？　全部の神が？〈神々の女王〉、〈農耕の神〉、〈浄化をそそぐもの〉、〈鞭を携えた兵士〉、それに〈月の女神〉。みんないなくなってしまったのか？　まずいことが起きないわけがない。〈国の神霊〉も？　彼らがいなくて、兵士はどう戦えるというのだ。だが戦わなければならないのだ、とわしは思った。兵士たちは神々を救い出すことができるのだろうか。交渉によって？　それとも身代金を払って？

「くそったれどもめ」女神官がつぶやいた。「くそったれの、ろくでなしどもめ」彼女は、わしがそれまで聞いたことのない、その後もまったく聞くことのない歌を歌いはじめた。

雨は二十日間降りつづき、作物をだめにした。流れる水のせいで丘の斜面にあった農家がすべり落ち、赤ん坊を残して一家全員が亡くなった。赤ん坊は、ベビーベッドが引っかかった木の下で泣き叫んでいたという。

わしはそのようすを見ていない。塔の窓がある側とは反対側の出来事だったからだ。だが戦いに出る前の兵士たちが、槍や鎧を点検しているときに話していた。彼らがいなくなったあとに交替で来た連中は、自分が何をしているのかもわからんような新米たちだったので、ここはめちゃくちゃになった。まだナマで燃やせないような薪を集めてきたりするんだからな。

その後、交替組の隊長が、ここへ来る直前に町の神殿で勤務していたときのことを話してくれた。わしらの神様のもとで仕えたことの、誇らしさをね。それでわしは、神様が戻ってきたんだと知った。町へは行ったこともないし、神様を取り返すために国が何をしたのかも、わしにはわからない。

あの男のほうの神官は、もう一度ここへ来たことがある。例の年の終わり、中庭で震える兵士たちに向かっていつもの歌を歌って、冬が去る祈願をしたものだ。わしはいちばん下の部屋にある窓の端に立って、それを見ていた。

神官は歌いながらうなずいていた。わしは彼が怒っていたときのことを思い出した。女神官が「くそったれ」とつぶやいたことも思い出したが、それが神様を奪った連中のことを言ったのか、自分たちが奪われて人々を不利な状態に陥らせた神様のことを言ったのかは、わからなかった。

ほれ、あごのところに汚れがある。そっちにも。陽の光があんたの目に入らないように、向きを変えさせてもらうよ。

わしはあまりおしゃべりじゃないので、申しわけないね。わしは家族のことを夢に見ていた。安らかな日々のことを。いい夢だったよ。

あれはあんただったのかね？

もしわしに任されていたら、あんたをてっぺんの部屋に連れて行った。窪みの部分からがらくたを片づけて——時間はかからんよ。ずっと前にやっておくべきだったんだ——そして、あんたをそこへ置く。

ここの兵士の中に、とても若くていつも自慢げな男がいる。中庭でレスリングの試合があったとき、彼は仲間たちのすべてと対戦した。少なくとも三回に一回は負けるんだが、そのたびに大声で、今のはいかさまだ、本当は自分の勝ちなんだと言う。だが彼に悪意はなく、みんなが彼を好いていたし、わしも気に入っていた。彼のために雑用を引き受けることもあったよ。

それはともかく、彼はわしに、戦争は終わったんだと言った。今回の戦争のことだ。

「じきにむこうの連中が来る」と彼は言った。「むこうの国をやっつけたんだからな。おれがちょうど戦いに行こうと準備しているときに、こっちが勝っちまった」

わしがこんな話をするのは、あんたの黄金の目に悲しみが宿っているからだ。あんたはわしらの敵の国の神様だが、そういうのを見るには忍びない。もうすぐお国に帰れるってことを知ってほしいのさ。

戦争は終わり、わしらが勝った。あんたがそれを恥ずかしいと思う必要はない。この国はつねに、ほとんどつねに勝ってきたからだ。あんたの国の人たちがやってきて、身代金を払ったはずだ。

払ったと思いたいね。

いや、あんたが心配することはないよ。わしの言うことなんか気にせんでくれ。

そういえば、人質を破壊したこともあったな。ひどいことだってみんなが反対したんだから、そんなふうに見ないでくれ。お願いだ。今は誰もそんなことせんよ。戦の神様の話をしたろう？　あれが壊されたんだ。

当時の王様は、敵の国に対して怒ったあまりにそんなことを命じるような、出来の悪いやつだった。命令は実行に移され、神様は壊された。だがそれは恥ずべきことだった。

あんた、恐れてはいないね。感心なもんだ。

わしは大丈夫さ。わしのことはまったく心配せんでいい。

あんたと知り合いになれて、よかったよ。あんたは実に面白い客だ。わかってるさ、あんたは捕虜だ。でもわしのお客だと考えたって、いいだろう？　あんたが行っちまうのは残念だ。

もしわしがちょっぴり悲しそうに見えたら、それはあとでわしがいろいろと質問攻めにされるはずだからにすぎない。それに、あとどのくらい一緒にいられるのかもわからんし。あんたの家族やお国のことを知りたいね。あんたを崇める人たち、これからここへ来る人たちのことを。

なぜあんたのほうが悲しそうに見えるんだ？

あんたは彼らと一緒に帰るんだよ。聞いてるかい？　聞いてるな。目をふさいでやろうか？　コウモリを飛ばせて、わしらがいる場所のことを彼らに知らせるかい？　あんたがわしと話をしてる場所のことを。

こいつは今ある中でいちばんいい薪だよ。手持ちの香料を全部かけて、わしのこの手でできるかぎり細かく削った。楽しんでくれてるかい？

実はだな――こいつは小声で言わなくちゃならんのだが――ほんとは言っちゃならんからあんたの金属の耳に向かってささやいてるんだが――あの兵士が聞いてきたのは、間違いだったらしいんだ。どうやら、わしらの国が負けたらしい。おそらくあんたの国の神官がやってきて、下にいる兵士たちを殺し、あんたを肩にかついでお国へ凱旋することになるらしい。

彼らがわしを敵と見なすかどうかは、わからない。心配しなさんな。わしは心配してないんだから。

だが、それも本当かどうか怪しいね。わしらの国の軍隊のほうが強いはずだし、神様たちも大きくて強くて、黄金をたくさん使っているんだから。

それに、もしそうなったとしても、あんたを喜ばせることにはならないんじゃないか？

神さんよ、なんでそんな悲しげなんだ？　寝てるあいだにその魂が近所の人たちの骨を食ってしまうっていう、少年の話があったな。聞きたいかい？　それともあんたが何か話をしてくれるか？　あんた、谷を渡るとき、どんなふうに飛ぶ？　サギのようにゆっくりとした飛び方かい？　農場に血を撒き散らしたりするかい？　お国の猟師たちはあんたのことをどれくらい崇めている？

そうだ、〈口ゆすぎの儀式〉をあんたも覚えているはずだ。ただの木と黄金だったものが、次の瞬間にはあんたになるんだから。あんたに付けた目が見えるようになり、あんたを運ぶ手を見たときのことを、覚えているかい？　連中があんたをつくったときのことを。

じゃあ、わしがひとつ話をしてやろう。頭の中で何度もくり返してきた話だ。ある小さな国が軍隊に侵略されて、そこの小さな神様と、まだ若い男を拉致していった。男は神様のめんどうを見させるための捕虜で、神様とふたりで幽閉された。自分の家族が兵士たちに剣で殺されたのを見た男は、そのことを悲しみつづけていた。神様もまた、神様なりの事情で悲しんでいた。自分の力のなさで国が侵略され、作物がだめになるからであったし、人々の自分を見る目が変わることにより、この先自分が取り戻されても、誰も神様としての力を期待しなくなるとわかっていたからだ。

男は嘆き、神様を恨んだ。「おれの赤ん坊は殺されたんだ」と言った。「女房も殺された。あんたに御利益があるんなら、おれをここから出してくれ。あんたはおれたちの国でただひとつの神様なんだから、なんでもできるはずだろう？　作物の出来、戦の勝利、子宝の保証……いっさいがっさい。それに命を救うことも。おれは恐くてしかたがないんだ」男は大声を出した。武器庫にはナイフもあったが、男はそれを手にしようとは思わなかった。「だから、おれに御利益を与えてくれ。おれはあんたを崇めてるだろう？　さあ、早く」

神様には男が崇めているのが感じられたし、遠くから身代金をもってやってくる人たちの崇拝の念も感じることができた。だが、それが神様に力を与えることはなく、うんざりさせただけだった。

男と神様は、塔のてっぺんの窓から見下ろしていた。「連中がやってくる」と男が言った。「あんたの義務を果たすチャンスがまた来たんだぞ」

男は神様の銀色の目をのぞきこんだ。神様も男の灰色の目をじっと見た。すると男は痙攣したように両手を動かし、自分の胸をおさえてゼイゼイあえぐと、ばったり倒れた。

戦勝国の神官と兵士たちが、敗れた国の神官や市民を連れて階段を登ってきた。だが途中で何かが倒れるような大きな音と叫び声を耳にして、てっぺんの部屋に走りこんだ。

まず目に入ったのは、床に散らばる神様の破片だった。男が壁に力いっぱい投げつけたのだ。木の部分は細かく裂け、金属はひん曲がっている。宝石は――それほどたくさんはないが――ばらばらに転がり、割れている。破片の真ん中に、男が突っ立っていた。自分の横腹や頭をぴしゃぴしゃとたたいたあと、金切り声を上げながら目を見開いてその両手を見つめた。

戦勝国の神官長が、これは自分たちが命じたことでなく、頭のおかしくなった奴隷が勝手にやったことだと説明した。この男はあなたがたの同胞ではないか、と。とはいえ、神殺しをさせてしまったのは神官長としていささか不名誉であった。自分の国が治める場所で行われたのだから。あなたがたの国はすでに私の国の統治下にあるが、身代金はもらわぬことにする、と彼は言った。だが奴隷の男は処刑されることになる、と。

ところが、敗れた国の人たちが帰ってしまうと、神官長は若い男をじっと見つめた。男はまだ、もてあますように手で自分の体をつかんでいる。

「鞭打ちにせざるを得んな」と神官長。「それにしても、いったい何があったのだ？　おまえは神を嫌いになったのか？　あらゆる神を？　それともおまえの神だけをか？　おまえを見捨てたからか？

もしまたこのようなことをしたら、おまえを処刑するしかない。だが私としては、神を拒絶するような奴隷というのも必要だ。神に恨みをもっているような者を。神によって脅かされることがないのだから」

神官長は男を鞭打ちの刑にしたあと、手当てをしてやり、男の職務がなんであるかを話して聞かせた。新たな奴隷は、彼に向かってこう言った。「恨みではありません。哀れみです」

恐くはないよ。あんた、眠ってたのかね？　今、口から手を放すから。

月が見えるかい？

ああ、ありがとう。あんたは優しいね。優しい神さんだ。あんたのひんやりとした顔にキスさせておくれ。

今晩は下の階から、兵士たちの子牛の鼻息みたいな声が聞こえていた。食べたり笑ったり、毛布の中でもぞもぞしたりするのが聞こえて、それがだんだんはっきりしてきた。床や壁が、キーキーときしる音でわしに秘密を語ってくれるのがわかった。いつ目をさましたのか、どんなふうに目を覚ましたのか覚えていないが、わしは空を飛んでいたように思えた。脚に小さな羽が生えていたか、頭が軽い雲になってしまったのか。だが、わしは窓ぎわに立っていて、あの月が光とともに話しかけていた。

目でなく体でものを見るにはどうするかという話がある。ふつうの目で夜を見通そうとしてもむだだという話もある。だが、闇を見通せばあの魚の歯のようになった山が見えるはずだ。すべてがあの、はるか昔に上の階の床にうち捨てられた金属と同じ、銀色をしているのが。

兵士たちが朝早くから動きだした。あんたのための貢ぎ物を持った客が、近づいてきている。

悲しみなさんな。あんたがやったことは――しょうがなかったんだ。

わしが指さすほうを見てごらん。そう、コウモリじゃなくて蛾がいるだろう。あの小さな胸が高鳴っているのは、恋をしているからだ。もうすぐガチョウたちが起きて鳴きはじめるし、地面の溶岩がそれに応えるだろう。

あんたの体に手を回させてもらうよ。老いぼれた男の手だが、あんたを持ち上げて、あんたが飛ぶときのように運ばせてくれ。あまり黄金を使ってないにしちゃ重いが、どんなに重かろうとわしは大丈夫だ。わしは昔ほど重くないし、力強くもない。でもあんたを運ぶくらいはできるさ。

ほら。山のほうに機械のような形の岩や船の形をした岩が見えるだろう。それと林を支える岩を隔てている、一体となった石のへりの部分も。

あんたを崇める人たちが近づいているのがわかる。てっぺんの部屋にやってくるのさ。

身代金であんたを自由にしようという人たちだよ、重たい神さん。あんたのお国はこっちの領土になるが、崇拝者たちはあんたを取り戻すことができるんだ。

さあ、入ろう。床に置いてあるのは、木の破片だけだ。銀の破片はとうの昔に片づけられて、わしらの国の神様をつくるのに使われた。木をとってあるのは、わしが昔を思い出すためだ。指に押しつけて、あのときのことを思い出すのさ。

あんたはわしの名前を知らんし、わしもあんたの名を知らん。だがそんなのは問題じゃない。あの怒れる雲の言葉を、丘のてっぺんにいる動物たちのつぶやきを、聞くがいい。

わしには思いだせん——あの若い男がみじめな神様を壊したのか、それとも神様のほうがその崇拝者を自由にして、男の血と骨を手に入れたのか。

まあいい。

あんたをここに置いて、お日様と話ができるようにしてやるよ。もうすぐお日様が昇ってくるから、あんたのその動かない黄金の口で話をして、あったかい光を浴びるといい。もう下ろさせてくれ——手が震えてきたよ！　古い神様の破片がある窪みじゃなくて、こっちだ。出っ張りの、わしの届く限りのところ。風があんたを崇めてくれるようにね。そういう崇めかたならいいだろう？　耐えられるはずだ。

連中はまたわしのことを、頭のおかしいやつだと言うだろうね。あんたを崇める人たちがやってくるが、そいつは別の問題だ。心配しなさんな。あんたには準備ができている。誰もあんたに指図はできん。なんたってあんたは神さんなんだからな。やりたいようにできるはずだ。もうちょっと外のほうに置いてやろう。そうすれば鳥たちにも会える。

あんたの後ろ頭にこの口でキスして部屋を出ても、無礼なやつだとは思わんでくれよ。こいつはあんたのための晩餐式だ。わしもこの老いぼれた脚で、ダンスを踊ってやろう。床の揺れがだんだん大きくなってきた。兵士やあんたを崇める連中が近づいている。心配しなさんな。あんたには見えん。反対の方向を向いてるんだからね。

わしのダンスで塔が揺れる。あんたも窓のへりで揺れる。

連中があんたのことを呼んでいるぞ！　あんたが飛ぶのを見たら、悲しむだろうよ！

だが、あんたはちっとも悲しくない。ありがとう。ありがとうよ、優しい神さん。

じゃあな。あんたの羽はでこぼこかい、それともギザギザかい、それとも金箔みたいになめらかかい？

飛べ！

ゼッケン

Säcken

日暮雅通訳

ジョアンナは、メルをドレスデンのフラウエン教会《キルヒ》へ連れていった。月に一度ある英語による夕べの祈りに合わせて、出かけた。「焼夷弾攻撃じゃ足りなかったの？」メルがささやく。「英国教会主義《アングリカニズム》まで押しつけようってわけ？」しのび笑いがもれて人目をひいた。「まったくもう」ジョアンナはつぶやいて首を振ったが、彼女も笑っていた。「おだまんなさい」

　二人はその街を出て、だんだん小さくなっていく衛星都市をいくつか通過する、交通の激しい道路を一時間以上ドライブした。さらに小さな町々を過ぎて、なだらかに起伏する湿地帯を走る。雲が低くたれこめてきた。ジョアンナとメルは山間部ラジオをかけていた。そのあたりは山間部ではなく丘陵地帯だったが。「森へ入るわよ」とジョアンナは言って、指先を魔女のように曲げてみせた。

　タラントを通過し、フライブルク南部のみごとな森を次々と抜けていく。この地方には木々がたっぷり生い茂っている。下生えの中をいくつもの細い流れが行き交う。ジョアンナとメルは、動物たちがこちらをやるせなさそうに見ている家畜小屋の前を通り過ぎていった。

　市《いち》の立つ町でメルは、パンやチーズ、肉、ワインを買うときにドイツ語で話しかけてみた。店主たちは特に喜びも感心もしなかった。市の外で彼女は、一匹の猫が路地の塀の上を端から端まで走り抜けるのを見守った。だらんとした服の中年女性が、背の高い英国人の娘にうなずいてみせた。

「地元の人たちを偵察してるの？」とジョアンナ。

「礼儀正しいお嬢さん《フロイライン》にごあいさつしただけよ」

「奥さん《フラウ》じゃないかしらね」と、ジョアンナは言う。

二人は坂道を上っていった。「あの湖かな？」とジョアンナ。右手の木立が上へ向かい、だんだん密になっていく。左手の傾斜地が下へ向かっていって途切れ、その向こうに水面がずっと見えていた。二人は色めきたった。

　ジョアンナは交差点で車を停止させると、頭を前へ後ろへ傾けて髪の毛を束ねながら、眼鏡越しに、また眼鏡の縁の上からと代わる代わる見て道路から目を離さないようにした。メルが笑いかけてきたので、「何よ？」と言う。

「あっちに小さな村があると思う」ジョアンナは続けて言った。「緑色の門をさがして。それが目印だから」

「迷いっこないわ」とメル。「田舎のど真ん中にある門でしょ。大丈夫よ」それでもジョアンナは、送信しておいた写真をスマートフォンの画面で彼女に見せたので、実際に入り口を間違えようがなかった。しばらくするとその門が、ぬかるんだ脇道の斜め向こうに見えてきた。

「頼むわ」とジョアンナ。「靴が無事だといいわね」

　メルはジョアンナに中指を立ててみせた。車を降りて、大股でぬかるみと草地を無事に横切り、門を開けてまた閉める。車に戻ると、きたないものを払うふりをした。「ごりっぱ」とジョアンナが褒め、車は木々を縫って傾斜したでこぼこの砂利道を下っていく。かつては手入れの行き届いた庭園だったただろうに今は荒れて茂り放題の緑樹と藪に囲まれている割に、その家はこぎれいだった。灌木と家の向こうが湖だ。

　木々と空、そしてほとりに建つほかの家々が、きれぎれに水面に映っている。湾曲する湖岸が東のほうで視界からはずれる。メルとジョアンナは湖を見渡した。

つないであるボート、木立の中を水際まで出ていけるようになっている小道や空き地。

モダンな漆喰塗りの家だった。メルには映画のセットじみて見えた。「よくやったじゃない？」と言う。ジョアンナは買い込んだ品をかかえて慣れない鍵に手間取りながら、ドアを蹴り開けて家に入った。メルは小道に立って眺めている。「私たちってすごくない？」

「私たちって誰のことよ？」とジョアンナ。「たしか、二人のうち、ひとりはちゃんとネットに時間を費やしてたわよね。もうひとりが無駄にぶつくさ言ってるあいだに」彼女は食料品をテーブルに置いた。

「はいはい、あなたです、よくやったのは」とメル。「見て回っていいのよね？」

備え付けの家具を見て、二人はイケアをネタにした冗談を飛ばした。二人とも、庭の荒廃ぶりには驚いた。「ここ、お安くはなかったわよねえ」とメル。彼女も内金を払っていた。「手入れくらいできたはずよ」

「まったく、どうなってるのかしらねえ」とジョアンナ。彼女もがっかりしていた。「このごろの若いもんときたら。まあ、こういうのもいいんじゃない」

二人は秘密の抜け道を探す子供のように、下生えをかき分けて進んだ。桟橋の先端で小さなボートが湖面に揺れている。ジョアンナは手にした資料を調べた。

「私たちのボートよ」

「乗ろう」とメル。ボートに降りていくと、オールを持ち上げた。

「あなたったら、アリスみたいね」とジョアンナ。

「アリスがボートなんかこぐ？」

「ヒツジを乗せてね。ヤドカリをつかまえるのよ」

ジョアンナは自分を納得させるように言った。へたなのをひけらかすかのように、声をあげて自分の無能ぶりを笑いながら代わる代わるオールを取り、鳥たちに見守られて彼女とメルは係留所からよろよろと離れていく。

　二人はせっせと漕ぎつづけ、ばかばかしくなってきてペースを落とした。とうとう岸から何メートルも離れ、二人はキスした。どこかの家から見られたとしても、小さな斑点にしか見えないだろう。空気が冷たくなってきた。しばらくしてボートの向きを変えると、うめき声をあげつつ漕いで、もとの場所へ戻っていった。

　家に帰り着くころには日が暮れて、湖に映る家々の窓に明かりがともった。「ほら見て」とジョアンナが言った。


　初日の朝食後数時間、ジョアンナは評論《エッセイ》の仕事をした。どんなときでもそうするのだ。持参した本やプリントアウトを積み上げた。主題はドレスデンの黄金期、何世紀にもわたる外交、法律、文化だ。本にはたくさんしおりがはさまって分厚くなっている。

「まずどれにとりかかるの？」とメル。「なんとか王についてってのにはしないで、もっとおもしろそうなのにして。王の愛人でもとは奴隷だった女とかなんとか」

「マリーア・アウロラ（アウグスト王の愛人）は角砂糖よ」とジョアンナ。「アウグスト王（一六七〇〜一七三三。ポーランド国王）っていうひまし油のおかげで財源を確保できたんだから。そういえば、例の会議計画も立てなくちゃ」

　二日目、メルは退屈をおふざけでまぎらわせようとした。書斎のドアを頭で押し開け、床を這ってしのび込んだ。「しーッ、私のことはほっといて」とつぶやく。「おとなしい猫がいるだけだから」ジョアンナは短く一度笑い声をあげた。

　メルは肘掛け椅子に丸くおさまったが、ジョアンナはもう気づきもせず、しばらくするとメルは部屋を出ていった。ジョアンナがコーヒーをいれに下りてきたとき、メルはソファに座っていた。コンソールをテレビにつないで、消音モードでゲームをしている。

ジョアンナは見ていられなかった。すねるにもほどがある。ここまで来て、これほどの緑に囲まれ、輝く湖水を目前にして、ゲームなんかしてるなんて。メルとのあいだに流れた年月を思う。彼女は姉になったような気持ちがした。だが、再び二階で席に戻り、湖に目をやったところ、驚いたことにそこにメルの姿があったので、うれしくなった。優雅とは言えないが、果敢にボートを漕いでいる。

メルは水をはね上げてオールを引っぱり、格納場所に固定した。ロンドンにいるときのような服装で、ボートにもたれて座った。本を取り出して、読みはじめる。ジョアンナは窓に近づくと、ガラスに指先を押し当てた。メルはこちらを見ていない。距離が離れていて、メルも笑顔でいるのかどうかはわからなかった。

メルが帰ってくるとジョアンナは下りてきたが、メルは優美に片眉をつりあげて二階を指さした。「仕事に戻りなさい」そう言って、台所の椅子を庭に持ち出し、しばらくそこで読書していた。そのうち本を落としてしまい、アリやワラジムシが本の上を横切っていった。彼女はまだ陽のあるうちから月を眺めていた。やがて、ジョアンナが食事にしようと彼女を呼び入れた。

食事のあと、彼女はそそくさとまた外に出た。

「虫に刺されるわよ」とジョアンナ。

「もうたっぷり刺されてやったわ」とメル。

ジョアンナは台所のテーブルでメールをチェックしていた。メルが外に出て振り返ると、戸口が少し開いて明かりがもれていた。

足もとに草がまとわりついた。さざ波の立つ暗い湖へ向かう。メルは落とした本を見つけて拾い上げると、はたいてきれいにした。風が出てきた。メルはスニーカーが水に濡れるに任せた。だめになってもかまわない靴だった。

湖岸には枯れて白茶けた植物が散らばっている。これがイギリスなら、寄せるさざ波にポテトチップスの袋だのビニールだのが打ち上げられているところだろう。石ころはだいたい水面を切るように飛ばすには不向きな形ばかりだったが、彼女が円盤状の小石を見つけて水面すれすれに投げると、五回はずんで跳んだ。もう一度、雑草の中を手探りする。

「ドアを閉めてくれない?」暗い庭の向こうからジョアンナが呼びかけた。「虫が入るわ」

岸辺で水に浸かっている、申し分ない石ころらしきものに目をとめて、メルは拾い上げてみたが、それは軽くてとうてい石ではありえなかった。スマートフォンの明かりでよく見てみた。

藻でぬるぬるした、大きさも形もメダルのような黒い木片だった。片面にすり減った隆起線がある。彼女はじっと見て、親指でなでてみた。でたらめな線ではない。小さな像の輪郭線。五本の棒のような脚だ。

ぱっと立ち上がったメルは、立ちくらみしてふらついた。ふと臭いに気づいて首を振った。そこへ風が吹いてきたかと思うと、ひときわひどい臭いがした。

「ひどい」冷たい風が庭を吹き荒れ、彼女の髪の毛をもてあそんだ。

彼女は木片をありったけの力で下生えに投げ捨てた。

「どうしたの?」ジョアンナが入ってきたメルに声をかけた。キーボードから顔を上げ、ピンで髪を後ろにまとめた頭の上に眼鏡を載せた。「どうかした?」

「離れて、離れて」メルは肩をすくめてジョアンナの手を遠ざけ、大股で流しへ向かうと手を洗った。「いやな臭い」


ジョアンナがメルを今回の旅行に誘ったとき、メルは弁護士事務所での派遣仕事をさっさと辞めた。ジョアンナはメルの無頓着ぶりがうれしかった。彼女が一年足らず前に卒業して以来、辞めた二つ目の仕事だった。

ジョアンナはこの家を二カ月近く借りている。メルはその半分ほどの期間滞在する予定だ。

ジョアンナの仕事中、ほとんど毎朝のようにメルは、コーヒーを入れた大ぶりの携帯マグカップをいちばん金のかかっていないジーンズをはいた膝のあいだにはさんで、ボートで漕ぎ出した。コーヒーはたちまち冷めてしまう。彼女は冷たくても平気だった。

どろっとした緑色の湖。メルは手を伸ばして水に浸けてみた。肌の色が見えなくなる。水面下ほんの数センチメートルのところで暗い水が彼女の手を切断した。見えなくなった手を握ってこぶしを固めてみたが、小さな渦しか見えなかった。

対岸の桟橋の上に男と女が立っていた。メルがそちらに手を振ったら、女性のほうが手を振り返した。二人は漂う彼女を見守っていた。彼女はもたれかかった姿勢で読書した。ボートにはいつも本を二冊携えていた。一冊は、今もジョーに思案中だと言っている大学院での研究のためのノンフィクション。もう一冊はフィクション。その朝は、いつもの朝と同じように、小説を読んでいた。濡れた手でめくるたびにページがゆがむのが愉快だった。

雄鶏が鳴いた。メルはぎょっとした。

オール受けに預けて握っていたマグカップから、手が離れた。カップが水中に落ちていく。「しまった」と言って身体を起こし、あわてて手を伸ばしたものの、カップはぶくぶく沈んでいって、コーヒーの渦を残しながらたちまち見えなくなった。

もう一度鳴き声がした。すぐ近くで聞こえる。メルは湖のまっただ中でボートを揺らしながらあたりを見回した。目に見える鳥は頭上はるか上空にいるだけで、さえずりもしていない。

「ご近所さんに会ったわよ」とメル。「ここでほかのボートを見かけた？　ボートを喜ぶなんて、私たちのはちょっと見劣りがするわね」彼女はジョアンナにたっぷりとシチューをよそう。

「うわっ」とジョアンナ。「盛りがすごいわね」

「カップを湖に落としちゃった」

「えっ、うそでしょ。スターバックス王朝中期のレアものじゃなかった？」

「このへんに、荒っぽいチビ雄鶏かなんかがいるの」とメル。

「ここは田舎《ダス・イスト・デア・カントリーサイド》なのである。驚かされちゃったの？」

「雄鶏かどうか知らないけど」とメル。

「さて、みなさま」とジョアンナ。「彼女はまだ今週いっぱいここにいるはずです」

　夕食のあと、メルはまた鳴き声を聞いた。彼女とジョアンナは明かりを消した寝室に立って、湖とその向こうの雲を眺めていた。「聞こえた？」とメル。「あの雄鶏のやつったら、すっかり夜だってのに」

「聞こえなかったわよ」

「ほら」とメル。「ほら、また」だがジョアンナは離れていってしまった。ベッドカバーをはがして横になり、待っている。

　眠れないメルは、家の中の物音に耳を澄ました。ジョアンナの寝息に、そのおっとりした心地よいリズムに聞き入った。

　メルは夜明け前に起き出し、しのび足で階下へ下りていった。庭へ出るドアを開けて煙草を吸い、からまり合う茂みへ向けて煙を吐き出した。思ったより寒くなかったけれども、両腕を身体に回した。はだしにスリッパ、ロングTシャツにアウトドア用コートをはおっただけの格好だ。煙草を吸い終わり、しばらくぐずぐずしていたが、草木をかき分けて足早に歩いていった。風に灌木がたわむ。

水際の、桟橋が接地するあたりで、メルはまた雄鶏の声を聞いた。彼女は動きを止めた。どこにも明かりはともらない。

水上に架かる厚板の上を歩いていく。先端でボートが彼女を待ち受けていた。メルは乗り込む。こんどは月明かりの湖へ漕ぎ出すことにしよう、と思いながら。無の世界にボートを出し、しばらくせっせと漕いでからは闇に漂うに任せた。両腕で膝をかかえ、いちめんのさざ波に耳を傾ける。

どこかで、大きな魚の尾が水面をはじいた。メルは肩越しに振り返る。ボートが、皮下脂肪のふるえのように揺らいでいる水域に漂っていく。メルは水面に映る星に見入った。冷たい湖に手を入れてみる。うねりがあった。指を曲げてみた。

あの雄鶏が鳴いた。メルはピクッと背筋を伸ばし、息をのんだ。もう一度、雄鶏がさっきよりかなり近くで、もっと耳ざわりな、何かを見つけたかのような声をあげた。

すると、いきなりぐいっと、メルの下からうねりが高まってくる感触がした。手の下の水中で何かが浮上しようとしている。

悲鳴をあげてぱっと腕をもとに戻すと、彼女のすぐそばで雄鶏も金切り声をあげた。手を振って水気を切ると、ボートが黒い水の上で揺れる。ボートの縁にしがみつき、あわてて首をめぐらせたが、闇の中に見えるものはなかった。

雄鶏はもう声をたてなかった。メルが震えながらできるだけじっとうずくまっているうちに、ボートの揺れがおさまり、空が明るんできた。動悸もおさまってきた。体内をかけめぐっていたアドレナリンが引くともう震えることもなくなったので、冷え切った手でオールをとると、湖のほとりの家に漕ぎ戻った。ジョアンナが目覚めたところだった。

「ゆうべ夢を見た？」とメル。

「たぶんね」ジョアンナは運転している。車は木漏れ日の中を走った。

「何か聞こえた？」

「ご存じのとおり熟睡よ」ジョアンナはそう言って、いびきをかくまねをしてみせた。

「ちょっとごそごそしちゃったから」とメル。

「夜明けのボート漕ぎで？　感心したわ！」

「さすがのあなたも降参だと思うわ、あのコケコッコ《コッカドウードルド》ー《ウー》」と、しばらくしてメルは言った。

「キーケルキー」とジョアンナ。

「ドイツ語よ」とジョアンナ。メルは顔をしかめた。「コケコッコーっていう。そんな顔することないでしょ、私、ハナシマス《シュプレッヒェン》、アナタ《ズィー》」

「歴史研究者らしい専門的なボキャブラリーにびっくりしただけよ」とメル。「ほかにも農家の動物たちの鳴き声を知ってるの？」

「グルンツ」ジョアンナがゆっくりと口にした。「たしか、ブーブー《オインク》のはず」彼女はメルに目くばせして口笛を吹いた。「外をご覧なさい、ここはドイツ国《ドイチュラント》よ」

「そのとおりね」とメル。「キャムデンタウンじゃない。私、本を持ってこようとしてたんだけど。見なかった？」

「ボートに忘れてきたの？」

二人はまずまずきれいな町を訪れた。有名な時計があるところだ。パン屋の町としても名をはせている。ジョアンナとメルは建物の正面を眺めていった。ほかの観光客たちと同じように決まり悪そうな笑顔で。

「大丈夫？」とジョアンナ。

雑貨店の窓に雑誌の看板が出ていて、その表題から上方に反ったドイツ語のSが海の怪物の首のように突き出している。「睡眠不足だから」とメル。「砂糖と小麦粉とドイツ風ジャムを菓子パンのかたちで摂取する必要があるかも。バターも、お願い《ビッテ》。願いをかなえてもらえるかしら？」彼女はちょっとのあいだジョアンナの腰にそっと腕を回した。

「いいわよ」とジョアンナ。「かなえてあげる」

先に立ってケーキ屋に向かいながら、ジョアンナは腕時計を見た。メルは、「すてきなところね」と言った。

「そう？」とジョアンナ。

「あのレストランを見てよ。二、三時間ぶらぶらして、何か食べてもいいわね」ジョアンナがためらっていると、メルは言った。「うそうそ、あなたが正しいわ。そろそろ行きましょ。あなたには仕事があるし」

何ごとも起こらないまま、メルの運転で来た道を引き返し、家に戻った。彼女の身には何も降りかからなかった。まだ明るいうちに帰ってきた。耳を澄ましてみたけれども、聞こえるのは森のざわめきだけ。メルは湖を眺め、やがてジョアンナに微笑みかけた。自分に注がれていることを感じるのは彼女の視線だけだ。二人はそろって居間に腰を落ち着け、ジョアンナが読書するかたわらでメルはメールを書いた。その晩はずっと、何ごともなかった。

夜中にまた雄鶏が鳴いた。

メルは目を開けた。天井をじっと見る。ジョアンナは眠っている。強風の音がした。あの頭のおかしい農家の雄鶏が、時ならずして夜明けを告げている。

二人は太陽の光で目覚めようとしてカーテンを開けたままにしていたので、メルが立ち上がったとたんに湖が見えた。彼女は長いあいだじっと立ち尽くしていた。ついに、裸のまま窓辺に歩いていった。揺れ動く木々の影、流れる黒い雲、闇に包まれた陸地と湖。雄鶏がまたもや鳴いた。こんどはそれが唯一聞こえた音だった。切迫した音が近づいてきていた。

メルは窓ガラスに触れた。木の葉のひるがえり方から風の勢いが増したのがわかる。雨の降らない嵐のようだ。何かが近づいてくる。突然吹きつける風に、あの気が立った雄鶏の鳴き声が運ばれてきたような気がした。誰も目を覚まさない。湖のまわりのどこかで、明かりをつけようとする者は誰もいない。窓ガラスが震動した。メルは念じた。起きて。起きてよ起きてよ。

鶏が、あまりに近くでささやいた。彼女の耳もとだ。メルは息を止めた。コッコッと鳴いている。窓に風がたたきつけ、メルはよろめいた。すぐそこでまた雄鶏の鳴き声。こんどはシューシューいう音とうなり声も。不意に腐敗臭がして、メルは吐き気をもよおした。室内の空気が湿っぽい。しゃんとしようとして窓敷居をつかんだとき、液体の音がした。彼女は振り向いた。

床の上に何かがある。

暗黒。得体の知れない不格好なもの。

巨大で邪悪な濡れたものが、彼女の行く手をふさいでいる。

メルの喉がふさがった。部屋に新たに出現したものから水がしたたり落ちている。

手足も頭も目もなく、腫れものだらけで生まれた悪夢の幼獣。水びたしになった革の小山。袋だった。不快な贈りものの詰まった大きな袋。石炭か土か凝固した血のかたまりかひきちぎられた根か。メルは自分の心臓の鼓動で震えた。袋がどろりと流れるように動いた。

メルの脚がくずおれた。悪夢のような物体の向こうで、ジョアンナはまるで別世界で眠っているかのように夢を見ている。

黒い袋が動く。

吸い込むようなジュルジュルという音をたてながら、内側から押すようにして進んでくる。彼女に向かって重く前のめりになって、床板をビチャビチャ濡らす。

変形しながら、探るようにずるずるとやってくるどす黒いもの。その重さと痙攣するような動きに部屋が揺れる。袋が引き裂けるかのようにぴんと張る。

そいつには声があった。コッコッという鳴き声、シューシューいう音、捕食動物のうなり声。ぬるぬると近寄ってきて、メルの耳に女の声が聞こえた。

　メルは女が古い水を嘔吐する音を聞いた。吐いたものが外皮の内面に飛び散る音がした。吐きもどされるはずではなかったぬかるみの中で、袋がのたうち回る。コケコッコー《キーケルキー》。喉に湖が詰まった袋の内側で、雄鶏が小さく鳴いた。

　メルはうしろ向きにそろそろ進んで、脚を壁にめり込ませんばかりに押しつけた。そいつは、自分の皮を貫通するかぎづめで床をひっかきながらやって来る。ささやきかけてくる。狙い定めて彼女を金縛りにする。そいつの冷気が彼女を包み込む。メルはひどい無力感に襲われた。袋がコッコッ、コッコッ、シューシュー、グァルルル、いや《ナイン》と言いながらやって来て、すぐそばに来て彼女に手を伸ばす。すぐそこにそいつの傷が見える。革が引っぱられて交差した縫い目がひきつれ、袋が張り裂けそうだ。

　彼女は悲鳴をあげた。

　ジョアンナが悲鳴をあげた。そばに来てメルを抱き、耳もとでささやきながら落ち着いてと懇願する。電気スタンドのまぶしい光の中にうずくまる二人。そこに袋はなかった。何もない。もう濡れてもいなかった。

「どうしたの、どうしたの？」ジョアンナは声をかけつづけた。「大丈夫、大丈夫よ」

「何かがあったの」メルは乾いた床に指を這わせた。「ああ、なんてこと。何かがなくなってる」そう口に出したとたん、彼女は両手で口をふさいだ。言ったことの意味がわからなかった。

「私は何も見なかったけど」とジョアンナ。「何も聞こえなかったし。何があったの？」

「ここにいたの、この部屋に」メルはすすり泣いた。

「ああ、なんてことかしら――」

「ゆっくり息を吸って、吐いて、ゆっくり、ゆっくり」とジョアンナ。「何が――」と、言いかけてやめる。メルの顔をのぞき込んで、また両腕を彼女の身体に巻きつけた。「どんな夢を見たの？」

足が立つようになると、メルは部屋から部屋へとすべての明かりをつけて回った。ジョアンナがあとからついてきて、引き止めようとした。「お願いよ」と言って。「私に話してくれなくちゃ、メル、お願いだから」

「ここを出ていくのよ、出ていかなくちゃ、今すぐ」メルは玄関の扉を引き開けて、外の暗闇にしりごみした。バタンと閉めて、再び閉じた扉に背中をもたせかける。「今すぐ出ていかなくちゃならないわ」

「やめて、メル。大声を出さないで。いったいどういうことなのか教えて」

メルはジョアンナをじっと見た。目が大きく開いている。速すぎる息づかい。話そうとしても、何も言うことができなかった。また二階へ駆け上がる。彼女は旅行かばんに着替えを突っ込みはじめた。

「ああ、もう、ジョー、ここはやばいわ。やめて、そんな目で見ないで！」ジョアンナは、腕を組んで口を開けたまま戸口に立っている。メルは手を止めて、息をついた。目を閉じ、ごくりと唾をのみこむと、もう一度話そうとした。自分が何を見たのか。口にしようとすると、言葉が出てこない。口の中で止まってしまう。「ジョー、……。私たち、マジでここから出ていかなくちゃならないのよ」

「メル、あなた、震えてるわよ、具合がよくないんじゃ……」

「私は病気じゃない」つかのま、二人して黙り込んだ。

「私がどんな夢を見たかって？　夢だったって思うのね？　私の気がへんになったと思ってるんでしょ、ジョー？　そうなの？　私たち、今すぐ出ていかなくちゃ」

「じゃあ、きちんと説明して」とジョアンナ。

二人はにらみ合った。メルはジョアンナのひどい不安と封じ込めている怒りを見てとった。彼女はやがて理解した。ジョアンナは一緒に来てくれないのだ。

彼女は目をみはった。「だめよ、そんなのだめ。ここにいちゃいけない。何かいるのよ、ここには——」

じっとにらみ合う二人。

「メル、こんなふうに叫びつづけるんなら、お医者さんを呼ぶわよ」

「私は病気じゃないったら」とメル。動悸はやっとおさまったが、話すときにまだ声が震えた。「何かいる。出ていかなくちゃ。あなたがすぐに来ないっていうなら、私を空港に連れてってくれないんだったら、私、自分で行くから。そしたら、あのいまいましい車を空港に乗り捨てることになる」

夜が明けるころ、二人は車を走らせていた。メルは助手席に身体を丸め、両手に顔をつっぷしていた。しょっちゅう目を上げては、不信でいっぱいのジョアンナの顔をうかがう。ジョアンナは道路に視線を据えていた。苦悩に満ちた厳しい顔だった。

「メル、あなたったら私を怖がらせて——」

「怖がらなくちゃいけないのよ!」

どちらも長いこと口をきこうとしなかった。空港に近づいたころ、ジョアンナが叫んだ。「こんなのどうかしてる。何が起こったのか教えて」

メルは教えようとした。唾をのみこむ。「何かいるの、あそこに」としか言えなかった。

「自分が何を言ってるかわかってる? あなたがショックを受けたのは知ってるけど、あなた、自分が何を言ってるかわかってるの?」

「知ってるのね」メルは叫んだ。「その顔、あそこに何かいるって知ってるんだわ。ひどい、知らないふりして——」

「お金がかかってないとでも思うの？」メルはジョアンナをにらみ、ひるまなかった。「いったいどういうことなの、メル？　何のこと？　教えて」

「もうやめて」やがてメルは言った。

つかのま、また二人は黙り込んだ。そしてメルはそそくさと車を降り、立ち去った。ジョアンナは追いかけなかった。運転席のドアを開けたものの、ハンドルの前を動かなかった。「行かないで」一度だけ、声をはりあげずに言った。彼女は、ターミナルに吸い込まれていくメルをただ見ていた。

ジョーは、いかにも何かをしそうに両手を握りしめた。スマートフォンを取り出したが、何もせずにののしり声をあげて、ダッシュボードを何度もたたいた。駐車場に停めた車の中に長いあいだ座っていた。

『電話していい？』メルはジョアンナにメールした。

『帰国しました』ロンドンは英国上空にかかる厚い雲の下だった。

機内で平板な蛍光灯の明かりのもと座席におさまって以来、あの部屋で見たもののことは考えるのさえも難しくなっていた。あの感覚は散逸してしまった。がらくたが山積みになったゴミ箱から、黒いビニール袋がいくつも幼虫のようにあふれ出している。彼女はひとりきりで街なかを歩いていった。

『お願い』とメールする。『いやになっちゃう。ごめんなさい』彼女は足を止め、ペッカム街の閉まっている店に寄りかかってジョアンナに電話をかけた。閉店はその日に限ったことではなく、もう営業していない店だった。国際通話に接続する音を聞いていると、ジョアンナが電話に出た。

「出かけてるのかと思った。伝言を残そうとしてたとこ」

「まだ帰ってなかったかもしれない」とジョアンナ。

「お望みなら伝言してくれてかまわないけど。何の用？」

「あなたが無事か確かめたかった」

「お聞きのとおりよ」

「お願い、ジョー、お願いだから怒らないで。お願いだから帰ってきて。取り乱してごめんなさい。ほんとうに怖かったのよ、ジョー。今も怖い」

「わかったわ」

「心からお願いするわ」騒々しいロンドンの街なかで、メルは声をはりあげた。「聞こえてる？」木々に囲まれたあの家の中で、自分の言葉が電話から出ていって湖にこだまするところを思い描いた。雄鶏たちに聞こえているかもしれない。

「私のこと、頭がおかしいって思ってる？　ジョー？」

「どう考えたらいいのかわからないわ、メル」

「私は狂ってない」とメル。だが、ジョアンナは電話を切った。


確かに見たと自覚しながらも、メルの頭の中で記憶は薄れていった。ロンドンの街が記憶を風化させ、彼女を困惑させる。

「どうして帰ってきたの？」一緒にいてくれる相手を探して電話をかけ、パブやカフェで会ったりフラットを訪ねたりすると、友人たちにそう聞かれた。帰ってきた日、夜は人がいっぱいいる部屋で過ごした。「どうして帰ってきたの？」と聞かれて、彼女は肩をすくめる。ジョアンナとけんかしたんだと言うこともあった。数人には、湖のそばのあの家が気持ち悪かったからだと言った。

「ジョー」

「あなた、酔ってるの？」電話の向こうのジョアンナは警戒するようなしゃべり方だった。「メルったら。なによ、夜中の二時に？」

「久しぶりだから」メルは自分の声にこもる恐怖を聞

き取った。

「一日半ぶりだわね」

「大丈夫なの？　何もおかしなことはない？　何かあった？」

「うんざりだわ、メル。もうおやすみなさい、ね？」

ジョアンナは電話を切った。ジョアンナからはっきりと侮蔑が伝わってきたにもかかわらず、しばらく混乱して切れた電話にささやきかけながら、メルの気分はよくなった。ひと安心。

戻るべきだろうか？　メルはそう考えて慄然とした。激しく首を振ったら、頭痛がしてきた。あの部屋にいたどす黒い物体を思い出す。酔ってもうろうとするなか、思い出すと胃がひきつった。

二日酔いの翌朝、まともに話をしようと意を決して、もう一度電話をかけた。ジョアンナは電話に出なかった。ジョアンナの電話では自分からの発信だと表示されないはずの、自宅の固定電話からかけてみたが、応答がない。

思い違いだろうか？　メルは考えた。そんなこと、ほんとうに考えられるだろうか？

明るいところに出ていこうとして、今の住まいから街の北部の子供のころ住んでいたあたりまで、何時間もかけて歩いた。翌日、もう一度ジョーに電話してみると、ドイツ人男性の低い声で応答があった。丁寧なゆっくりした英語で、メルが何者なのか、この電話の持ち主とはどういう知り合いなのかと尋ねてきた。

「そっちこそ、どなた？」

「警察です」

ボートは湖の向こうを、からっぽのままあてどなく漂っていた。近所の人が家を訪ねてきていた。たぶん、桟橋に立っているのをメルがボートの上から見かけた、あの男性だ。ザクセン警察の警官は彼女にそう説明してくれた。彼女はその男性が家の扉をノックしているところを思い浮かべた。ボートを戻すのをお手伝いしましょうか？　達者な英語でそう言いにきてくれたのだ。つなぎ忘れていらっしゃったのでは。

「ところが、いらっしゃらなかったので」と警官が言う。「こちらに電話をくださったんです」

　車は車道にあった。冷蔵庫には食料が入っていた。玄関に施錠はされていなかった。ジョアンナのコンピュータは台所のテーブルの上でスリープ・モードになっていたと、警官は言う。ボートは湖を静かにふらふらとさまよいつづけていたが、やがて訪ねてきた男性が自分のモーターボートを出してつかまえてくれた。

　オールが片方なくなっていて、もう片方は座席をまたいで転がっていた。ボートの底に親指ほどの深さの水がたまっていた。水たまりの中にジョアンナのスリッパの片方があった。


　メルはどうしても想像してしまう。両腕を上げて、動きを途中で止めたピアニストのように指を広げたジョアンナ。湖の水面下八メートルに沈み、水流にとらわれて頭をこくこくうなずかせているにちがいない。

　もしかしたら、彼女は長い散歩に出かけているだけかもしれない。そして迷子になったんだ。メルはいつまでもさめざめと泣いた。もしかしたら、誰か新しい相手に出会って、よろしくやっているのかもしれない。森へ入っていって原稿を書いているんだ。手書きで。けれどもメルが考えるのは、ジョアンナは見つかってしまったんだということだった。暗い水中で、魂を抜かれたバレリーナのようにくるくる回転しているんだ。

　彼女が電話をすると、警察はいつもやさしく対応してくれた。お友だちは方角がわからなくなってしまったんですよ。気持ちのいい夜でしたからね。水遊びなさったんでしょう。身を乗り出しすぎてしまったんですよ。お気の毒なことです。「はっきりさせなくちゃならないんです」と、彼女は言った。

メルは思う。ジョアンナが顔を上げて最後に見たものは、頭上で月光に照らされているボートの輪郭だったのではなかろうか。下を向いたジョアンナが最後に見たもののことを、メルはどうしても考えたくなかった。

「私たち、どんないけないことをしたっていうの？」

夜だった。メルは街明かりのただ中にいる。声に出して自問した。あの湖の写真を眺めた。立ち入っていった公園の黒っぽい茂みに向かってささやきかける。「ジョーが何をしたっていうの？　何もしていない。彼女は何もしていないのに」

二人が初めて会ったころ、メルはジョアンナの書いたものをいくつかざっと読んでいた。その日、彼女は改めて読み直し、評論の中に暗示や手がかりを、ジョアンナが連れていかれることになった必然性を探した。書かれた中には何もなかった。あの丘陵地帯も湖も出てこない。メルが目にしたものを思わせるようなものも何もない。

「彼女が何をしたっていうの？」

スマートフォンがメルの顔を下から冷たいキャンプファイアのように照らしている。親指で〝ドレスデン〟、〝雄鶏〟、〝湖〟と入力して、検索にかけてみた。おとぎ話やら旅行案内やらを手早くスクロールしていく。画面にもの珍しそうにたかってくる虫を払いのける。〝ドイツ〟と入力し、ためらうことなく〝亡霊〟、〝水〟と続けた。彼女が何をしたっていうのだろう？　なぜ罰せられる？　いったい何のせいで？　メルは〝溺死〟と入力した。どうしても検索する気になれない語がいくつかあった。ジョアンナの名前を入力して、彼女の属する学部のウェブサイトに載っている写真を見た。ショートヘアのジョアンナが笑うまいとしている、彼女とメルがガリ勉女王の顔と呼んでいた写真だ。

メルが〝溺死〟、〝雄鶏〟、〝ザクセン〟、〝大袋〟と入力すると、スマートフォンが光を放ち、歴史専門誌からの抜粋が引き出されてきた。ロンドンの木に背中を預け、冷たい地べたに座り込んで、メルは『革袋の罰《ポエナ・キュレイ》』を見つけた。

この刑罰は――と、彼女は暗闇で読んだ。

ジョアンナはメルに自分の研究者パスワードを教えて、博士号取得を考えるよう勧めていた。それをメルはとうとう使ったのだ。首を振って、リンクをたどっていく。ジョー、私はこんなこと得意じゃないって言ったのに。この刑罰は――と、彼女はゆっくり読んでいく。ユスティニアヌス法典のラテン語を口に出して読んだ。注釈と翻訳を小声で読み上げた。

「剣や火による処刑でもなく、ありふれた形態の刑罰とも違って、罪人が犬、雄鶏、毒蛇、猿と一緒に大袋に詰め込まれ、袋の口を縫い合わされ――」

メルは読むのを中断した。手を口に押し当てる。震えながら、長いこと黒い空を見上げていたしかなかった。

「犬、雄鶏、毒蛇、猿と一緒に大袋に詰め込まれ、袋の口を縫い合わされたうえで、この恐ろしい袋の監獄はその土地の自然状態に従って海や川に投げ込まれる。死が訪れる前にして罪人は四元素の恵みを奪われはじめるだろう。生きながらにして空気を絶たれ、死しては土に葬られることかなわず」

夜は冷え冷えとする洞穴だった。メルは息ができなくなった。

ポエナ・キュレイ。袋に入れて溺死させる《ゼッケン》。袋詰めの刑。

どういう罪にこの溺死刑が言い渡されたのかすら、誰にもはっきりとはわからないらしいが、親殺しあたりのようだ。象徴的な意味は不明。古文書で初めて言及されたときすでに古い刑罰《ポエナ》だと書かれている。秘儀めいたサディズム。何世紀にもわたって法学者たちが論争し、忘れられていたが、ごく最近、学術上の新しい試みによってはるかな時を経て思い出された。メルは声に出して読んだ。この刑罰が最後に課せられたのは、十八世紀のドイツでだった。ザクセンで嬰児殺しの罪に問われた女性が処罰された。

あの家の床の上にあった革のかたまり。あれは張り裂けそうだった。

彼女は読んだ。雄鶏のいまわの鳴き声で、沈んだ場所がわかる。コケコッコー。あの雄鶏は鳴いて、彼女に訴えていたのだ。気づいてくれ。私たちはここにいる。

そして、あの水びたしの女性はしゃべっていた。彼女はあの最後になった大袋に雄鶏と犬と蛇と一緒に詰め込まれ、嚙みつかれ引き裂かれ悲鳴をあげながら、縮んできつくなっていく革に一緒くたに包まれて沈んでいったのだ。

水が入ってきたときにはほっとしただろうか、それが最悪の瞬間だっただろうか？

メルは、ジョアンナの両親と妹に、彼らが泊まっているホテルのレストランで初めて会った。彼らは彼女に親切に接しようとしていた。自分たち自身の悲嘆と闘いながら、気を落とさないでほしいとか、なにくれとなく声をかけてくれた。メルは胸を衝かれた。次に会ったとき、彼らはろくに口をきかなかった。ジョアンナの父親は、話をさえぎろうとするとき以外は彼女の顔を見ようともせず、なぜ急に出ていったのか、ジョアンナとけんかしていたのかと、ずけずけ問いただした。

ジョーの妹が彼女を外に連れ出した。「あんなふうでごめんなさい」と謝る。

「警察が通話記録を持っています」メルはかろうじてそう言った。「私はロンドンにいた」

「ええ。だけど、どうして帰ってきたんですか？　ジョーは怒ったでしょう?」

「そう言いましたよね、けんかしたって」

「どうしてそんなことに?」

メルは立ち去った。

誰もが遺体発見を望んだが、湖は引き渡そうとしなかった。メルが再訪したとき、警察にあの家まで連れていってもらうと、からっぽな家に彼女はうろたえた。鏡に映った自分を見て、歩き方が変わってしまったことに気づいた。ずっと顔がうつむいたままだ。よく眠れなかった。ジョアンナが水中で変わり果てていく夢はもう見ない。今夢に見るのは、うっそうと暗い森、手足のはっきりしないかがみ込んだ姿だった。

彼女の滞在先は湖のそばの小さなゲストハウスだった。ひとつしっかり確認したのは、Wi-Fiが使えること。彼女は研究者たちとメールのやりとりを続けた。地元に伝わる物語を探したが、何も見つからない。処刑された女性のことを何かしら話してくれそうな人は誰もいなかった。死後何世紀ものちによみがえり、メルに目をつけて迫ってきた、ジョアンナを奪ったあの女性。

何が望みなの? メルは頭の中で問いかける。

復讐。あの大袋から返ってくる答えを想像する。正義。道連れ。我が子。再審。どれも、あの女性がささやきかけてきたことではなかった。

メルは、ドレスデン在住で英語を話す司祭の電話番号を探し出した。彼はうろたえながらも思いやりを示してくれた。「ご友人のことは心からお悔やみ申しあげます」と言う。「でも、たしかもう礼拝はすんでいるのでは?」エセックス州の教会で、メルはジョアンナの親族とは距離を置いて立っていた。ジョーの友人たちはほとんど彼女と同年代で、メルのことを知らなかったけれども、何人かはあとからきちんとした喪服姿で彼女のところへやって来て、声をかけてくれた。

「ジョアンナのためには、ええ、すんでいます」と、メルは電話で言った。「でも、それとは別の話なんです。彼女は歴史学者でした。あの恐ろしい刑罰のことを調べていたんです」

「あなたがおっしゃっていた、あれですね。蛇やら猿やらと一緒にとかいう。ぞっとする話ですね」

「それに雄鶏と犬と猫、そうです」とメル。カルプツォフ（一五九五～一六六六。ドイツの法学者。一六三八年、『ザクセン帝国刑法新釈』を著わす）によると、猿のような入手に費用がかかりすぎる動物は猫で代替してよいとのことだ。

「ぞっとする話だ」

「ここで起きたことなんですよ、今お話ししているのは。ジョーは、そんなふうに処刑された最後の女性について研究していました」その嘘はすらすらと出てきた。メルを口ごもらせたのは、『処刑』という言葉だ。

「私たち、ずっと計画してたんです、彼女が本を書き上げたら、その人のために何かしようって。ジョーはもういないから、彼女にはできなくなってしまいましたけど。でも、残った私が何かしたいんです。わかっていただけます？　お力を貸していただきたいんです。二人のために」

　メルはその女性の恐ろしい死にざまについて語った。辱められたあの湖について語った。司祭は返事をしぶっているようだった。電話を切ったときの彼女はあきらめかけていたが、すぐに司祭が折り返し電話してきた。「もうおわかりでしょうが、礼拝の件、私にはできません。でも、同僚に頼みましょう」

　何かがなくなっている。メルはまたそう思った。そう思いながら、やはり意味がわからなかった。

　車を湖まで走らせた。頼んだとおり、地元の司祭が彼女を待っていた。長身で細身の六十代男性が、はるかに若い男みたいに車に寄りかかっている。ローブ姿が似合っていない。彼女がエンジンを切るより先にせかせかと車のほうへやってくると、握手しようと手を差し出した。これからとりおこなってもらう礼拝に対して、メルは先に謝礼を払っていた。彼女がたどたどしいドイツ語で感謝の言葉を述べると、彼の表情が若干やわらいだ。

彼らが立っている観光客用桟橋の突端から湖の向こうに、ジョアンナとメルがいた家が見えた。メルにはつないであるボートも見えた。

「さて」と言って、彼女は視線を下ろした。気持ちを奮い立たせる。「では」司祭がうなずいた。朗唱を始める。

彼は早口のドイツ語をつぶやいていた。メルはあとに続くべく、ドレスデンの司祭と一緒に書いた言葉を英語で読んでいく。忌まわしい処刑に対する神聖なる謝罪。罪に問われた女性への祈り。どうか安らかにお眠りください。ジョアンナのためには手遅れだったけれど、とメルは思う。どんなことがあったとしてもふさわしくない刑罰に処された怒れる死者のために、もう誰も罰せられてはならない。

メルは内心で湖に呼びかけた。これでいい？　もうやめてもらえる？

なんて暗い湖だろう。私は何をしているのだろう？メルは考えた。腐ったようによどんだ湖のそばに、私のことをばかなやつと思っている男と並んで立って。実際に腐ったようなにおいがする。湖は悪臭を放っていた。

メルは手で口をふさいだ。

ひどい突風。彼女は息ができなくなった。司祭は朗唱を続けている。湖面が荒れた。その悪臭がメルに告げる――司祭なんかくそくらえ、祈りなんかくそくらえ。彼女は倒れそうになった。

「やめて！」メルは叫んだ。よろめきながら、なるべく早足で桟橋を下りる。水面から蔑みと欲望と警告が立ち上る。「戻ってください！」司祭は朗唱を中断し、驚いた顔で彼女を振り向いた。「司祭さま、お願いです、湖から離れて！」彼女は必死に訴えた。彼の足もとで桟橋をひたひたと打つ湖を見つめ、形が盛り上がってくるのを警戒する。

ようやく司祭がこちらへやって来る。彼が草地に下りてくると、メルはふらふらと向きを変え、彼が大声で呼ぶのに耳も貸さず駆けだした。

どうして司祭がどうにかしてくれると思ったりしたのだろう？　湖の憤怒に、ゆるまない凝視に、めまいがした。あんなふうに殺されたとしたら、司祭の言うことなど気にかけるだろうか？　私なら神を信じない。彼女だってそうだろう。

メルは車に駆けつけた。震えていた。

必要なのは、聖職者じゃなくて法律家だわ。思いがかけめぐる。審理無効だか何だかを宣言するんだ。あの女性を袋に詰めて縫い合わせたのは、法律だった。法律が、引っ掻き噛みつき鳴きわめく動物たちともども彼女を水中に引きずり込んだ。いまわのきわに命乞いをする雄鶏の鳴き声を聞き、湖がポエナ・キュレイをすっぽりと包み込むに任せたのは、法律だったのだ。

メルは司祭が追いつかないうちに車を出した。湖から遠ざかっていき、数分後にやっと車を停めた。おぼつかない手で、調べものをしたプリントアウトを全部取り出した。

犬は忠誠を意味しているのだろう。蛇はおそらく親殺し、猿はよくわからない。だが、水の中では何もかも溶けてしまう。大袋の中のものはすべて袋そのものとなったのだろう。溺れながら噛みつき、溺れながらひっかき、溺れながら噛みつき、溺れながら悲鳴をあげるもの。

まだ湖の臭いがする。まるで臭いがメルの肌に貼り付き、服にしみ込んだかのようだ。ああ、何が望みなの？　彼女は死者に問いかける。貪欲な、びしょ濡れで浮かび上がってくる、悪法のなれの果て。日が暮れようとしていた。どこかでジョアンナの家族が喪に服している。メルはハンドルに頭を預けた。目の奥にうずくまる黒い姿が見える。

　彼女は背筋を伸ばした。頭を振ってはっきりさせる。もう一度書類に目を通して探した。動物たちは紙や木片に描いた絵でも代用できたのだった。男たちや女たちが絵と一緒に溺死させられることがあった。プリントアウトを読んでみると、あの女性、あの最後の女性と一緒に袋詰めにされたのは、蛇と雄鶏と犬、それだけだった。

　彼女が見つけて投げ捨ててしまった、水に浸かって黒ずんだ木製メダルの、あの模様。メルが最初思ったような五本脚のものではなくて、四本脚と巻いたしっぽのものだったのだ。

　いなくなった動物。猿。欠けてしまったもの。

　ボートが湖を渡っていく。メルは自動人形になったようにオールをあやつった。またあの臭いがするのが怖くて、浅く呼吸していた。このどこか下のほうで、ジョーがくるくる回っている。それとも、ふにゃふにゃになった足が根っこにひっかかって、ゆらゆら揺れているのか。

　いつまでもこうしていてもいいかもしれないと、メルは思う。フーフーうなりをあげる荷物が同乗していても、そんなに悪くない。闇の中、月光のもと、この揺れるボートをずっと漕いでいてもいい。だが、じきに湖の真ん中まで来てしまい、メルは決行するつもりでやって来たことをするほかなくなった。

　ああ、いやだ。あの臭いを思い出し、ジョアンナのことを考え、まだ終わりではないのだと思い知る。欠乏したまま、刑罰《ポエナ》はまだ待ち構えている。誰かが身を乗り出しすぎたら、また手を伸ばすだろう。

　やりたくない、やりたくない。それでもメルは身震いしながら、しっかりと引き絞った粗布袋の口を引き開け、怒ってうなりをあげる猫を凝視した。

湖のほとりのあの家の庭を、メルは這い回ってみていた。暗くなってから、よつんばいになって下草をかきわけ、指で探っていった。指に触れた木片をひとつひとつ確かめたが、あまりにも数が多くて、彼女が投げ捨てた木片は二度と見つかりそうになかった。

私はどうしてあれを水中に戻さなかったのだろう？　返してあげればよかった。

なくなったオールは補充されていた。メルは漕いだ。失せものがあったのだ。木片の猿は腐敗の過程でまとわりつく袋から抜け出してしまい、岸辺に打ち上げられて、メルに闇の中へ放り捨てられる結果となった。

あの大袋は彼女に向かって伸びてきた。袋から出ていこうとするものはなく、何かを引き込もうともしなかった。ポエナは正義を求めていたのではない。求めていたのは完成だ。

ひょっとしたら、あの絵ではかねがね不十分だったのかもしれない。袋からなくなってしまったのではなく、袋が吐き出して彼女に見つけさせたのだ。袋が欲しがっていたのはあの木片ではなく、いちばん手近な霊長類動物だった。メルはあれこれと考えてみた。彼女は、彼女とその連れは、そんな袋に目をつけられた。欠落を埋めるには、生きてなくちゃだめなんだ、とメルは考える。亡霊とはそういうものだ。

いったいどうやって猿を手に入れればいいの？　メルはそう考えて恐慌をきたした。そして、あの法律を思い出したのだ。

彼女は近くの町へ出かけた。魚の缶詰と粗布の袋を買った。裏手の空き地で待ち伏せた。最初に猫が現れたとき、彼女は動くことができなかった。二匹目のときには、自分が見たもの、ジョアンナの身に起きたことを無理やり思い出すようにした。その猫はすぐにつかまった。彼女は首輪を切り取ってはずし、猫の名前を見ないようにした。

メルは猫の持ち方を心得ていた。首の後ろをつかむと、猫は脚をつっぱり、毛を逆立てていやがった。歯向かってきて、押さえつけても彼女をひっかいたので、彼女のほうもうなり声をあげた。それでも彼女は手を放さず、歯をくいしばって猫を袋に押し込んだ。

猫はボートの底でうなりながら転げ回った。袋がのたうち回った。

猿はめったにいないし高価である、と法律で認められていた。代わりに猫を使ってもよい、と。

メルは袋を持ち上げた。猫、そして大きな石も入って、ずっしり重い。猫は悲痛な鳴き声や金切り声をあげながら口紐のそばから前脚を片方突き出し、その大騒ぎにボートが上下に揺れた。下からうねりが上ってくる。メルは泣きだした。

袋に押し戻そうとして、猫のおびえていきりたった目と目が合ってしまった。袋の口を絞めて結ぶ。爪が布地を突き破って飛び出した。「かんべんして」メルはささやいた。布袋を持ち上げる。

そのときかぎつけたのは前兆の臭いだったのか、湖水が興奮したように思えた。ボートが揺すぶられ、姿の見えない猫が悲しげに鳴いて爪をもがかせた。

「いい?」メルは言った。「ねえ。いい?」

彼女は水面を見下ろした。真っ暗だったが、夜だろうと水が黒かろうと、ひときわ黒々としたものがまだ浮き上がってきているように思えた。

メルは悲鳴をあげた。猫も悲鳴をあげた。彼女は手を放した。

井戸に小石が落ちたようなポチャンという音とともに、湖が袋をのみこみ、猫の声が途絶えた。泡の流れがたちのぼる。

ボートは静寂の中で上下に揺れていた。息をするのと一緒にめそめそ泣きながら、メルは少しだけ身を乗り出してのぞき込んだ。白っぽい袋が沈んでいくのを見届ける覚悟で。だが、水が濁っているからか沈み方が速いからか、それとも泥に包まれたか何かが引きずり下ろしたのか、何も見えなかった。

メルは職場を早めに引きあげた。春めいてきて、パブというパブが大賑わいだ。新しい同僚たちが彼女を飲みに誘う――前の弁護士事務所からまた来てくれと言われたのを断り、今は小さな出版社にいる。彼女は笑ってためらいながら誘いに乗るが、長居はしない。いい人たちだ。仕事仲間のうち彼女の大好きな二人は特によくしてくれて、そのひとりと彼女はいい感じになっている。メルは仲間たちと一緒にいると気分がいい。

最後に湖に出た晩、彼女はさめざめと泣きながらボートを漕いで戻った。あの猫はいなくなって彼女ひとりきり。その命の最後の瞬間のことは努めて考えないようにした。ジョアンナの最期のことは考えないようにした。

湖も風もじっと鳴りをひそめていた。何も彼女を揺さぶるものはない。そうよ、と彼女は考える。私のことはほっといて。メルはボートを係留して車に戻り、そのまま道ばたに停めた車の中で眠りに落ちた。そんなことになるのを怖れていた。暗闇にまぎれ込んでしまうなんて。ハンドルの前で眠るなんて。目覚めてみると、乗っている車が何かに向かっているのではないか。それでも、疲労に勝てなかった。

ピクッと目が覚めると、脈がゆっくり打ち、驚いたことに気分がよくなっていた。フロントガラス越しの日射しの中、喉が渇き頭痛がしたけれども、穏やかな気持ちだった。

今はもうたいていの場合、何もかも考えないようにしている。

もちろん、そんなことは無理だ。セラピーを受けているときなど、どうしても避けられないこともある。セラピーじゃないんだった、と彼女は思い出す。正しくは、悲嘆《グリーフ》カウンセリングだ。ジョーを失ったための。ときどきカウンセラーにはちょっとだけ話す。何があったのか、ほんのちょっとだけ。自分が見たと思っているもののことをほのめかす。暗号のようなメッセージにこめて。彼女は明言しない。隠喩を駆使する。だから、あの無愛想な女性はきっと、クライアントは実存主義的不安についてしゃべっていると思うはずだ。

状態は一進一退をくり返す。クリスマス時期は悲惨だった。彼女はジョアンナの両親に手紙を出し、彼らは返事をくれなかった。あれはひどくこたえた、と彼女は思う。あんまりじゃないの。彼女は二日ほど父親と一緒に過ごし、酔っぱらってさんざんのしったり泣きわめいたりして父親を怖がらせた。あの暗い姿を、猿のなごりをとどめる失われた木片を夢に見た。

だが、悪夢にうなされることも減っていった。今もときどき見るものの、ただの夢にすぎなくなっている。彼女はあれに生け贄を捧げたのだから。

彼女は日々コンピュータに向かい、テキストの割付け作業をする。気づかれるのを怖れておとなしくはしていても、生身の人間としてこの街に生きている。

どうしたら変わらずにいられようか？　だが、どんなに変わろうとも、あの一連のできごとにえぐり抜かれあらゆることが気にさわるようになろうとも、どんなに喪失感をかかえていようとも、つねにそれをかかえて生きていくのは難しい。見えないはずがないものを見た翌日、見た者は塩の柱になるという。それから八週間たってもまだそれが見え、それが依然としてそこにあるのに、バス料金やお役所仕事のこともやはり考えている。考えずにはいられない。信じられないような気がしたが、メルは今また生活に身を置いている。

彼女は仕事をし、今ではあの湖以外のことも考えている。二週間前にカウンセラーが、精算とか会計とか、ものごとへの対処がどうとか、善意から出た的はずれなことを言ってくれて、メルはさらに気をよくした。

日暮れの街は気持ちのよい寒さだ。メルは角の店でレンジで温めるライスを買う。スマートフォンのメールを読みながら教会とコインランドリーを通り過ぎ、地階のフラットへ下りていく。照明を全部つけてありったけの音楽を流す。ラジオはバスルーム用で、タイルの壁に貼り付いている。バスルームを使ったあともつけっぱなしにしておく。

メルは父親に電話して、くぐもったラジオの音声や外で頭の高さのところを通り過ぎる車の鳴動のなかで食事を用意しがてらおしゃべりした。父親が慎重な口ぶりで雑談するのを、彼女は聞き、父親の質問に答える。通話の最中に、バスルームから流れる音楽の音量がいきなり大きくなる。ドサッと落ちる音がして、彼女はびくっとする。音楽がやむ。「おっと」と彼女は言う。「ううん、大丈夫、何かがこわれただけ。あとでかけ直していい？」

ラジオが壁からはがれ落ちている。シャワー室の床にこわれて転がっている。「まったくもう」とメルは言う。拾おうとしてしゃがむ。彼女の顔が排水溝に近づく。喉に息がつまり、彼女は冷たく湿った床に片手をついたまま動けなくなる。久しぶりにかぐ腐った臭い。

メルは逃げ出す。

ふと、何か詰まったのかもしれない、配水管に問題があるのかもしれないという考えが頭をよぎるが、あの臭いには覚えがある。腐敗してよどんだあの湖の水だ。ロンドンの臭いじゃない。メルにはわかっていた。臭いが彼女のフラットに充満していき、彼女は逃げながらなんとか息をしようとし、まわりの空気が凍るほどの寒さになっていくなか、きっとまたあの臭いをかぐことになるだろうと、いつだってわかっていたのだ。ある種の目からはどこにいようと逃れられない。

廊下の広さがおかしい。何かがなくなっている。彼女はよろめいた。椅子にぶつかり、食器棚にぶつかる。壁にも床にもぬるぬるするものがついている。

彼女は玄関を施錠していた。メルは居間に向かう。バッグを見つけて中をひっかき回したが鍵がない。スマートフォンをひっつかむ。足もとのラグが濡れている。本棚の本も壁際に置いた本もみな泥だらけだ。メルはあえいでいる。「助けて」蚊の鳴くような声で電話にささやきながら警察に緊急通報する。呼び出し音がホワイトノイズにかき消される。「助けて」

台所、バスルーム、寝室、玄関、明かりがひとつまたひとつと消えていく。暗闇が入ってくる。メルと街を隔てる暗闇。

なぜここに？　彼女は頭の中でささやきながら、がっくりと膝をつく。臭いがやってくる。明かりが去っていく。何が望みなの？

埋められることのない欠落。

メルは無理やり臭いをかごうとする。何かが彼女の前に現れる。それは彼女を知っている。

コッコッという鳴き声がする。シューシューいう音。処刑用大袋が流れてくる。ほとばしる。前よりもずっと大きくなっている。彼女が食べさせてふくらんだ。大食家の袋。あれからもっと食べるのに時間がかかっていたのだ。革の袋がたぷたぷ揺れながら、内部の手足を突き出しながら彼女に迫ってくる。涙にくれるメルの耳に、キーキーきしむ音や動物の鳴き声、言葉や骨の砕ける音が聞こえてくる。

ゼッケンだ。新たなものたちで満腹の。猫の鳴き声が聞こえる。ポエナ・キュレイだ。欠けている。やって来ないなんてありえなかった。胃袋のようなものだ。彼女を取り込もうとしている。何もかもを。

袋の縫い目がほどける。合わせ目は法律の口だ。解放するためではなく拘引するために開く。ゼッケンは食べるために、彼女のポエナをつくるために開く。そしてこんどは、目を覚まして彼女を救ってくれるジョアンナはいない。

　ああ、彼女はどうしてそんなことを考えたのだろう？

　なぜ今になってそんなことを考えたのだろう？　ぶよぶよ揺れる袋が彼女にぬるぬるした泥を噴きかけながらどんどん近づいているときに？　新旧入り混じる声を聞きながら、なぜ今だったのだろう？　犬の吠える声、雄鶏のいきりたつ声のする中で？　革がぴんと張ってポエナがのしかかるように伸び、犬がしゃべろうとし、遠い昔に死んだ女性がニャーと猫のような鳴き声をあげ、蛇が言葉を口走り、ポエナが開き、悪臭のする水がこぼれ出し、メルは暗がり越しについに中身を見て悲鳴をあげる。さらに聞こえてくるかすかな最後の音。


キーケルキー。彼女は聞く。キーケルキーという、聞き覚えがある声のささやきを。

シラバス

Syllabus

嶋田洋一訳

人間性、内省およびがらくた

この授業は三週間の上級コースです。別紙の文献リストを参照の上、資料をじゅうぶんに読み込んできてください。授業には実体が出席する必要があります。反響体による出席は認められません。

最終判定は自身のＡＩが認める長文のエッセイ、または三時間で三問の試験、または遂行的トランスによっておこないます。

第一週　人生の予想

ンゴシとバックハウスの実験により、時間旅行は倫理的に差し止められているとする従来の仮説とは裏腹に、歴史には時間旅行者が残したごみがあふれていることが証明された。この認識が確立して以降、日常の用に供されるさまざまなありきたりの物品が、こうした廃棄物であることが明らかになった。

ここではこうした証拠物の性質を検証する。とりわけその前提となるのは、こうした廃棄物がつけた傷を癒す、われわれの時間線に備わった柔軟性であり、堆積した未来のがらくたの中で生きることから生じる政治的副産物であり、廃棄物のいくつかが未来ではなく〝過去〟からの旅行者のものである可能性であり、再目的化されたがらくたの中に不均衡な数で存在する、現代の街路では日常的なものとなっている物品の重要性（もしあるとすれば）である。

討論では以下の論点に触れるものとする。

・ベンチ——本来は何だったのか？

・車止めはなぜ長らく未来の戦争の難民とみなされてきたのか？　なぜそれは通説ではなくなったのか？

・木々の健康を取り戻すことはできるか？

できればすべてに証拠を提示すること。

第二週　現代における慈善の怠慢

一八四八年にロンドン上空に昆虫船が到着した結果、当初は短期の惑星間戦争が生じたものの、一八四九年にはサットン条約が成立し、対立は終息した。その後、英国と訪問団との関係は急速に改善した。この有名な〝誤解〟の歴史と、その影響を再検討する。

焦点を当てるのは英国国教会における最初の昆虫主教の叙任（マンチェスター昆虫主教、一八五三年）から今現在までの期間、および昆虫が人道的・倫理的組織において現在の指導的地位を急速に拡大した経緯である。クリミア戦争で敵味方を問わず負傷者を手当てした有名な〝ランプの昆虫〟の生涯と仕事、一八九〇年代のバーミンガムからスラムを一掃するため精力的に活動した昆虫&昆虫社、今も昆虫が大多数を占める分野である、近代の長時間チャリティ・テレビやチャリティ・シングルの勃興を題材とする。

最後に、昆虫による一九六二年の有名なストックホルム宣言「世界から苦しみが根絶されるまでわれわれは休まない」と、エレノア・マルクスの一八九〇年の攻撃的なパンフレット「慈善のキチン質」を扱う。

討論ではどちらか一方の立場を選択してもらう。

第三週　費用対効果

かつて「もっとも恐ろしい最後のフロンティア」と呼ばれたものの中で、英国では最近になって、疾病一般と、ますます増加する特定症例が民営化された。これは成功とみなすことができるか？　できるとしたら、誰にとって、どのように、なぜ成功とみなせるのか？

授業では、政府が株式の売却を広報する「あなたは病気になる！」広告キャンペーンを批判的に読み解いていく。疫病の株価の急上昇と、インターネット上の「治療と子猫」ミームの拡散と、ディーゼルの「おできになあれ」クラスの装身具のあいだに何らかの相互関係があるのかないのかも検討する。

注意――自身のＡＩの意見で〝膿ツール〟の若者サブカルチャーの一員と判定された場合、この題材については書かなくて構わない。この問題に関するＡＩの判定は、最終決定である。

恐ろしい結末

Dreaded Outcome

嶋田洋一訳

　朝一番でチャールズ・Bと空席セッションをおこない、父親がそこにいるものとして、二人で話し合わせた。いつもならこの種の患者は――わたしにとっても本人にとっても感情的にきついので――一日の最後に回すのだが、今回はほかにどうしようもなかった。

　わたし自身疲れていたせいもあり、つらさはひときわだった。前の晩、遅くまで仕事をしていたせいだ。そういうことはよくあった。家路についたのは真夜中過ぎで、冷たい雨の中、バーの明かりを横目に、住宅街の暗い道路を延々と歩かなくてはならなかった。アパートメントのドアを開け、すぐさま手袋をはずし、上着とジーンズを脱ぎ、熱いシャワーを浴びて――うちのシャワーヘッドはニューヨーク市の低層階のルールを公然と無視する――直後にベッドに倒れ込んだ。それなのに、頭が冴えて眠れない。すぐにまた起き上がり、キッチンに取りつけた鉄棒で懸垂をした。あきらめてコーヒーを淹れる。わたしはもともと寝つきが悪く、とくに何かのプロジェクトに集中していると、その傾向が顕著になった。

　見ると右手の人差し指の爪が割れてしまっていた。肌色《ヌードカラー》のネイル・ポリッシュがはっきりわかるほど欠けている。できるだけ早くマニキュアを手に入れないと。身だしなみに気をつけるのはプロの基本だ。その件を頭の片隅にメモし、とりあえずトップコートを塗って夜明けを迎えた。

　縁はまだ少しぎざぎざだ。翌朝、わたしは自分のクリニックに座ってその爪を親指の付け根に突き立て、ア

意識を集中しようとした。チャールズの父親への質問と、父親からの答えを引き出していく。

昼食のあとはセーラ・Wだった。まだ二度めのセッションだが、事情はかなり明確になってきた。年齢は三十代、不安の波に呑み込まれそうになっている。本人はまだ認めていないが、夫と別れたがっていて、実際、その必要がありそうだ。夫が苦悩の原因というわけではない。問題は彼女の両親がもたらしたものだった。

その次はブライアン・G、ギャンブル依存症。次のエルラ・Pは短時間で済んだ。受診は数週間ぶりで、うまくやっている。カルテは残してあるので、ときどき顔を見せてくれるとありがたい——患者のことは継続的に気にかけている——が、もうわたしの力は必要ないだろう。

午後の最後のセッションはアンナリーゼだった。

わたしはデイナ・サックホフという。三十八歳で、この仕事に就いて十年の節目を迎えるところだ。ずっとここ、ブルックリンで働いている。

わたしのクリニックはフォート・グリーンにある。小さくて静かで明るい施設で、患者の要望を容れ、エントランスは実用的な感じになっている。診察室は家庭的な雰囲気と抽象的な印象をうまく組み合わせた作りだ——心地いいが特徴のないアートを飾ったり、内装を暖色系でまとめたりといった具合に。待合室には《ハーパーズ・バザー》や《インスタイル》といったファッション雑誌を置き、コニー・アイランドのジェットコースターを写したモノクロ写真を飾った。ブルックリンのフリーマーケットで買った、明かりの灯るハトの置物も置いた。ここではユーモアが許容されることを、患者に知ってもらいたいのだ。

自分をどう演出するかにも、同じように気を使った。ヒップだが、ヒップスターではない。黒縁の四角い眼鏡は、誓って言うが、セラピストの定番になる前からかけていた。髪は上げて、緩く束ねてある。スキンシップをしすぎず、厳格になりすぎず、セクシーではなく、姉妹のようなイメージでもない。H&Mがそんなトイ・カプセルを売り出したら、セラピスト市場では品切れ続出だろう。ニューヨークでは、この市場はかなり大きい。

　わたしは患者の目につかないところに小さなタトゥーを二つ彫っている。

　エール大学の医学部を出たが、修士号と博士号は心理理論で取った。大学に残るつもりで、論文も二本ほど出したが、好奇心からセラピストの実習コースを取り、これこそ自分の天職だと感じた。専門は依存症と衝動強迫、トラウマからの回復、愛着障害だ。

　何年も前からこうした主題を本にまとめようとしている。だが、わたしのセラピストのエリオットが言うには、わたしは本を書くと言いながら、懸命に〝書かない〟ようにしているらしい。

　最近はこんなことを言われた。「きみが何も書いていないとは言わない。でも、きみは〝書かない〟ことに莫大なエネルギーと時間を使っている。少なくとも、書くのと同じくらいの量を。自分が〝書かない〟ことに懸命になっているとは思わない？」

　もちろんそこには一面の真実があるのだが、それほど単純なことではなかった。懸命になっているのは事実だが、書かないことにというより、別のことに夢中になっているのだ。最近また、そのプロジェクトに多大なエネルギーを注ぎ込むようになっている。それは彼も認めていることだ。症例の収集と照合なのだから。患者の偽名を考えるのは楽しかった。フロイトの〝狼男〟のようなものを。ノート上ではアンナリーゼ・ソーベルはASだが、頭の中では、彼女は〝苦悶する学者《アングイッシュト・スカラー》〟だった。

アンナリーゼの八回めのセッション。五回めのセッションまでに何が問題なのかきちんと見抜けなかったら、たぶんわたしはその患者にうまく適合していない。アンナリーゼについては、はっきりわかっていた。

ときどき見せる緊張や興奮は感じられない。安定している。わたしの質問に仕方なさそうに、感情を交えず短く答える。気にはなったが、驚きはしなかった。週に何度か通うように言ったので、明らかに軟化してきている。「お金の問題はあとで考えましょう」と言って、彼女がヒントに気づき、一、二回の無料セッションを受けてくれることを期待したのだ。

アンナリーゼは四十四歳、独身、多くの友人から好かれていて社交的な反面、内心ひそかに激しい不安を抱えている。言語学者で翻訳者（署名原稿をいくつか目にしたことがある）。数年前に両親を、一年足らずのあいだに次々と亡くしたため、未処理の手続きがまだたくさんある。トラウマのそもそもの根源は母親で——性別に関係なく、肉体的な虐待を伴うわけでもなく、彼女は〝小さな夫〟だった。そのまま何年ものあいだ、自分の恋愛や過剰な社会関係の中で、この役割を繰り返し演じてきたのだ。

仕事には熱心に取り組む。アフニクなら〝逆転したナルシシスト〟と呼ぶだろうが、わたしはむしろ〝隠された《オカルト》ナルシシスト〟と呼びたい。条件としては〝隠れた《コヴァート》ナルシシスト〟と同じではないかという人もいるだろうが、それには異論がある。たぶん関係はあるだろうが、同じではない。彼女は強迫的に、憑かれたように他者を気にかけ、注目や称賛を心底から必要としているが、それを受けることで困惑する。他者を気遣う義務を教え込まれながらそれをまっとうできない子供のような、恐怖と怒りに満ちた救世主信仰を持っている。アンナリーゼが夢見るのは、消えてなくなることだ。何かあるとつねに大げさに騒ぎたて、事態を必要以上に悪化させる。恐ろしい結末を回避しようと焦って交渉を試み、失敗する。

強迫性障害の患者の多くは特定の事態を恐怖する。手を五回洗わないと自分の子供たちが死ぬ、といった具合だ。アンナリーゼの場合、強迫性は強いが、恐れる対象自体は漠然としていた。ただただ恐怖でいっぱいなのだ。

本人もこの大部分をある程度まで知っている。自分が抑鬱状態にあることもわかっているが、問題さえわかればそれで解決だというなら、ほとんどの患者にわたしたちは必要ない。彼女が努力して自分を変えようとする姿は感動的なほどだった。わたしは自分の殻を破ろうとする彼女を熱心に支援した。

「自分が穴にはまって出られなくなっている、なんていう感覚はないのよ」彼女はそう言った。「メロドラマだとか自己憐憫だとか思わないで。出口が見つからないんじゃなくて――出口を探すことに意味があると思えないの」

「それを肉体のどこで感じる？」彼女が胸を締めつけているのはよくわかった。「わたしのために、大きく深呼吸してみて」

「前に話し合ったテクニックを、いくつか試してみたわ。サンドラといっしょに」

「それで？」

「しばらくはいいんだけど、すぐにまた……」彼女は首を横に振り、その声は徐々に弱くなって、消えてしまった。

サンドラは彼女の友達だ。あるいは、友達だった。しばらくのあいだアンナリーゼの仲間の輪の中にいた。彼女より少し年下で、仕事は金融アナリスト、野心的で押しが強く、やはり筋金入りのナルシシストだった。

二人は数カ月ほど親しくしていたが、アンナリーゼが苦労して手に入れた直感を発揮し、その関係が主として自分に不安と罪悪感しかもたらさないことに気づきはじめ、付き合いは終わりを告げた。サンドラの存在は原動力として働かないのだ。アンナリーゼは身を引こうとした。それに気づいたサンドラは逆に勢いを増し、その行動の特徴である恥辱と罪悪感の転移を強化した。

アンナリーゼ——とほかの人々——に、アンナリーゼが自分を落胆させ、あるいはもっと悪い状態に陥らせたと思っていると、はっきり伝わるようにしたのだ。

アンナリーゼはどうにかここを切り抜けようと最善をつくしたが、自分自身の恥辱傾向のため、のたうちまわることになった。その状況が頭から離れなくなったのだ。罵倒の激化とともに、不安とパラノイア（かもしれないし、そうではないかもしれない）は、彼女を行動不能にするレベルにまで至った。自分のゴシップが拡散されている、彼女がサンドラを操作し、それどころか虐待していると、友人たちのあいだで噂されているという思いが、頭から離れない。大学にリンクしているフォーラムに匿名の書き込みまで見つかった。名指しはしていないが、ある女性の残忍さや陰険さなどを糾弾する内容で、彼女はそれが自分のことだと確信した。

わたしは彼女に、たとえそうした攻撃が実在し、誰が誰を狙っているのかという彼女の予想が当たっていたとしても（たぶん当たっていると思えたが）、そんな言葉を真に受ける人はまずいないから、影響などほとんどないと指摘した。むしろ犯人のほうがアンナリーゼよりも大きな打撃を受けるだろう、と。彼女は同意したが、それでも重篤な——自殺さえしそうな——不安に苛まれた。

アンナリーゼは精神力学上の重要問題に直面していた。人間の行動と情動のルーチンは、言うまでもなく、認知と感情を通じて作用する——が、外的要因にも左右される。ここに患者の精神のごく狭い部分に的を絞った——いわば密閉的な——療法の限界があった。他人に対する自身の不適切な対応に苦しむのが患者の日常になっていて、その状態を打破するのに精いっぱい努力していたとしても、その努力が実を結ぶまでのあいだ、悪辣なナルシストを強迫的に探し求めてしまうのだ。自分を餌食にして、本人の問題を外部化の対象とする相手を。この両者のダンスは、互いの自己破壊に餌を与え合う輪舞となる。

　言い換えれば、問題は個人の頭の中だけにあるのではない。

「前に見せた表を覚えてる？　これは″愛情中毒″よ。あなたはその対象ね、今のところ。もちろん、自分の行動にはできるだけ責任を負うべき——何かをめちゃくちゃにしてしまったら、思いやりや気配りをもってその責任を引き受けるべき——だけど、他人の幸福に責任は持てないでしょ。あの人がしているのは、わたしたちが俗に″無賃乗車″と呼んでいるものよ。

　あの人は自分の行動や感情に責任を負うのを怖がっている。自分に向けるべき怒りを、代理の誰かに向ける。だから自分には責任がないという状況を作り上げるわけ。

　そのために、あなたの行動の中に自分を押し込んでくるの。ちょうどうまく適合するから。そうやって、自分が向かう場所についての怒りをあなたに向けてくる。無賃乗車よ。あの人はあなたの精神に押し入ってきて、そのことであなたを責めるわけ」

　レッテル貼りは好きではないが、公正に見て、わたしの理論と実践の大部分がいわゆる″トラウマ《T》性媒介《V》物《T》療法という小さな傘の下に収まるのは確かだろう。よく吟味された、実践的な療法だ。後誘導療法、ゲシュタルト、心理分析、アドラー（否定的に）、コフート、クライン、とにかく効果があれば何でも採り入れる。TVTはかつて″レインのホメオパシー″と揶揄されたこともあった。機能障害は病理学世界の合理的反応だとする反精神医学的な考えを採用し、その洞察をどこまでも希釈して——実践に応用しようとしたからだ。公平に考えて、これは賢明だったと思う。

「サンドラは——つまり、わたしがこんなふうに感じるのは、あの人のせいだって——」とアンナリーゼ。

「そんなに単純じゃないわ。サンドラは原因じゃなくて、媒介物なの」

「どうすればいいの?」しっかりした声だった。わたしたちはふたたび戦術を話し合った。わたしは注意深く、彼女が合理的に可能な手をつくしたことはわかっていると伝えるのを忘れなかった。

エリオットのところに予約を入れていたのだが、わたしは興奮してアンナリーゼのことを考えつづけ、夕方は身体を動かすしかないと思った。彼に予約の延期の電話をかけ、留守電だったのでほっとした。ジムで一時間半ほど、体幹と上体を中心としたトレーニングをこなし、ランニング・マシンで汗を流す。個人最高記録に近いペースで、十キロ近く走った。

セラピストがセラピーにかかるのは、ニューヨーク市では義務ではないが、同業者の多くがそうしている。とりわけTVTを実践する者たちのあいだでは必須条件と考えられていた。患者のストレスを大量に浴びるので、それを理解してくれる誰かと話をする必要があるのだ。

自宅に帰ってシャワーを浴び、留守電のメッセージを聞いた。友人からの飲みの誘いが二件と、デイヴィッドから。

デイヴィッドは建築家だ。共通の友人に紹介され、この一年ほど、ときどき会うようになっていた。しきりにわたしのアパートメントに移ってきたがっている——こっちのほうが高級だから。わたしは少し時間をくれと言っている。

食事を終えると七時を回っていた。早寝することも考えたが、どうせ眠れないだろう。仕事をするしかない。アンナリーゼとのやりとりを文字に起こす。姉がいっしょに住んでいると答えていたのでほっとした。

わたしはソファに座って本棚から数冊の本を取り出し、ノートパソコンを開いて調べ物をした。

午前二時を少し過ぎたころ、わたしはブッシュウィックにある褐色砂岩のビルの外壁をよじ登っていた。一階と二階は錆びた雨樋を伝って通過し、非常階段に到達する。

周囲の家々にいくつか明かりは見えたものの、人影は見当たらない。どのみち、わたしは全身を黒装束で包み、覆面をしていたし、目立たないようにするすべも心得ていた。背中の荷物の位置を直し、非常階段の手すりの上でバランスを取る。そこから一気に跳躍し、ビルの屋上の端につかまった。指の力はつねに鍛えているので、身体を引き上げるのは簡単だった。

屋上の端に沿ってすばやく静かに走り、隣りのビルに跳び移る。すべて計算済みで、目的地に到達するにはこれがいちばん効率的だった。屋上の壁際に身を隠し、ホッケー・バッグを開けて中身を取り出す。

使用するのは二十二口径プロ・シリーズ2000PHL、スコープはリューポルドのVX3、マガジンは三弾装塡だ。同僚たちはまだHK417やM98を手許に置いている。バスラのダウンタウンでもないというのに。もちろん、2000PHLは反動が大きいが、ここは近代都市で、戦場ではない。命中精度〇・五MOA、重さ二・九五キロのこの銃は、登って走る必要があることを考慮すれば、この場面にもっともふさわしいものだった。

サプレッサーが使えるVSSヴィントレスも考えたのだが、正直なところ、一発の銃声くらいでは、眠っている人々は寝返りを打って、車のバックファイアか何かだと思うだけだろう。二発以上撃つことになるなら、それはセラピストとはいえない。

イラン製の新型銃でシヤヴァシュという超軽量ライフルがあるそうで、これにはとても興味がある。

通りの反対側に見えるビルの一階に、探していた明かりが点灯していた。アンナリーゼが見せてくれたメッセージのタイムスタンプから判断して、サンドラはよく深夜まで書き物をしているらしい。わたしは銃身を二脚に預け、膝射姿勢を取り、スコープを覗いた。

きちんと片づいた小さな居間が、わたしの位置からは見えないテレビの明かりに照らされている。たくさんの本があり、テーブルの上には食事の残りが見えた。人影はない。わたしは待ちつづけた。

セラピストにとって、患者の感情の安寧は最優先事項だ。わたしたちの仕事は気遣いの具現化であり、感情の安寧の最大化であり、衝動脅迫による有害な精神力学を打破する手伝いであり、トラウマの媒介物の根絶だった。

TVT実践者として、わたしは探偵の技法を身につけている。アンナリーゼにサンドラのことを直接質問したことはなかった。フル・ネームさえ聞いていないはずだ。ただ、慎重に探りを入れたり電話を立ち聞きしたりして、彼女の言葉の端々から標的の詳細をつかむのは難しくなかった。住所や生活サイクルなど、計画を立てるのにじゅうぶんな情報を。

たいていの場合、患者が求めているのは同情的で厳格な対話相手だ。だが、ときには機能障害をともなう人間関係における共依存的精神力学の中で外部化されたトラウマ媒介物があまりにも強力で、セラピストの断固とした介入が必要になる場合もある。わたしは弾薬を確認した。

相手は両親や配偶者であることが多いが、そればかりとは限らない。わたしがこれまでに介入した例では、教師、友人、上司、部下、元配偶者、見知らぬストーカーなどが存在した。本来ならもっと時間をかけて計画を練り上げたい。そのほうが仕事が簡単になるのだ。

時間が来るとバネの力で刃が飛び出す仕掛けを車の下に取りつけた結果、わたしの患者だったデュエイン・Bの愛情を不適切な形で回避していた相手は、事故を起こして亡くなった。念のため付言すると、そのとき路上にはほかに誰もいなかった。付随被害を生じさせたことは一度もない。やはりわたしの患者だったヴィンス・Rを巧妙に攻撃しつづけ、抑鬱と不安に陥れていた牧師は、路上強盗と思える被害に遭って死亡した（わたしはムエタイを学んでいる）。五年前の失敗についていまだに元妻を責めつづけていた男はアレルゲンを摂取し、致命的なアレルギー反応に見舞われた（これだから調査は重要なのだ。青酸カリなどを使おうとして時間を無駄にするところだったが、慎重に配置したピーナッツバターを使うだけで済んだ）。だが、ときたま、ほとんど事前情報なしでセラピーが必要になることもある。

サンドラが部屋に入ってきた。片手にノートパソコン、もう一方の手にワインのグラスを持っている。部屋着姿で、高価な眼鏡をかけていた。長身で猫背、ブロンドの長い髪、活発そうな、印象的な外観だ。テーブルの前に座り、ディスプレイに目を凝らす。

わたしは風向きに合わせてスコープを調整し、息を吐き、片手を固定した。

引金を絞ろうとしたとき、何かの振動を感じた。

わたしは銃から手を放し、すばやく身体を起こすと、瞬きしながら両手を引っ込めた。こんなときこんなふうに驚かされると、たとえ何もなくても、ごくわずかな動きで誤射してしまう危険がある。そうでなくても銃身が動いてしまい、すべてが台なしになる。

振動したのは携帯電話だった。エリオットからの、予約変更のメッセージだ。彼もやはり夜行性らしい。セッション中に携帯電話の電源を切っておかなかった自分に怒りを覚える。プロにあるまじき失態だ。電源を切り、首を左右に振る。着信音が鳴らないようにしていただけ、まだましだ。

気を取り直してふたたびライフルを構え、スコープを覗く。サンドラはキーボードに向かっている。意識を集中し、彼女を十字線の中央にとらえた。

引金を絞る。

弾丸は窓を突き破り、サンドラの後頭部に突き刺さった。顔が勢いよくキーボードに激突する。

弾薬をリロードし、息を詰めてそのまま待った。長い数秒が過ぎたが、何も起きない。

喜びが込み上げてきた。これでアンナリーゼに本当のブレイクスルーが訪れる。

帰宅したのは午前六時ごろだった。邪魔が入らないのを確認してから地上に降下し、サンドラの部屋に押し入って死体を動かし、手早く見つけられる現金と貴重品を回収してきたのだ（TVT実践者の倫理として、その晩の経費に充当するため現金だけを手許に残し――それ以外は廃棄する）。刑事がどんなに時間と労力をかけても、一風変わった押し込み強盗にしか見えないだろう。多くの刑事は時間も労力もかけないし、もちろんわたしの患者は、この根本的な仲介作業のことなど何も知らない。

アンナリーゼにはアリバイがあり、このトラウマ媒介物とわたしとの接点はどこにもない。

死体はサンドラの車でレッドフックの川まで運び、重しをつけて沈めた。いずれは発見されるだろうが、そのときには身許不明死体として処理されるだけだ。

その日に予約が入っていた患者三人にメールを送り、急病を口実に、診察日を延期してもらった。仕事用の戸棚の鍵を開け、刀と2000PHLを箱に戻し、メロディ・ホブソンの本を陸軍狙撃兵マニュアル23－10の横に並べる。わたしは倒れるようにソファに横になり、ようやく眠りらしきものに落ちていった。

そんな不満足な休息のあとでも、難しいセッションの翌日、わたしはいつも元気いっぱいで目覚めた。外出してたっぷりの朝食を摂《と》り、コーヒーを飲みながら、二時間かけてノートに書き込みをした。

同業者の誰がTVTなのかは誰も知らない——知るべきではないのだ。もし誰かに尋ねられても、わたしは精神力学セラピストだと答える。これは事実だ。もちろん、この分野には親しい友人もたくさんいて、ヒントや手がかりを得ることはできる。親友だと思う相手に、TVTの方針を採用していることを認める者も出てくるだろう。わたしは話したことなどないが、そうではないかと思えるセラピスト仲間は何人かいる。

フォーラムや出版物には〝セラピスト名〟で発表をおこなう——わたしは〝ペティア〟と名乗っている。

一瞬だけラカン時代に後退するような印象だ。もちろん、わたしたちのあいだにも派閥があり、討論があり、シンポジウムがある。だが、分野全体を俯瞰することはできない。教科書もなく、野心的な実践者を紹介されることもない。

著述にこれほど時間がかかっているのは、以前よりも野心的になり、このギャップを埋めたいと思うようになったせいだ。

わたしは心理療法の歴史において一節を割かれるようになりたい。TVTに影響を与えたい。クリニックで、この分野で、最高の施術者になりたい。議論を呼びたい。話す治療者になりたい。技術を探究したい。至近距離で（刃さばき、毒物、格闘技で）セラピーに介入したい。遠距離でも。セラピーの現場を隠蔽したい。罪悪感を持つ患者に安心を与えたい。やりたいことはたくさんあった。わたしの著書全体に、症例研究がちりばめられているのだ。自分がすべきことを黙々とこなしたい。昨夜の行動については、緊急の介入が必要になった例として一章を割くことになるだろう。

もちろん、自分の名前で堂々と刊行するわけにはいかない。そこから利益は得られない。わたしが望むのは、著書がこの分野にとって重要なものとなることだけだ。将来大きな意味を持つことになる、秘密の著作。わたしは高みをめざしている。それだけは声を大にして言いたかった。

エリオットは自宅でもクリニックでも、わたし以上に厳粛な内装を採用している。壁は白、家具類はわずかで、どれも簡素だ。小さな書棚には黒い背表紙のハードカバー本が整然と並んでいる。写真はなく、細長い花瓶に切り花が挿してあるだけだ。わたしより十歳以上年上で、ごま塩になった髪を短く刈り込み、身体にぴったりの高価なスーツを着こなしている。その身体は引き締まっていた。

どれもわたしが求めるとおりのもので、そうでなければ彼のセラピーは受けなかったろう。

わたしは静かに座っていた。わたしが苦悩しているのがわからないなら、彼はいいセラピストとはいえない。

「遅刻だね」エリオットが言った。

「遅くまで仕事をしてたせいで、気力が続かなくて。集中力がね。でも、ほら、あなたのメッセージを見て、大急ぎで駆けつけたわ」

「患者のこと？」

「本のこと。調査してたの。ある章を書くのに。患者も関係あるかな。ええ、アンナリーゼが」

わたしは彼女とのセッションのこと、投稿やメッセージのこと、抑鬱状態のことを話した。気にかけてはいるが、同時に彼女が間もなく新しいフェーズに移るはずだと確信していることも。

「前にもその状況を少し話してくれたね」

「結局、そのあとジムに行って熱を冷まそうとしたんだけど、だめだった。頭がそのことでいっぱいになって。だからあきらめて、仕事をすることにしたわけ」

「仕上げられた？　その仕事を？」両手の指で塔を作る。

「ええ、そう思ってる。やっただけのことはあったって」

「その患者と話はした？」

「まだだけど、するつもり」

「そうだろうね」彼は唇をすぼめ、考え込むようにわたしを見た。「その患者にずいぶん肩入れしているな」

「そう思う？　全員に肩入れしてるんだけど」

「それはそうだろう。でも——自分では気づいていないかもしれないが——その患者のことを話すとき……まあ、見てごらん」

手振りでうながされ、気がつくとわたしは椅子から身を乗り出していた。スポーツの試合でも観戦しているように。わたしは意識して座りなおした。

「きみは熱が入るとそうなる。早口になるのもそうだ。その患者にとりわけ強く肩入れしているんだと思う」

「そうかも」

「わかっているだろうが、非難しているわけじゃない。きみがいいセラピストなのは、この資質のおかげでもある。ただ、その技術には危険が伴うことにも気づいているだろう。きみは救済者ではなく、仲介者なんだ」

エリオットはめったに見せない笑みを見せ、わたしも笑みを返した。この職業に就いている者の多くは、心の中に白のナイトを住まわせている。

「そうね、アンナリーゼとは……馬が合う、というのかしら。興味深かったのもあるけど。だからたぶん、肩入れしてしまうのは自分のため。症例研究の題材としてね。著書のための」

彼は小首をかしげ、ゆっくりとうなずいた。

「わたしの見解を述べよう。きみは疲れている。とても長い時間、仕事に熱中していた。その患者の話になると態度が変化する。それもしょっちゅう。躁状態だと感じないか？　心を落ち着けたいと思ったのを覚えているか？　今起きているのはきみ自身に関わる問題だ。その意味では、きみのセラピストとして言うが、その患者もまた、きみ自身に関わっている」

わたしは黙り込んだ。

エリオットの顔から書棚の本に目を移す。『精神障害の分類と診断の手引き』第四版、コフートのナルシシスト傷害の書籍、ジェンキンズのサーベイランス技術の本。わたしは息を吐き出した。

エリオットが両手を開く。「きみとその人物のあいだに、何らかの関係性が成立しているようだ。その患者がきみにとっての機能因子になっている。つまり、媒介物に」

アンナリーゼのアパートメントの向かいには空き地がある。わたしはそこで古い洗濯機の陰にうずくまり、カスタマイズしたＡＮ／ＰＶＳ‐１４暗視スコープを覗いていた。

彼女は四十分前にベッドに入った。白いナイトガウン姿で部屋を横切り、片手に水のグラス、もう一方の手には、少なくとも一錠の睡眠薬を持っていたようだ。わたしと同じく、彼女も不眠症に悩んでいる。地上で大きな銃声を立てるのは危険なので、わたしはＪＭ特殊麻酔銃を用意し、Ｓ10シリンジに塩酸エトルフィン剤のＭ99を充塡しておいた。

理想的とはいえない。数秒間は姿をさらすことになる。だが、車はエンジンをかけたままにしてあり、発作が始まったときには、もう道路を渡りはじめているだろう。この量のＭ99なら、二度と目覚めることはない。

プロヴィジルを服用しておいたので、目は冴えていた。もっと早い時間でもよかったのだが、わたしもエリオット同様、セラピーの実践と真剣に取り組んでいる。最優先するのは患者だ。

洗濯機の傷だらけの表面に身体を寄せたとき、背後でかすかな物音がした。すばやく振り返り、影の中を見つめる。何もいない。丈高い雑草が泥の中から生え、その向こうにアパートメントの壁がそびえているだけだ。鼠だろう、とわたしは思った。あるいは猫か。

その瞬間、強力な腕がわたしの首に巻きついた。麻酔銃を持つ手をねじり上げられ、わたしは武器を取り落とした。

予想しておくべきだった。彼はプロだ。わたしの動きを読んでいた。彼の計画に気づいて、阻止しようとすることを。わたしは彼の患者なのだ。

「戦術と意志決定について話し合いたいのだがね、デイナ」エリオットが耳許でささやく。彼はヘッドロックを決めようとしていた。

わたしは逃れようともがき、いきなり相手のほうに体重をかけた。彼はバランスを崩し、わたしはその腕をすり抜けたが、肘打ちはブロックされた。反撃され、今度はわたしがよろめく。

彼はわたしと麻酔銃のあいだにいた。わたしと同じく、全身黒装束だ。防刃ジャケットにカーゴ・パンツ、鞘に収めたナイフをベルトにつけている。「きみがためらうのはわかる。このアプローチは困難だ」彼はそう言って、アンナリーゼの部屋の窓を示した。相手の姿勢から、寝技に持ち込もうとしているのがわかった。テイクダウンを狙っているのだろう。わたしはやや大げさによろめいて見せた。たぶん見抜かれているだろうが。彼の仕事の腕は一級品だ。

「きみのお母さんの不幸について話そう。もうそれにこだわるのをやめるべき時期だ」合気道の二教の動きで手をつかみにきたので、届かないところまで後退する。「きみはあの患者との関係を障壁として利用しているんだ」

わたしたちは円を描いて互いのまわりを回った。中段に蹴りを放ったが、弾かれた。向こうはガードを上げている。彼はすばやく、わたしより強靭で、わたしのことをよく知っている。

一方、わたしには二つの強みがあった。

一つは、調査してあったことだ。右にフェイントをかけ、相手が攻撃に出ようとしたところで反転し、左の膝を狙う。彼が大学時代、スポーツで左膝を痛めたことは調べがついていた。

もう一つは、わたしが彼の患者だということだ。

身を乗り出して相手を押しやると、彼は後退し、体勢を整え、掌打を繰り出した。わたしを動けなくするための攻撃で、殺したり、負傷させたりするのが目的ではない。わたしのためになることが最優先なのだ。

彼はそのためにここにいる。

「あの女性は媒介物だ」エリオットがうめくように言う。「わたしに仕事をさせてくれ」左手で彼の口を押さえると、向こうはグラヴごとその手に嚙みつこうとした。わたしが自分の防刃ジャケットのポケットを探って予備のシリンジを取り出そうとするのを、指をつかんで制する。

一射めをはずすつもりはなかったが、だからといって、予備の麻酔薬を用意しないほど愚かでもない。

もちろん、わたしはエリオットほど切迫してはいなかった。二人とも、患者のためにここに来ているのは同じだが。

針を彼の首筋に突き立て、プランジャーを押し込む。彼は目を大きく見開き、わたしの手の下でうめき声を上げた。身震いし、わたしを押しのけようとしたが、その前に急速に力が抜けていく。ぐったりした身体を支えると、彼は痙攣していた。

慎重に手を放す。「きみを助けたいんだ」彼がそうつぶやくのを聞きながら、血中のアドレナリンが引いていくのを感じる。彼は白目を剝き、がくがくと身体を震わせた。

　やがてその動きが止まる。わたしは座り込み、震えながら息をついて、どうにか周囲の状況に意識を集中した。

　街路に異常な物音は聞こえない。パトカーが近づいてくる様子もない。ほっとして息を吐き出す。アンナリーゼのアパートメントの明かりも消えたままだ。

　エリオットは筋肉質で、重かった。長い夜になりそうだ。明日の朝、目を覚ましたアンナリーゼは知るよしもないだろうが、彼女の回復を妨げる重大な障害はすでに克服されている。

　わたしは新しいセラピストを探さないと。

祝祭のあと

After the Festival

嶋田洋一訳

チャーリーとトーヴァは正午前からダルストン・スクエアにいて、今は三時過ぎだった。春の光が窓や店の看板を照らしている。「このあたりも信じられないくらい上品になったなあ」とチャーリーが感想を述べる。

数分前にバンド演奏が終わったばかりで、チャーリーはステレオ音響に負けない大声を張り上げなくてはならなかった。

「はいはい、まったくね」とトーヴァ。「信じられないくらい醜くなったわ。こんなところ、誰が住もうと思う？　やめてよね」彼女はチャーリーの襟首をつかみ、群衆のあいだを抜けてステージに近づいた。「ここがいいかな」

ステージ前面にはスポンサーのロゴがずらりと飾られている。黒服の技師たちが最後のドラム・セットを運び出し、マイクをセットし、ステージ奥に大きな業務用オーブンを転がしてきて、中央に鉄枠をボルトで固定した。すべての部品がしっかりはまって、動かないことを確認する。

「進行がずいぶん遅れてるな」

「いつものことよ。ほら、来た」

若いテレビ司会者が寒風を背に受けて煙草を吸い、ノートを見ながら、身なりのいい、印象的な五十代の女性と話をしているのが見えた。女性はディレクターで、彼にステージ上の目印を説明している。

「このショーを見たことはある？」トーヴァは司会者の写真を撮った。「姪にお土産」

「ああ、あるよ」とチャーリー。

観客の誰かが歓声を上げた。それがたちまち広がって大きくなり、確かなものになっていく。チャーリーはトーヴァの肩をつついた。食肉加工業者の白い上っ張りを着た男女の一団がステージ上を歩いていく。ディレクターは彼らを隅に移動させ、ヘッドセットに向かって何か話しかけた。


ステージ前面に出てきた司会者がマイクに向かって叫んだ。「まだだぞ、とんちきども！」笑いの渦に向かって笑みを見せ、指でイヤフォンを押さえて指示に聞き入る。余裕綽々の顔で観客に向かって片手を上げ、電話なのでちょっと待ってくれというしぐさを見せたので、また笑い声が上がった。

「パーティ会場からだ。どうやらいいらしい」さらに大きな歓声が上がり、技師たちがステージから退出する。

とんでもない大音響で電子音楽が鳴り響いた。

「うわっ」とトーヴァ。

「準備はいいか？」司会者が叫び、観客が呼応する。もっと暖かい日ならよかったのだが、少なくとも雨は降っていない。人々が踊りはじめた。

「何かむかつくやつだな」司会者がおしゃべりを始めると、チャーリーがつぶやいた。

「お黙り、お爺ちゃん」トーヴァは彼の腕をつかんだ。これだけステージに近いと、大音量で音楽が流れていても、鼻を鳴らす音も、ステップを踏む音もちゃんと聞き取れる。

白衣姿がさらに三人、鎖につないだ一頭の豚を引っ張ってステージに上がった。

観客が歓声を上げる。トーヴァは遠吠えし、チャーリーは笑った。

豚は大きく、鼻から尻尾の先まで二メートル近くあった。痩せて筋肉質で、不従順な威厳をもって鎖に逆らっている。薬品を投与されていることはみんなわかっていた。白衣の三人は補強された鉄枠の所定の位置に豚を固定し、液体が周囲に飛び散るのを防止するプレートをはめ込んだ。

「やだやだ」トーヴァが顔をそむけると、チャーリーと目が合った。「終わったら教えて」

「ぼくは見てなくちゃいけないのか？」

見たがっていないのはトーヴァだけではなかった。多くの観客が目を覆っている。司会者の空虚な言葉で緊張がやわらぐことはなかった。音楽はまだ鳴り響いているが、音量は多少絞ってある。豚も興奮しているらしく、鳴き声がさらに大きくなった。

「さっさとやって」トーヴァがチャーリーを見たままで言った。「あいつらに、さっさとやれって言ってやって」

「よし、いいだろう」司会者が宣言する。数人の若者がフットボールのかけ声を上げたが、影響はなかった。食肉処理のチーフらしい男が電撃器を取り上げ、豚の頭に押しつける。

「うわ、やる気だ」とチャーリー。

男が装置の引金を引くと音もなく電流が流れ、暴れていた豚がいきなり静かになった。人々は静まり返って、豚が痙攣し、ぐったりとなるのを見守った。

「これで終わり？」とトーヴァ。

チャーリーは首を左右に振った。「気絶させただけだ」

白衣の男は肉切り包丁を取り出し、豚の喉を掻き切った。

プラスティックのプレートに血がしぶく。観客は誰もが息を吞み、チャーリーはひゅっと喉を鳴らし、その表情を見たトーヴァは目を丸くした。

豚の血抜きが終わると音響監督は音楽をふたたび大音量に戻し、白衣の男女はバーナーに火をつけた。チャーリーは「まだだ」と言ったが、トーヴァはもうステージに視線を戻していた。

誰もがすばやかった。白衣のパフォーマーたちが肉を半分ほど処理し終えたころには、最初に切り出された部位が調理され、うまそうなにおいを漂わせていた。観客は騒ぎたて、若いテレビ司会者も元気よくしゃべりだす。謝肉祭の雰囲気が戻ってきた。

「よし、わかった」チャーリーが言った。「あいつはむかつくけど、こういうのがうまいんだ」

トーヴァが「もうこんな時間なの？」と叫び、驚いたチャーリーがすでに暗くなった空を見上げたときには、二人ともすっかり酔っ払っていた。観客は踊ったり、料理の列に並んだりしている。舞台の袖ではスカのバンドが演奏し、ヴォーカルが白衣の連中のまわりではしゃいでいる。豚はほぼ完全になくなっていた。

白衣のチーフが豚の頭の内部から組織をすべて掻き出して頭を切り離し、両耳をつかんで持ち上げた――いかにも重そうだ。ふたたび高まる歓声の中、彼はそれをダンスのパートナーのようにして踊りだした。

「準備はいいか？」司会者が叫ぶ。「誰がやる？　中庭に出る用意だ！　イースト・ロンドン、待ってろよ！」人波と人波が交錯する。ステージに押し寄せる人々と、その前から逃げ出す人々だ。

「どうする？」トーヴァが言ったとき、チャーリーはもうそこにいなかった。彼女は笑ってあたりを見まわし、彼の名前を呼んだ。長身なので、すぐに見つかる。

「ちょっと！」彼女は叫んだ。チャーリーのブロンドの頭が、ステージ前のピットの中で揺れている。

「これが欲しいか？」司会者が叫ぶ。「欲しいのは誰だ？」

観客が咆哮する。

「怖いのか？　さあ、われと思わんやつは出てこい！」

チーフが豚の頭を揺らす。観客はブーケ・トスを待つかのように、歓声を上げて両腕を伸ばした。「欲しいか？　欲しいのか？　そうなんだな？」

司会者はマイクを切ってチーフに声をかけ、踊る観客たちを見わたした。白衣の男女があちこちに向かって、豚の頭を投げるそぶりを見せる。

「あの男？」司会者がそう言うのを耳にして、トーヴァは喜びの叫びを上げた。彼がチャーリーを選んだのがわかったのだ。信じられない思いに、その場でぴょんぴょん跳びはねる。見るとチャーリーも大声を上げ、同じことをしていた。首を伸ばして、できるだけ目立つように立っている。チーフが耳をつかんで豚の頭を持ち上げた。

「やった」トーヴァは笑いながら顔を上げ、豚の頭を見てたじろいだ。「とんでもないね、チャーリー」

進行係二人が手を貸して彼を引っ張り上げ、チーフが何か話しかけた。チャーリーは不安そうだ。それでも何とか自分を奮い立たせようとしているらしい。

そのときトーヴァが「くそったれ、チャーリー」と叫んだ。たまたま歓声と演奏が静まった瞬間で、彼女の声ははっきりと響いた。観客が爆笑する。チャーリーは笑みを浮かべ、彼女を探しているようだ。

「『ワン・ステップ・ビヨンド』」司会者がスカの曲名を告げると、ベース奏者がリフを演奏しはじめた。チーフとチャーリーがいっしょに豚の頭を持ち上げる。チャーリーの顔から渋い表情が消え、彼は観客に向かって笑顔を見せると、湿った豚の頭を自分の頭にかぶせた。

トーヴァが彼のところに近づくのに三十分もかかった。進行係の手を借りてステージから降りた彼のところに、観客が殺到したのだ。チャーリーはかぶった豚の頭を片手で支え、もう一方の手で進行係の肩をつかんでいた。カメラマンがそのあとを追い、トーヴァはカメラのあとを追った。

黒服の警備員が観客を遠ざけ、チャーリーが血のにじむ豚の頭の重みによろめきながら、奇妙なダンスを踊れるようにする。司会者はひたすらおしゃべりを続けていた。

「くそ、チャーリー」トーヴァは彼に聞こえるはずもないのに叫びつづけた。粘液と血が彼の服に流れ落ちている。

彼は身体をのけぞらせ、空を見せようとするかのように、豚の頭を傾けた。口から外を覗こうとしているらしい。進行係は流れる血を拭いつづけている。

チャーリーはうまく豚男を演じていた。踊れる相手とは誰とでも踊っている。ステージ進行のリーダーが豚の口の中に向かって、「ちょっと散歩してみないか?」と叫んだ。チャーリーは豚の頭をうなずかせた。

彼らはチャーリーをダルストン・スクエアから連れ出し、マルヴァーン・ロードを歩かせた。ほかのパーティの音楽がかれらの音楽と入り混じる。たくさんの新顔が加わった。

進行係に囲まれて歩くチャーリーと同じように、別の騒々しい一団を引き連れた長身の男がそろそろと進んできた。先の尖った巨大な頭が男の筋肉質の肩の上に載せられ、ぐらぐらと揺れている。口は醜い笑みを浮かべ、死んだ目があたりを睥睨《へいげい》した。男がかぶっているのは切断されたイルカの頭だ。首には覗き穴があいていた。

二つの集団は歓声を上げて合流した。動物の頭をかぶった二人がダンスを踊る。二人とも肩のあたりは血まみれで、かぶった頭からはなおも粘液が垂れていた。豚の頭とイルカの頭はぶつかり合い、しばらく互いのまわりを回ったあと、取り巻きにうながされて別々の方向に去っていった。二人の周囲には光があふれている。

チャーリーは進行係に先導され、かなりの距離を歩いた。ロンドンのその一角はパーティに繰り出した人であふれている。トーヴァの耳に、そこらじゅうから謝肉祭のお祝いの言葉が聞こえた。通りを一本歩くだけで、長い時間がかかるほどだった。

「そいつの友達なんだけど」トーヴァはチャーリーの進行係のチーフに向かって大声を上げた。「あとどのくらいかかるの？」

「だいじょうぶだ」男が叫び返す。「子羊がその先にいる。ほかにもいくつか。もう少しだ」

群衆をうしろに引き連れたチャーリーは、リッチモンド・ロードとクイーンズブリッジ・ロードの角で、血を流す馬の頭をかぶった男と、熊の頭の下で血だらけになった女に出会った。三人は狂ったように重なり合う音楽の中でいっしょに踊った。

トーヴァはできるだけ離れないようについていった。数分後、豚の進行係が無線で連絡を受けたのがわかった。全員が別モードに移り、同時に動きだす。彼らはチャーリーを停止させ、音楽を止め、大声を張り上げた。

「よし、みんな、申し訳ないが、もう時間だ」リーダーが叫ぶと、全員から大きな不満の声が上がった。

「ああ、わかってる。豚さんにさよならを言ってくれ。メッセンジャーを撃つなよ。豚殿下はお疲れだ。おやすみ、諸君」男は豚の湿った頬にぶちゅっとキスすると、顔をしかめて苦笑した。観客はもう一曲歌ってくれと懇願したが、すぐに解散しはじめ、ほかの肉頭を見かけた場所や、もっと遅くまで演奏しているバンドを探して散っていった。

「もう長くはかからない。すぐに迎えが来る。あんた、あいつの連れだって？」

トーヴァはうなずいた。

男はチャーリーに向きなおった。「連れていくかい？」

チャーリーは豚の頭をうなずかせた。

ヴァンの中では二人とも奇妙に無口だった。チャーリーは豚の頭に触りつづけている。トーヴァは笑った。同行する進行係はそれぞれ書類に何か記入していた。

「ほんとにばかなんだから」とトーヴァ。チャーリーが豚の頭の中で何か言ったが、彼女には聞き取れなかった。「ひどい格好」そう言って、にやにや笑う。

「悪くなかったよ」今度は聞き取れた。

ラボはショアディッチの聖マリア病院地下にあった。用務員が一行を中に通す。時刻は午後九時過ぎで、軽食店も花屋もとっくに閉まっていたが、通路には患者やスタッフの姿が見えた。誰もが彼を見つめている。院内衣を着た小さな男の子が一人、歓喜の声を上げた。母親といっしょに、チャーリーのくぐもった叫びに笑みを返す。

「ようこそ、豚さん」医師はぶっきらぼうでスマートで、チャーリーやトーヴァよりも三十歳ほど年上に見えた。職業的な温かさで呼びかけたのは、伝統的な呼び名だ。「医師のアレンよ。入って」彼女よりずっと若い医師が二名、鉄線入りガラスの窓がついた冷蔵室のスチール・ドアのそばで待機している。

「動物は全部ここでやってるの?」トーヴァが尋ねた。

「とんでもない」とアレン。「施設はたくさんあるわ。ここで扱うのはこの人と、ジャガーさんだけ。そっちはもう楽しそうに家に帰ったわ。だいぶ汚れてたけど」

「ジャガーもいるの?」とトーヴァ。

「知らなかった? 今年からだけど、けっこう人気だったみたい」アレンは豚の頭をぴしゃりと叩いた。

「中はどんな具合?」

「悪くない」チャーリーは豚の口を通してそう答え、親指を上げて見せた。

「こうして豚さんの役目を終えたあなたを、何て呼べばいい?」

「チャーリー・ジョンズだ」彼が叫ぶように答える。

「了解。数分で終わるから、あとは帰っていいわ。マスコミがインタビューしたがると思うけど」トーヴァに向きなおる。「気分が悪くならない？　平気だったら、見ててもいいわ」

医師の横には手術用具が並んでいた。「とにかく、これをはずしましょう」

「イルカはどこで扱うの？」とトーヴァ。

「中央ロンドン病院だと思う。どうして？」トーヴァは答えない。「心配ないわ。資源保護はちゃんと考えてるから。耳を持ってくれる、デレク？」若い医師の片方が前に進み出た。アレンと彼が豚の耳をつかむ。

「よいしょ」

二人が豚の頭を持ち上げると、湿っぽい、吸い付くような音がした。

「ほんとにだいじょうぶ？」アレンがトーヴァに尋ねる。

「ちょっと待って」チャーリーのくぐもった声が響いた。椅子に座って身じろぎし、さらに何か言ったが、よく聞こえない。豚の頭はいったん元に戻された。

「いいぞ」とチャーリー。医師が再度、数センチだけ持ち上げる。「うお。おう」

ふたたび豚の頭を元に戻したあと、アレンはその口の中に手を突っ込み、チャーリーの顔を探った。「こうすると痛い？」

「顎が少し」とチャーリーが答える。アレンは表情を変えず、はさみに似た器具を取り上げた。

「じっとしてて」口を切り広げ、豚の笑みを大きくする。医師は切れ目を入れた部分を折り返し、中を覗いた。

「ああ、こいつね」そう言って、さらに切り開く。

「デレク、ここを押さえてて。サリー、洗浄をお願い」チャーリーに向かって、「だいじょうぶ、心配ないから」

「何なの？」とトーヴァ。

　チャーリーも何か言った。

　アレンは若い医師が手渡したスポイトのようなものを豚の口の中に突っ込んだ。

「目と口をしっかり閉じていて、チャーリー、わかった？　ちょっと冷たく感じるから」

「何なのよ？」トーヴァが重ねて尋ねる。豚の口の中からチャーリーのうめき声が聞こえた。

「ええ、ええ、わかってる」とアレン。「デレク、一、二の三で思いきり引っ張り上げて」しぶきを飛ばしながら切り開き、数を数える。

　若い医師二人が力を込めると、豚の頭がゆっくりと持ち上がり、チャーリーの青白い顔があらわれた。彼は粘液まみれで目をしばたたいた。

　顎からは血が流れている。頬は濡れて皺になり、粘液がにじんでいた。ところどころ、まるで病気のように腫れている。トーヴァは口に手を当てた。チャーリーが瞬きする。

　豚の頭の内部を覗いたトーヴァは思わず叫び声を上げた。「ちょっと、何なのこれ？」

　内側に残った肉の表面から、無数の小さな黒い芋虫のようなものが突き出し、うねうねとうごめいて空中に伸び上がっていた。

「さあ、ジョンズさん」アレンに言われてチャーリーも中を覗き、悲鳴を上げた。

　トーヴァは吐き気をこらえた。チャーリーの口もとから、豚の粘液か自分の唾液かわからないものが垂れている。

「パニックになる必要はないの」アレンが急いでそう言った。切り開いた部分をつかんで豚の頭を持ち上げ、うごめく芋虫のようなものごと、若い医師に手渡す。

　トーヴァは豚の舌から糸のようなものが何本も伸び出し、歯には血がついていることに気づいた。「これをいったいどうするの？」と叫ぶ。

「検査するのよ」とアレン。「とにかく落ち着いて。今はジョンズさんと話をしてるから。ジョンズさん、ちょっとした異変が生じたのは確かだけど、長期的に見て、危険は何もないわ。その点はよく理解しておいて。いささか不気味に感じるのは仕方がないと思うけど……」

チャーリーの顎は一カ所が赤剝けになり、その周囲にニキビのようなものがいくつか見えた。彼はそっとその部分に触れ、重い息を吐いた。

「とにかく身体を洗ったほうがよさそうね」アレンが言った。「こんなに早くこういうふうになるのが、いささか普通じゃないのは確かだから」チャーリーは深い流し台の前に連れていかれた。「よくこすり落として。ここにある石鹼を使ったあと、このジェルも少し塗り込んでおくといい。かわいそうな顎のあたりに。そのあと次に何をするか説明するけど、とにかく心配はいらない。考えてるのはごく単純ななりゆきよ。さっきも言ったとおり、何かまずいことが起きる心配は何もないの」

「まずいことが起きたって、誰が気にするって言うの？」トーヴァが不平を鳴らす。

アレンは振り向いて、黙れという視線を向けた。彼女は驚いて、実際、おとなしくなった。

その年はひどかった。トーヴァとチャーリーがあとで知ったところでは、その晩、ほかにも四件の〝侵入〟が発生していた。やられたのはワニ、牛、ゴリラ、それにカバをかぶった二人のうち一人だった。それらの動物の頭部が——カバについてはその前半分が——黒い芋虫のような触手に侵されていたのだ。

ただ、ほかのケースでは、浮かれすぎたかぶり手がガイドラインに定められたよりも長時間、動物の頭をかぶっていた。その点、チャーリーは不運だったといえる。彼の進行係は慎重で、時間を超過することなどなかった。

アレンたち三人の医師は、侵入者をすべて摘出した。

「だいじょうぶだ」チャーリーがそう言ったのは謝肉祭の三日後、自宅近くのピザ・エキスプレスでトーヴァと昼食を摂《と》っているときだった。彼が食べているのはガーリック・ブレッドだ。「あの先生はちょっと口うるさいけど、ほかの二人の話だと、この症例には誰よりも詳しいらしい」

「ほんとかどうかわからないでしょ」トーヴァが言い返す。「何をさせられたの？　ひどい様子じゃない」

チャーリーの目のまわりは皺と陰が深くなっていた。皮膚の状態もよくない――赤剝けの部分はそのままだ。触手がもぐり込んだ穴はふさがって、かさぶたになっている。ただ、顔そのものが、何というか、うまく合っていないような、大きすぎるような印象だった。彼は瞬きして、目をそらした。

「この薬を一カ月かそこら飲まなくちゃならない」そう言って目を落とす。「毎日通院だよ。全員が――」

「ほんとに？」

「ああ、そう言われてる。体重を測って、何を食べたか訊かれて。動物の頭で実験もしてるらしい。氷で冷やしながら。ぼくたち全員に、つまり、何があったのか話をさせるんだ」

「まさか……チャーリー、またあれを、無理にかぶせられたりはしてない？」

「無理に？　何かを無理強いするってことはないよ」

「ほんと？」

「検査はするけど。研究だよ」

「それってずいぶん不気味な話なんだけど？」トーヴァはそう言って、チャーリーが何か言う前に言葉を継いだ。「ほかの動物の頭をかぶってみたいと思う？」

「いいや」叫ぶような返事があった。「くそ、そんなわけがあるか？」

「わたしは心配しなくていいのね？」トーヴァはつい

にそう尋ねた。

「ああ、だいじょうぶ。ネットで調べてみた？」

「もちろん」

「だったら、早めに対処すれば完治するってことは知ってるわけだ」

チャーリーはテーブル近くの窓の外を歩く二人の女性に目を向けた。片方は大型犬を連れている。ロンドンで連れ歩くには大きすぎるほどだ。「これ以上なく早めに対処したんだから、だいじょうぶさ」

トーヴァはどんな気分かと訊きたかったが、やめておいた。「ちゃんと食べてる？　仕事のほうはどうなの？」

「しょっちゅう病院に行くから、職場で怒られてるんじゃないかってこと？　でも、それはがまんしてもらうしかないだろ？　この件でぼくを責めたりしたら、どうなると思う？」

今回の侵入は例年になく長いことマスコミの注目を集めつづけていた。安全対策の優先順位が低すぎたのではないかといった記事を、トーヴァもしょっちゅう目にした。政治家たちはノッティングヒルの謝肉祭以来、例年どおり文句を言いつづけている。チャーリーからトーヴァに、《ロンドン・イヴニング・スタンダード》のインタビューを断ったとメッセージが届いた。

トーヴァは毎日チャーリーに電話し、出るのが遅かったり、折り返しに時間がかかったりすると、ひどく心配した。電話はときに数時間に及んだ。

「ここでやることはだいたい終わったよ」昼食をいっしょに摂った日の一週間後、彼が言った。

「どこにいるの？　仕事じゃないの？」

「落ち着けって。仕事には行った。そのあとラボに来たんだ。見ておきたくて……きみが心配するのはわかるけど……今は自宅に向かってる。やることがあって……」

「チャーリー、聞こえる？　声がとぎれるんだけど」

「こっちは何ともないな。ほかの連中とも話をしたんだ」侵入の被害者たちということだろう。「セッションのあと、話し合った」予約時間が重なっているのだ。アレンたちはときどき、数人の患者を同時に診ていた。「まあ、何があったかを話すだけだけど。なかなか興味深いよ。それだけさ。みんな別々の場面を覚えてて、起きたことについても、感じ方がいろいろなんだ。わかるかい？」

「いいえ、全然」

　チャーリーは彼女に、ありがとう、でも昼食を奢《おご》ってもらうには及ばないと言い、明日は自分から電話すると約束した。だが、電話がなかったので、トーヴァは彼の仕事場に押しかけた。チャーリーは業界誌出版社の管理部門勤務だ。

「今週いっぱい休んでいいと、先週から言ってある」彼の上司はトーヴァにそう告げた。「頭をしっかり治してこいとね。あいつを責めたわけじゃない。ただ、そう伝えただけだ」

「昨日は出社したと思うんですけど」

「見かけなかったな」

　自宅にもチャーリーの姿はなく、メッセージを送ると不達にはならないが、既読を知らせる設定にはなっていなかった。

　若い医師、デレク・ジェンセンは、電話の向こうで声をひそめた。上司が同じ部屋にいるのだろうとトーヴァは思った。

「ほんとうは、あなたと話をしてちゃいけないんだ」

「ええ、そのことには感謝してる。チャーリーが心配なの」

「気持ちはわかるよ。あの患者はちょっと……その、これは医者と患者のあいだの話なので。元の自分に戻るには、少し時間が必要かもしれない。ゆっくりと着実に、というやつだ。治療の効果が出るまでに時間がかかる人もいるから」

「チャーリーは時間がかかるの？」

「それは何とも。人それぞれだな」

「あなたはこういう、進行の速すぎる侵入を治療したことがあるの？」

「ときどき起きることはある。今回の侵入におかしな点があるってわけじゃないんだ。要するに、今は経過観察中。できるだけすばやく手は打ってる。チャーリーもほかの人たちも、辛抱強く付き合ってくれているよ。おかげで症状を比較できて、役に立ってる。患者というより、毎日通ってくるボランティアだな」

「ボランティア？」

「ただ、急ぐ必要があるのは確かだ。防腐剤は結果に影響するので、試料に対して使うことができない。だから冷蔵してるんだけど、今回の動物の頭は予想以上に腐敗が早いんだ。もしもし？　聞いてる？」

「失礼」とトーヴァ。「今の話で考えたことがあるの」

翌日の午後遅く、トーヴァは病院までタクシーを飛ばした。ばかばかしい気もしたが、暖かいコートを着込み、道路からじかに入れるラボの半地下の入口に面した、公園で車を下りた。コートの下に身をひそめ、そのまま待ちつづける。

最初に患者たちが帰っていき、そのあとはラボのスタッフだった。空が暗くなってくる。三十代くらいのずんぐりした男、女が一人、そのあとチャーリーが出てきて二人に近づき、短く会釈をしてその場から立ち去った。数分後、首にスカーフを巻いたデレクが帰途についた。続いてアレン医師が、携帯電話で大声で話をしながら歩み去る。

誰もいなくなってから三十分足らずで、ずんぐりした男がふたたびあらわれた。あたりを見まわし、ラボに向かう。チャーリーと女も戻ってきた。

チャーリーは肩をそびやかし、急ぎ足で歩いていく。トーヴァは数分待ってから、ゆっくりした足取りで、ラボのドアに通じる下り階段に近づいた。静かに階段を下り、戸口の横のガラス窓をぬぐう。表面の汚れを落とした彼女は、両手をガラスに当てて中を覗いた。

部屋のいちばん奥に明かりが一つだけ灯っていた。動くものは見当たらない。明かりは隣接する冷蔵室のドアのものだった。そのドアが急に開き、トーヴァは中が見えるよう、少しだけ移動した。できるだけ落ち着いた声で、こうつぶやく。「ああ、なんてことなの、チャーリー」

彼はじっと座ったまま動かなかった。背中を冷蔵室のベンチに預けている。

まるで人間ではなく、頭が重すぎる、出来の悪いはりぼてを――かけた人形のようだった。また豚の頭をかぶっていたのだ。


トーヴァは続けざまにラボのドアを叩いた。

「チャーリー」と大声で叫ぶ。「入れてくれないと、警察を呼ぶわよ」

彼は動かなかったが、別の誰かが動きだした。あのずんぐりした男が、彼のそばの床の上に座っていたのだ。その男が立ち上がり、足を引きずるようにして近づいてくる。「今すぐここを開けなさい」彼女は強い口調で指示した。

男はドアを少し押し開け、何か言い訳をしはじめた。トーヴァはやすやすと彼を押しのけ、中に入った。男の顔はじっとり湿っていて、全身がにおった。ぐったりと座っているチャーリーに駆け寄る。

豚の頭は表面に皺が寄り、打ち身のような紫色の部分ができていた。チャーリーの肩口はなかば凍った粘液でごわごわになっている。頬を切り開いたところがひらひらと動いた。落ちくぼんだ目の下にはたるんだ肉が垂れ下がっている。

「それを取って」と叫ぶ。隅に牛の頭をかぶってひざまずいている女の姿を見つけると、さらに不快感が募った。

ずんぐりした男が座っていたあたりには、切り落とされたワニの頭が転がっていた。「こんなふうに押し入るなんて、どういうつもりだ」男が詰問する。「あんたの知ったことじゃないだろう。許されないぞ」

トーヴァがチャーリーの豚の頭を引っ張ると、男はやめさせようと手を伸ばした。彼女はその手を払いのけた。

「手伝わないなら、消えて」

「ただ引っ張ってもだめだ」男の湿った顔にはいくつか瘤《こぶ》ができていた。一瞬ためらったあと、豚の頭をつかむ。「いいか、こうやって――」首の穴から静かに手を突っ込み、指を内側から豚の口に押し込む。チャーリーがうめいた。「いいぞ」

二人でいっしょに豚の頭を持ち上げ、脇に放り出す。湿った音が響いた。トーヴァが蹴飛ばすと頭は不規則に転がって、内部の黒い触手が見えた。ふくれ上がった舌の上で、チャーリーの顔を求めてうごめいている。触手は寒さの中でゆっくりと痙攣した。

チャーリーが瞬きする。顔は粘液でてらてらしていて、トーヴァはひどい悪臭にたじろいだ。顎のあたりは浸食され、皮膚のあちこちが瘤になっている。

「トーヴァ」ゆっくりと目の焦点が合った。「トーヴァ」

「チャーリー」彼女は今にも泣きだしそうだった。

「何て姿なの……何をしてたのよ？」

「トーヴァ」彼はゆっくりと立ち上がった。「きみがどうしてここに？」その声は酔っているかのようにざらついていた。「これは、ほら、どうしようも――」

「本気で言ってるの、チャーリー？」トーヴァは身震いした。吐く息が白くなる。「ばかなこと言わないでよ。あなたがしてることはわかってる。こんなのは治療じゃないわ。自分の姿を見てみなさい」

「きみは何も知らないんだ。自分が何を言ってるかも」

「くそ、話にならないわ。何をしてるの？　どうやってここに入ったの？　鍵でも盗んだ？　あの人がやったの？」トーヴァはワニの頭をかぶっていた男を指差した。牛女は身動きしない。

チャーリーは冷蔵室を出て洗面台に近づき、蛇口を開いてかがみ込んだ。水を飲むのではなく、舌を突き出し、目を閉じて、その上を水が流れるままにする。

「吐き気がしそう」とトーヴァ。顔の傷は治ってきているが、口の中の傷はまだ生々しい。舌は灰色でいくつもの窪みがあり、ひどいありさまだった。

目を開けたチャーリーは、豚の頭が脇に転がっているのを見て、その目をさらに大きく見開いた。

トーヴァが電話を取り出すと、チャーリーが近づいてきて、それを手から叩き落とした。自分でも驚いたように、申し訳なさそうに彼女を見つめる。ワニ男が拾って彼女に返したが、電話は壊れていた。チャーリーは両手で豚の頭の内部を探った。

「帰ったほうがいい」ワニ男がトーヴァに言った。

「あなたたちには助けが必要よ」

「そういうことじゃないんだ」彼はトーヴァをそっとドアのほうに押しやった。

「そういうことよ。警察を呼ぶわ」

「警察がここに来たら、事態が悪化するだけだ。われわれを逮捕させたいのか？　そいつを留置所にぶち込みたい？　なあ――」彼女といっしょに階段の下に立ち、何とか説明しようと試みる。その顔の潰瘍は乾いてかさぶたになっていた。「なあ、われわれはとても……あんたにはわからないだろうが……これに取り憑かれている。今日で最後なんだよ」

もちろん彼女は信じなかった。脅威を感じ、彼らのすることに不安を覚えてはいたが、チャーリーが逮捕されるところなど見たくない。警察は呼ばず、代わりに外からデレクに電話をかけた。

「どうやったのか知らないけど、あいつら、あなたのラボの鍵を持ってたわ。頭の腐敗が早いのも当然ね。あなたが帰ったあと入り込んで、かぶってたんだから。ラボに座り込んでたわ」相手が息を呑み、悪態をつくのが聞こえた。「どのくらい害があるの？」

「それは――何とも言えない」とデレク。「侵入それ自体というか、触手？　あれは見た目は不気味だが、とくに害はないと考えられている。侵入された頭をかぶった人間が、こんなふうになるはずはないんだ……もしかすると中毒性があるのかもしれない。代替薬剤はある。カバの頭をかぶっていた女性に投与したはずだ。通常は、こんなふうに長く続くことは……」

「みんなそればっかり。通常はとか、そう考えられているとか。三人はあそこにいて、中毒みたいになってた。ほんとに警察を呼ぶべきなのかも」

「待ってくれ。何とかして――そうだ、アレン先生に連絡して、ラボに行ってもらおう。わたしはもう向かってる。アレン先生にも知らせないと」

「何でもいいから、必要なことをさっさとやって。チャーリーがあんなふうにだめになるのは見たくない」

「わかった、一時間ほど待ってくれ。こっちから連絡する」

実際には一時間もしないうちに電話があった。デレクの口調は愚痴っぽく、パニックさえ感じられた。

「三人ともいなくなってた。あなたが立ち去ったあと、すぐに出ていったらしい。今、警察が向かってる。何もかもめちゃくちゃだ。ほかの人たちの治療はうまくいってるんだ。あの三人に何があったのか、これからどうなるのか、見当もつかない。あれも持っていかれた」

「頭のこと?」とトーヴァ。

「ああ、動物の頭を持ち去ったんだ」

警察が踏み込んだとき、チャーリーの部屋にその姿はなく、病院に行ったあと一度も戻っていないようだった。トーヴァは唐突に、もう二度と彼の消息を聞くことはないだろうと思った。

警官は彼女に、チャーリーがなぜこんな行動をしたのか、心当たりはないかと尋ねた。何を考えていて、これから何をするつもりなのか。

「三人の安全が心配なんだ」と警官は言った。

「わたしだってそうよ」トーヴァは言い返した。「それと、いいえ、心当たりは何もない。何をしようとしてるのか、見当もつかない」

トーヴァの予感は間違っていた。二日もしないうちに、チャーリーのやっていることがニュースになったのだ。チャーリーとニールとシモーン、つまり侵入された豚とワニと牛の頭をかぶった者たちのことが。

ロンドン北郊に住むカップルが、家の庭を裸でうろつく、動物の頭をかぶった三人を目撃していた。取材陣が首都を取り巻く裕福なベッドタウンや大農場を調べると、さらに目撃情報が集まった。

あるティーンエイジャーはスマートフォンで撮影した映像をユーチューブに投稿した。白骨のような醜い枯木が立ち並ぶ荒れ地が映っている。油じみた泥溜まりのそばには壊れて錆びついたコンバインが見えた。画面が揺れ動く。

「あそこ」誰かが映像に映っていないカメラマンに向かって言った。「あそこだって。どこ見てんだよ」

遠くの草むらのはずれに、木から木へと走る裸の男二人の姿が見えた。どちらもぐらぐら揺れる頭を押さえている。ワニと豚だ。遠すぎてはっきりとはわからないが、醜い灰白色のチャーリーの肌と、褐色のニールの肌が判別できた。動きは奇妙にぎごちない。走り方は熱心ではなく、足取りは重く、確信がなさそうで、目的地も決まっていないようだ。隠れようとしているようにも、何かを追い求めて、よけいに身をさらしているようにも見える。足を止め、まっすぐに立って、動物の口から周囲を覗いているらしい。そのあと四つん這いになり、視界から消えてしまう。姿の見えない撮影者の少年二人が、もっと近づいてみようと言い合っている。映像はそこで終わっていた。

「何をしてるのかしら?」とトーヴァ。

「わからない」デレクが答えた。一息入れて、どこまで話してもいいのか考えている。「仮説はあるんだが――」

「その仮説を話して」

「いや、すまないが、話せないのは文字どおり――わからないからなんだ」

「土地に生えてるものを食べてるようだけど」

「そう考えてる」


警官はトーヴァに、チャーリーから連絡はなかったかと尋ねた。彼女は声を上げて笑った。「あいつが何をしてるか見たでしょ?」自分でも気に入らない口調だった。


新聞は三人をアニマル・スリーと命名した。彼らの姿はニュース番組のヘリコプターや、パトカーの車載カメラや、倉庫の監視カメラにとらえられていた。休耕地の浅い泥水の中で寒さに震えていたり、夕闇が迫る中、ラグビー・グラウンドを横切っていたり。ある夜警はチャーリーがペットの鶏小屋のフェンスを乗り越え、卵を盗んで、一個ずつ割っては豚の口から自分の口に運んでいるのを目撃していた。

生協の陰のごみの上に立ち、監視カメラのレンズを見つめるシモーンの姿もあった。牛の頭は内側に陥没し、彼女の頭の上で溶解しはじめていた。頭頂部が腐敗して角が斜めになり、先端同士がくっつきそうだ。

表面はまだらに変色し、蛆がぽたぽたと落下している。

彼女は砂利採取の穴に近づいていった。

「ここは大西部じゃなくて、エセックスの河口地域なんだけど」とトーヴァ。「どうして発見できないわけ？」

「その気になった人間がどれだけ長く姿を隠していられるか、知ったらきっと驚くわ」連絡役の警察官、デリンポールが言った。トーヴァよりほんの少し年上の女性だ。

「チャーリーはただの出版社の管理……」

「もうそうじゃない」そう言われて、トーヴァは何も言い返せなかった。「ねえ……問題は、三人がどこにいるか、ほぼわかってるってことなの。トーヴァ、手伝ってもらえる？」

「何をさせる気？」

「あなたはチャーリーの親友で、あの人と最後に――あの二人を勘定に入れなければだけど――話をした人なのよ」

「やれやれ。つまりチャーリーに呼びかけろってこと？」


デリンポールはトーヴァを車に乗せ、ロンドンからがらくただらけの田園地帯に通じる一帯を走り抜けた。おもしろみのない街や工業団地が続く合間に、ところどころ荒れ地が広がっている。現場にはパトカーのほか、救急車も一台来ていた。乗っていたのはアレン医師とデレクだ。トーヴァが手を振ると、デレクが手を振り返した。

栈橋のある斜面に朽ち残った小屋がある。壁が崩れて穴があいたまま、闇の中に傾いている。穴のまん中に一脚の椅子が見えた。防刃ジャケット姿の警官たちが装備を点検し、無線で報告している。近づいていくと、数人が彼女の到着を報告しているのがわかった。

「あそこ？」

トーヴァは座り込んで、コートの前をかき合わせた。彼女が震えているあいだに、警官たちが寄ってたかってマイクを取り付け、コードを這わせる。吹きつけてきた寒風はタイヤのにおいがした。

「あそこにいるわけ?」トーヴァはそう言って、正面に見える小屋と、斜面の下のもつれた木々を顎で示した。それに答えるかのように誰かがアーク灯を点灯し、緑地を照らし出した。

「そいつを消せ」別の誰かが叫び、あたりがまた暗くなる。

指揮官らしい警官がトーヴァの前に立った。

「話は聞いていますね? 何をすればいいか、わかっていますか?」トーヴァはうなずき、男はすぐに離れていった。

「緊張してる?」デリンポールが尋ねる。

「そのほうがいい?」とトーヴァ。

「いいえ。がんばって」デリンポールは彼女の肩を軽く叩き、後退した。「明かりを消して。準備できたわ」という声が聞こえてきた。

一人また一人と、周囲にいた警官たちが見えないところまで退がっていく。懐中電灯が消え、無線も静かになった。トーヴァは一人その場に座って、宵闇が深まるのを眺めた。木々の輪郭が黒くなり、影の連なりに変わっていく。遠くに見える明かりはどこかの街だろう。だが、時間が経つにつれ、その荒れ地の一角は真の闇に沈んでいった。

座ったまま「チャーリー」とつぶやき、驚いてのけぞる。自分の声が雑音混じりの大音響となってスピーカーから流れ出し、夜と木々のあいだに谺《こだま》したのだ。

「チャーリー、お腹がすいて寒いんでしょ。まったく、あなたはひどい病気なのよ」

ほんとに出てきたらどうする?

コウモリの羽ばたきが聞こえた。〝アブラコウモリ〟という名称を思い出せて、嬉しくなる。警官や医師たちが近くにいるのはわかっていたが、気分としては一人だ。恐怖はなかった。風が木々を押しのける。何も見えない。

「チャーリー、出てきて」

空は曇っていて、満月だか半月だかが出ているはずだが、雲を掻き分けて光を届かせることはできていない。目が慣れてくると、動きが見えた。

暗い荒れ地に人影があらわれた。

痩せた男の輪郭が見える。両脚は一歩ごとにぐらつき、何か形の崩れたものを頭にかぶって、ぎくしゃくと彼女のほうに進んでくる。

トーヴァの胸は高鳴った。

男が斜面を登りはじめる。よろめいては立てなおし、かぶっているものからかたまりが落下する。トーヴァは男が近づいてきても、椅子の中であとじさりしないよう気をつけた。

ぱちんと音がして、投光器が灌木を照らし出す。男は凍りついた。

投光器の光に縛られたように、その身体が痙攣する。警官が光の輪のはずれに進み出た。

「ご苦労さまでした」と彼女に声をかけ、「こっちに来い、チャーリー」と呼びかける。

「チャーリーじゃないわ」トーヴァが叫んだ。

もう一人の男、ニールだった。裸で、前に見たときよりもずっと痩せている。皮膚は傷だらけだ。彼はうずくまり、ためらって、ふたたび立ち上がった。

トーヴァはそのかぶりものに目を向けた。

ワニどころか、どんな動物にも見えない。すっかり形が崩れ、粘液を垂らす黒っぽいかたまりでしかなかった。汚物がかれの全身を汚している。トーヴァは冷静な目で、鱗の残骸が付着しているのを見て取った。長い口吻は腐り落ちてしまっている。何日もかけて、悪役のワニを描くコメディのように、小さな郵便局の駐車場などに、少しずつかたまりとなって落ちていったのだろう。

トーヴァは立ち上がり、男に近づいた。ニールは彼女が、またそのうしろから警官隊が近づいてくるのを見ても、じっと動かない。警官の一人がえずくのが聞こえ、誰かが「危険物処理班！」と叫んだ。

においはひどかった。すさまじい悪臭だ。肩にはたくさんの虫が落ちている。あの小さな触手ではなく、腐肉にたかる蛆虫だった。かぶっている頭の中で腱が伸びて、芝生のようにぶちぶちと切れる音が聞こえるような気さえした。警官隊に取り囲まれたニールは立ったまま目をしばたたき、不安そうに斜面から動かない。黄色いカバーオールにゴーグルと手術用マスクという格好の数人が前に進み出た。

「ごきげんよう、ニール」一人がマスク越しに言う。トーヴァにはそれがアレンだとわかった。「手を貸しにきたわ」

かぶりものを取られ、顔についた腐肉をぬぐわれても、ニールは抵抗しなかった。医師たちは腐肉のかたまりを少しずつすくい取り、試料容器に入れていった。デレクは抗菌収斂剤でニールの顔についた粘液を拭き取った。

「さあ、これでいい」とデレク。「これでいい」

ニールの顔に表情があらわれた。目を大きく見開き、口は半開きだ。まるで幼い少年のようだった。

「わたしは……何か食べるものはあるか？」

「さあ、これでいい」デレクは同じ言葉をくり返した。

「疲れた。これは……こうするしかなかった」ニールは何度も何度も、自分がかぶっていた頭の残骸を指差した。「放ってはおけなかった」

「これでいい。もうだいじょうぶだ」

ニールは空腹で、混乱し、鉄条網や刺草《いらくさ》の茂みを突っ切ったせいで何日も前から細菌に感染し、少し熱っぽかった。それでも、デレクが言うには、全体としては健康だった。それも驚くほどに。

「何も覚えてないそうだ。実のところ、わたしはそれを信じてる。古いガレージで眠ったとか、断片的な記憶があるだけらしい。何らかの理由で意識に残ったんだろうな」

「ほかの二人は？」とトーヴァ。

「知らないと言ってる」

「でも、いっしょに行動してたじゃない」

「わかってるよ。頭の腐敗がひどくなりすぎて、離脱したそうだ」

「禁断症状が出たりしない？」

「だいじょうぶだろう。ワニの頭が腐って脱落したとき、中毒もいっしょになくなったようだ」

警官はトーヴァに、もう一度やってくれとは言わなかった。

ニールがエセックスの森から出てきた二日後、シモーンが犬に噛まれて血を流しながら、裸で地元のラジオ局にあらわれた。顔は粘液まみれだが、牛の頭は完全に腐り落ちていた。彼女は受付係に、家に帰る潮時だと告げた。

小さな商店主が店の裏口の外に腐った豚の頭が落ちているのを発見したと聞いたとき、トーヴァは焦りと希望を感じた。内側に触手は存在しなかったが、それで何かが変わるわけではない。あの〝侵入の指〟はつねに一時的で偶発的で、侵入の形跡など何も残さずに消えてしまうのだ。ただ、豚の頭の腐敗は、かならずしもチャーリーのものだと断定できるほどには進んでいなかった。やがて脅迫文が発見され、イスラム教徒の店主に対する嫌がらせだったことが判明した。

沿岸警備隊のヘリコプターが東海岸の崖を登る裸の男の姿をとらえた二秒の映像を見たときでさえ、トーヴァは希望を抱いた。カメラは揺れが激しく、何かを頭にかぶっているのか、登っているのか降りているのかさえわからなかったというのに。

　ニールとシモーンはいっしょにトーク番組に出演した。ニールは無口で、あらゆる質問に腹を立てているようだった。

「視聴者のみなさんがほんとうに聞きたいのは……お二人の気持ちは尊重していますが……」司会の女性はここで言葉を切った。観客から神経質な笑い声が上がったのだ。「尊重してますってば！　ちょっと静かにしててください！　興味があるのは、〝あなたたち、何を考えていたの？〟ってことです」ふたたび湧き起こった笑いをさえぎって、先を続ける。「文字どおりの意味でですよ。さっきボブ先生が指摘したとおり、あんな状況ではごく普通に……自分が何を考えているのかもわからない、ということはあるでしょう。あらためて映像を見て、当時の記憶はありますか？」

「奇妙な感じだったわ」シモーンが口を開いた。


　トーヴァはテレビを消した。

　二日後、トーヴァはシモーンのフラットを訪ねた。

「はじめまして。わたし、チャーリーの友人なの。〝豚さん〟の」

「どうしてここの住所がわかったの？」スマートな黒っぽい服装のシモーンが尋ねた。

「選挙人名簿を見て」これは嘘だ。デレクに教えてもらった。「ニールが森から出てきたとき、呼びかけたのがわたしよ。入ってもいい？」

　シモーンはスマート・マシンでコーヒーを淹れた。

「チャーリーの居場所は知らないわけね」とトーヴァ。質問の形にはしたくなかった。

「知らない。信じてくれる？」

「信じるわ。どんなふうだった？」

「牛の頭をかぶってるのが？」

「いいえ、逃げてるのが。三人とも。覚えてないのは知ってるけど、何かあるはずよ。何もないなら、どうして本が書けるわけ？」

「本を出すこと、聞いたのね」

「もちろん。誰だって知ってる。ねえ」トーヴァはテーブルの上に身を乗り出した。「あなたの身に起きたことは……誰も尋ねようとしない。それはわかる」

腐肉や蛆虫が目にも口にも入ってきたのだ。

「あなたがどこにいたのか、何をしてたのか、そんなあれこれは知りたくない。ねえ……正直、あなたがどんなでたらめを書こうが、気にもならない。むしろがんばれって思うくらい。どうでもいいけど。ただ、わたしが訊きたいのは……チャーリーは大事な友達で、またあれをかぶったときどんな様子だったか、どんなふうに逃げまわってたかを見てて、まだ終わりじゃない、もっと先があるって思ったの」彼女は早口でまくしたてた。「そのあとニールの姿を見て……」

「ああ、ニールもかわいそうに」と、シモーン。「そうね。かわいそうに。あの人は悲しんでる、そうでしょ？　森から出てきたときのことを覚えてる？」シモーンが彼女を見つめる。「さっきも言ったけど、わたしが最初に見つけたの。その顔を見て、何かをなくして残念がってるって思った」トーヴァはシモーンの目を見つめ返した。「あなたたち、何を探してたの？」

シモーンはキッチンの窓の前に行き、答えようとしなかった。

「それは見つかったの？」トーヴァが尋ねる。「それとも、何かを探してたのは動物の頭だけで、あなたたちは関係なかった？　決してあなたを責めてるわけじゃない。チャーリーに何があったのか知りたいだけなの」

シモーンが戻ってきて、彼女の目を見つめた。「死んだとは思わない？」

トーヴァは目をそらさなかった。「警察はそう思ってる」行き倒れたか、病気か事故で死亡し、死体はまだ発見されていない。豚の肉と人間の肉は入り混じってしまう。

「でも、あなたは違う？」

「わからない」二人はしばらく無言だった。「あなたも何かをなくして残念がってる。そうじゃない？」

シモーンは肩をすくめた。「わからない。見つけられなかったものをなくしたりできる？」

「もちろん」とトーヴァ。

シモーンは軽く鼻を鳴らした。「いいわ、思い出した……」片手でくり返し、何もない宙をつかむしぐさをして、庭に目を向ける。「もうすぐそこだっていう感覚があったのを覚えてる。もうすぐだったのに、手に入らなかった」肩をすくめる。「ニールもそうだったはずよ」

「チャーリーは手に入れたって言ってるの？」

「わたしは何も言ってない」

「正直、わたしは大したことを求めてるわけじゃ……」

「あなたは自分が何を求めてるかもわかってない。どれほどのものを求めてるかも」シモーンの声が急に大きくなった。「わたしはチャーリーに何があったのか知らないし、探してたものを見つけたのか、それが何なのか、今どこにいるのかも知らない。わかった？ これでいい？」

トーヴァは自分のバッグを手に取った。

「あなたにとってもわたしにとっても、時間の無駄だったわ。邪魔をしてごめんなさい」

「あら、お願いだから、子供っぽい振る舞いはやめて」二人は見つめ合った。「ねえ」シモーンが慎重に言葉を継ぐ。唇を突き出し、心を決めたようだ。彼女は首でトーヴァに方向を示した。「見せたいものがあるの」

庭の芝生の左手に、土の盛り上がった花壇があった。みずぼらしい花が咲き、草が生い茂っている。「ずっと手入れしていなくて」とシモーン。「見ればわかるわね」土を指差す。「どう思う?」

石が蹴りのけられ、割れた植木鉢が転がっている。土の上には足跡が残り、草は根こそぎにされていた。土は湿っていて、あまりはっきりした足跡ではないが、トーヴァにも見分けはついた。大きな肉食獣の鉤爪のある足跡と、二つに割れた蹄《ひづめ》の跡が重なっていた。

「牛の足跡はないけど、わたしがいるからだと思う」とシモーン。

トーヴァは爬虫類の鉤爪の跡と豚の足跡をそっと指でなぞった。「ちょっと、あんまりいじらないでよ」シモーンが注意する。

「鉤爪ね」ようやくトーヴァが口を開いた。「牛の蹄じゃなくて、鉤爪だわ」

「わかってる。ニールの一部は戻ってこなかったのかもしれない。見た目ほど軟弱なやつじゃなかったのかも」トーヴァは何も言わない。「これが二回めよ。二日前」

「うちには庭なんかないし、プランターさえ置いてないわ」

シモーンが静かにうなずく。風が枯葉を、まるでその中で何かを探すかのようにかき乱しながら吹きつけた。隣の庭から誰かの笑い声が聞こえる。足跡は庭を横切っていて、トーヴァは子供のように四つん這いになってそのあとを追いたい気分だった。

「うちに何かが来たとしても、何の痕跡も残らない」とトーヴァ。「もう来たのかもしれない。わたしにはわからない」

「そうかもね」とシモーン。「いいわ。まあ、あなたのところじゃなくてここに来たのは、それが理由かもしれないし」

トーヴァは相手を見つめた。「やめてよね」

ややあって、シモーンが言った。「そろそろ帰ったほうがいいわ」その声は慎重に抑えられていた。

トーヴァは車の運転ができない。あの丘の斜面の小屋までタクシーを飛ばしたら、いくらくらいかかるだろうと考える。

シモーンは玄関から身を乗り出し、トーヴァを見送った。

「どうしてわたしに腹を立てるのか、自分でわかってる?」と叫ぶ。

「まあ、考えてみるわ」トーヴァは何を持っていけばいいいか、目的地に着くのにどのくらい時間がかかるかを考えた。「心配しないで」

土埃まみれの帽子

The Dusty Hat

嶋田洋一訳

きみにわれわれが出会った男のことを話さなくてはならない。土埃まみれの帽子をかぶった男だ。きみも覚えていると思う。

ちょっと待った。〝今までどこにいたのか？〟から始まって、山ほど質問があるのはわかる。だが、まずは帽子の男のことから話そう。

　わたしは集会に遅刻した。家の外壁からキッチンの天井まで伸びるひび割れがあり、業者が調査するのに立ち会わなくてはならなかったのだ。ひび割れは引っ越してきた当初からあったのだが、一年ほど前から徐々に広がりはじめ、不安が募っていた。そのあと街の反対側まで移動するのに嫌というほど時間がかかり、結局は開始時刻に間に合わなかった。静かにホールに滑り込もうとしたが、きみが取っておいてくれた席にたどり着くまで、全員にじろじろ見つめられることになった。わたしはもごもごと言い訳をつぶやき、きみは小声で〝家持ちのブルジョアめ〟とわたしをからかった。わたしはきみを静かにさせ、演説に集中しようとした。

　だが、帽子の男のせいでそうはいかなかった。男はちょうどわれわれの前列に座っていて、彼がマイクを手にしてしゃべりはじめたとき、きみはわたしのほうに顔を寄せ、無言で男の帽子を指差して、それが土埃まみれであることを指摘した。わたしはそれを見て笑いの発作に襲われ、ばかみたいなくすくす笑いが止まらなくなった。それがきみにも伝染し、われわれは顔を伏せて熱心にメモを取っているふりをしなくてはならなかった。騙された者はいなかったと思うが。

その帽子はカウボーイ・ハットかアドベンチャー・ハットのような鍔広《つばひろ》帽で、暗緑色のフェルト製だった。きれいな新品だったとしても、南ロンドンの大学のホールで開催された社会主義者の集会には場違いだっただろう。要するに、異質だった。古くて、よく使い込まれている。愛用されてきたのがわかる。ただ、土埃まみれだったのだ。

「あんなに土埃まみれなのは、脱いできれいにできないからだ」きみはそうささやいた。「奥さんがクラミジアを感染《うつ》されたのに気づいて、強力接着剤で頭にくっつけてしまったんだ」

「あんなに土埃まみれなのは、コーンウォールの錫《すず》鉱山からここに直行したからだ」わたしはささやき返した。「坑道を出て、そのままここに来たんだ」わたしは帽子の鍔をはたくしぐさをしてから、身体を二つに折って咳き込んで見せた。

男はエジプト革命でタハリール広場に座り込み、強制排除された人々の原動力の深層について語り、わたしは耳を傾けた。話は宗教の歴史を遡り、ウクライナに飛び、ロンドンの苦しい生活を顧みたあと、さらに古い闘争の歴史に移った。驚くべき材料が驚くべき形に編み上げられていく。

わたしは「あんなに土埃まみれなのは、四十年間ずっと座りつづけているからだ」とささやいた。

男の話は続いた。何かを見たとき何が見えるかは、どちらの目を開いていたかによる。彼の論法はそんなふうだった。マラー（フランス革命の指導者の一人）が知っていたことは、彼の家の窓ガラスも知っていた。

わたしは目をしばたたき、ヘンゼルとグレーテルのようだとつぶやいた。あの男の話の筋道を追うのは、狂人が残していったパン屑を追っていくようなものだ、と。するときみは、正気の人間が残していったパン屑の暗示をたどるほうがましだと言った。

男は見たところ七十代後半、小柄で骨張っていて、顔は皺だらけだ。土埃まみれの帽子の下から灰色の髪がはみ出している。大きすぎる印象のマイクを手にしてつぶやきつづけているが、ほとんどの参加者は聞いていないようだった。

われわれは男のうしろの席に座り、帽子の鍔で土埃が踊るのを眺めていた。

あれはわれわれが〝主流の〟反対派と考える者たちの口開け集会だった。数カ月前、われわれ一部の者たち——いろいろな呼ばれ方をするが、自分たちでは〝左派〟と規定している——は、〈マザーシップ〉と呼ばれる大組織を飛び出した。それ以前に離脱した第一波と第二波との関係は断片的だ。一度は彼らの薫陶を受けただけに、向こうはざまあみろと思っているだろうが、われわれはつねにこれを目指してきた。苦労して、慎重に。

第一波と第二波の内部も、理想的というわけではなかった。最初の分離のあと、きみとわたしと友人たちがたまたま立ち上げを手伝うことになった小グループと、袂《たもと》を分かった直後でさえそうだった。結局また泥沼になってしまったのだ。

実のところ、われわれは混乱し、傷だらけだった。われわれはかつての同志との激しい闘争で同じ側として出会い、独自グループの立ち上げとともに誹謗を受け、やがて——反オイディプス的に言えば——われわれの政治信条を基礎づけ、その政治信条ゆえに今は対立している者たちから、激しい攻撃を受けた。そしていまだにあらゆる面で、何を重視するかで対立し、何らかのアジェンダに従って、闘争においてどちらの側に立つかの選択を迫られている。

いくつかの集会で、恐れていたとおり、われわれはぺちゃんこにされた。ただ、多少元気づけられる反応も少しはあった。分離以来の不満を解消できた瞬間もあったし、喜んで会って、共同作業を提案したい人々もいた。もっと無邪気な新セクトの中には、われわれに合流を持ちかける者までいた。信用はできないが、悪い気はしない。

驚きはないもののがっかりしたのは、われわれを招いたホストの数人が〈マザーシップ〉の年次大会に出席するということだった。「あのくだらない〝合理性〟信者どもに何ができるっていうんだ」ときみは言っていた。「鈍すぎて、怒ることも〝くそ食らえ〟と罵ることもできない連中だ。あいつらの硬直した手の中で踊らされるだけさ」と。まるで出席することに倫理的な問題はなく――実際に起きたことを見れば、問題はあったわけだが――こちらの戦略上の敗北ではないかのように。われわれのような小分派が政治的な意味を持つには、ほかとの違いを明確にしなくてはならないのに。

実のところ、わたしは〈マザーシップ〉からもっと洗練された忠誠派が何人か出席するのを期待していた。だが、書籍販売ブースにいたのは一人だけで、彼はわたしがスマートフォンでニュースを読むあいだ、土埃まみれの帽子の男と堅苦しい調子で話をしていた。

まるでそこらじゅうに穴があいているようだ。道路が無の中へと陥没したように見える角度から撮った、こちらに向かってくる車列の写真を眺める。それは世界中の都市と都市のあいだに充塡された接合剤にあいた、巨大な穴だった。

きみも覚えているだろう。昼の休憩時間、われわれは外に出た。わたしときみと、AとSだ。きみが芝生で煙草を吸えるように。わたしは加入したばかりのころを回想した。知人を訪ねては、玄関先で〝議論を吹っかけ〟ようとしたころのことを――今やこの種の決まり文句は、両手の人差し指と中指で引用符を作らないと使えなくなってしまった。きみはわたしがあんなに積極的だとは思わなかったと言って、わたしをからかった。

ある新人を担当する気立てのいい役員の話をしていると、Aが急にわたしをつついた。目を皿のように丸くしている。小径の先に目を向けると、奇天烈な革の上着を着た恰幅のいい中年男が偉そうに顎を上げ、あたりを睥睨しながら歩いていくのが見えた。

通称〝歴史男〟という、われわれのかつての党派が戴いていた最高のインテリだ。誰よりも古くからの会員で、Aに言わせれば〝騒動屋〟であり、それは今も変わっていなかった。

反抗的な誰かがその性格を批判的に分析したことがある――〝ほんとうは軟弱で、なりゆきにまったく満足しておらず、実は変化を望んでいる〟のだそうだ。それが事実なら、誰もが疑問に思うのは、歴史男がこれまでもっとも激しく効果的にわれわれを論難してきたのが、よかったのか悪かったのかということだろう。彼は鞭のように鋭く、博識で、内部抗争に反対する下劣な論難――意図的な嘘と理論的な誤り――を書いたことを恥じるはずだときみなら言うだろうが、彼は恥など知らない男に思える。それでもわたしの空想の中で、彼は毎晩、泣きながら眠りに就いている。

その彼の姿を実際に見たのは、まさしくアドレナリンが噴き出すほどの衝撃だった。最後に見かけたのは抗争のさなか、その抗争に関する集会の席上で、わたしはその舌鋒で集中的に侮蔑されたものだった。

「くそったれのちくしょう」Aがささやく。「あいつ、これで株を上げたな。それだけは確かだ」

わたしもまた、腹立たしいながらも称賛するしかなかった。この集会に姿を見せ、席に着き、退席をうながされるのを待つ。何という鉄面皮だ。役員たちが出ていけと言えないことはわかっている。

全員が彼を見つめていた。歴史男はこっちを見ようとせず、横手の別の建物に通じる渡り廊下に向かった。開いたドアの向こうに、長身の青白い女の顔が見える。

これも見知った顔だった。悪名高い魔女、ためらいなく正統性を押しつけてくる女。

歴史男は戸口の前で足を止めた。空気が渦巻き、鳩の群れが舞い降りてきて、羽ばたきの音とともに芝生に着地する。歴史男はホールのガラスドア越しに、あの忠誠派の男が帽子の男と談笑し損ねた書籍販売ブースのほうを見ていた。中に入る。老人が首を回した。たぶん鳩に気を取られたのだろう。

「この集会に来たわけではないようだ」と役員が言った。わたしはおどけて背伸びをし、ドアの向こうを覗いた。紙にコピーされた案内表示が読み取れた。〝左派傾向――ギリシャ問題ミーティング　会議室2F〟とある。「ヨーロッパ全体会合だ。参加できるのは指導者層だけ。予約が同じ日になったのは偶然だと思うか？」

それもあり得ると思えた。適当な施設はそんなにたくさんあるわけではない。


トイレでたまたま歴史男と出くわしたら何を言おうか、といった話で盛り上がる。笑い声はややぎごちなかった。数分後にきみとわたしが中に戻り、土埃まみれの帽子の男を再び見つけたときとは違って。

•

最後のセッションは戦略と〝局面〟――〝現在〟の問題を扱った。演説は伝統的な熱狂型から分析的な悲観主義までさまざまで、わたしには後者のほうが信憑性があり、当然ながら非定石的に思えた。ホールには百人ほどの聴衆がいた。役員たちががっかりして、この結果を受け入れるべきかどうか、悩んでいるのがわかる。

そこにいるほぼ全員が知り合いだったが、われわれの誰も、土埃まみれの帽子の男は見たことがなかった。

彼がふたたびマイクを手にした。もう誰もが、彼は極左周辺にときどきいる、だいたいにおいて無害な異常者だと認識していた。まだ耳を傾けている者たちはその政治的立ち位置を確認できる表現を待っていたが、彼は伝統派の修辞も、中立派の自己弁護も、分離派の鼻にかかった軽侮《けいぶ》も口にしなかった。わたしはこうした集会に何度となく、気が滅入るほど長年にわたって参加してきたが、彼のような演説はこれまで聞いたことがなかった。

われわれはたぶんこうしたことを学んでいけるだろうと彼は言った。ネオリベラリズムは時とともに堕落したが、堕落はそもそもギヤの入った車輪であり、それに対してわれわれは、水車の回転をゆるめるのか、酸性肥料を与えるのか、石の楔を打ち込むのか？

わたしはこれが気に入った。もちろんだ。大いに気に入った。

議長が「論点をまとめるように」と口をはさんだ。「あと三分」と。わたしは彼に代わって文句を言いたいくらいだった。好きなだけ話させてやれ、と。その理由は単純に、彼がダブル・トークを使ったり、決まり文句を口にしたりしないからだった。

彼はさらにこんなことをつぶやいた。ボストンの甘いねばねばはどうなった？ 口ではこっちの味方だと言うものの、その旗は偽物だったではないか。

くすくす笑っている者もいる。わたしは周囲を見まわし、まじめに聞いているのは自分だけなのかと考えた。

資本とはあらゆるものを突き通すガラスのスパイクのようなものだ、と男が言う。それは蓄積されたリズムであり、われわれは逆位相を見つけ、妨害のリズムを作り出さなくてはならない。

聴衆の不満の声が大きくなり、わたしは心の中でつぶやいた。きみたち、気は確かか？ 話を聞くんだ！ 驚くべき内容じゃないか。だが、執拗な侮蔑に男は徐々に声を落とし、マイクを係員に返すと、精いっぱいの威厳を見せて席に腰をおろした。

わたしはきみやきみの同僚が生まれる前からの活動家だ。最悪の闘争時に言ったとおり、反対派の大半を占める若い人々といっしょにやることには大きな意味がある。そのときにきみたちが懐疑的だった理由は理解できるし、その結果がどうなったかを見ればなおさらだ。きみはそれにともなう感傷、倫理主義、策略、悪意といったものにうんざりしていた。だが、わたしは自分の言葉を撤回しようとは思わない。全体で考えることにはほかに代えがたい何かがあるというのは秘密でも何でもないが、ほとんどがわたしよりもずっと若い人々といっしょに行動するのは、今回がはじめてだ。それはまるで別の体験で、わたしは高く評価した。

「ずっと年上の人々といっしょでも同じだ」ときみは言った。

「同じではないが、それはそれで価値があるだろう」とわたしは答えた。

何年も前にはじめて参加した社会主義者の集会で、わたしはセッションの合間に外に出て、少なくとも八十代の、人民帽によれよれの人民服姿のスリランカ人の男と、二十代前半のゴス・ファッションの女の子が、深遠な話をしているのを目撃した。彼女はゴス・ファッションのお手本どおりの格好だった。その陰鬱な服装とは裏腹に、売っているのは明るい調子の論文だった。会話は一方通行ではなかった。老人は長々と話す一方、彼女が話すときは真剣に耳を傾けていた。

見ていたのはほんの五秒くらいだが、わたしにとっては大きなできごとだった。何はともあれその会話は最上のもので、わたしはそれがきっかけで伝統派に加入し、最終的にそこを裏切った。

確かにわれわれは傲慢だが、たとえ何らかの判断で間違いを犯したとしても、その判断の基準はわかっていて、年齢がそんな基準になることはない。あの恐ろしい年、結局敗れることになった最初の闘争があり、そのときの仲間と敵対した、さらに悲しい二度めの闘争があり、躊躇してなかなかあらわれない反対者を待ちながら、歯噛みして早くしてくれと思っていたとき、彼らの保守性にうんざりしながらも肩を並べて立ち上がったとき、彼らが去っていき、その即席の策謀に心底失望していたとき、すべてが終わったあと、多少とも希望を見出そうと彼らの集会に顔を出したとき、われわれは相手が老人だからといって笑うほど愚かでも無礼でもなかった。われわれが笑ったのは、彼の帽子があまりにも土埃まみれだったからだ。

「おいおい、これは見逃せないぞ」きみはそう言ってスケジュール表を指差した。その夜の社交行事のところには〝社交行事〟と書いてあった。

それでも会場のパブに行ってみると、信じられないことに、そこでは懐かしの〝ナイト・オヴ・オイ！〟が開かれていた（オイ！はパンク・ロックのサブジャンルで、一九七〇年代後半に英国の労働者のあいだで流行した）。ただ、音量がでかすぎるだけでなく、この騒々しいジャンルの歌をがなっているのは差別主義者のフーリガンどもだといって、まあほとんど聴こうとしなかった。アカの心情がまるで再現されていない。

「実際、醸造所で酒盛りをしようとして失敗してる」わたしはホストにそう教えてやった。

きみは仲間たちと踊っていて、わたしは一人で大学に戻り、Tと夕食をともにすることにした。Tは大学のメディア学部で教えていて、組織には加入していないが、左翼のシンパだ。

それがきみの知っている、わたしの最後の消息だったと思う。このメッセージまでは。きみにもAにもSにも、ほかの誰かにも、長いこと連絡できなかった。ほんとうに申し訳ない。わたしのことを心配してくれていたのは知っている。どう説明するか、ずっと考えていた。とにかく話せることはすべて話そう。

最後まで聞き終わったあと、きみは喜んでくれないかもしれないが。

あたりは暗くなっていたが、まだ暖かかった。わたしはなぜか胸騒ぎを覚えた。芝生の上に座り——家の壁のひび割れに感じた不吉な前兆に身構えながら——修理にいくらぐらいかかるだろうと考える。

それはわたしに産業の崩壊を想起させた。あの老人のまとまりのない話が、そんなことを考えさせたのかもしれない。いくつかキーワードを思い浮かべ、頭の中で崩落事故のリストを広げ、自分でも理解できない不安の源泉を探って、憎悪に思い至った。

ホールでは人々がまだ歌を歌い、配付資料に目を向け、その場から離れていく者もいる。外に出て煙草を吸い、その横を学生たちが、図書館からコンピュータ・ラボへと移動していく。風が吹きはじめた。

Tからメッセージが入った。会議が長引いていて、夕食はキャンセルしたいという謝罪だった。わたしは自分が驚いていないことに気づいた。

その場を離れず、本をもう一章読んで時間をつぶした。あの帽子の男を探しているという自覚がある。やがて彼が見つかった。

またしても書籍販売ブースのところにいて、最後の残照がガラス越しに彼の古い衣服と土埃まみれの帽子を照らしている。灰色の目を大きく見開いて、周囲の会話に聞き耳を立てているようだ。わたしは彼のまわりの人々の動きに、どこかおかしなものを感じた。帽子の男は魅せられたような表情でときどき頭を動かすが、話の流れを追っているわけではないらしい。まるで彼だけが異なる速度で映写されている、映画の中の人物のようだった。

本に目を通し、ブースに戻し、別の本を手に取る。見ると彼は本を上下逆さに持っていた。販売員がブースをたたみはじめると、老人は階段の下に移動して、じっと何かを待っているようだった。やがてホールはからになり、清掃員以外は誰もいなくなった。

あたりがほぼ暗くなるころ、ようやく老人が動きだした。芝生の上に居残っているのはわたしだけだ。影に身をひそめている。わたしは老人を尾行した。

彼は出口に向かわなかった。歴史男が入っていった戸口に向かっていく。案内表示は少し変更されていた。

〝左派傾向――ギリシャ問題ミーティング　こちらから二階へ〟そして矢印。

老人は足を速めた。動きはどこかぎくしゃくしている。渡り廊下にいるのはわれわれだけだ。彼がセミナー室の前を通過し、階段室に入るまで待つ。壁に貼られたコピーの案内は二階を示していた。前方に防火扉の強化ガラス製の窓があり、その向こうに彼の姿が見える。

簡単に開くと思っていた防火扉は、なぜか施錠されていた。勢いよくぶつかってしまい、ドアが枠の中でがたがたと音を立てる。老人にも聞こえたはずだが、振り返る気配はなかった。彼が鍵をかけたのだろうか。ガラス窓越しに見える姿に目を凝らす。

老人の脚はほとんど動いていなかった。一段一段がとても小さいので、震動する空気に乗って運ばれているかのようだ。矢印を追って進んでいく。

ドアには部屋番号があった。2J、2I、2H。老人は2Gの前を通り過ぎた。

最初の案内では2Fだった。矢印はその前を素通りしている。2Fのドアはほかと同じくずんぐりして、表面が荒れている。室内の明かりは灯っておらず、ガラスの覗き窓も暗いままだが、わたしは嫌な感じを覚えた。老人はその前を通り過ぎようとしている。

案内表示を変更した理由はいくつも考えられる。だが、突然、あの案内は囮《おとり》で、老人は誘導されているという確信が生まれた。

わたしは激しくドアを叩いた。

老人は気づいたはずだが、恐怖の一瞬、無視するかに思えた。2Fのドアがかすかに震えたような気がする。と、老人がこっちに顔を向け、わたしはガラス越しに、懸命に2Fを指差した。だから2Fのドアが開いたとき、老人はもう態勢を整えていた。

ドアがきしみ、歴史男があらわれた。

二人は互いに見つめ合った。歴史男の目の表情は読み取れない。彼は見つめているわたしに目を向けた。不穏な風が叩きつけるようにわたしを押しもどす。何かが悲痛な叫び声を上げた。

わたしは床に這いつくばっていた。耳ががんがん鳴っている。防火扉は吹き飛ばされたように開き、心臓の鼓動に合わせるように、前後に激しく揺れていた。閉じたり開いたりする合間に、爆発的な叫びの中心だった2Fが見えた。

単に方向がわからなくなっていただけかもしれない。だが、2Fのほうによろめきながら駆け出したのは、勇気の発露だったと思いたい。わたしは大きな叫び声を上げていたと思う。

叩きつける空気とともに、何かがそばをかすめた。あの土埃まみれの帽子だった。宙を舞い、鍔で着地して転がっていく。わたしは転びそうになりながら、帽子や、靴の片方や、長い布きれを横目に戸口に向かった。

ちらりと見ると、老人の姿はない。小さな文字で何かがびっしりと書かれたホワイトボード。歴史男は片手を振って咳き込みながら、目を丸くしていた。空気はまるで煙が充満しているかのようだ。魔女が無表情にわたしを見上げている。両手の中になにかを隠し持っているようだ。何か生きてうごめくものを。

わたしは理解も制御もできないパニックに駆られ、来た道を駆け戻った。途中であの土埃まみれの帽子を拾い上げ、転げ落ちるように階段を駆け下りる。うしろから何かが追ってくる音が聞こえなかったら、たぶん途中で速度を落としていただろう。

駆けつづけて建物を飛び出し、夜の渡り廊下を走り、中央棟を突っ切って大通りを駆け抜ける。駅で電車に飛び乗り、とにかく遠くに連れていってくれることを願った。

きみに伝えるべきことを、どう伝えればいいのかわからない。「わたしの選択は在るべきか在らざるべきかだとわかった」と言えば、きみに心配をさせてしまうだろう。「わたしの選択はどう在るかだ」と言ってもいいかもしれないが、それでは伝わらないことが多すぎる。

ロボット掃除機はソファの脚にぶつかると右か左に方向を変えるが、それは選択なのか？　どっちに方向を変えるべきか、わたしはいまだにわからない。

今話しているのは、きみがわたしから最後のメッセージを受け取ったときのことだ。きみは返信しなかった。真夜中だったし、意味がなかったから。あとになって、きみが崩壊したわたしの家に来て中に入れず、誰もわたしを見つけることができなかったのを知った。きみからのメッセージは受信したが、返信できなかった。きみたちがどう考えたかは見当がつく。

どう話したものかな？

議論が沸騰している中でものを考えるのは、ときとして難しい。すべては政治的で、何を言っても意見が対立してしまう。

ユーチューブの動画は自分たち同士で話しあっているのかもしれない——リストやコメントやカットという方言を使って。それが歌からナンセンスからミームへとやりとりされるあいだ、われわれは映像同士が交わす議論を立ち聞きしている。その議論は、われわれにはまったく関係のないものだろう。バーのスツールに座って家具調度の配置角度についてでしゃばった論評をしたり、風に煽られたり椋鳥の大群の止まり木になったりしてたわんだ洗濯紐を見て楽しそうなふりをしたりする以上に。

　地面が足の下で大きく口を開くと思っているかのように、わたしは大急ぎで街を通過した。心臓があの防火扉のように激しく動きつづけている。家に帰り着くと、ぐったりと椅子に沈み込み、闇の中でそのまま座りつづけた。数時間がたちまち経過する。誰かに電話することも考えたが、何を言えばいい？

　自分の見たものがよくわからなかった。自分が何を考えていたのか、なぜ激しい心臓の鼓動が収まらないのか。

　天井と壁のひび割れは、出かけたときより大きくなっていたかもしれない。それも当然のような気がした。家から出るべきだとも思えたが、そのあと絶対に出てはだめだという気分になった。

　グラスに水を満たす。それがこっちを見ているようで、気に入らなかった。


　書斎の薄暗い明かりの下、煙突の中から聞こえる引っかくような音に耳を澄ます。何の鳥だか知らないが、羨ましいと思ったことは一度もなかった。ばたばた羽ばたいて壁にぶつかり、煙突の内側を引っかいて、ときどき煤けた煉瓦のかけらを落とすやつらだ。ただ、音からすると、今回は降下するのが使命らしい。

　煙道の鉄の蓋が閉まっていることを確認し、グラスを暖炉に投げ込んで、何かが下りてきたら割れたガラスの上に着地するようにする。

　窓の外では闇が屋根のあいだを満たしていた。いつ拾ったのか覚えていなかったが、わたしは手にあの帽子を握っていた。頭の上に持っていってかぶろうとしたが、なぜかかぶる気になれなかった。

　あの事故のことが頭から離れない。わたしはスマートフォンで事故のリストを見ていった。やがて男の甘い言葉で頭に浮かんだ事故が見つかった。ボストンの甘いねばねば。一世紀前、サイロで大きな爆発事故があり、

ハヤカワ文庫の最新刊

●表示の価格は税別本体価格です。
＊価格は変更になる場合があります。
＊発売日は地域によって変わる場合があります。

12
2016

SF2105
宇宙英雄ローダン・シリーズ534
回転海綿との邂逅
フランシス&マール／原田千絵訳

超越知性体の命令に逆らえぬまま、イホ・トロトは〝瓦礫フィールド〟に送り込まれる。　本体660円
［絶賛発売中］

SF2106
宇宙英雄ローダン・シリーズ535
テラナー抹殺指令
エーヴェルス&フォルツ／小津　薫訳

ダルゲーテンふたりは超越知性体セト＝アポフィスのローダン抹殺の指示に反抗するが!?　本体660円
［20日発売］

宇宙英雄ローダン・シリーズ536『中継基地オルサファル』本体660円　12月31日発売

SF2107,2108
SFギミック満載の傑作戦争SF
最後の近衛戦士（上・下）
マイク・スミス／金子　司訳

eb12月

怖るべき敵から帝国の皇女ソフィアを守れ！　最後の近衛兵ラディックの獅子奮迅の活躍。本体各840円
［絶賛発売中］

NF481

ＩＴエンジニア本大賞「ビジネス書部門大賞」受賞作

小さなチーム、大きな仕事

働き方の新スタンダード

ジェイソン・フリード＆デイヴィッド・ハイネマイヤー・ハンソン

黒沢健二・松永肇一・美谷広海・祐佳ヤング訳

eb12月

ＩＴ界のカリスマ創業者が教えるシンプルかつ常識破りな成功の法則。イラスト収録完全版　本体６４０円

［絶賛発売中］

NF482

鎌田浩毅氏（京都大学教授）推薦！

進化とは何か

ドーキンス博士の特別講義

リチャード・ドーキンス／吉成真由美編・訳　解説／吉川浩満

eb

花とハチの関係、ＤＮＡの機能、脳の錯覚……世界的に著名な生物学者の講義を『知の逆転』の編者が編集・翻訳。

本体８６０円［20日発売］

●新刊の電子書籍配信中

eb マークがついた作品はKindle、楽天kobo、Reader™ Store、hontoなどで配信されます。配信日は毎月15日と末日です。

作品募集中

第七回 アガサ・クリスティー賞

出でよ、〝21世紀のクリスティー〟

締切り2017年1月末日

第五回 ハヤカワＳＦコンテスト

求む、世界へはばたく新たな才能

締切り2017年3月末日

●詳細は早川書房公式ホームページをご覧下さい。

笑いを愛する人必読の書、待望の邦訳！

モンティ・パイソンができるまで
――ジョン・クリーズ自伝

ジョン・クリーズ／安原和見訳

eb12月

笑いの世界に革命をもたらし、さまざまな著名人にリスペクトされる伝説のコメディグループの創始者が初めて語る、圧巻の半生記！

四六判上製　本体3300円［20日発売］

トム・ハンクス主演、トム・ティクヴァ監督の映画化原作

王様のためのホログラム

デイヴ・エガーズ／吉田恭子訳

eb12月

起死回生の大口注文はとれるのか⁉　中東の砂漠の都市に乗り込んだセールスマンを襲う悲喜劇を描くアメリカ文学界の新鋭の話題作

四六判上製　本体2500円［20日発売］

米文学の至高傑作『アラバマ物語』の続篇

さあ、見張りを立てよ

ハーパー・リー／上岡伸雄訳

eb12月

アラバマ州メイコムに帰省したジーン・ルイーズは、生まれ育った町と愛する家族の苦い事実を知る。全米を大論争に巻き込んだ話題の長篇

四六判上製　本体3000円［20日発売］

黒猫シリーズ著者、最新作

高校生の海野杏は、毎朝海辺で小説を書きな

数百万トンの糖蜜が押し寄せて、ノースエンドはいくつかの頑丈な建物が糖蜜を垂らしながら突き立っているだけの、ねばねばした褐色の沼に変わった。まるで終わったばかりの戦争の前線を見るようだった。街はウツボカズラのような甘いにおいを放ち、瞬時に糖蜜漬けになった街路は、それに呑み込まれて溺れた死体にあふれた。数日後に発見されたのは四肢を硬直させた犬や馬や鼠、それにもがきながら固まった人間の男女だった。ねばねばした、恐怖のキャンディだ。

いつの間にか眠っていた。眠ったつもりはなかったのだが、一人で座って光を見つめ、手の中の小さな文字を見つめていたと思ったら、次の瞬間には目をしばたたき、傾いた部屋の中で立ち上がろうとしていた。大きな破断音、無理がかかって何かが壊れる音が聞こえた。何もかもが揺れている。わたしは椅子にしがみついた。スマートフォンが宙を飛ぶ。帽子が手から離れる。部屋は大揺れで、身体が滑りだした。そのまま海に投げ込まれるかのように。

揺れが収まると、徐々に床が水平になった。わたしは膝立ちになり、立ち上がった。床板がかなり震動したが、何とか踏みとどまる。ランプのセピア色の光を頼りに、帽子も拾い上げた。

あの老人が戸口に立っていた。

わたしは息を呑み、何も言えなかった。老人は両手を重ねている。家の中でもう音はせず、街路からも何も聞こえなかった。

老人は床の上で光っているスマートフォンに目を向けた。画面にはまだ昔の惨劇の場面が表示されている。階級闘争を伴わない闘争は存在しない。わたしがスマートフォンを拾うと、老人はそう言った。企業は爆発を無政府主義者のせいにした。階級的な悪意のこもった一突きだ。原始スープのような糖蜜以外に、あの悪辣な一斉攻撃の背後に何者かがいるかのように。コンピエーニュ（第一次大戦で独仏間の停戦協定が調印された場所）で何が合意されようと、世界大戦はまだ終わっていない。ほかにも交戦勢力はいたし、今もいて、ヘドロを武器に戦っている。何かに対して何かで一斉攻撃するのだ、と。

わたしは彼のほうに身体を傾け、叫び声を上げてその横をすり抜けようとし、ロンドンの街中にチャンスを求めた。押しのけると、何か奇妙な重さと手触りがあった。彼はわたしを押しもどし、ドアの前に立ちふさがって、落ち着いた、悲しそうな目でわたしを見た。その視線にわたしはたじろいだ。

ここに来たのは礼を言うためだ、と老人が言った。ここに来たのはきみがプラットフォームを持っているからだ。

ここは危険だ。きみが立っていられるのは、壁が堅固にきみと連帯することで、破壊を食い止めているからだ。きみの家はもう終わっている。

老人は懇願するようにわたしを見た。プラットフォーム？

わたしは帽子を差し出した。老人がそれを受け取り、息を吐き出すと、鼻孔から煙が噴き出すようだった。ありがとう、と彼は言い、粋なしぐさで帽子をかぶった。出会って以来はじめて、彼は笑みを浮かべた。

亀裂はずっときみを見張っていた、と彼が言う。忠誠派のひび割れなのだ。割れ目はきみと対立している。

彼はわたしが真似して見せたのとまったく同じ仕草で帽子の鍔をはたき、わたしが思ったのとまったく同じように土埃が舞い上がった。土埃はそのまま空中に留まり、飛び散ったり、層になって堆積したりはしない。雲のように浮かんだままあたりを見まわし、やがてフィルムを逆回転させたように、収縮し、降下し、フェルトの上に着地した。

偵察用の展望プラットフォームだ、と彼は言った。

土埃は舞い上がり、降下する。彼がずっと溜め込んできた土埃だ。

持ち出して、安全に保管してくれてありがとう。方向を見失っていて、あのままではどうなっていたか——老人は途中で言葉を切り、こう言った。肉と物質がこちらに向かっている。急いでここを出なくては。

「歴史男に何をしたんだ？」猫か犬を飼っていなくてよかったと思った。この男と同じ部屋にいたら、死んでしまっていただろう。そこらじゅうで木がきしんでいる。床板がなにかをつぶやき、老人がつぶやき返す。

あれはきみが〝これ〟を助けたことを知っている、と老人が言った。

気分のよさそうな口調ではなかった。〝これ〟と言うときの声はしわがれて、階級的な嫌悪が感じられた。彼は壁に並んだ本に目を向けた。そのときのわたしのイメージは、自分が骨のような灰色の光の下で石切場に横たわり、彼がわたしの上に立ちはだかって、流れ落ちる水が岩を叩いているというものだった（このときスマートフォンを拾い上げ、きみに最後のメッセージを送った。〝水の流れる石切場〟と。翌朝それを見たきみは返信したのか？？？？？？？）

わたしが全部読んだと思っているかもしれないが、こんな日はめったにないし、ここは他人の家だ。教科書的な本だったとしても、わたしの知らないものもある。老人はそう言った。

「あの部屋で何があった？」

傾向の論争的な会合だよ、と老人は答え、窓の外に目を向けた。ネオンの光との対比で、闇がさらに深まっている。煙突から引っかくような音が聞こえた。

亀裂だ、と老人が言った。

こうした穴を、どうして彼らは上から見せるだけで、下からは見せないのか？　老人はそう言った。世界が穴だらけになっている可能性はあると思うかね？

「何が望みなんだ？」とわたしは尋ねた。

老人は興味深げにわたしを見て、きみに砂を、と言った。きみがあの場を離れたのは正解だった。きみが知っていることを知りたい。われわれの道は定まった。老人がわたしの顔に手を伸ばす。わたしは動かなかった。時間だ、と老人。きみは狙われている。わたしには説明できる。

老人は指でわたしの額を押した。指先はとても柔らかく、触られたというより、触られた記憶がよみがえったような印象だ。鍔の土埃は石筍のように伸び上がってこっちを見ていた。

老人は左手で自分の右手をつかみ、ねじりながら引っ張った。手の皮膚が裂けて剝がれる。彼はそれを裏返しにして引き抜いた。わたしは自分の喉がごくりと音を立てたのに気づいた。あらわになった指の骨から土埃が噴き出す。乾燥した骨がカーペットの上に落ちる。彼がまともな左手で空気をあおぐと、砂のように乾いた手の切り株から土埃と骨があふれた。

〝これ〟は彼を殺したわけではない。この男を。老人が自分の胸に手を触れる。右腕は細くなり、皮膚がたるんでいた。彼はわれわれを愛していて、〝これ〟を自宅に招いた。彼が死んだあと、われわれは彼を徴用した。彼はわれわれに肉体を提供したのだ。

前腕の骨が乾いた皮膚の中から落下して、くぐもった音が二度響いた。わたしの息づかいは浅く速くなっていた。土埃が室内に立ちこめて、息苦しい。老人の肉体が細っていき、ついには両脚まですべて崩れ去った。煙突内を引っかく音が、グラスを割った罠に近づいてくる。「わたしを巻き込まないでくれ。無理に連れていくことは――」

きみはそうするしかない、すべてこうなるのだ、と老人が言う。その顔も崩れ落ちて、頭蓋骨の上にたるんだ皮膚がかぶさっているだけだ。

しゃべっているのは土埃だった。それが砂嵐のようにわたしの本に吹きつけ、壁のひび割れを調べ、階段のような形を取る。土埃はわたしの耳にも、言葉を紡ごうとするかのように吹きつけてきた。帽子の上の土埃も舞い上がり、仲間と合流していく。わたしの目も喉も肺もいがいがしていた。苦しい息づかいを受けて渦巻くように、片手いっぱいほどの土埃が老人のもとに戻っていき、唇と舌をふくらませ、喉に流れ込んで喉頭を形成した。皮膚がわたしにささやきかける。息を止めようとしないことだ、同志。大きく息をするのだ。

　抵抗などできなかった。乾いた土埃に溺れるようなもので、感じるのは乾燥したにおいだけだ。ほかに選択肢はないと自分に言い聞かせる。この状況では、選択肢がないことをみずから選択するほかはない。

　わたしは土埃を吸い込んだ。土埃が押し入ってきた。

　肉体はわたしが死にかけていると思ったらしい。たぶん老人の皮膚のそばでのたうち、痙攣していたのだろう。

　土埃がシナプスをくすぐって、震えさせているさまを思い描く。それで新しい考えが浮かんだ。土埃はわたしのことを考え、わたしというティンパニを叩いているのだ。ここにわたしのジレンマがある。わたしがきみに語ろうとしていること――きみは嬉しくないだろうが――は、土埃がかつてわたしの同志であり、今もそうだということだ。つまり、きみの同志でもある。土埃が来たのは感謝のためだけでなく、連帯のためでもあった。

　長期持続《ロング・デュレー》を考える。アナール学派（歴史学の一派。歴史上の個々の事件ではなく、歴史全体の長期的な流れに注目する）の言う長期持続さえ短期的・近視眼的に思える政治学にとって、闘争の音は陸塊と陸塊がこすれ合う軋轢音だ。

　土埃はみずからの立場を説明した。

地質学的な叛乱のサイクル。楽園追放以前の土石塊であるヴァールバラ、ケナーランド、パンゲアといった超大陸。平時が戦時になる。割れ目のない全体に亀裂の怒りが生じ、わずか数百万年のあいだにねじれて破断する。その規模はすさまじく、三畳紀にはゴンドワナ大陸とローラシア大陸が容赦ない大陸戦を繰り広げ、おのおのが各部を連帯させ、台地が隆起し、頁岩が大量に沈降し、歴史の主客観、闘争の瓦礫が穴の底に堆積した。粒度の原始共産主義、草も根も存在しない時代の草の根民主主義。あったのは熱い溶岩だけで、その後ようやく島や壁が出現した。

われわれは遅れて叛乱に加わった新参者だ。スト破りの脚の上の石炭は、その下の肉よりもはるかに早くどっちにつくかを決めていた。わたしの肉体は痙攣している。

土くれと、その物質と同じくらい不透明な代理人。サンディカリズムのようにぼろぼろと崩れる、水晶の遵法闘争。肉のバロックな新ファシズム。土埃は肉体の猛攻を覚えている。革命的な非生命体に対する血と腱の突撃部隊の反応を。

どの陣営も内部で競い合っている。これは所与ではなく、伝統だ。水中でも内戦はあった。わたしは主流の急進派に忠誠心を持たない動物で、〝これ〟は反体制派の土埃だった。すべての土が革命的なわけではない。

革命的で急進的なものたちのあいだでも、内ゲバはつねに存在した。

わたしは激しい勢いで肉体に投げ戻され、悲鳴を上げて土埃を嘔吐した。

さらに何度も咳き込む。

そうだ、と老人が元に戻った身体の唇で言った。だが、立ちたまえ。彼らが来る。

わたしは彼の両手に目を向けた。陸塊の中で亡霊が反響しているかのようだ。部屋が震動し、土埃がまとっている男が身震いした。

わずかにオレンジ色がかった街には何も見えなかったが、かすかに動物の立てる音が聞こえた。何かふくらんだものが木々の陰に見えている。わたしは何が狙いなんだと尋ねることを考え——彼は忠誠心のもつれだと答えることを考えた。彼らは忠誠派なのだと。わたしは部屋と同じようにぐらぐら揺れていた。制御された動物たちが闇の中で牙を剝き、空気と協力しているのではないかという思いが頭を離れない。土埃の忍耐強さにしびれを切らし、犬は毛を逆立て、猫は大きくふくらんで。

急げ、いっしょに来るんだと老人が言った。わたしは目をしばたたいた。壁が揺れるぞ。建築家はいつだって中立主義だからな。

行かないと、と同時に口にする。

コーンウォールの錫鉱山の坑道か、とわたしは思った。どこにでもついていくつもりだった。

わたしは自然の侮蔑的な弁証法について考えた。予言の的中率の低下についても。家が中断していた崩壊を再開する。

土埃まみれの帽子の男がドアを開け放つと、しゅっと音がした。

頭上の木の枝にうずくまり、上着を着て、今にも糞を投げつけようとするチンパンジーのように背中と両膝を曲げて、歴史男がわれわれを見つめていた。歯を剝き出してかちかちと鳴らす。崩壊する家がわれわれを監視していた場所には、あの灰色の魔女が立っていた。

女の内部には灰が詰まっていると確信できた。忠誠派の残骸だ。女は燃えつきた勝利の目でわたしを見た。

わたしはあとじさった。土埃と灰が手を上げて、丁重とさえいえる態度で指と指を絡ませ、じっと立ちつくす。粒子が人と同じように戦うはずがあるか？　二人は震えはじめた。

家が崩れ落ち、咆哮した。わたしは首をすくめたが、粉砕された煉瓦の悲鳴もこの戦いを妨げることはなかった。老人を引き離そうとするが、びくともしない。灰色の女を押しのけようとしても同じだった。頭上では歴史男がうなっている。わたしの家の最上階が内側に落ち込み、全体が崩落しはじめた。

老人に手を触れたとき、土埃を包む皮膚の表面にざらざらした灰を感じた。日々の摩耗から、小さな切り傷や擦り傷から、互いに相手の中に入り込もうとしている。皮膚下の闘争だ。わたしが元いた党派の領袖が、裸になった木の上からぺちゃくちゃと話しかけてくる。

わたしはパニックになったが、そんなことに意味はない。身体から力が抜けた。

とうとうわたしは背中を土埃と砂に預けて座り込み、空を見上げた。数千キロ彼方で地球が湾曲し、山々が巨大な鉄条網のように盛り上がって、鳥たちのために上昇気流を作り出している。

木の枝のあいだから咆哮が上がり、肩に手が置かれるのを感じた。顔を上げると、老人がわれわれの同志である土埃に託した肉体の乾いた目があった。

灰の魔女は消えていた。皮膚の断片さえ見当たらない。どうなれば灰が死ぬのか、死んだあとふたたび目覚めることがあるのか、見当もつかない。

老人は土埃まみれの帽子をかぶった。歴史男の恐怖の叫びが聞こえた。われわれがいなくなったあと、彼は土の下から引っ張り出されるのだろう。わたしには腐敗ガスでふくれ上がった動物の死体の下にぶら下がる夢にも似た確信があった。

土埃が言った。さあ、ここにはいられないぞ。

どちらもここにはいられない。このできごとの結果は、来るか行くかだ。

「それで、代案は?」と人々は言う。それが論理的だと思ってでもいるかのように。だが、代案は必要不可欠なものではない。批評とは、そういうものではないのだ。代案は出すなら出してもいいし、それは歓迎するが、出さないならその対象への憎悪は無効だということにはならない。領主に対する農奴の憎悪、こんなことは力ずくででも終わらせなくてはならないという思いと同じだ。たとえそのあとに待っているのが無賃金労働であったとしても。海底平原が熱水噴出口に押しつけられた残虐で粗野な生態系に対する、数千年にわたる大陸棚斜面の怒りも。たとえイソギンチャクだらけの斜面が隆起して、ヒマラヤ岩塩の鉱山とならなかったとしても。

　こうしたすべてと、ほかにも無数のケースで、われわれの憎悪は募っている。

　わたしは土埃とともにいて、きみがわたしのことを恐れるようになったのは、申し訳なく思っている。わたしはこの皮膚とともに生きていた。中核学派で、土埃を指導者として。それが新人をオルグするのを見てきた。この新たな集団の一員となることを学んできたのだ。

　党派闘争がどれほど奇妙なものだったか、きみも覚えているだろう。世界中の人々が得々と持論を述べ、われわれはろくに知りもしない勢力から称賛されたり非難されたりした。聞き覚えのある名前、別グループの活動家たちが、対抗心を燃やしたり、われわれの本部が流す決まり文句を従順にくり返したりする。あらゆるものがどこかの陣営に属している。

　土埃は、この土埃はあらゆる物質の中でもっとも過激な党派に属し、われわれの立場を支持している。われわれが支持を勝ち取ったのだ。

　土埃が望んでいるのは、彼らの、われわれの肩を空に向かって突っ張り、地面を押しやって、地平線のほうに少しだけ速く回転させてやることだ。われわれは平らな地に住んでいる。球体が雲の中で回転しているという図をいくら描いても同じことだ。さあ、ほら、地球は平らなのさ。問題は世界に侮蔑が多すぎて、憎悪が足りない点だ。

　憎悪なんてないほうがいい。かつて誰かがわたしにそう言ったことがある。憎悪には耐えられない、それは信仰のためではなく、生きやすさのためだ、と。

　その気持ちがわからないはずがあるだろうか？　わたしは考え込んだ。なぜなら、わたしは憎悪でいっぱいになり、それが縁からあふれそうになっていたからだ。だが、憎悪は必要なものだった。考えてみるといい。憎悪がなければ愛もなく、希望を持つことも、正しく絶望することもできない。対称性を偏愛して言うのではない。結局、何よりも大切なのは言葉にすることなのだ。

　言葉にならない憎悪が何になる？　胸の内だけで憎々しげにつぶやくのか？

　その夜のロンドンにロンドンっ子はいなかった。われわれは背後に瓦礫の山を築きながら、闇の中を駆け抜けた。運河と静かな車庫の脇を通過し、鉄道が扇状に広がった上を越える高架道を渡る。ようやく速度を落としたのは、土埃がどうやってか、傾向の忠誠派——大部分は空気と灰、あとはわずかな水と多くの肉、かなりの量の木、数枚の鉄、古銭、スレートなど——が、われわれを見失ったと確信したあとだった。

　どこに行くんだ、とわたしは尋ねた。

　会合に。

　毎週会合を開かない過激派というのを聞いたことがあるか？

　高層ビルの排水路が峡谷のように交錯し、そこを水が流れている。われわれがいるのはビルの張り出しの下で、ひねこびた灌木の茂みが枯死して運河の角に引っかかっているのが見えた。浅い水面下には自転車や、錆びついたスーパーマーケットのカートが沈んでいる。

その上をなかば溶けたごみ容器や、土くれや、小さな黒い雲塊が漂っていた。

ここが目的地なのか、とわたしは尋ねた。土埃がうなずく。われわれの外見は浮浪者そのものだ。誰か待っているのか、とわたしは重ねて尋ねた。

われわれがいちばん最後だ、と土埃が答える。

わたしはあらためて同志たちを見まわした。ビルの張り出し、灌木の茂み、沈んだ金属、水、歪んだごみ容器、土、空の水蒸気。会場と参加者は一体だった。

議論が始まる。

アルプスの山頂から下界を眺めたことはないが、わたしは峡谷を見上げ、街がまるで空気を彫刻して造られたようだと思った。もしきみがそれを望むなら。わたしは望む。それがなければ言葉にすることも、愛も、他者も、ときおりの休息もない。どうして憎悪せずにいられるだろう？

本源的左翼の内部闘争において、われわれ、土埃とその同志たちは、できる限り自分自身を攪拌した。きみは反対者が壁の中で粉砕されるのを見たことがないだろう。あったとしても、そうとはわからないはずだ。見てみたいか？　きみに選択権はないかもしれない。その点については、申し訳ないと思う。

わたしの中に突入してきたときは、土埃の戸別訪問だった。その政治を目の前に展示したのだ。普通なら、死後の勧誘は腐敗と乾燥を通じておこなう。土埃が勧誘するのは土埃だ。わたしを勧誘したときは事態が切迫していた。

われわれはすでにそれを、自陣営に勧誘し終えていたのだ。

憎悪はどれも同じ大きさではない。わたしは愛をもって観察し、土埃のように憎悪することを学んだ。これまでに存在したその実体は、物質の闘争だった。社会の裕福さは岩を積み上げた量によって測られる。

〝これ〟を吸い込め、とそれは言った。わたしはそれに自分の気道を与え、毎日息づかいを浅くしていった。

これは死に向かう旅ではない。いや、そうかもしれないが、その用語法はあまりにも誤解を招いて、胸が破れそうになる。これは何かと言えば、ものへの羨望だ。もちろん、わたしはものを羨望している。ほとんどの人間は羨望の仕方を間違っていて、ものであることの静謐さを羨んでいる。ものは静謐でなどないのに。

そこには傲慢さなどなく、ただきみとAとSと、きみたちがすること、きみたちの実践と作業への気づかいと連帯がある。わたしはできる限りそれを観察してきた。きみが知ったら驚くような方法で。きみの仲介、とわれわれは言うかもしれない。以前は対立など存在しないと言っていた。だが、同じことだ。すべては闘争なのだ。無限に異なるレベルでの。

今でも野獣のペースに耐えられるかどうか、自分でもわからない。

地面は居残り幽霊《レストリガイスト》で、決してその場から去ることがないので、再発するのではなく、同じことをくり返している。石のテープががちゃがちゃ音を立てながら。

わたしは何度となく伝えようとしそうになった。暑熱がひどく、きみの家の前の道路がぐにゃぐにゃになって、そこにはまり込んだごみが文字のように見えたのを覚えていないか？　だが、やはりきみに気づいてもらいたくはなかった。わたしが死んだと思っている人々のように、きみまで悲嘆に暮れるのを見たくなかった。きみを安心させるのは自分勝手な慰めだ。きみが覗き込んでいるのに深淵が気づいたら、何が起きるかわかっているから。この点については、きみに許しを請わなくてはならない。

呼吸ができないのは寂しく感じる。心拍のある同志がこの緩慢な闘争の中でわたしの横にいてくれたらいいのだが。

たぶんわたしは戻ってきて――文字どおり――靴の泥を落とすことになるだろう。でも、できるはずがないと思ってるんじゃないか？

今、わたしはこれをきみに向けて書いている。地下から持ち出した化学物質の色素で、敵味方両方の闘士たちの血の中に。きみにわかるかどうかは知らないが。

きみがわたしを説得して引き返させるのを望んでいるのか、そもそもそんなことができるのか、それともきみをわたしに同行させたいのかどうかもわからない。

あるいは、きみにサスツルギ（南極の雪の表面に風が描く模様）のピケに、勝利の跳躍に、土壌クリープのアジテーションに加わらないという選択の余地を与えたのかどうかも。

わたしはきみを土埃に勧誘するかもしれない。

脱出者

Escapee

嶋田洋一訳

予告篇《トレーラー》

○：○○～○：○四

闇。サイレンが悲しげに鳴り響く。

工場内部の動きの映像。機械が仕事をしている。

○：○五～○：○七

閉じた男の目。目蓋の下で眼球が動く。

目がいきなり開く。

○：○八～○：一○

闇。切迫した息づかいの音。

○：一一～○：一二

男がゆらゆらと揺れている。毛羽だった金属ロープにつかまり、ほかにもぐったりとぶら下がっている人影がいくつもある。

○：一三～○：一五

男が落下。

○：一六～○：一八

ナレーション、老人「わたしがきみに質問したとしたら？」

男の裸足のクローズアップ。汚れたセメントの上をゆっくりと歩いている。

○：一九～○：二二
男が暗いビルから夜の安っぽい街中に出る。通行人が息を呑む。
○：二三
画面いっぱいに震える鉄の柱が映る。

ナレーション、老人「たとえば、きみは誰だ、とか」
○：二四～○：二七
警官隊が武器を構え、道路を封鎖している。
○：二八～○：二九
女が鋭い三日月型の、鉤爪のようなものをスケッチしている。

ナレーション、老人「どこから来た、とか」

○：三〇～○：三二
男が壁を殴り、こするように拳を下げる。
○：三三～○：三七
夜。十二歳くらいの少女が男を見ている。

男は上半身裸で屋根の端に立っている。はじめてその全身が見える。背中の上端には、背骨から皮膚を突き破って、まっすぐに金属棒が突き立っている。頭よりも百二十センチほど高い位置にある先端は、羊飼いの杖のように曲がっている。

ナレーション、老人「何をしようとしている、とか」

男が屋根から身を投げる。
○：三八～○：四一
闇。

ナレーション、若い男「唯一しようとしているのは……」

○：四二〜○：四四
ナレーション、若い男「……脱出だ」

男は道路を跳び越え、頭上のフックが反対側の建物の細部に引っかかる。

○：四五〜○：四九
工場のカット。内部の大型機械、古めかしい緑色表示のデジタル・ディスプレイ、スプレー塗装ロボット。

○：五〇〜○：五二
フック男と少女が橋の下に座っている。

少女が言う。「どっちにしても……」

○：五三〜○：五七
警官隊が発砲する。


上半身裸の男が少女をつかんで跳び上がり、フックを頭上の橋梁に引っかけて、弾丸の上を飛び越える。

ナレーション、少女「……あなたは行くしかない」

男は警官隊のまん中に着地し、身体を振りまわして、フックで警官たちをなぎ倒す。

○：五八〜一：○二
ナレーション、少女「あなたを連れ戻そうとしてる」

サイレンの音。無人の街路を巨大な装置が重々しく進んでいく。

高性能コンピュータの列がぐらつき、ディスプレイが次々と、古めかしい緑色のテキスト表示に変わっていく。

車が一台、街の広い道路のはずれから曲がってくる。その正面、アスファルト道路から斜めの位置に、工場がある。車が工場の壁に衝突。

ナレーション、若い男「わたしを連れもどそうとしている」

一：〇三〜一：〇六

男は崩れかけた崖から身を乗り出している。「つかまれ！」さらに乗り出し、頭上のフックを岩の露頭にしがみついている老人に近づける。

一：〇七〜一：一〇

少女の顔のクローズアップ。

少女がささやく。「あなたは生産ラインから離れられない。絶対に」

一：一一〜一：一二

フックがスプレー塗装ロボットを引っかけ、投げ飛ばす。

一：一三〜一：一六

男がよろめきながら川から離れる。頭上のフックにはロープが結ばれ、暗い水の中に伸びている。男は大声で、何かはっきりしないことをわめいている。

一：一七

男のクローズアップ。歯を食いしばっている。

一：一八

男の背中のクローズアップ。両肩のあいだ、金属棒が突き出している場所には血がにじみ、棒が震えている。

一：一九〜一：二〇

工場内に斜めに張られたケーブル。そこを何かが滑り降りてくる音が聞こえる。

一：二一〜一：二三
闇。
ナレーション、老人「きみは何から脱出したのだ？」

一：二四〜一：二七
しかめ面の男は工場の床よりもはるかに高いところに立っている。頭の上のフックはふたたびロープにかかっている。彼は両手で太い鎖を握り、鎖の端は下の床に固定されている。
男は鎖を引き、ロープにぶら下がって降下しはじめる。
ほかにも多くの男女が、男と同じようにロープからぶら下がっている。誰もがぐったりして、目を閉じている。彼らは男のほうに滑り落ちてきて、身体がぶつかり、フックとフックがロープ上で一点に集まりはじめる。
男が悲鳴を上げる。

一：二八〜一：二九
闇。
ぱちん、と大きな音が響く。
ナレーション、男「何もかもから」

一：三〇
タイトル表示『脱出者』

バスタード・プロンプト

The Bastard Prompt

嶋田洋一訳

ここには医者の話を聞きにきた。ジョナスとわたしとで。われわれ二人は同じ使命を負っている。そして、あるいはしかし、あるいはそしてしかし、ふたりは異なる使命を負ってもいる。

　新しい接続詞が必要だ。〝そして〟と〝しかし〟を同時に意味する単語が。これは今になって言いはじめたことじゃない。前から言っていたことだ。とりわけ、トーを相手に。トーはトーリの略だが、彼女は決して自分のことをトーリとは言わない。

　わたしのこの〝そして＝しかし〟問題は、もう二人のあいだのジョークではなくなっていた。「両方を同時に意味するんだ」とわたしが言い、「そしし？　しかて？」と彼女が言い、最終的に〝そしか〟に落ち着いた。綴りはこのとおりだが、彼女は末尾に小さい〝あ〟を添えて〝そしかぁ〟のように発音した。今となっては、どちらかが口にしても気づきもしないし、にやりとすることもない。ただそういう意味の言葉として使っているだけだ。

　かくしてジョナスとわたしは、同じそしか異なる使命で、ここサクラメントに来ていた。もっとも、正直なところ、どちらも使命を達成できるとは思っていなかったかもしれない。

　二人の共通の故郷である小さな町にトーレンという男がいて、彼もいっしょに来たがった。何かあったら警告するためだ、と彼は言っていた。もっとよく彼を知っていたら、そのことでからかっていただろう。トーレンが〝警告〟という言葉を使うと、喉の奥に空虚なものがあるように響くのだ。彼は病院薬剤師で、つい最近まで、何が起きているのか説明しようとしても耳を貸さなかった。〝何となくまずい〟段階を過ぎたあと、ようやくこちらの話に波長を合わせ、意味のある話をしていることを無意識が認識したようだ。

トーレンは誰よりもたくさんの理論を考えていて、しかも多くの仲間たちと違い、どれほど場違いでも、それを解説するのをためらわなかった。実際、場違いなものもときどきある。彼はそれを同じあの声、警告の声で語った。

「あいつ、いったい何様のつもりだ？」わたしは一度、ダイアンにそう言ったことがあった。

「聖者ヨハネよ。世界の訴えに耳を傾けるの。まずはサクラメントから」

誘えばダイアンもいっしょに来ただろう。彼女は市役所勤めだから、今のところ（引用）信頼できる（引用終わり）ファイルだの何だのが入手できる。われわれが行こうとしている会議を見つけたのも彼女だった。ここに集まっている人々の多くが彼女から手紙を受け取っていたとしても驚かない。慎重に彼らの意向を尋ねるような手紙を。

ジョナスとわたしは会議場となるホテルのロビーのコーヒー・ショップでスケジュール表を確認した。資料パックはもらってあり、ネーム・タグにはそれぞれ名前が入っている。

「何をしにきたって説明したんだ？」わたしはジョナスに尋ねた。

「何も訊かれなかった。登録料を払っただけだ」

ネーム・タグに書かれたわたしの名前の下には〝フリー研究者〟とあった。

ジョナスは何が起きているのかを知るための、最後の試みでここに来ている。わたしも同様だ。また、彼には現状に没頭するためという理由もあった。ある意味、今の事態が気に入っているのだ。

わたしが来たのはトーのためだった。

計画はこうだ。わたしが出席していない会合で、ダイアンがほかのみんなを説得する。わたしがトーのことを話しはじめたら、それはとても強力な一例になる、と。わたしは興奮しているので、その言葉には説得力がある。彼女はわたしに、われわれに、今起きていることは重要なのだと、誰かを説得してもらいたがっていた。


わたしはエンジニアだ。数カ月前から、この街の新しいショッピング・モールの建設に携わっていた。そのあと特別休暇の許可を取り、さらにダイアンが何か書類を作って、休暇期間が延長された。だからそれについてあれこれ言われることはない。

トーは役者だった。はじめて会ったときそれを聞いて〝女優〟と呼んだら、彼女はやめてくれと言い、その理由を話してくれた。


わたしはツリーモント生まれではないが、生涯のほとんどをそこで過ごしてきた。別の街の大学に行き、ニューヨーク市、サンフランシスコ、そのほかさまざまな場所に何度も転居して、しばらくはそこに腰を落ち着けてもいいと思うこともあるが、結局そうはならず、正直、まあいいかとなってしまう。

ツリーモントは小さな町ではない。わたしは散歩が趣味で、よく回り道をして歩いている。これだけ長いこと住んでいても、それまで存在すら知らなかった、はじめて見る場所がつねに見つかった。そういうことがある限り、不幸を感じることはないだろう。

トーとの出会いは四年前のパーティだった。共通の友人が何人かいて、トーによると高校が同じだったらしいが、わたしは覚えていない。彼女のほうが少し年下で、仕事上のつながりはない。

当時わたしは州北部の巨大橋梁工事現場で働いてい

た。彼女は写真を見たがったが、わたしは断った。本気で興味を示す者などいないのがわかっていたのだ。だが、彼女はどうしても見たいと言い、わたしはスマートフォンの画面をフリックして一、二枚見せ、写っているもののことを説明してから、興味があるふりをする必要はないと告げた。それでも彼女は写真を見つづけ、自分の写真も見せてくれた。女性だけで演じたシェークスピアの『十二夜』のフェステ役で、わたしがマルヴォーリオ役の役者を知っていることがわかり、そこから話が弾んだ。

わたしの両親はどちらもすでに亡く、わたしはそのまま両親の家に住んでいる。変だと思う人もいるだろうが、正直、経済的な意味しかない。トーはよく会うようになってから数カ月後に引っ越してきた。その一年後、彼女がテレビのホームコメディに出演することが決まり、盛大なお祝いをした。高校生レスラーが主人公で、そいつは筋肉脳に見えるが、実は天才という設定の話だ。彼女はいかれた書店主の役で、詩の朗読の夜を主催し、そこに主人公のレスラーが変装して参加するのだが、彼女はそれを見破る。

そのあとトーは公共広告に何本か出て、CMの仕事が取れそうになった。エージェントもついて、電話も頻繁になり、山ほどオーディションを受けた。舞台仕事もたくさんあり、これは気に入ったようだった。収入は大したものではないが、わたしの稼ぎはよかったし、二人とも金づかいは荒くない。ときどきふと顔を上げると、何カ月という時間が過ぎていた。

トーは三十歳になってまだ生計が立てられなかったら、この仕事はあきらめると言っていた。あきらめたくはないが。

わたしはショッピング・モールの仕事の周辺をついてまわり、噂を聞き込んだ。ある晩、家に帰ると、トーがキッチン・テーブルの上に何枚もの紙を広げていた。

「ジョウニーを覚えてるでしょ」とトー。

「『ネズミ取り』に出てた？　もちろん」

「今日たまたま会ったの。今何をしてると思う？」そう言って書類の束を振りまわす。「標準模擬患者《SP》ですって」

　われわれのいるコーヒー・ショップを通り過ぎて、人々がホールのほうに移動していく。スーツ姿もいれば、もっとラフな格好の者もいた。いくつかの会合が同時進行していて、誰がどこに行くのかはわからなかった。

　表題を見て、目指すセッションの参加者の経歴を見る。〝SPの訓練と方法論〟、〝終末期の会話の報告〟、〝MUTAと問題シミュレーション〟。

　わたしが小声でつぶやいたことをジョナスが聞きとがめた。「何だって？」

「〝エポキシ樹脂で接着したオーヴァーハングを思い出せ〟と言ったんだ」

「そうだろうとも」彼はそう言い、ふたたび視線を落とした。

　わたしと母とは特に親密だったわけではないが、専門雑誌を介してつながっていた。街には二軒の大型書店があり、そこに行けばその手の雑誌のバックナンバーが大量にある。少なくとも、当時はそうだった――今はみんなオンラインで購読するのかもしれないが、よく知らない。わたしと母はよくいっしょにマレー書店に立ち寄り、本を買った。唯一のルールは、二人とも興味のない、あるいはよく知らない分野の本であることだった。

　二人してよく小声で笑ったが、そこには奇妙な敬意がこもっていた。ばかにしていたのではなく、畏怖していたのだ。

　人間が環境に適応する能力は驚嘆に値する。わたしと母はざっと目を通しただけで、業界の術語や俗語、重要な論点、緊急の課題、さらにはちょっとした政治的対立まで認識することができるようになった。どの出版物がどの企業から資金提供を受けていて、どれが急進派の影響を受けているか。わたしはどんな分野でも、少し読んだだけでお気に入りの言葉を嗅ぎつけられる。レフュジア（観賞魚飼育用語で、苛酷な環境下で一群の魚が生き延びることができた避難所的な場所）、大入れ（木工用語で、木組みのための切り込みの一種）、フィドル・ヤード（鉄道模型用語で、操車場のこと）。ディベートにおいては、ついさっきまで存在さえ知らなかった会社に賛成の立場でも反対の立場でも論陣を張ることができる。たぶんエンジニアリング専門誌を眺める人も、同じような現象を経験すると思う。

母とわたしはお互いに、相手が何かにのめり込みすぎたり、客観的に見て完全に能力を越えているような意見を述べていると思うと、〝エポキシ樹脂で接着したオーヴァーハングを思い出せ〟と言うことにしていた。これは《熱帯魚飼育》誌にあった記事のタイトルだ。熱帯魚の水槽に珊瑚を入れる場合、重力のみに依存すべきなのか、すべきではないのか？

わたしはエポキシ樹脂に与する。そこには自然なものなどないのだから。

ツリーモントには大学があり、市内にある聖マリア病院はその付属病院だった。標準模擬患者のことはぼんやりと知っていたが、当然、その知識はごく簡単なものでしかなかった。

「やってる役者は多いのよ」とトーが言う。

彼女が訓練を受けたとき、クラスの人数は十四人で、全員が芝居の経験者ではないものの、半数以上はそうだったという。訓練の最後はオーディション形式の試験だった。

「医学生の前で、病院用ガウンを着た訓練生が症状を説明するのか？」

「まあね。ただ、わたしたちは本物の患者を演じなくちゃならないから、コツの一つは症状を説明しないことなの」トーは使っていたノートを見せてくれた。ミズ・ジョンソンは二十六歳、高血圧で、医者をひどく怖がっている。喫煙が健康に悪いことも気にしていて、一日に何本吸っているか、はっきり言おうとしない。ミス・メリーは三十歳、まだ診断されていない初期の多発性硬化症で、左半身に力が入りにくい。ミセズ・ダウエルは糖尿病で、妊娠中だ。

トーのノートには男性キャラクターも記載されていた。ミスター・スミスはけんかっ早い保険の営業マンで、大腸癌を患っている。

トーが言うには、SPの役割はリストに書かれた症状を羅列することでも、患者になりきることでもない。あとで医学生を評価するための、手助けをすることだった。

「同じ症状を持った同じ患者を、十回連続で演じなくちゃならないの。それが〝標準〟模擬患者と、ただの模擬患者の違いね。もちろん、ただの模擬患者もやるわ。ドラッグを渇望してる人、自分のどこが悪いのかわからない人、病状を否認する人、わかっているけど認められない人」

「報酬は？」

「時給十七ドル」

「あちこち触られて、時給十七ドル？」

「ああ、お触りはなしよ。ただ、言っておくけど、GTAの訓練では――」

「生殖《ジェニタル》のG？」

「違うけど、そっちをやればあなたが考えてるとおりのことがあって、時給はずっといいみたい。よく知らないけど。そのうち考えるかも」

SPとしての最初の出演――と彼女は呼んでいた――の前の晩、トーはわたしにリハーサルを頼んできた。

キャラクターの情報と、症状のリストを添えて。

「ぼくは医者じゃない。ちゃんとした質問はできないよ」

「それはいいの。症状が頭に入ってるかどうかだから。ほら、お願い」

トーはドアの前で姿勢を正した。

「アクション」とわたしが言うと、彼女はあきれたように目を上に向けた。「こんにちは、ミス・ベイカー。どうしました？」

「ああ、先生、すいません。ものすごく痛むんです」

彼女の服装に驚いたのを覚えている。どれも見たことのある服なのに、組み合わせを変えていて、印象がまったく異なるのだ。おずおずした足取りで歩いてくる。顔にはサングラスではない、普通の眼鏡があった。

もちろん、トーの演技は何度となく見たことがある。テレビでの演技は好きだが、正直、舞台のほうはそうでもなかった。本人に言ったことはないが、メディアの違いのせいだと思う。舞台のよさがわからない男だったので、患者を演じる彼女には驚いた。ある意味、それまでのどんな演技より印象的だった。とても親しみが湧き、微妙なニュアンスが感じられる。ちょっとした癖や動きにも全力を傾注しているようだ。

「すごかったな」あとでわたしはそう言った。

車に向かうときの彼女は、その役になりきっていた。


ツリーモントの対策委員会は十三人構成で、予想はつくだろうが、ほぼ半数が病院勤務だった。ジョナス以外に医師が二人――ジョナスとはトーの仕事を通じて知り合いだった――と看護師が二人、技師一人、それに薬剤師のトーレンだ。残りは彼らの友人か、トーの友人または／およびほかのSPたちだった。

どうしてもっと人数がいないのかと不思議に思うかもしれない。トーレンに言わせれば陰謀と派閥主義のせいで、その説明もばかげているとは言わないが、放射線科のジャネットの意見は異なっていた。

「説得力が足りないからよ。何かが体系的に起きてるって証拠がない。しょっちゅうあることじゃないし、唖然として息を呑むほど目新しいわけでもない。もうずっと前から、知ってのとおり、とにかくトーだけなのよ」そう言いながらも目をそらそうとはしない。悪い知らせを伝え慣れているのだろう。

「それでもだ」わたしは言った。

「ああ、もちろん」とジャネット。「否定的な考えもあるっていうこと」


トーは毎日演技していたわけではないが、履歴書は車で行ける距離にあるすべての大学病院に送っていて、すぐにそれなりの収入が得られるようになった。SPの履歴書はなかなか興味深い代物だ。演技をした病院のリストがあり、それぞれの下にそこで彼女が演じた症状が列記されている。胃腸出血、甲状腺機能亢進症、終末期膵臓癌（転移あり）。白血病。未診断」トーはそう言ったあと、次の患者の症状を演じて見せた。

わたしは考えはじめる。

「アビゲイル・サリー、高校教師、流行性耳下腺炎」

「ああ、惜しい。メリッサ・スタイルズ、ＨＩＶ」

「どうやってフィードバックしてるんだ？」わたしは尋ねた。「きみは指導教官と話をするんだろう？　あと、学生とも？　つまり、向こうはきみが演じた患者のどこが悪かったのか、正解を教えてもらえるわけ？」

「何言ってるの。医者と患者なのよ。正しく診断したとしても、その場で告知なんかしないわ。不適切な質問をするかもしれないし、診断ミスをするかもしれない。ミズ・バートラムが全面的な告知に耐えられるかどうかもわからない。わたしは役者なの」しかつめらしくそう言い、小指を立ててカップからコーヒーを少しだけ飲む。「当然、ものすごく感情移入してるんだから」

「まったくだな。ぼくにも感情移入してくれよ、ベイビー」

「わたしはあのガキどもの中で誰がいい医者になるかわかるし、その手伝いもしてる。勲章ものだわ。ペロペロキャンディくらいくれてもいいと思うけど」

「舌を突き出して、〝あーん〟って言ってみな」

「あーん」

トーが標準模擬患者協会《ASP》に加入していることは、彼女からの手紙にロゴとASPの文字が入っているのを見るまで知らなかった。

「スローガンは何ていうんだ？　〝われら病人のふりをする〟？　機関誌だってあるんだろう？」

　地元のSPたちとは仕事でしょっちゅう顔を合わせることになり、すぐに知り合いになった。わたしたちは二人ともSPの五十代のカップル、ドナとタムとステーキを食べにいった。わたしはサムとジェラルドとティナを紹介された。彼らといっしょになると、しばしば小話のやりとりが始まった。ごくまれに医者――たいていはジョナス――が来ることもあった。

「仕事でブライアンといっしょになったわ」とトーが言った。場所は騒々しいバーだ。ブライアンの名前を聞いて、ほかの者たちはうめき声を上げた。「胃潰瘍なんだけど、どこが痛いかはっきり言わないんで、診断がつかなかったの。そうしたら、医者が悪いって言い出して」彼女は尊大な口調を真似て言った。「『若いの、言い訳は聞きたくない。病歴を聞き出すのがきみたちの仕事だ。この男の病歴をな。きみたちはそれに耳を傾けなかった』」SPたちは笑い、わたしもその輪に加わった。

「わかってる」あとになってトーが言った。「エポキシ樹脂でしょ」

「ほかにどうしろと？　わたしは専門用語窃視症なん

だ」

　最初の一年かそこら、トーは普通の役者仕事のオーディションも受けていた。『キャンディード』で端役をもらい、うまく演じていたのだが、本人はわたしが思っていたほど幸せそうではなかった。

「患者の仕事でお金はじゅうぶん稼げるわ」そう言われて、わたしはたじろいだ。

　トーはSPの機関誌のために、パートで編集とレイアウトの仕事をするようになった。

「そんなことができるなんて、知らなかったな」

「学生新聞よ」

　彼女はそんななりゆきを大いに喜んでいるふうではなかったが、鬱屈する様子もなかった。行動の焦点は定まっていて、問題はないと思えた。

　病院のそばでトーと落ち合い、まだ患者の衣装のままの彼女が、ゆっくりと役から抜け出すのを眺めた。夕食のときのフォークの持ち方も、コースが進むにつれて徐々に変わっていく。彼女が注文する料理にも、役がどれだけ残っているかが反映しているようだった。

　彼女は真摯な物語が好きだった。隠された血、陰に潜むトラウマ、恥を塗り込めた症状といった背景が。

　トーは互いに関連する一連の断片を演じた。あるいは、断片は一つでも、さまざまなシーンを備えたものを。役者経験がなく、そして、しかし、〝そかし〟、ほかにどうにもできない、若いパフォーマーたちと共同作業をおこなった。台本もないまま舞台上に押し出された者たちと。トーの仕事は自分の台詞をしゃべって、彼らの——本人たちも知らない——台詞を引き出すことだった。緊張感あふれる共同作業だ。

　彼女の演技はすべてが教育だった。うまく演じられれば、数年が経ったあと、誰かが癒されることになる。歴史上もっとも重要なパフォーマンス作業は、小さな部屋の中で、二人だけでおこなわれた。

　あるとき、病院の外でトーを待っていると、二十歳そこそこの男が近づいてきた。

「なあ、あんたあのSPの旦那だろ？　いっしょにいるとこを見たぜ。あのSPは大したもんだなあ」

　トーに気がある口ぶりではなく、何か奇妙なことを考えている印象だった。

「何の話だ？」そう答えると、男は困ったように首を振り、肩をすくめた。その様子があまりにも無邪気で、怒る気にもなれない。「どっか行けよ、きみ」

「いや、ほら、おれはあの人から誰よりも……」男はまたかぶりを振った。

　わたしは演劇史と演劇理論の本を読みはじめていた。もっと理解したかったのだ——もちろん、語彙収集の楽しみもある。チート・アウト、役者が客席からの見栄えをよくするため、やや不自然な位置取りをすること。エステティック・ディスタンス（観客の“現実”と作品内の“現実”の距離。観客が作品に没入するほど近くなる）、これが大きいとトーの仕事はだめになる。バスタード・プロンプト、全体が反転して、プロンプト・コーナーが舞台下手にあり、通常と逆になっている形。即興劇についても読んだ。最初はコメディから始めて、すぐにチェイキン、スポーリン、チルトン（いずれもアメリカの実験演劇集団〈オープン・シアター〉の中心メンバー）といった人々に進んだ。

　即興の台本をどうやって解釈する？　即興パフォーマンスによって？

　花が咲きはじめていた。何の花かは知らない。トーはガーデニングに凝りはじめ、ドアの外にはバスケットに入れて、いろいろなものがぶら下げられた。わたしがキッチンにいるとき帰ってきたトーは、植物の香りに包まれていた。

　外に咲いているのと同じ色の花柄のドレスを着てい

る。口には出さなかったが、〝ミズなんとか、わずかに年上、神経質で、神経系に損傷がある〟といったところだ。トーは夢遊病者のように部屋を横切った。役になりきっているせいではないことにわたしは気づいた。何かを考え込んでいるのだ。

「トー？」声をかけると、彼女は目をしばたたき、現実に戻ってきた。「どうかした？　気分が悪いのか？」

「ううん。忙しくて、ちょっと緊張してるの」

そのときからわたしの嫉妬が始まった。

嫉妬するまいとはしたのだ。自分勝手で、ばかげていて、さもしく感じるから。わたしはそんな人間ではなかったし、トーに嫉妬するどんな理由もない。だが、その瞬間、ゾーンに入った彼女には何かがあって、わたしは若い医者の卵たちのことを考えずにはいられなかった。わたしに話しかけてきたあの若者。彼がトーの架空の症状を診断したあと、戸棚の中で性交している場面をつい想像してしまう。

何度か仕事を早めに切り上げ、トーに見られないように、となりの食堂から病院を見張ったこともあった。自分で自分が恥ずかしかった。彼女はいつも一人で出てきて、ぶらぶらと駐車場まで歩いていった。

ある風の強い日、一団の学生たちが興奮した様子で話をしながら歩いてきた。わたしは即座に、なぜかは知らないが、そのうちの数人が患者を演じるトーと話をしたに違いないと確信した。「びっくりだよ！」学生の一人が何かについてそう声を上げ、わたしはふたたび嫉妬を覚えた。ただ、それはわたしが思っていたような嫉妬ではなかった。

トーが小部屋で、まごつく若い医学生を前にした場面を想像する。あの花柄のドレスを着て、あるいはパンツスーツ姿で、あるいはTシャツで、鎖骨のタトゥーを見せたりしながら。大きすぎる白衣を着た若い男か女が、その場で彼女を、トーを見つめている。かぶりつきも何もない。すべてはたった一人の観客のためだ。

もしも歴史が違う進み方をしていたら、劇場は一対一のパフォーマンスの場だったかもしれない。わたしは彼女の観客が羨ましかった。

トーが部屋を横切ったとき、着ていた服は誓ってわたしが一度も見たことのないものだった。だからわたしはこう言った。「新しいセーターかい？」

「いいえ、何年も着てるわ」着こなしを変えただけだったのだ。

わたしは狂気じみた計画を立てはじめるところだった。トーを尾行するとか、ドアの前で立ち聞きするとか。だからジョナスが電話してきたときにはほっとした。

ジョナスはわたしの仕事場を訪ねてきて、「トーはどうしたんだ？」と言った。

「どういう意味だ？」

わたしたちが立っていたのは建物脇の、車の轍《わだち》だらけの空き地だった。隅のほうに何かの重機が置いてあった場所があり、そこは水溜まりになっている。水面には油膜が張り、そこでツグミが跳ねていた。

「トーを利用するのをやめさせなくちゃならないのはわかるな？」とジョナス。

「何だって？　何の話だ？」

「最初に何度かおかしなことになったときは、気が狂いそうだった。こいつはいったいどういうことだって思いでいっぱいでね。それなのに、ほかの連中はみんな、何というか、まあいいじゃないか、たまにはそういうこともあるさって態度だ。何も言わないことさえあった。問題なんて何も見なかったって顔だ」彼はかぶりを振った。「わたしはこれで職を失う可能性もあるが、聞いてくれ、あんたに見てもらいたいんだ。あんたはトーを知ってる。セッションを録画してるのは知ってたか？」

　わたしは知らなかったと答えた。冒瀆的に思える、と。

　トーといることで、わたしはいわゆる実験演劇をかなり観ることになった。あるシカゴの劇団は、市内の古いオフィスを使って、古い作品の〝解釈〟と称するものを演じていた。観客がいくつもの部屋をさまよい歩くと、あちこちに不気味な衣装と奇妙なポーズの役者が立っていて、作品の一節を読み上げるのだ。そこにあるものを何でも手に取ったり、抽斗《ひきだし》の中を覗いたりもできる。

　それをトーと観にいった理由の一つは、一度に一人しか入れない部屋もあるという話を読んだことだった。役者と二人きりになって、向こうが話しかけてくる。一対一のパフォーマンスだ。

「きみはいつ観客になるんだ？」とわたしは言いつづけた。

　彼女がそんな部屋の一つに入ると、わたしはジョナスに電話した。「今まさにトーに浮気されてる気分だよ」

「ばかなこと言うな。トーはあんたにぞっこんだよ。それで、いつ録画を見にくる？」

　その場で日程を決めた。

　トーが部屋から出てきて言った。「もう出る？」

「どうだった？」

「うへえ」

　役者の一人が小さな部屋の戸口に立っていた。黒い肌の痩せぎすの若者で、髪を長く伸ばし、もぎりの制服を着ている。その男がこっちを見ていた。時代がかった大きな眼鏡をかけているので表情はよくわからないが、彼はトーを見つめていた。じっと。

　ジョナスと会ったのは病院の裏口だった。

「トーは今日、ここに来てるはずだけど」わたしはそう言った。

「知ってる。別棟にいるよ。先週あったことを見てもらいたいんだ」わたしは会議室に案内され、彼はタブレットで映像を再生した。「医学生の最終試験の一部といったところだ。まじめな話、これをあんたに見せたってことが誰かに知られたら、ぼくはおしまいだ。わかるよな？」

映像は天井のカメラのものだった。若い女が一人、じっとデスクの前に座っている。たっぷり一秒ほどして、わたしはそれがトーであることに気づいた。女子学生が一人、クリップボードに何か書きながら入ってきた。

「ミス・ベネディクト」学生が声をかける。音質はよくないが、緊張しているのはわかった。トーと握手し、腰をおろす。「ドクター・チュンです。どうかしましたか？」

トーはしばらく無言だった。右を向いて少し待ったあと、「痛いの」と言う。

その声は低く、ふだんの彼女の声とは似ても似つかなかった。

ジョナスが映像を一時停止させる。

「右の下腹部が痛いという設定なんだ。盲腸炎で」

「古典的だな」とわたし。

「この学生で八人めだ。一日じゅうこれをくり返してきた」再生を再開する。「ここまでの七人では問題なかった」

「どこが痛いんですか？」とチュン。

「痛みが始まったのは首のうしろよ」トーが答える。

「二日前から盆の窪が痛くなったの。それが背骨を下って、頭にも広がって、今では腕も脚も痛むわ」

わたしはジョナスを見た。

「どんな痛みか説明してもらえる？」とチュン。

「プラスティックが溶けるみたいな痛み。熱い痛みよ。

最初から耐えられないくらいひどくて、悲鳴を上げたわ。でも、そのあと冷えてきて、痛みは全身に広がって、肌が硬くなった」

「何ですって？」

「熱さが消えると、そこの皮膚が爪みたいに硬くなるの。畝みたいに盛り上がって。見える？」トーが片腕を上げ、チュンはメモを取った。

「何を言ってる？　どういう症状なんだ？」

「こっちが教えてもらいたいよ」とジョナス。

画面上でドアが開き、何となく見覚えのある年上の医師が入ってきた。

「ごめんなさい、邪魔するわ。ミズ・チュン、外で待っていてもらえる？」

学生が出ていくと医師がトーを見つめ、画面が暗くなった。

「録画を切らないでいてくれたらよかったんだが」ジョナスが言った。「だがどうやらあの医師、シーラは、だいじょうぶかとトーに声をかけたらしい。明らかに盲腸炎の症状ではなかったからな。完全に台本からはずれていた。トー本人は、ごめんなさい、別の台本と混同しちゃったけど、しょうがないでしょ？　長い夜だったんだから、と笑い飛ばして、そのあと仕事に戻り、さらに二時間にわたって盲腸の患者を演じた。出来は上々だった」

ジョナスはファイルをめくった。「その三日後、おしゃべりな心気症患者で胃腸炎も患っているアグネス・ボールを演じた。最初の二つのセッションは問題なかった」

別の部屋、別のデスク、トーは奥の壁に寄りかかって立っている。そこに男の学生が入ってきた。

「それでね、先生」トーはすぐに話しはじめた。裾の長いセーターをたくし上げ、腹部を見せる。若い学生は目をしばたたいた。「この下で何かが動いてるの。身体の中に卵があって、血管中を動きまわってるんだと思う。最初は亜麻仁みたいに小さくて、痛いけど死ぬようなことはないとわかってた。でも、だんだん大きくなって、形も変わって、今では腿と左手と、お腹の右側のこの部分に、たくさん詰まってるみたい。心配なのよ。なぜって、知らない言語で夢を見るようになったから」

ジョナスは学生が困っている場面で映像を止め、さらに次々とほかの映像を流した。

「そういうわけだ」わたしの顔を見る。「今では数回に一度はこういう症状を見せている。話を聞くと、別のプロジェクトの台本と混同したという。何か知らないか？　どこかでこんな役を……？」

「いや、たとえそういうのをやっていたとしても、ぼくは知らない」

「学生はまだ医者の卵なんだってことを忘れないでくれよ。何が起きているのかもわからず、あのたわごとを聞いて、最初に思うのは〝くそ、この症状を知ってなくちゃいけないのに！〟ってことだ。トーの話を聞いて、何とか治療法を考えようとする」この建物のどこかで、トーは医者の育成に手を貸しているのだ。

「こんなことが続くようなら、もう仕事は頼めない」

「ほかにもあるのか？」

「ああ。全部が全部、録画されてるわけじゃないからな。ばかげてるよ。何か言ったか？」

自分が何か言ったことにも気づいていなかった。

「何でもない。少し考えさせてくれ」

わたしが考えていた、つい口走ったかもしれないのは、〝天啓〟という言葉だった。大発見が頭に閃いた瞬間だ。

「昨日目が覚めると」画面の中でトーが話している。「両手が幽霊の手になってたのよ、先生。そこにあるのに、向こう側が透きとおって見えて、実体がないから、ものをつかむこともできないの」

「トーは人気者だ」ジョナスが言った。「すごい才能を持った、これまでで最高のSPだ。本気で言ってるんだぞ。だからこれくらい、大したことじゃないと言いつづけてきた。でも、これは……」

「吐き気が止まらないんです、先生。でも、よく見ると、吐いたのは食べた覚えのないものばかりで。他人の胃の中身を吐いてるんです」

「足で金属に触れないの、先生。磁石と磁石を近づけたみたいに。非常階段を駆け上がっても、何の音も聞こえないんです」

トーの家族は三年前にシアトルに移った。父親も仕事があるので、助けにはならない。姉のこともよく知っているので、理由もなく不安にさせるようなことは言いたくなかった。

「わたしが手を出してもいいかな?」とジョナスが言った。「同僚のザクに、話をしてもらおうと思うんだが」

「精神科医か?」

「そうだ。そんな目で見るなよ。なあ、いいか、状況をはっきりさせよう。われわれは二人ともトーを知っている。これはトーの悪ふざけかもしれない。この全体が、何かのプロジェクトなのかもしれない。彼女は演技をしているのかも」

「もちろん演技をしているさ」

「言葉の意味はわかってるはずだ。どうしてザクと話をさせたいのかも。そうだろう?」

「ぼくが一枚噛んでいるなんてことは、絶対に言わないでくれ」わたしがそう言うと、ジョナスは胸の上で指を交差させた。

わたしはここに座って、まずいコーヒーを飲んでいる。ジョナスもわたしもしきりに時計をチェックして、ここに来た目的を見逃さないようにし、そかし、わたしはスケジュール表を見ながら考え込んだ。ふむ、ここに並んだ分科会のいくつかは見てみたかったな。

ここに来た目的は、この作業が何のためなのかを知ることだった。SPたちのあらゆる議論を、エポキシ樹脂とオーヴァーハングを聞き取るのだ。何が起きているにせよ、すべてにSPが絡んでいる。この数年で何か学んだことがあるとすれば、標準模擬患者にはどんな標準も存在しないということだった。それだけはわかっている。

診断がつかないままになる病気がどれほど多いか、知っているだろうか？　患者が医者のところに行き、苦痛を訴え、血液が変だ、何かがおかしい、ひどくおかしいかもしれないと言う。専門家が呼ばれ、チェックリストがチェックされる。

その一カ月後くらい？　検査の結果、何も問題はありません。患者は苦しんでいる。何が起きたのかは誰にもわからない。

謎の病気で死ぬ人間はあとを絶たない。そうした病気では、罹患して回復したという例がほとんど見当たらなかった。SPがほんとうに現状を反映していたら、わけのわからないさまざまな症状を演じて見せ、結局原因が何なのか、どう対処すればいいのか、誰にもわからないままになるというパフォーマンスが、かなりの割合で存在しなくてはならないだろう。

だが、そのことを深く追究するでもなく、ジョナスとわたしはここでこうしてただ一人のパフォーマーを待っている。しかも彼女は本来の意味でパフォーマンスをしているわけでさえなかった。

ドクター・ガウアーが夕食後に講演の予定だ。彼女は話がおもしろいので有名だった。

「すごく腹立たしいことがあったんだけど、聞きたい？　病院の誰かが精神科医をよこして、わたしと話をさせたの」トーはそう言い、芝居がかって天を仰いだ。

「冗談だろ？　何のために？」

「冗談じゃないわ。こんなばかな話、聞いたこともない」

わたしたちは車でアウトレット・モールに向かっていた。上流階級の患者を演じるのに、もっと服がいるのだそうだ。

「どんな背景なの？」

「ここ二週間ほどで、わたしがいくつかポカをやったって知ってた？」これについては、その瞬間までまったく話に出たことがなかった。

「うん？」

「ばかみたいな失敗もいくつかやったわ。心ここにあらずって感じかな。おかげで病院側は、わたしが何かの病気か、初期のアルツハイマーじゃないかって考えたみたい。あるいは統合失調症か何か。ほんとに腹が立つったら」

「ばかげてるよ。冗談じゃない。何も心配することはないんだろう？」

トーは笑みを浮かべた。それは以前とまったく変わらない笑みに思えた。

ジョナスからすぐに病院に来るようにと連絡があった。「トーはそっちじゃないだろ」と言うと、「とにかく来てくれ」と言われた。

案内されたのは小さな部屋だった。

「いっしょに仕事をしている共同研究者だと言ってある」と彼はささやいた。「そう間違ってもいないだろ？　だから――」人差し指を唇に当て、先に立って部屋に入る。

患者は六十代のずんぐりした男性で、頭のほうを斜めに起こしたベッドに静かに横たわっていた。怯えたように目を丸くして、わたしを見つめている。

「ミスター・ブランドン」ジョナスが言った。「お話しした同僚です。この男にも見せてやってもらえませんか？　症状をもう一度説明してください」

　ブランドンはゆっくりと慎重に、パジャマの上着のボタンをはずした。「火傷みたいな痛みがあるんです。そこらじゅうに」

「最初はどこからでしたか、ミスター・ブランドン？」とジョナス。

　患者が注意深くパジャマの前を開く。

「後頭部です。生きたまま焼かれる気分でした。そこから全身に広がっていって」

　皮膚が角質化していた。彼がパジャマを大きく広げると、硬くなった皮膚が模様のように見える。

「焼けるような熱さが消えると、こうなっていきました」

　ジョナスはわたしの手をそっとブランドンの身体に触れさせた。皮膚は硬くざらざらで、プラスティックを思わせる。模様は湿った影のように、背骨から両脇腹と肩を通って、首を取り巻いていた。硬い部分は黒く盛り上がり、たどたどしく書かれた文字のようだ。

　ブランドンは目をしばたたいた。「治るんでしょうか？」

　彼は何も特別なところのない、ただの男性だった。ほぼずっとこの街で暮らしていて、教育局で働き、趣味は釣り。深刻な既往症はとくにない。

「本人は癌だと思っている」ジョナスが言った。「無理もないが、あれは癌じゃない。面識はないんだな？」

「知らない男だ。トーの知り合いでもない」

「それはわからないだろう」

「トーの知り合いじゃないよ」

　会議のスケジュールを調べ、行くことに決めると、ダイアンがいろいろ手配してくれた。ドクター・ガウアーはほんものの研究者だった。ただ、博士号は医学ではなく、心理学で取っている。講演の題材になっている仕事は真剣なものだが、彼女にはユーモアのセンスもあった。夕食後のスピーチは内輪のジョークが山盛りになりそうだ。イグ・ノーベル賞を取るような——ジョークで、そかし、洞察に満ちている。

演題は『台本からの逸脱——SPのパフォーマンスにおける失敗、衝撃、精神病的断絶』だ。

参加者にとっては興味津々だろう。

われわれがこの会議に来たのは立食パーティが目的だった。チケットは持っている。わたしは適切なところでかならず笑い声を上げる予定だった。そのあとドクター・ガウアーと話をする。ジョナスとわたしで。そのときわれわれの窮地を訴えるのだ。

彼女はどんな症例を知っているだろう？　この分野の歴史には詳しいはずだ。台本からの逸脱の歴史には。トーの症状が何であれ、これまでにも起きていたとしたら？　たぶんきっと手がかりがある。治せるかもしれない。

ブランドンは衰弱し、さらに衰弱しつづけている。皮膚科医は途方に暮れた。「譫妄《せんもう》がある」ジョナスが言った。「だが、熱はまったくない。むしろ下がっているくらいだ」ブランドンの譫妄はひどかったが、話をすることはできた。

いちばん最近、夕食時に友人たちと集まって飲んだとき、トーはまだ少なくとも部分的に役を演じていた。まったくの本人ではなく、患者を演じている彼女、彼女であり、そかし、役でもあった。勉強好きで、不安に苛まれ、騒々しい、病気の誰か。病気なのはいつも変わらない。

この件でトーと話し合おうともしてみた。もちろんだ。だが、彼女はその状態に入り込んでいて、どうしても離れようとしない。わたしには何をどう言えばいいのかわからなかった。

「闇の中が見えるんです、先生」ある日、彼女は学生にそう訴えた。台本からはずれたことが起きると、ジョナスはその録画を見せてくれるようになっていた。

「首にしようって話も出てきてる」彼が言った。

「何もかも」画面の中のトーが言う。「明るいところで見るより、ずっとはっきりと。それに、吸い込んだ以上の息を吐き出しています」

「ASPの会長に手紙を書きはじめたところだ」とジョナス。「こういう症状を何か耳にしてないかと思って」

それまでにも二人でいろいろ調べていた。一九六三年、ハワード・バロウズが最初のSPを訓練した。この女性は多発性硬化症と対麻痺のシミュレーションが専門だった。一九七〇年にはポーラ・スティルマンが数人の女性を雇い、架空の子供たちの病気について話をさせた。われわれの役には立たない。


「ぼくが想像してるのは、ASP秘史みたいなものだ」とジョナス。「オプス・デイとか、ホスピタル騎士団とか、そんなような組織があるんじゃないかと思って。ASPの私兵部門というか、汚れ仕事専門の、心理作戦部門みたいなものが」

「ばか話はやめてくれ。トーの一大事なんだ」

「わかった、わかった。とにかく話を聞いてくれ。実は、ブランドン以外にも同じようなのがいるんだ」


少なくともこの地域で同じ症状を呈したもう一人の患者は、ミズ・ディーンという三十代の女性だった。彼女は急速に衰弱していた。ブランドンと違ってわたしを部屋に入れてはくれなかったので、ジョナスがわたしに彼女の容態を説明した。

その晩、わたしはトーといっしょで、彼女はわたしがいると苛々すると言い、わたしも彼女がいると苛々すると言って、その服を手で示した。トーのものであり、トーのものではない服。ほんとうに気分がささくれ立ったときには、〝彼女〟という言葉さえ不適切なのではないかと感じることもあった。

「あなた、ちょっと変よ」トーが言った。「少し頭を冷やす時間がいるわね」

わたしはぎごちなく彼女をハグし、出ていかないでくれと頼んだ。「息抜きが必要なの。二週間だけステイシーのところにいるわ。二人の関係のマネジメントよ」

トーが姉の家に向かった日、ミズ・ディーンが死んだ。

「皮膚はまた柔らかくなっていた」とジョナス。

「死んだから、ということか」

「そうだ」

彼は荒れていた。患者の死が堪えているのだ。うまくいかない。われわれが取り乱し、作戦を考えているあいだに、事態のほうはどんどん先に進んでいってしまう。さらに二人の患者があらわれた。皮膚が硬化し、ぼやけたメッセージのような模様が浮かび上がる。

小児病棟ではその日、二人の少女が嘔吐して泣いていたという。

「それで？」

「一人はユダヤ教徒で、戒律に沿った〝コシャーな〟ものしか食べないのに、ソーセージや肉を吐いた。それは友人が食べたもので、本人は口にしていない。二人が互いに相手の食べたものを嘔吐しているんだ」

ステイシーに電話すると、トーは外出中で、考え込んでいるけれど心配はない、わたしを深く愛していて、すぐに電話をするだろうということだった。「あの子はいい子よ」と彼女は言った。

「わかってます」わたしはジョナスに電話し、トーを迎えにいくと告げた。

「わかった。でも、まずダニー・マーチャントと話をしてくれ」

「誰だそれ？」

「ＳＰだよ」それで会ったことがあるのを思い出した。トーの訓練クラスに参加していた一人だ。

「何のために？」

「何日か前にＳＰの仕事を頼んだんだが、うまくいかなかったとさっき聞いた。存在しない病気の症状を演じたんだ」

　録画はなかった。ジョナスによると、トーが演じた症状と同じではないらしい。「一日で新しい腕が生えてきたそうだ」とジョナス。胸のまん中から毛のない尾のようなものが伸び出し、表面には腫瘍のような、薄い皮膚に包まれた器官が見えるらしい。「本人は、誓ってまったく何も覚えていないと言っている」

　ダニーに会ったのは、彼が住む安アパートメント近くの小さなカフェだった。「トーはどうしていますか？」と、彼は尋ねた。

「先日あったことについて訊きたい」ジョナスが口火を切った。「きみは下腹部の痛みを訴えるはずだった。覚えているな？　ところがその途中……」

「言いたいことはわかります」とダニー。「でも、いいえ、覚えていません。知っているのは聞いた話だけです。お話しできるようなことは何もありません」

「最後にトーと話をしたのはいつだ？」わたしは尋ねた。

「え？　授業のときが最後です。ただ、最近トーのことを考えていました。みんなが話題にしはじめたからだと思いますけど、よくわかりません」

「何だって？」とジョナス。「みんなって誰だ？」わたしも同時にそう尋ねていた。

「以前この件について聞きにきたとき、トーのことを何か言ってたじゃないですか」ダニーがジョナスに向かって言う。「そのあとどういうわけか、あちこちでその名前を聞くようになったんです。わたしがやったと言われていることをやった前なのか、あとなのかはわかりませんが」

時間を遡るウィルスでもいるのだろうか。どんな条件があるにせよ、ダニーはトーほど強く感染したわけではないらしい。トーに比べるとダニーの話は漠然としていて、あまり一貫してもいなかった。台本が明確ではないのだろう。それでもなお、どこかの誰かが病院で、胸に小さな瘤を抱えているはずだ。それは皮膚が大きく出っ張っているように見えるかもしれない。

ダニーはトーほどにはこの事態に関わっていないが、何らかの関わりがあるのは間違いない。トーはグラウンド・ゼロ患者、すべての感染源だ。あり得ない症状をランダムに演じるSPの数は増えていき、その症状は次々と実現していった。

「落ち着きなさい」トーが帰ってこないまま、ようやくつかまえたステイシーはそう言った。「あなたのところに戻ったんだと思ってたわ。いいえ、今どこにいるかは知らない。あなたに連絡してないなら、それがあの子の気持ちなんでしょう。正直、あなたたち二人のあいだで何があったのか知らないけど、わたしを悪者にしないで。いい？　あの子は誰かに誘拐されたわけじゃない。自分で車に乗り込んだのよ」

車が、一台の黒い車が家の外で待っていたそうだ。ステイシーは誰の車なのか知らなかった。リムジンではなく、もっと一般的な車種だ。中には二、三人乗っていたようで、スーツ姿ではなく、たぶん黒いポロシャツを着ていた。普通の男たちだ。トーは彼らと顔見知りらしいと、窓から見ていたステイシーは思ったそうだ。トーは停止している車の窓に顔を近づけ、男の一人は何かの書類を見せ、それに何か書き込んでいた。トーはうなずき、何かを提案するそぶりを見せ、振り向いてステイシーに手を振ると、バッグを手にして静かに車に乗り込んだ。

車に乗り込んだときの服装を尋ねると、ステイシーが描写した服はどれも見覚えのあるものだった。昔から着ているものばかりだが、考えてみれば、それがわかっただけでは不充分だ。実際にトーを見てみないと、誰の服装なのかはわからない。車に乗って去っていったとき誰を演じていて、どんな症状に苦しんでいたのか。

ステイシーとはかなり激しくやり合った。最近になって和解したのは、トーがいなくなり、トーが彼女の妹で、お気に入りの一人で、ステイシーもトーに戻ってきてもらいたいと思っていて、警察が当てにならなかったからだ。

わたしは偽名でこの会議に登録した。ASPに何度も手紙を出していて、その内容もいささか攻撃的だったため、本名で登録するのをためらったのだ。

ツリーモントには疾病管理部門があり、わたしはそこを避けて通った。皮膚硬化症の存在は認められはじめていた。

トーが姿を消した五週間後、わたしはひどい吐き気を感じて目を覚まし、どうにかバスルームに駆け込んだ。見るまでもなく、口の中に感じた味だけで、吐いたものを食べた覚えがないことがわかった。

トイレの中に浮かんでいるのは、誰かの誕生祝いのケーキらしかった。子供のパーティだ。

もちろんぞっとしたが、病院には行かなかった。その先がどうなるかわからない。誰に、どこに連れていかれるのか。

ブランドンが死んだ。

「実に悲しいよ」ジョナスが言った。「みんなあの男が好きになっていた。ありとあらゆる手を尽くして、いくつかは効果が出ているようだった。誓って言うが、事態は改善していた。何をしているのかはわからなくても、一部の患者の治療は進んでいたんだ」

　何かを修理するのに、原理をすべて理解している必要はない。

　人間は相関関係と因果関係をしばしば混同する。トーがこれらの病気を演じはじめたあとで病気が発見されたからといって、彼女が病気の原因だということにはならない。もちろんその可能性もあるが、彼女が媒介したとは思えなかった。

　トーが誰といっしょにいるのかと考えると、わたしは惨めな気分になった——政府関係者、患者、ＡＳＰ内の秘密結社の指導者、誰であっても、誰でなくてもおかしくない。トーが病気であろうとなかろうと。生きていようがいまいが。

　ジョナスの言うとおり、彼と同僚たちは徐々に病気に対処できるようになってきていた。思うに、トーはつねにずっとトーのままだったのだろう。信じられないほど才能豊かな役者で、その演技によって治療者に治療方法を教え、たぶん今も教えつづけている。

　分科会の資料を見ても意味がわからず、わたしは不安になった。知らないものでも少し見ただけですぐに内容を把握できるのが、わたしの特技だったから。

　頭がおかしくなったわけではない。この会議で多くのことが解明されるという期待もしていなかった。だが、試さずにいられるか？　だからこうして〝トッド・ブライアンソン、フリー研究者〟と名札をつけて、酔っ払った心理学者の戯画のような人物と話をしようと待っている。

　重症急性呼吸器症候群《SARS》、プリオン、鳥インフルエンザ。どれほどの病気が垣根を跳び越えてきただろう？　別の土地で起きた新種の伝染病に直面するとわかったら、それに対抗できるよう、医者の訓練プログラムを作ろうとするのではないか？　それは恐ろしい、そかし、分別ある判断だ。

　われわれは新たな提案を、プレゼンテーションをすべきだった。冗談で言っているのではない。これまでに演じられた架空の病気のリストは作ってある。それをガウアーに渡すつもりだ。彼女はそれをルーチンに組み込むか、現在のルーチンをそれに置き換えるべきだ。誰が無駄だと断言できる？　何に備えようとしているか、誰にわかる？

　わたしは健康だ。悲しみは感じているが、健康だ。一つ言っておこう。いずれ近いうちに、サクラメントかクアラルンプールかラゴスか、どこかはわからないが、かならず患者があらわれるだろう。血肉でできた腕の先に、ぼやけた幽霊の手がついていると訴える患者が。

ルール

Rules

市田 泉訳

何千年ものあいだ、女の子も男の子も、今ではおなじみになったあの音を立てたり、見覚えのある形に腕を広げたりしなかった。その姿勢で横に傾いたり、蛇行したり、本能のまま優雅に水平回転《ヨーイング》したりしなかった——機械を模倣したりしなかった。初めてのときがあったのだ。最初に飛行機の真似をした子がいたのだ。

その子は八歳の少女だった。新世紀を拓く前日、その子は短く刈り込んだ草地の端に立ち、飛行機が機体を揺らしながら滑走し、ついに地面を離れるのをうっとりと見つめていた。支えもなく虚空を進む飛行機の姿を、新たに知った喜びを胸に見上げていた。

(1) 始まりと終わりを考える。両者の関係を考える。

プレイヤー1は横線を一本引き、〈時間〉と名づける。

プレイヤー2は時間の横線を縦線で数ヵ所に区切り、色分けする。

プレイヤー3は各部分に番号をふっていく。番号のふり方は適宜決定してよい。

シートをテーブルの真ん中に置き、デジタル砂時計(同梱)をスタートさせる。そのランダムタイマーが動いているあいだに、大まかな計画を練っておく。

少女の名前はエメリン、兄の気紛れにより〝ゴジュウカラ〟と呼ばれていた。谷に住む友人とヒナギクの花輪を作る遊びに飽きたエメリンは、だしぬけに立ち上がり、スカートの裾に泥をつけたまま、腕を真横にぴんと伸ばした型破りな姿勢で、母親の住む家まで丘を駆け上がった。

「何やってんの」友人の少女が叫んだ。「ゆっくり走ってよ！」追いつけないからではなく、ゴジュウカラの動きを分析したかったからだ。友人は前日の離陸を見ていなかったが、今見ている動きはきわめて大切なものだと、頭のどこかで素早く感じとっていた。

(2) ブザー音とともにプレイを開始する。

プレイヤー4は〈外殻〉の山と〈精神〉の山から一枚ずつカードを引き、全員に見えるように表を上にして置く。次いで三十秒以内に、二枚のカードの組み合わせが暗示する〈ファースト・シング〉は何かを判断する。タイマーがふたたび動き出したら、その最初の活動をパントマイムで表現する。

ほかのプレイヤーは、プレイヤー4《かのじょ》が何を演じているのか推測して述べてゆく。正解が出ればこのターンは終了となる。活動が正しく推測されないうちにタイマーがゼロになれば、勝者はなしとなる。

終焉

プレイヤーの一人が「ファイナル・シング」と宣言すれば、プレイはいつでも中断される。

そのプレイヤー《かのじょ》は〈可能性〉の山の中からカードを一枚引くが、ほかのプレイヤーに〈可能性〉のカードを見せてはいけない。そのカードの意味を、場に出ている二枚のカードの意味と結びつけ、それに基づいて終わり方を決定せねばならない。

ほかのプレイヤーは口をきいてはいけない。

カードを引いたプレイヤーは〈ファイナル・シング〉をできるだけ長く演じなくてはならない。

最初の子供がいれば、最後の子供もいるだろう。地表の大半が寒く、薄暗い時代、汚くざらざらした氷の山に覆われた時代に、その子は遊んでいるだろう。そんな時代にも楽しみがないわけではなく、色彩以外のものが終末期の喜びを与えてくれる。その少女はプロペラめいたブルルルという音を立てながら、崖縁まで走っていって引き返してくる。プロペラ機とは時代遅れだが、ジェット機の真似をしたとしても大して変わりはない。何百年にもわたって、飛行機のたぐいは空を飛んでいないからだ。少女は受け継がれてきた遊びを最後に行う者となる。自分が何の真似をしているのか、知りもしないままに。

　われわれがまだ名前を知らないこの少女が、無造作に、冷めた顔で最後の模倣を行ったのち、そうした痕跡さえも消え去って、この短い世紀は終焉を迎え、ほかの事物の世紀が始まるのだ。それ以後は、あらゆる子供が別の遊び方をすることになる。分厚い服に包まれた腕を、金属の翼とはまったく異なる形に広げて。

団　地

Estate

嶋田洋一訳

二晩連続で、心臓が狂ったように鼓動して目が覚めた。最初の日、暗い中に横たわっていると、外で数人のグループが騒いでいるのが聞こえた。走りまわりながら「急げ!」とか「遅れるぞ!」とか叫んでいる。やめさせようかとも思ったが、乱闘の音や、ガラスの割れる音は聞こえなかった。誰もいなくなってから起き上がり、明かりは消したまま、ブラインドの隙間から外を覗いた。

街灯の明かりで、ごみが散乱しているのが見えた。長方形の大きなごみ容器があり、その蓋が開いていて、周囲に紙屑やプラスティック片や落ち葉が散らばっている。

時期は八月だった。ブラインドに溜まった埃が手についた。

次の晩は狐に起こされた。こもったような鳴き声は知っていたが、あんなに騒々しく鳴くのは聞いたことがなかった。まだ子供だったころ、団地に引っ越す前のある夜、飼っていた猫が発情――母親が慎重に説明してくれた――したとき、わたしが寝室のカーテンを閉めようとすると、庭の奥にある木に猫が鈴なりになっていた。明かりを消そうとすると、その猫たちが尻尾を振っているのが見えた。そのとき、すべての猫がわたしを見つめているように感じた。そしてあの発情時の、興奮した鳴き声が始まった。

狐の鳴き声を聞きながら、あれと同じようなものだろうかと考えた。街路樹の下で、波形トタンの屋根の上で、求愛の声を上げているのだろうか、と。

わたしのフラットのそばには小さな運動場つきの公園がある。そこにプラスティック製の、親しみやすい動物の遊具が置いてあった。その一つが狐で、鮮やかな赤い身体に、青いキャップをかぶっていた。想像の中では、マンガから抜け出したようなその遊具のまわりの闇の中を、本物の狐の群れがぐるぐる歩きまわっていた。

外に出てみると夏だというのにひどく寒くて、まるで冬のようだった。狐は静かになった。照明の下に団地の掲示板があり、いろいろな告知が並んでいる。朝のコーヒーの集いの破けたチラシ。リサイクル品。OBYOSSという団体の、再開発に関する会合の案内。呼びかけ人の一人の名前に見覚えがあった。

運動場は遠くない。わたしは閉まった商店の前を通り過ぎ、明かりのない細道に入った。

狐の隣には駒鳥がいた。三歳児くらいの大きさで、海賊の衣装を着ている。ほかに穴熊と豚もいた。大きさはどれもほぼ同じで、実物の縮尺には合わせられていない。

離れた通りを車が何台か通過した。雨は降っていないが、空気は湿っぽい。くぐもった連続音が聞こえた。ザッザッザッというかすかで規則的な音で、蹄の足音を思わせる。

音が湿った壁に反響した。花粉の香りを感じたような気がした。草木の生い茂った脇道から光が射している。何かが光っていた。規則的な音が大きくなる。

空気は土埃と、舞い上がった落ち葉でいっぱいだ。わたしは薄目にした目を凝らした。

溝を掘るような音がする。街路樹の影が狂ったように踊りまわる。揺らめく光が商店の窓や、硬貨を入れるとおもちゃやお菓子を吐き出す機械の前面に反射する。

光は燃え上がり、旋回し、消え去った。脇道に到達すると、風が吹きつけてきた。煙のにおいがしたが、炎は見当たらない。音も聞こえなかった。

翌日ふたたびそこに行くと、子供たちが自転車で水溜まりのまわりを走り、年配の男性二人が買い物に苦労していた。街灯の高いところに焦げ跡が見える。一軒の小さな家の前で、若い家族がくすくす笑いながら赤ん坊をあやしている。赤ん坊はぐずっているが、まわりは楽しそうだ。

「信じられる？」と赤ん坊の母親が言う。「ゆうべは大泣きしてたのに、今はこんなにご機嫌になって！」赤ん坊が嬉しそうな声を上げ、全員が笑った。

庭の低木は花盛りで生き生きしていたが、わたしには枝が折れ、木の葉が散っているように見えた。折れた枝をつまむと、何かべたべたしたものが手についた。

団地に戻ると、棟のあいだに人々が小さなグループに分かれて集まっていた。わたしの近くの部屋に住む女性の姿も見える。まだおむつをしている子供をあやしてやったことから、わたしは彼女に気に入られていた。

「あなた、同じ学校だったわよね？」そう言われるまで、そんなことは考えていなかった。「ダン・ロッチを知ってた？」

「ああ」これには驚かされた。「名前は知ってた」

「戻ってきたそうよ」

「うん、何かで名前を見た気がする」

「気にしてないふりなんかしちゃって」彼女は陰謀仲間に向けるような笑みを浮かべた。

ダンが学校から追放されると、家族はそろって団地から出ていった。わたしはそれを見送った子供の一人だった。

ロッチ一家が住んでいたのは修繕資材が置いてある小屋の近くのフラットで、その小屋は隠れてドラッグをやる者たちのたまり場だった。わたしは友人たちと屋上に登り、腹這いになってダンの一家を見送った。

母親が肩越しにダンの妹を大声で呼び、泣き顔を泣き顔に近づけた。父親はそのうしろをとぼとぼと、両手にスーツケースを提げて歩いていた。ダンは先頭にいて、どっちに進むかをにおいで決めようとするかのように、鼻をひくひくさせていた。

わたしたちは身を隠そうともしなかった。いささか厳粛な時間だった。ダンが顔を上げ、わたしたちに気づいて眉を動かした。彼は太陽を見上げ、足を止め、手を振って、街のほうに向きなおった。家族を背後に従えて。

「パリと南アフリカにいたそうよ。それが今度戻ってくるの」

「これは歓迎委員会ってわけ?」わたしは尋ねた。

広場の隅には警察がいたが、トラブルは起きていなかった。

夜になっても状況は変わらなかった。顔も知らない人がたくさんいた。わたしくらい長く団地に住んでいる者にとって、それは驚くべきことだ。一部にカントリーふうの服装の人もいて、話し方を聞くと、このあたりの出ではなく、もっと上流の階層らしい。

暗くなるとともに、人々はますます騒々しくなった。スマートフォンで音楽を聴き、踊っている者までいる。ジョーク・ダンスで、まじめにやっているわけではないと主張しているようだ。霧雨が降りだした。

十時を少し回ったころ、鋭い音が聞こえ、短い歓声が上がった。

タワー・ビルの陰から一団の人影があらわれた。全部で八、九人、カバーオールを着て、肩にスポーツ・バッグをかけている。彼らは先の尖った杖を持ち、それでごみを突き刺しては黒いごみ袋に入れていた。そのあいだもリズミカルに杖を打ち鳴らしている。中の一人はとても成人には見えない女性だった。六十代くらいの男性は名士のように片手を振っている。先頭にいるのがダンだった。近所の人から話を聞いていなかったら、彼だとはわからなかったろう。

彼らは相談し、ささやき合い、路地の先やコンクリートの下など、あちこちを指差した。最後に手を打ち合わせて込み入った挨拶を交わし、散開する。住民たちもばらばらになって、それぞれのあとをついていった。

わたしはダンのあとを追った。名前を呼ぶと、彼はちらりとこちらを見た。一瞬だったが、彼がわたしに気づいたのがわかった。

「やあ、元気だったか?」ダンは指先で自分の額に触れ、杖を回した。優雅なしぐさだった。

「ダン」もう一度呼びかけたが、彼はもういなかった。数人のティーンエイジャーがわたしを追い越した。

「黙ってな。あの人は集中してるんだ」

ダンは壁や車止めの柱を指でなぞり、ひっくり返ったごみ容器の横に膝をついて調べた。住民たちがそれを遠巻きにして眺める。彼がまた遠くなっていくような気がした。

コンクリートの斜路と、一度も照明の当たったことがない商用スペースのそばに、壁が黒ずんでいる場所があった。ダンは走りだした。

わたしが知らなかった道を走っていく。聞こえるのはわたしたちの足音と、自転車の音だけだ。立ち並ぶ褐色のタワー・ビルの基礎に囲まれた街路は人気《ひとけ》がないわけではなく、車が運河に架かる橋を渡っていく。

やがてダンは夜遅くまで開いている商店の明かりの中で足を止め、ついてきた住民たちも停止した。闇の中に目を凝らす。見捨てられたバイク小屋があり、ドアはつねに開け放たれていた。ダンは手を振って、静かにするようわれわれに合図した。ごくゆっくりと、杖と荷物を下ろす。肩にかけたバッグも下ろし、その口を開く。

火明かりが閃き、炎の燃える音がして、暗がりから一頭の鹿が姿をあらわした。

鹿は輝いていた。角に炎が踊っている。

しかも巨大だ。恐れげもなくこちらを見つめている。角は巨木の枝のようだった。それが炎を上げている。油じみた煙が立ち昇り、炎が車と駐車場と歩行者を照らし出す。角はじゅうじゅうと音を立てていた。

鹿が太い首を振り、森のように落ち着いて近づいてくる。頭を下げ、溝に向かって跳躍した。

わたしたちは動けなかった。鹿が道路上に出てくる。悲鳴が聞こえた。男が二人、深夜営業の商店から出てきて、鹿に気づき、逃げだした。一人は鹿のほうを見たまま尻餅をつき、そのまま歩道を後じさっていく。もう一人は友人の名を呼び、駆け戻ってきた。

どしんどしんと恐ろしい音が響き、車が別の車にぶつかって、そこに三台めが突っ込んだ。鹿の枝角に火が燃え広がる。

ダンはがちゃがちゃと何かを組み立てていた。ライフルだ。自転車の少年たちの一人が歓声を上げ、ダンが振り向きもせずに「いいから！　黙れ！」と叫んだ。少年たちは黙り込んだ。

鹿の頭から炎の塊が落ち、被毛がくすぶりはじめる。鹿は道路を渡り、こっちに近づいてきた。毛の燃えるにおいが鼻をつく。鹿は痙攣していた。

ダンは嘆息した。彼の獲物はよろめき、ためらい、ぐらついている。炎は勢いを増し、角をすべて包み込んでいた。鹿が目をしばたたく。

ダンが発砲した。

鹿は身を震わせ、前脚を折り、頭を垂れた。

歓声が上がる。だが、ダンは悪態をつき、武器をいじりはじめた。鹿を仕留めたのは銃弾ではなかった。炎が鹿の大きな頭を包み込む。

ダンはふたたび狙いを定めた。さらに車が一台、道路を突っ切っていく。鹿は瀕死で、身体は激しく震え、ダンを見ることもできない。たとえまだ目が燃えておらず、視力があったとしても。車がうずくまった鹿に突っ込んだ。

　ガラスが粉々になり、跳ねとばされた鹿は橋のガードレールに激突した。空気を通じて衝撃が感じられるほどだ。角はばらばらに砕け、根元だけが頭の形をした炎の中に残された。

「神様！」とわたしは叫んだ。血だらけの男が車の中から転がり出てくる。

「くそ」とダン。

　鹿は橋から落ちかかって痙攣していた。炎で唇がめくれ上がり、歯が見えている。その身体がぐらりと揺れた。重心が移動し、橋の向こうに落ちかかる。「だめだ！」声で落下を食い止められるかのように、われわれは叫んだ。だが、そうはいかない。鹿の姿が見えなくなり、やがて水音が響いた。

「どうなったんだ？」ようやく誰かが言った。「うまくいったのか？」

「何とも言えないな」

「あんたはどう思う？」

　ダンはライフルを片づけた。わたしが見ているのに気づき、〝やれやれ〟と言うように天を仰ぐ。彼はわたしに手を振り、バッグをふたたび肩にかけた。彼が団地の中に、タワー・ビルの下の闇の中に戻っていくのを見ていたのは、わたしだけだったと思う。ほかは全員が橋のガードレールの前に並び、尻を上にして運河に浮かんだ、煙を上げる死体を眺めていた。

　死体は理事会がクレーンで回収した。運河の対岸の工事現場で使っているクレーンで、位置を動かす必要さえなく、オペレーターがアームを旋回させ、フックを巧みに引っかけて鹿を引き上げた。

　ぶら下がった死体はぼろぼろで、細かい部分が水中に落下した。

住民集会が開かれた。混乱状態だったそうだ。なぜ自分がその場にいるのか、わかっている者はいなかった。

もちろん、ここ何日か、団地内では鹿のことが噂になっていた。翌日には全員がその場に居合わせたと主張するようになった。いつ、どこで、どんな話を聞いたかについては、誰もが違う話をした。真相は誰にもわからない。それでもおしゃべり好きな一部の人々は、その話になると遠い目をして、こうなると思っていたとか、自分も事態に一役買ったとかいう話をしたがった。

これで終わりだと思っていたのだが、そうではなかった。一カ月ほどして、政府当局の獣医のトップとかいうのが記者会見を開いた。内容は死体の検死結果についてだ。

鹿の蹄の下部には厚いゴム状のエポキシ樹脂が塗布されていたという。角には天然アスファルトのような、長時間をかけてゆっくりと燃焼する物質が染み込んでいた。ただし角の根元の部分の頭蓋骨と皮膚には反応遅延剤が仕込んであって、火が広がらないようになっていた。

鹿の血液中からはケタミンに似た未知の睡眠剤の成分が検出され、科学者が分析しているが、完全には同定できていないという。いずれにせよ、痛覚を麻痺させ、闘争／逃走反応を抑止したのは間違いないだろう。鹿は自分の角が燃えていても気にしなかったのだ。われわれが追いかけているあいだもずっと、鹿は死にかけていた。毒物で麻痺して、生きたまま燃えながら。

再開発を約束したOBYOSSのポスターは色褪せていたが、誰もはずそうとはしなかった。わたしはロッチ家が住んでいたフラットでダンを探した。そこはもう何年も無人のままだった。「あの人ならコーンウォールに戻ったって。とにかく、そう聞いたわ」と隣の人が教えてくれた。コインランドリーの前を通ると、ティーンエイジャーの少年がドアを開け、乾燥機のにおいをさせながら言った。

「ダンて人を探してたろ。見せたいものがあるんだけど、知りたい？　どうする？　百でいいよ」

少年が持っていたのは黒くなった鹿の角のかけらだった。焦げ臭いにおいがする。「庭に置けば草花が早く育つし、家の中に置けば金が貯まるんだ」彼はさらにわたしが買うべき理由を並べ立て、わたしは金を払った。驚くほど軽い。わたしはそれをテレビの上に置いた。少年がこうも言っていたからだ。「受信状態が最高になるんだ。今夜4チャンネルを見てみな」

映像は定期市の開かれる町の収穫祭で、燃える樽が転がっていく場面だった。「やあ、いたな」わたしはそれが何カ月も前の映像であることも忘れ、そこにいる男に聞こえるように叫んだ。

ダンだった。彼は何だか知らないが燃えているものを肩に担ぎ、どこへともなく運んでいく男たちの一人だった。

団地にはほとんど変化がなかった。ダンが姿を消してから二カ月が過ぎると、バーミンガムで、次にグラスゴーでも、燃える角を持った鹿が、薬が切れるまで目抜き通りを闊歩するのが目撃された。バーミンガムでは誰かがまず矢を射かけ、次に銃で鹿を撃った。矢は左脚に刺さり、弾丸は鹿を仕留めて、群衆は解散した。グラスゴーの鹿は勝手に死んだ。

モントリオールでは頭に炎の冠をかぶった巨大なアルビノの動物が荒廃した地区を歩きまわり、怯えた警官たちに射殺された。パリ郊外では一頭の鹿が真夜中に怯えた若者たちに追いかけられたが、準備に何か不備があったらしく、直後に倒れて、すぐに死んでしまった。

こうした動物の準備中に、あるいは放そうとしたところを取り押さえられた者はいない。

　ニューヨークでは二日前、何者かがルーズヴェルト島に数十羽の兎を放した。兎は荒れ地を駆けまわり、跳ねまわり、興奮して殴り合った。屈強でけんかっ早い個体ばかりだ。その耳はどこかおかしく、妙にぎらぎらしていた。ユーチューブで映像を見ると、数分のうちに死にはじめている。地元の住民が捕まえようとしても恐れる様子はなく、うまく捕まえてひどい目に遭う住民もいた。

　兎の長い耳に沿って刃が仕込まれていたのだ。それが人々の手を切り裂いた。まっすぐな剃刀のような刃で、根元は兎の頭に突き刺さっていて、テグスで耳に固定されている。血はぬぐい取るか、目立たないように漂白されていたが、死にかけた兎をよく調べれば接合部分がわかった。

　当局は新しい運動場を作ろうとしていた。わたしはその計画に目を通した。今よりずっとよくなるようだ。重機とカバーオール姿の作業員たちが、プラスティックの狐をはじめとする遊具を掘り起こす用意をしているのが見えた。「そいつらはどうなるんだ?」と尋ねたが、造園作業員は肩をすくめるだけだった。わたしはそのけばけばしい動物たちが土の下に埋められるのを想像した。

キープ

Keep

日暮雅通訳

アナ・サムソンは、夜中に眠れない状態が長いあいだ続いていた。そのことを上司のオルソンに話すと、今のプロジェクトで問題を抱えているのかと問われた。

「それはどういう意味です？」と彼女は聞き返した。

「問題とは、どのような？」

「倫理上のものだ」

「それでしたら、あの人は自分の意志に反して、あそこにいるんですけれど」ここに来る前から、自分が何カ月も不眠症であることについては、話していなかった。

「そのことで気持ちがすっきりしないのは、無理もない」と、オルソン。「彼があそこにいる姿を見て、楽しく思う者などいないからな」口ごもった口調は、管理者というより疫学者のようだった。「何とかしてみよう」

アナは、上司が彼女用の分類棚に入れてくれたオレンジ色の丸薬を、わくわくしながらその日遅くに試してみたが、いつも服用しているゾピクロンよりも効き目は弱かった。それでも、何度か試した。その薬によってもたらされる水の夢が興味深かったからだ。

「私は廊下にいて――」と、彼女はテレビ通話の会話中に、ダニエルに言った。

「君は人生を廊下で過ごしているみたいだな」と相手は言った。アナが話題を変えても、彼は気づかなかった。そこで彼女は、一連の夢のことを今度はサラに話してみた。サラからは、きちんと食べているのかと言われた。

アナは、もっと薬をもらえるかとオルソンに聞こうとしたが、すでに彼の姿はなかった。「今後の報告は私に直接するように」とゴメス大佐が声をかけてきた。彼女を見つめる大佐の視線が悲しげだったので、オルソンの去った理由が彼女にもわかった。

四十四歳のアナは、パサついたブロンドの髪をめったに手入れもせず、大げさに喜んだり腹を立てたりする顔にその髪がまとわりついて、昔からの友人にも「悩める高級な顔」と言われていた。だが、自分では半ば楽しんでいた。兵士たちは彼女が基地に入場するたびにIDを確認しているが、もう自分の顔はわかっているだろうに、と彼女は思った。

オルソンはアナが基地内に住むことを望んでいたものの、彼女は町中で家を借りると言い張った。この軍事基地から数マイルの距離で、見栄えの良くないバンガローに五百人の住民が広がって集団を形成している地域に家はある。彼女の小さな家からは、干上がった沼の底を見下ろせた。残った木に囲まれた窪地だ。かつては、カエルがたくさんいる硬い泥の窪地を歩くことができた。だが、その先にある斜面には近づかなかった。そこからは四マイルにわたって茂みが広がっていて、使われなくなった小さな飛行場まで続いている。そこにはマダニがいると、店主には言われていた。

「基地で働くことになるようだな」彼女が初めてその店を訪れたときに、店主が声をかけてきた。

看板によれば開店は朝の八時だったが、たいてい七時少し過ぎには、店主が開いたドアのところに腰掛けている。アナは店主と一緒にコーヒーを飲むようになった。

「学校が閉鎖されてね」と、店主が話す。「だから、まだここにいる子供たちもいるが、数は多くない。通信教育をやっている。コンピュータでな。あんた、出身は？」

「ニューヨーク州のトロイです」

「子供たちは行ってしまった。娘はサンフランシスコで、息子はサクラメントだ。息子とはあまり話をしないがね。また雨が降るとはな。ふだんはこんな感じじゃないんだよ。一年のこんな遅い時期にはな。もしかして、これは関係があるかもと思っているんだろう……例のあれと？」

アナが店に寄ったときに雨が降っていると、彼女は安い傘を必ず買った。「それは使い捨てじゃないんだがね」と店主が言う。

「簡単に手に入るもので」と彼女は答えた。

「もっと近くに来たらどうだ？」と、被験者が声をかけてきた。

「これでも十分近くないですか？」とアナ。

「実を言うと、ほとんどの人よりも近いがね」と相手の男。「怖くないのか？　怖くなっても当然だよ。上司が病気になっただろう？　おれのような病気に」

「あなたは病気ですか？」

「そう見えないかい？」

「疲れているようには見えますが、ほとんど問題ないように見えます。何か不満がおありで？」

「ああ、もちろんだね。最後にお天道様を目にしてから、どれだけの時間がたったと思う？」

「地上の部屋を与えたらどうなるかは、ご存知のはずです。ですから、一番下の階にいなくてはいけません。それに隔離の仕組みもご存知でしょう。ご自分で病気だと言ったばかりではないですか？　出られないのは病気のせいだとは思いませんか？」

「まあ、そんなこともあるかもしれないが」

「もしそうなら」彼女は続けた。相手の男がいぶかしげに見つめる。「もし、病気なのがあなたではなく、この世界だとしたら？」

「そうだな」

「それを私は理解しようとしているんです」

「それで進み具合はどうなんだ、先生よ？　あんた、防護服をちゃんと着てないじゃないか」

「ニック」と、彼女が声をかける。「その場でくるりと体を回してみてくれますか？」

「何か変わったところがないか、見たいってか？　どこも変わってないのは知ってるだろ。あんたがおれのまわりを歩き回ってくれればいい。おや、そいつは？」

「私が入れようとしているファイバースコープです」

「なるほどな。この女はそのチューブをどこに突っ込むんだろうって、おれは考えてたとこなんだ」

「私がそういった医者じゃないのはご存知のはずです。あなたは私の患者ではないんですから」

　アナはたいてい、日の出の時間に散歩をしたあと、後部座席に記録簿を散らばらせたままの車で基地へ行く。当直が誰であろうと、相手はその帳簿に必ず時間をかけて目を通した。減速用の凹凸のある道になると、公道は終わりだ。そこから先の数百ヤードに広がるほこりっぽい土地からは、ずんぐりした多肉植物さえ取り除かれている。そのあとは細い道が続いて、基地の始まりとなっている。

　アナはニックのことを被験者一号とは、頭の中であっても呼ぼうとしなかった。彼との面談を終えた次の日の朝、彼女は早い時間にいきなり目が覚めた。電話は鳴っていなかったが、鳴っていた反響によって空気がまだ震えているのがはっきりと感じられた。最後にかかってきた番号にかけてみようとしたが、何時間ものあいだ誰からも電話はなかった。

　アナは早くも汗をかき始めていた。ここに来てこんなに汗をかいたことは、今までに一度もない。

　午後に基地から帰宅する際、例の店がある交差点のところに警察の立入禁止のテープが貼られ、封鎖されているのが見えた。店の前に立っているのは、この町の警察官マーシュで、基地で見かけた覚えのある陸軍軍曹に向かってうなずいている。ほかにも兵士がいて、メモを取ったり写真を撮ったりしていた。入り口前の階段があった場所に厚板がわたされ、そこを彼らが出入りしている。正面にあった階段は粉々になって、姿を消していたのだ。

「そんな、ウソでしょ」アナは声を漏らしたが、そのとき表に出てくる店主の姿が見えた。憔悴している。彼女のところへとやって来た。

「おれじゃないぞ」と口を開いた。「おれだと思ったのか？　不安げな顔だったぞ。あんたが気にかけてくれてたとは思わなかったがね」彼はそう言って笑みを浮かべようとしながら、空を旋回しているタカを見上げた。「ボーリング夫人だったんだ。彼女のこと、知ってるか？」

アナは首を振った。

「そうか。いい人だったんだが、かなり年をとっていた。だから始まったときには、混乱したんだろう」

「何があったの？」

「あの人が店に入ってきたんだ。おれがふだん鍵をかけないのは知ってるよな。真夜中だったと思う。彼女は部屋のど真ん中に立っていたはずなんだ。まわりの動きが収まるまでそこに立っていて、それから――」

破壊された階段のほうを、店主が指し示した。

「地下室があったの？」

「そこに落っこちた。そんなに高さがあるわけじゃないけど、体のほうがかなりもろくなっていたからな。下のほうは床がほとんど残ってないし」アナが覗き込むと、店のショーウィンドウ越しに差す日の光で、床の中央に大きな暗闇が広がっているのを見ることができた。

「修理にかかる時間は？」

「さあね、わからないな。もうどうなろうが、大きな違いはない。おれはもうおしまいさ」

二人は、店から出てきたずんぐりした若い兵士を見ていた。その兵士のブーツに警察のテープの端がくっつき、兵士が歩き去るとテープが伸びてちぎれた。テープによる境界線全体がゆっくりと地面に沈んでいく。

「まさかここでこんなことになるとは思ってなかったよな。……少なくとも、おれはね」

アナは口を閉じていた。

「まあ、いいさ」と、店主が続ける。「さてと、店でも一軒買うかい？　底なしだぞ」

アナは笑わなかった。


ゴメス大佐はアナの見知らぬ男性と司令室にいて、画面上に身を乗り出していた。

「サムソン博士」と、大佐が声をかける。「こちらはスチュアート・ペリーだ」

ペリーは少し顔を上げて、彼女と握手した。片方の耳にイヤホンをしている。彼女より十歳ほど下に思われ、ハンサムで小ぎれいな格好だった。着ているスーツはまだあまり長いこと着ていないようだと、彼女は思った。首都ではどれだけ効果があっても、ここでは事情が違う。

「彼には先に情報を伝えていたところでね」と大佐。

「アナはここへ来る前はロンドンにいたんだ」ペリーが彼女のことをもう一度見た。今度は、先ほどよりも興味を持っているようだ。

画面にはニックが映っていた。房内の椅子と小さなベッドのあいだに立っている。壁になっている不透明な窓に向かって、身振りで何かを示していた。

「これはいつの映像ですか？」とアナ。

「きのうだ」と大佐。「君が会ったあとのものだ」大佐は色黒で皺があるが、筋骨はまだたくましい。頭皮に短く生えた毛は煙草の灰の色をしている。その控えめな声の調子には、いつも驚かされていた。

「ここにはどのくらいですか？」ペリーが口を開いた。

彼はニックが言った何かに目をやった。イヤホンをしていないアナには、何も聞こえない。「ひどいな、この男は。わめき散らしている」

「二、三週間よ」とアナは答えた。「土壌サンプルのテストをしていたの。彼とはそれほど話せていないわ。あなたの専門は？」

「歴史です」とペリー。「彼は誰にでもこのような調子で？」

「怒れる若者なのよ。友人やガールフレンドや、顔に当たる風なんかを恋しく思っているわ」

ニックは背が高いが、やや太り気味だった。着せられている病院着のせいで、見た目はよくない。髪はクルーカットにさせられている。

「私はまだ見ていないんですが」とペリー。「上からの映像を見せてもらえますか？」大佐がボタンを押すと、房内の天井カメラからの映像に切り替わった。

画面には、ベッドと椅子、そして身振りをするニック本人が映っている。彼を中心にして、半径六フィートほどの不完全な円に囲まれており、白いセラミックの床に溝が掘られていた。

幅は三フィート以上あった。端と内側の側面はでこぼこしていて、不規則だ。割れたタイルによる薄い上部層の下に、泥、粘土、石の層があるのが、アナにも見てとれた。その端と壁のあいだにある部屋の縁は、ぎりぎり歩けるぐらいの幅しかない。

「これは止められない」とペリーが言った。

これは問いかけではなかったが、アナと大佐はそのとおりだと首を振った。

「それに速めることも」

「特殊部隊の人なんですか？」アナが聞いた。「ここへは何をしに？」

「やり手なんだ」と大佐が答える。「私を葬り去りに来たってことしかわからん。まだ連中は何かくだらんことを言ってくると思うか？　あいつには私の個人的な電話番号は教えるなよ」大佐がその番号をアナに教えたのは、彼女が基地に来て三週目のことだった。時間に関係なく、何か突破口を見つけたと知らせるときや、彼を起こすときには、かけてくるようにと。

「私がしているのは情報を集めることだけです」と、彼女はそう伝えていた。自分でも当惑させるふうに聞こえるとはわかっていた。「そこから何か使えるものがあるのかは、私にはよくわかりませんが」

「私が使うさ」

のぞき窓からは、防護服の重さに肩をすくめているペリーの姿が見えた。同じ作業着を着た兵士が、飽き飽きした様子で隅から見つめている。

「新入り《スター》は飛びかかってきますかね？」と言うペリー。

「何しろ、スターですから！」彼は溝のすぐ先に立って、下をのぞき込んでいる。削り取られた部分はアナが再度検査することになるが、ほかの土とは区別のつかない、元々の土としてしか記録されないのはわかっていた。「できるだけ溝に近づいて、私のすぐ向かい側に立ってもらえるかな？」と、ペリーが声をかける。

彼らが〝核〟と呼ぶ中心部分の地面から、ニックが不機嫌な様子で彼のことを見つめていた。「ベッドのまわりを走ってほしい」と、ペリーが続けて言う。

ニックは言われるとおり、端の内側ぎりぎりのところを走った。走り続けてスピードが上がったところで急にジャンプすると、ドアのところまで届いて着地した。

すぐさま兵士が彼にライフルを向けた。緊張するアナ。ファイルに目を通したことのあるアナは、ニックがこのようなことをしたのは初めてではないと知っていた。

「落ち着くんだ、ニック」ペリーが冷静な口調で声をかける。

兵士のライフルがカチリと音を立てた。大佐がシーッという声を出す。ガラスの向こうでは、ニックがすねた表情をすると、自分のベッドのほうへジャンプして戻っていった。

「頭がどうにかなりそうなんだ」と、彼が大声で言う。「外に出してくれないし、友だちとも話をさせてくれないから」

「彼はすぐにまたやるだろう」大佐が口を開いた。

「だが彼を責めてはいないぞ、サムソン。本当だ」

「知りたいんだろ」ニックが大きな声でペリーに言っている。「あいつらに聞けよ。さもないと、落ちるだけだぞ」

「落ちたことはあるのか?」とペリー。「何があると思ってるんだ?」

「ただの穴さ」

「そうじゃないんだろう?」ペリーが続ける。「溝だ。あるいは、真ん中に穴が開いていない穴と言ってもいいかもしれない。〝核〟だよ。まさに君のいるところがな」

「彼は全被験者のファイルに目を通したんだ」と大佐。

「ニックが〝自分探し〟をしていたときに出くわしたお仲間の、レイ、シャロン、テレルの日記や写真にな。彼らのアカウントから見つけた写真にもだ」

「それは私もここに来たときにやりました」アナが言った。「誰もがやるべきことでしたから」

「ああ、そうだな。それがペリーの仕事なんだ。彼は私のファイルにも目を通した。もちろん君のにも」

「レイに聞いてくれ」とニックが言っている。「ビルギットでもいい。あれが始まる前からおかしなことを言っていたのは、彼女たちなんだ。あの連中が何も知らないとでも思っているのか?」

「それはできないんだよ。知ってるだろう、ニック」ペリーがそう言うと、ニックの顔が苦痛でゆがんだ。

「君は前にガールフレンドのことを話してくれたよな」

状況が変わり始めたとき、ニックは隠れていた。何が起きているかを知って、自分もその一部であるとわかったからだ。彼が連れて来られてから一週間ちょっとたって、ようやくかつての仲間たちの名前を挙げたり、彼らが口にした手掛かりを言ったり、宗教に感化されたようなビルギットについて話したりするようになったのだった。

「彼女は地下に部屋があると言っていた」とニック。「何かが始まるともね。彼女は探しものをしていた。昔の話ばかりだった」ニックは彼女のことを話したくもあり、話したくないようでもある。

アナには、穴を見つめるペリーの貪欲かつ抜け目ないやり方が見えていた。彼女は顔を背けると、その嫌悪感を大佐に隠そうともしなかった。

「まだ怖くはないか？」と大佐。「あそこで彼と一緒にいることが」

アナはかすかに微笑んだ。

溝の形や、その深さと大きさ、それに特徴がゆっくりと変化することは、死に対するいら立ちのようにも思えた。何かがほのめかされていると、彼女は思った。何らかの約束を提示しているようなのだ。それが何であるかは、彼女には言えなかったが。

アナは、ごくわずかの友人たちとはまだ連絡を取り合っていた。軍と協力して取り組んでいることの詳細を明かすなという指示には従っていたが、彼女の専門知識やロンドンでのこと、彼女自身が気にしていないという事実からして、話が広がったのも驚くことではなかった。

何年も音沙汰のなかった元恋人から、メールが届いた。彼がポルトガルの人里離れた町へ移り住んで以来のことだ。メールの口調は彼女が奇妙に思うほど平凡で、終末的なムードの埋め合わせをしているかのようだった。自分たちのためにも研究がうまくいくことを祈っており、今でも彼女のことをよく思い出すという。海辺にある自分の家が今後しばらくは隔離されることを願っているともあった。

『私たちは過剰だったのよ』と、彼女は返事を書いた。『どうしてこんなことを書いているのかわからないけど、意味はわかるでしょ。つまりは、私たちの気持ちが重なりすぎていたわけ。

私がロンドンとマディソンにいたあとで、彼らが来たの。これは話すべきじゃないんだろうけど、説明したいから』と、彼女は急いで打ち込んだ。『私の友だちのヤナは覚えてる？ 今はサンディエゴにいるわ。私も去年、そこにいたから。そこで、私にとっていろいろなことが始まったの。私が彼女の娘を図書館での朗読会に連れて行ったときよ。その子が好きな作家が書いた冒険ものだったわ。十歳の子なの。それで帰り道に、その子が路地の先で何かを見かけたから、二人でちょっと見に行こうってなったわけ。ヤナならそんなことをしないだろうということはわかってたし、私はこれこそが〝おばさん〟のする役目だと思っていたから。

感染した大人の姿を見るたびに、私は驚くわ。理由はわからないけど、これは子供であることが条件だと、私には思えるからなの。これに罹《かか》るのは子供のはずなのよ。もし何年か前にこれが広がり始めると話していたら、これに罹るのは子供たちだと、私たちはみんな考えたはずだわ。私たちには理解できない理由で、全員が罹る代わりにね。

この出来事は私たちが多くを知るよりも前のことだったけど（今では多くを知っているような口ぶりになってるわね！）、多少のことは聞いていたから、路地のむこうに、歩道にパイプを敷いたような感じで溝が見えて、その先に死体があるのを目にしたら、急に嫌な気分になったわ。

死んでいたのは老人だった。ホームレスの男性で、においがしてた。死後二日たっていたと、あとでわかったの。

戻っておいでって言ったのに、驚いたことにあの子は足を止めなかった。溝を降りてむこう側へ行こうとしていたから、私が大声を上げると、彼女は足を滑らせて視界から消えたの。

割れ目は深かったわ。向こう側にいる死体の男性が私のことをじっと見ているようでね。あの子も怯えていた。

彼女の姿がようやく見えたときには、壁から少し張り出したところの下で、体を丸めていたわ。私は手を伸ばしたけど、私を見上げる彼女の顔は土まみれで、取りつかれたような表情だった。全身を虫にたかられているんじゃないかって思えたほどよ。

あの子が〝登れない〟って言うから、私は手を伸ばして、手をつかむように言ったわ。

一週間後、私たちはその話をしていた。警察に通報して、もちろん全部を話したわ。あの子は、例の男性が無事に天国へ行けたかと知りたがっていた。だから私はお決まりのことを口にしたの。よく言うでしょ、いろんな人がいろんなことを信じているからとかね。そうしたらあの子、〝壕のなかで何か音がしたの。何かが動いてた〟って言ったわけ。

彼女自身は大丈夫だった。理由はわからないけれど、彼女は罹らなかったわ。私も罹らなかった』アナは考えた末に、あることを付け加えた。

『私はこのことを突き止めようとしてきたわ。感染した人たちのことを図で示したり、詳細を調べたりしてね。共通項を見つけようとしたの。

でも、つまるところ私は土壌学者だから、媒介するのは人間じゃなくて、地面なのではと考えていた。病気とは無縁のものという感じでね』

書いた内容は送信しなかった。その内容は個人用のフォルダーに保存した。代わりに、鎮痛剤による鬱病のことばかりを書いた簡単な返信を送ったが、返事は来なかった。

アナが部屋に足を踏み入れるや、ニックが文句を言いだした。といっても、怒りを発することを徐々に減らしているかのような、礼儀正しいと言えるほどの態度だったが。

「ちょっと静かにしてくれない?」と、彼女は声をかけた。「あなたを外へ連れて行くために来たんだから。だから、こっちに来て」

相手は唇を噛むと、溝を飛び越えた。

アナは、ニックとゴメス大佐、それに彼に付き添う兵士たちの後ろを歩いた。ペリーが彼女の前に再び姿を現した。

「ヘルメットもかぶらずに?」と、彼が言ってきた。

「そんなに近づかないから」

「まあ、ロンドンのあとだと、君もそんなに心配はしていないようだがね」彼女は何も言わなかった。「これが得策だと?」

「いいえ、でも彼が嘆く声にはもううんざりしてるから」

「そうらしいね。彼の話には目を通したよ。例の旅仲間について彼が話す様子は見ただろう?」

「ええ。その人たちのおかげで、彼は城へ入ることができたんでしょ」

「星形要塞が何かは知ってる?」

「知ってるわ」アナはそう言うと、彼の前から歩き去った。

兵士たちはニックを連れて掲示板の前とエレベーターが並ぶ入り口を過ぎると、そこから階段で数階上がり、二重扉を抜けた。ニックは息を切らせていたが、両手を大きく広げて、その場でゆっくりとひと回りした。

彼らがいるのは均斉を欠いた三角形の庭で、一番長い部分は五十ヤードほどあった。上部に針金のついたコンクリートの高い壁で囲まれていて、どの壁にも不規則な間隔で窓があり、そのいくつかには若い兵士の姿も見える。兵士たちはくつろいでいたが、武器が見えていた。床には、印の跡がたくさん残っていた。様々なスポーツの目印やタッチラインで、色も様々だ。ネットのない錆びたバスケットのゴールが、壁に留められていた。

「太陽は手配できなかったの」と、アナは声をかけた。雲のカバーは平らで、変化のない灰色をしている。この庭はしっかり囲まれているため、風も感じられなかった。

上から見ている兵士が大声で言ってきた。「立ち止まるなよ、相棒」自分を見つめる観客のことを見上げたニックは、笑いをこらえることができなかった。

「動いてるさ」

ニックは拒否とも挨拶をしているともとれるように手を振って、外辺部を歩き始めた。

「危ない！」と、誰かが叫んだ。バスケットボールが窓のひとつから落とされたのだ。ボールはドスンという音とともに床に落ちると、バウンドしながら庭を転がりだした。

ニックは壁の影の部分を歩き続けている。アナはボールに追いつくと、片手で手に取った。ゴールまでの距離を詰めたのち、さりげない感じでボールを投げた。ボールはゴールに入った。

兵士たちが喝采を送る。彼女はボールが自分のところに戻ってくるのを待ってから、再びシュートを決めた。さらなる喝采。

「やるじゃないか、先生！」と大きな声がかかる。

「ニック」大佐が声をかけた。

ニックはアナのことを見つめている。

「ニック、足を止めないでくれないか」

彼は歩き続けた。庭の真ん中までゆっくりと歩いたが、視線はアナから外さず、またそこで足を止めた。

「だめなのか？」と呼びかけるニック。「これだとうまくいかないのか？　バスケのコートはダメにしたくないと？」

「ニック、よせ」と大佐が言う。

「あんただったのか？」ニックはアナに向かって言った。「この手配をしたのは？　おれに礼を言ってほしいってことなのか？」

「あなたに何か言ってほしいわけじゃないわ」アナはそう言うと、彼の横を通り過ぎて、コートの向こう側へ移動した。彼のそばを通ったとき、外見におかしなところは何も感じなかった。

「ニック、君はこんなくだらないことで楽しんでいるんだろうが」と、大佐が言う。「頼むから、私を困った立場に立たせないでくれ。君には動いてもらう必要があるんだ」

いささか極端な言い方ではあった。彼らの知るかぎりのことに基づくなら、ニックの存在が地面にある程度の影響をもたらすまでには、少なくとも一時間は止まっている必要があったからだ。

アナはひとりでニックの部屋に入り、溝のそばにひざをついた。彼の姿がない壕を見るのはショッキングであり、理不尽に感じられた。ひびが入ったタイルの端を手に取る。割れた床の層越しに、ほぼ真っ黒の密集した土が見えた。

コンピュータは、この溝のあらゆる変動を高精度で記録し続けている。地面が崩れ始め、沈んでいったのは、ニックがここに連れてこられてベッドに入るように命じられてから七十三分後のことであり、それから二百二十五分後に、その変化は完了したようだった。地面は侵食されて、広がりのある穴となったのだ。

物質がどこへ消えたのかを突き止めるのが、アナの仕事のひとつだった。

センサーによれば変化はまったくなく、緩んだ土が重力を受けて不規則なパターンを示していたが、中心の硬い地面である〝核〟が浸食されて空になることによって溝が拡大を続け、内側に不規則に広がっているように見えると、アナは常に感じていた。

「新種族のことはよく聞いていますよ」ペリーが口を開いた。「それからテロリストたちのこともね」彼はアナに続いてスタッフルームに入ると、コーヒーを受け取った彼女のすぐそばに立ち、柄にもなくためらいがちに、アナの様子を見つめていた。スピーカーからは誰かをどこかへ呼ぶ声がしている。

「全部噂にすぎない」とペリーが続ける。「誰も彼もが秘密にしてるんです。インドのジャイプール、アンゴラ、スコットランドについても、何かしら耳にします。ああいうのは何もかも噂なんですよ」

アナは噂を聞くことがめったになかった。

「ゴメス大佐によると、あなたはニックが話した内容を調べていたそうね」とアナ。

「被験者一号ですね。ええ、彼のファイルは調べています」

「私のも？」

ペリーは驚いたようにアナを見た。彼の警戒心が消えていくのが、アナにもわかった。「ぼくが興味をもつのは、原因です」とペリー。「それがぼくの仕事なんです。それに、感染しないと思われる人にも興味があります」

軍がアナをここに連れてきて、部屋にいるニックのビデオ映像を見せたとき、彼女はこう言った。「どうして彼だとわかるんです？」その後大佐とオルソンが取り出したのは、現象の発生と拡散を示したグラフだった。

彼が触れる人がみな感染するわけではないし、感染した人に触れたら必ずうつるわけでもないと、オルソンは言った。それでも彼は膨大な時間と計算能力を費やして、世界中のメールや新聞報道、入院記録、原因不明の惨事、フライト情報、住所変更におけるキーワードを相互参照していた。統計の専門家は拡散を逆にたどった。最初の媒介動物《ベクター》がニックだったのだ。

ニックの退屈なブログ、新たな旅仲間にまつわる感情的な話、膨大な容量の画像を、彼らは調べあげた。熱心な若い男女が一緒に旅行し、単独で行動したり合流したりをくり返して、ドラッグや歴史や民間伝承、意識の高まりや想像上の秘密について、メールを書いている。彼の行程をさかのぼっていくと、ハンガリー、スロヴァキア、スコットランド、ドイツを通っていた。城や人工的遺物、古い壁をくまなく探している。「どれも遺跡ばかりだ」とゴメス大佐は漏らした。「廃墟だよ」

アメリカに戻ったニックは、ニュージャージー、イリノイ、ウィスコンシン、ニューメキシコを通っていたが、それらの地域には溝現象のホットスポットが広がっていった。

「物質は一体どこへ行くんだ？」当時の上司オルソンは言った。「圧縮されるだけなのか？　それに、そもそも原因は何なのだ？　それがわかれば、望みが出てくる。責任がある人物を突き止められるかもしれない」

カナダではテレルをとらえていた。彼は感染していず、隔離はされたが、何も知らなかった。シャロンは行方不明で、ベルファストの混乱の中で死亡していると思われた。レイとビルギットはエディンバラからコペンハーゲンへ向かう同じ飛行機を予約していて、どちらも最近ニックと接触していた。飛行機に関しては、溝ができたために粉々になり、破片が海へと落下したのは、どちらか――もしくは双方――のせいかもしれなかった。

「いくつか見つけたものがあったんです」と、ペリーがアナに言った。「どれも前にきちんと調べられたのかはわかりません。あなたのほうはどんな感じなんです？　土を追いかけて、何か出てきましたか？」

『そっちがそう来るなら、こっちもやるわよ、ペリー』とアナは思ったが、自分自身でも納得はしていなかった。

それでも彼のことは調べてみたが、サーバーがつかえたりして出だしで何度かつまずいたのち、公表されているものは何も見つけられなかった。階級は軍隊時代のものだ。半ば期待していたのは、このような想像もつかない事態が発生したときに注目される超心理学者や、異常なものを追い求める変人というものだったのだが。

ペリーの心にあるものは――これはアナは確信していたが――制服を来た兵士がたくさんいる未来の戦場である。重い武器や装備を抱えて前進する彼らは、ライフルを掲げながら、握ったこぶしでお互いに無言で信号を素早く送り合い、新たに適用した隊形で村の廃墟へと向かう。それぞれの兵士のまわりでは地面から伸びた裂け目が一緒に移動するが、兵士が穴を飛び越すとそれを硬い〝核〟が再び満たしていくのだ。深いジャングルや上下する砂漠を進む兵士のあとには、さまざまに溝が残されていく。

何年もかけて。何カ月もかけて。軍隊は抵抗する小国家へと乗り込み、誰にも知られぬ優秀な理論家があみだした手法で戦い、再び前進していく。そして理論家は、民間人がその存在も知らないような賞を得る。異端の戦略への賞賛、諜報部員の勲章である。

アナは二度、最後の友人たちによるオンライン上の追跡に屈して、自意識過剰で哀愁に満ちた彼らのビデオディナーに参加した。インターネットはますます不規則で気まぐれになってきており、検閲され監視されているものの、彼女が一時的に住んでいるこの家での接続は、まだ驚くほどちゃんとしていた。彼女は台所の端に腰掛けると、パサデナのサラとボー、ニューヨークのティア、深夜のベルリンで真夜中過ぎのおやつの包装を開けているダニエルとつながった。

「それは？」

「チキン、クスクス、アーモンド、ハリッサ」

「おいしそうね。こっちはタラに酢漬けのケイパーよ」

　アナの顔に赤い日の光が差す。彼女は自分のスープとサラダを説明した。

「こっちにはクマのグミがある」と、ダニエル。「被験者一号の様子は？」

「シーッ」と、アナが言った。『スパイが耳をそばだてている』というように、いつもの顔を、誰もがした。

　ダニエルがグミを嚙んだ。「公式には、こっちはそれほど悪くない。感染率はかなり低いんだ。非公式には悪化しているけど、ロンドンほどじゃない。今のところはね。ひとつには、たくさんの人が山とかに逃げたからさ。これから加速するだろうけどね」

　彼女の知り合いでこの手の会話に耐えられるのは、子供がいない者だけだろう。

「例のオーストラリアの映像は見た？」とボー。

　パース出身の若い建築家による、新たな都市計画に対する嘆願が、ネットに拡散していた。新たな時代向けの新たな都市だといい、クラウドソーシングで協力者を募ったところ、熱狂的に資金が投じられたので、彼の考えに基づいた、いくつもの通りがある模型が作られたのだ。

「この世の終わりのような考え方はやめるべきだ」と、彼が言う。「『感染病の世界的な大流行《パンデミック》』みたいな言葉は使わないようにしないと」作り物の都市を巡る彼の姿を、カメラが追う。「隠れた場所に新しいコミュニティがあるという噂は、みんなが耳にしている。その噂は事実だと思う。それが事実だと知っていると言ったら、どうする？　より多くの人にとって事実になり得るかもしれない、その方法をこれからお見せしよう」

簡単に交換できる安価な素材からなる、広いスペースに大きな広場があり、平屋より高い建物はない。キチネット、トイレ、シャワー付きの家々はサテライトルームとして、中心となる大きな場所の周囲に配置されていた。

「新しいタイプの部屋なんだ」建築家が言った。「〝砦《キープ》〟と呼んでいる」

ガラス屋根の下に高い壁で挟まれているのは、中心に位置する大きな寝室兼私室で、床には土がぎっしりと埋まっている。ベッド、椅子、支柱のない棚、テレビ、机が、ぴったりとすき間なく見事な配置で、掘られる前という完璧に普通の溝の中に収まっており、その溝を渡りたいときに使う展開式の通路もあった。

「現在の状況から生じるあらゆる割れ目を封じ込められるように、深くも幅広くもできるようになっている」

「どう思う？」と、ダニエルが聞いてきた。彼がポップアップを閉じる。

「だめだわ」とアナ。「うまくいかないわよ」溝ができるスピードは増していた。深さも増しているという報告もある。しかも突然変異に関する噂もあり、友人の娘が記憶している例の音もあった。アナは画面から目をそらしたが、自分を襲った苦痛に驚いていた。

「たとえ私たちが溝で生きて行けても」と、アナは続けた。「この世界には無理だわ。私たちは世界をきちんと築かなかった。これはうまくいかないわ」

「味方でさえ、もう何も言ってきやしない」ゴメス大佐がアナに言った。「爆撃を行ったという報告は来る。ポーランドからエクアドル、それにスコットランドの島々に対してな。それなのに、誰が何をふっ飛ばしているのかがわからないときてるんだ」

二人は当初、ニックを追跡してコロラドの滅びかけた町の郊外までたどり着いた。アナは、彼を初めて尋問したときの映像を見返した。

ニックに身内はいない。「道にいる連中がおれの家族なんだ」と彼は言っていた。自分に何かが起きていると気づいて以来、彼は何カ月も移動していた。一日中動き続け、空き地で眠ったという。森で野宿もしていた。「でも、やっぱり屋内のほうがよくてね」と彼は言う。「それなら問題ないと思ったんだよ」

彼は廃墟に入り込んで、一階の部屋に寝袋を広げた。翌日目覚めると、壁の大部分が崩れて新たに空洞ができており、でこぼこの溝が自分を封じ込めていたという。あまりに疲れていたので、それが崩れても目が覚めなかったのだ。その穴の先には気が立った警官が三人立っていて、彼に銃口をずっと向けていた。その後、大佐のチームが到着したのだ。


「ヨーロッパから戻ってきたら、数インチのものがあちこちにあるのに気づきだした」とニックは話した。「ビルギットとレイも、そういったことが起きていると言っていた」

アナはマディソンでボランティアをしていて、廃墟のパトロールや、溝をめぐらされた人たちへの食料の分配と聞き取り、最新の図式に基づいた彼らの分類などを行っていた。彼女はその大惨事にあっても、落ち着いていた。瓦礫と溝の輪からなる陰鬱な光景や、遺体が入っているものもあれば空のものもある溝という光景にも。

アナはロンドンへと移った。そこでは、感染圏の端は銃を備えた警備塔とバリケードで封鎖されていて、感染者が近づかないようにされていた。拡散のしかたや伝染する条件を、誰もが知っているとでもいうように。そういった自治区で、溝で囲まれた者たちは歩き続けていた。トゥーティングとサネットの上空をヘリコプターが飛んでいる。家や教会、公民館は、人々が長いこと立っていた、削られた裂け目へと崩れ落ちてしまった。通りは耕されたような見た目となっている。

物悲しさが漂う戒厳令だった。防護服に身を包んだ取材班が感染圏へと足を踏み入れる。置いて行かれたロンドン市民はとぼとぼと歩き続け、車の運転をし続けている人たちも、車の端の先に壕が現れると、撮影班を苦々しく見つめるのだった。

どういう状態で屈服するかには、流行があった。最初は、感染者をとらえたのは睡眠だった。起きていれば、動けるからだ。ところが変化が訪れた。じっと立っているだけで壕を生じさせるケースが増えていったのだ。

ニュースキャスターが、彼らを封じ込めるために掘られた塹壕の向こうから、インタビューを試みた。ある放送局は、アルベマール・ストリートで三人に対するインタビューをノーカットで行い、英国アカデミー賞を受賞した。男性ひとりと女性二人が、舗装道路の残骸にある〝核〟の上で体を揺らしながら立っていたのだ。

「どうしてここに？」記者が大声で尋ねた。

「うるさいよ」と、一方の女。

男のほうは何も言わない。

「ここなら続けられますよね」と、記者が言う。「食べ物はありますし、広いスペースも――」

「あら、こいつは失礼」と、もう一方の女が冷たく口を挟んだ。「私、何かいけないことしてる？」

アナは、壕が交わる交差点の土を調べた。カップルや三、四人ほどのグループが、立っていたりお互いの腕の中で横になったりして、結合した溝の先でぎゅうぎゅう詰めになっている。このような形で野宿している人の数が少ないことに、彼女は驚いた。結合した溝は単独のものよりも幅はないが、深さはある。最適数となる最大数があるはずだ。あまりに多くを収めようとすると、重複する症状のせいで砦《キープ》は侵食されて小さくなり、ついには消えてしまうだろう。

「ひとりのほうは感染してもいません」溝の陰で抱き合いながら眠っている二人の男性の横を通り過ぎながら、若い兵士が彼女に言った。「片方には免疫があるけど、ボーイフレンドのことを愛しているから、彼と一緒にいるほうを選んだんです。もし二人が密着していたら、溝がひとつなのか二つなのか見分けがつきませんよ。これがよく言われる、新しい種類のラブストーリーですね」

その後アナは、ニックとは溝を挟んだ向かいに腰を下ろすと、口は開かずに両手を握りしめたまま、耳を傾けた。彼は、カリスマ性がある派手な若いスウェーデン人女性のことを思い出して泣いていた。アナには、土の秘密にまつわるわざとらしいたわごとを扱うように思える人物だったが、ニックはその彼女に夢中だったのだ。彼は、彼女に同行したおかしな巡礼の旅の話について話した。彼女は、古い記念碑の横を軽く叩いたり、城の側面をなでたりと、それらがまるで眠れる獣であるかのように思わせたり、旅の日々を満たす方法を――彼女が見つけられなかったとき――自分に見つけさせてくれたりしたのだという。

「結局は、彼女と一緒にいさせてはもらえなかった」とニックが言った。

可哀想な洟《はな》たれ坊やだこと。アナはそう思った。軽蔑と哀れみが同量だった。

テムズ川に臨む遺棄された溝のサンプルをアナが採取していたときに、地面が揺れるのを感じたので振り返ると、南側の地平線が急に割れるや、ものすごい音を立てて波打つガラスとレンガとともに塔が崩れた。同じ週にはテレコムタワーが根本から折れて、隔離地域へと倒れてしまった。感染者の一部は、集まって最後の抵抗を見せたり、建物の周辺で座ったり眠ったりしながら、自分たちのつくる溝が重なることで地面を開き、みずから街を破壊していたのである。

「マイダ・ヴェールに死体の報告あり。三階で自殺」

レンガのくぼみで女性が息を引き取っていた。自分の周囲の床を崩れるままにしていて、命綱なしでいかだに乗った昔のマンガの被害者のように、やがて落ちていったのである。アナとその死体の様子を、円状の倒木に囲まれたミニ公園に立っているひとりの男が見ていた。その男の溝は水が数インチ入るほど深かった。

アナは音を聞こうとして、無数の溝に耳を傾けた。

もうこの町で暮らすことはできない、とアナはゴメス大佐に言われた。

「われわれは事態をほとんど把握できていない」と大佐は言った。

兵舎にある彼女の部屋は狭く簡素で、面している中庭には大きなタイヤが二つ、壁に立てかけられてあった。電話はあるが、つながるのは基地内だけだ。

将校用のラウンジのテレビは、しょっちゅうつかなくなった。「どうなってるんです？」と、彼女は大佐に尋ねた。「この二日間、ニュースを見ていませんが」

大佐の様子を見て、アナは口を止めた。苦痛に似た表情で自分のことを見ていたので、彼女はドアを閉めると、彼のすぐそばに立った。ちょっとでも動いたり、誘ったり受け入れたりするような目で見てきたら、相手を押さえつけられるようにだ。

大佐が立ち上がった。うなずいて礼を示したが、彼女からは慎重に一歩離れた。

「外に人がいる」大佐がゆっくりと口を開く。「こんなに混乱している外にな。私にはもう連中と話すことはできない。こんな風になる必要はなかったのに。そうだろう？　こんな必要はなかったんだ。君に治せなくてもかまわないが、その場合には、これを受け入れる方法を教えてほしい」

彼が何かしたおかげで、その夜はまたテレビがついた。

緊急放送だった。チリの火災や、アントワープとエディンバラの廃墟の空撮映像が映されて、明るさが増した。そのとき、戸口にペリーが顔を出した。

「大佐、今夜もまた遅くにセッションを行うんですが、かまいませんか？」

「あのオーストラリアの男には会ったのか？」とゴメスはアナに言った。

ペリーが立ち去ると、ゴメスは閉まるドアに目をやった。「あいつは何かを見つけたと思っているらしい。オンラインでな」

「どうやってです？」アナが聞いた。もはやインターネットは存在していず、あるのは雑音混じりに漂っている、遺棄された不安定なサイトや、大破したデータやブログ、ソーシャルメディアの漂流物に塊、産業界や官庁から出たデジタルのゴミばかりだ。

ゴメスは肩をすくめた。「〝スーパーギーク〟というやつだ」

戦闘機がうなりを上げながら森の上を飛ぶ映像を、アナは見ていた。森の上部の天蓋は、新種の人類の症状である、樹木の生えない円形部分が重なり合った結果、崩れている。ドバイでは、人々がブルジュ・ハリファの地下室に身を潜めていたが、武装警官に見つかったのち、塔は倒れた。

「子供を育てることもできるぞ」とゴメスが言った。

「君の横で寝させることがな」

「大佐が寝るのはその子たちの後ろですよ」と、アナも言う。「子供のほうが溝は小さいですから。窮屈でしょうね」

大佐は悲しげな表情でアナを見た。離婚した彼に息子がひとりいたことを、彼女は思い出した。その夜、アナは庭のほうを見て、薄い黒色の壁に立てかけられた濃い黒色のタイヤを見つめると、不思議に涙が出てきた。そのうちに、演技でもなんでもなく、彼女は泣いていた。演技をするまでもなく、おそらく世界が終わりに近づいているからだ。

夜中の二時になってもまったく眠れなかったので、アナはベッドを出るとリサーチ用の低層階まで降りていった。『感じるのに適した状態とは？』と彼女は考えた。恐怖を感じるのは人間だけである。無にふさわしいのが恐怖だ。動物的な恐怖の残りであり、わざわざ示すようなものでなく、本質的なものだ。

ニックの部屋の前にいる兵士が、彼女に向かってうなずいた。室内の明かりはついている。貯蔵室前にいる見張りは、ためらっていた。彼女がここに来るには上官と一緒でなければならないからだが、そうした手順は失われつつあった。「夜のほうがいいアイデアが浮かぶのよ」と声をかけると、相手はアナが押しつぶされそうなほどの希望のこもった目で見てきた。

アナは自分のサンプルは無視した。ペリーのものと思われる道具を棚に探すと、実験動物の映像を呼び出した。犬たちが溝の底に向かって吠えている。その音声の波形を調べ、その鳴き声の波形を平らにならしてみたが、ささやき声はひとつも見つからなかった。

アナは自分の部屋へ戻ろうとしたが、ニックの部屋から漏れる明かりのほうへ向きを変えると、監視用の別室に入れるよう、先の兵士に言った。その兵士が長くためらうことはなかった。

ペリーが引き出し式のスクリーン上で映像をスクロールしており、ベッドに腰掛けたニックがそれを見つめている。ペリーは防護服を着ていたが、ヘルメットは脱いでいた。ニックの目は涙で光っている。

スクリーン上に映った顔は、彼女にも見覚えがあった。

「レイだ」と声を上げるニック。「それに、ビルギットにテレルも。これはどこで手に入れたんだ？　おれの持っている写真じゃない」

「話したように、君の友人のアカウントを見つけたんだ」

「それはもう調べて……」

「つまり、彼らは私ほど優秀ではなかったということだな。君のファイルで、私が何に注目したと思う？　ビルギットからのフィードは何もなかった。彼女は匿名の安全なアカウントを使っていて、こちらが思っていた以上にオンライン・セキュリティを得意としていたんだ」

「彼女は物知りだから」とニック。

「その多くは、もはや失われてしまったがね。ただ、君に見せたいものがある」

「これは彼女の個人的なものだから――」

「これが何なのか、君に教えてもらいたいんだ」

ニックと友人たちが写った画像――バーにいるところ、山登りをしているところ、動物園で動物に向かって顔をしかめているところ。

「これはスコットランドだ」とニック。「そこで彼女に会ったんだよ」

じめついて霧が立ち込めた谷。メヒシバの中にある石や砂の写真。激しい嵐の中、崖の下で自撮りをするビルギット。

「これは？」

「知らない。彼女は田舎のほうへ行ったんだ。話したように、彼女はおかしな話をたくさん知っていて、環状列石とかそういったものを、いつも見たがっていた。秘密を知っていると言ってたんだ。一週間ほど、ひとりで出かけていったよ。そのあとでエディンバラで再会したんだ」

ハリエニシダが点在する、灰色の岩がある斜面。ビルギットの顔は石英の急な斜面を見下ろしていた。アナは一瞬、中央に島のある湖が見えたと思ったが、それは石造りの建物を囲む幅広い濠だった。崩れた城の廃墟がある。また同じ画像。ビルギットはその同じ画像墟の周りを回っていたのだ。

アナはゴメス大佐に電話した。寝ていたような感じの声ではなかった。

「君の部屋に行こう」と大佐は言った。

やって来た大佐は、作業着姿で長いこと窓の外を眺めていた。「コリアーの処分は今日中にしなければならなくてな」

「すみませんが、誰のことですか」とアナ。

「知っているだろう?」批判めいた感じもなく、大佐が言った。「むこうは君を知っていたぞ。ゲートのところで何度となく会っていたからな。彼がけさ起きると、自分のベッドのまわりに溝ができていたんだ」

「そんな。どうして教えてくれなかったんです? 私なら標本を採取して……」

「それが何かの役に立つか?」大佐は彼女に目を据えた。「標本なら山ほどあるが、事態の改善には一向に近づいていない」大佐は目をそらした。「彼は連中が連れて行ったよ。彼らに連絡を取るだけのインフラは、まだ十分に残っているからな。連中はやって来たが、それが必要なことだったのか、もはや私にはわからない。まったくな。それがいつまで機能すると思っているのか。いずれ、時が来るだろうが……」そこまで言うと、大佐はお手上げだというように両手を上げた。

「戦争に関する書物には必ず」アナが口を開いた。「人々は『自分の墓穴を掘らされた』とあります。それがとりわけひどく、より一層悪いことのように」

「そのとおりだ」と、大佐が口を挟む。「より一層悪い」

アナは自分が目にしたもの、ペリーがニックに言っていたこと、ニックが彼に話していたことを、大佐に伝えた。彼女は携帯電話を取り出した。それはもはや電話の役は果たしていなかったが、カメラはまだ使えた。

「ガラス越しに写したものです。彼が行ったところはすべて調べましたよね。でも見てください。彼女がいる場所が、おわかりになりますか?」

「これは城か?」

「被験者一号は彼ではありません。この女性です。本当の根源《ソース》を調べることができれば、いろいろなことがわかるでしょう。治療法も見つかるかもしれません。ペリーはこの場所へ行きたがっています。彼には彼の仕事がありますが、私も自分の仕事をこなしたいんです。私をスコットランドへ行かせてくれませんか? 大佐はこれをどうお思いになります?」

「城と濠があるな」

「鳥インフルエンザの例があります」アナは続けた。「以前にも病気が種の壁を越えたことがありました」

水の奥にある古い建物の画像を次々と見せていく。

「本丸《キープ》は見えますが、ここに見えていないものは何でしょうか?」

「濠を渡る手段がないようだな。跳ね橋の姿が見当たらない」

「どこにも行くなよ」と大佐は言った。「彼には私が話してくるから」

待たされたアナは、翌日一日中仕事をしていたが、とうとう大佐が部屋にやって来ると、車が待たせてあるからと指示された。車の後部座席にはペリーが乗っていた。

一同は観光客のような感じで、町の大通りを歩いた。古い低層の建物の前にある車は、砂漠の砂塵に見舞われている。溝はひとつも見当たらず、人っ子ひとりいない。見えないところに何人かはいるはずだ、とアナは思っていた。ここを最後の場所に選んだ者たちが。

「写真には位置情報がついているから」大佐が口を開いた。「場所はかなり正確にわかる。その場所にたどり着けるかもしれない」

「大佐」ペリーが不安げな声を漏らした。「サムソン博士には許可が出ていないのでは――」

「ちょっと、何よそれ？」アナは声を張り上げた。

「よせ」大佐が口を挟む。「ここではひどい毎日が続いているんだ。それはわかるだろう？」

「私は根源を見たいんです」とアナ。「始まった場所を」

「見てどうするんだね？」大佐が優しく尋ねた。「具体的には何に取り組むつもりだ？　治療法について、何か大きな進展でも？」

ややあってから、アナが答えた。「理解していないものを治療することはできません」

「できるさ」と大佐。「つまり、君は理解したがっているからな。それはよくわかる。だが、治療することはできるんだ」

「大佐、これは私の仕事なんですが」とペリーが口を挟んだ。「でも確かに、事態は急を要しています」

「地球は病気だと？」大佐がアナに訊いた。

「何か問題はあると思います」

一行はダイナーに入り込むと、壊れた冷蔵庫にあったぬるいソーダを飲んだ。

「従うべき命令はもう何もないのよ」とアナが言う。

「これの終わりを見たくないの？」

「この件については君とは話さない」とペリーは言ってから、大佐に向き直った。「どうしてこのことを彼女を交えて話すんです？」

「写真の場所について、わかっていることは？」とアナも聞く。

「何もない」大佐が答えた。「我々の持つどの地図にも載っていないんだ」

「大佐、お願いですから――」ペリーが口を挟んだ。

「イギリス人は何と？」アナが続けて聞いた。

「イギリス人はもういない。連絡がつくイングランドもスコットランドも、もはや存在しないんだ。少なくとも、私が連絡をつけられるところはな。ペリー、君には直通電話があるんじゃなかったか？」

「彼女の前では、この話はしません」と言い張るペリー。「そもそも、何を論じることがあるんです？」

「誰が論じてるのよ？　ニックがペリーに、ビルギットには計画があったと話したから——」

「大佐！　この件は二人で話す必要があります」ペリーはそう言うと、立ち上がった。「それと私の上司も交えてです」彼はトイレへ向かった。大佐は大きく息を吐くとアナに目をやり、ためらったあとで車のキーを手渡した。彼女はそれをぼんやりと見つめた。

「行ってくれ」大佐が声をかけると、アナは相手の顔を見た。

「どういうことです？」

「あいつの言うとおりだ。この件は話し合う必要がある。私とあいつとでな」

「大佐、私には権利が……」

「頼むから行ってくれないか？　あいつは今にも報告してるかもしれん。私は君と同意見だ、それはわかるだろう？」

　彼女が急いで通りへ出ると、最後の日の光が消えかけていたが、街灯はついていなかった。町は静かで、アナが走りながら耳をよく澄ましても、聞こえるのは車へ戻る自分の足音ばかりだった。彼女は車を走らせながら、スコットランドの灰色の丘や、濠の奥にあって人目につかない秘密の城のことを考えた。

　戻ってきたアナが大佐と一緒ではないのを見てとった歩哨は、慌てると、大佐と連絡がつかなかったことから、彼女に銃を突きつけて壁に向けて立たせた。やがて二、三時間後、ヘッドライトの光が揺れながら見えてきて、大佐が点火装置をいじって動かした灰色のレクサスが、監視所の前に停まった。見慣れぬ車から出てきたのは、制服姿で断固とした感じの大柄の大佐だけだった。

「何があったんです?」アナは尋ねた。「彼はどこに?」大佐の視線に、彼女は聞いた自分が嫌になった。

「あの町にはまだ溝があってな」と大佐。

「彼の上司はどうなります?」アナはこらえられずに尋ねた。「彼らも来るんですか? 知っているんですか?」

「そうかもしれん。だから、我々は移動する」事実、彼はそうした。急いで移動し、勢いよく話しだした。

「ここの連中には、私が直接話す。昔の恩を多少利用してな。今や指揮系統は交渉しだいでどうにでもなるから」

「これから何をするつもりなんですか?」

大佐は書類とノートパソコンを渡した。「ペリーのだ。君はリサーチャーだから、リサーチしてくれ。ここでは君が主役だぞ。もしかしたら、これを止められるのは、君かもしれん」


「どういう意味です?」アナは言いながら、パニックに見舞われた。「おっしゃっていることがよく……」

大佐は前かがみになると、笑顔さえ浮かべた。「まいったな」と声を上げる。「もうどうでもいいんだよ。それは君にもわかるだろう? お互いに話し相手になっているだけなんだ。あいつよりは、君と話すほうがいいからな」

『ちょっと待ってよ』と彼女は思った。『まだ少しは希望を持ってるくせに』それは確かだと彼女は確信していたが、彼が何を望んでいるのかがわからないことにも気づいた。

大佐とアナが部屋に入ったとき、ニックはベッドの上で本を読んでいた。溝は広くなっただろうか? 広がったとアナは思った。

「食事は?」大佐が聞くと、ニックは首を振った。

「食べるんだ。体にカロリーをたくさん入れろ。君はこれから我々と行動を共にすることになる。ちょっと試すことがあるんでな。最初にはっきりさせておくが、これはかなりタフな仕事だぞ」

アナは、ペリーの調査記録や走り書きのアイデアや仮説に目を通した。当然ながら、大部分は理解できなかったが、大佐も言っていたように、アナのことが彼の仕事によく出てきていたことには、本人も驚いていた。

アナは、自分の血液型に経歴、動機と調査に対する彼の意見に関する情報を調べていった。彼は、ニックのそばで防護服を着ているアナの気が緩んでいると見てとったとき、必ずメモをとっていた。

これを止められるすべを理解するのに必要なものを、兵器化するために。

「これはどうしたらいいんでしょうか」アナは大佐に言った。

「君の好きなようにしてくれ」

『私の中にあると思っているのね』と彼女は心の中で言った。『つまり、私が答えだと』それが彼女は嫌だった。

基地では噂が広がっていたはずだが、大佐が十分な命令とスピードで動いたため、混乱は見られたものの、意見の相違はなかった。それはあとから来るわね、とアナは思った。彼らがいなくなり、ワシントンから——または現政府がどこに所在しようが——矛盾するような命令がのろのろとやって来たときに。

飛行場では、軍用ジェット機に改造されたガルフストリームが、ゴメス大佐とアナとニックが来るのを待っていた。大佐付きの志願兵のひとりであるアダムズが、コクピットから彼らに手を振っている。アナが防護服を着ていず、ニックを避けようともしていないのは、志願兵たちも知っていた。それがきっかけとなっていた。バローズとカスティーリョは防護服を身につけていたものの、着ているのは彼らだけであり、その着方も緩めで、きっちりとはしていなかったのだ。

ニックは「いいぞ!」と言い続けていた。アナの記憶にある以上に、彼は気分が高揚していた。自分をとらえた者を憎むことは忘れている。計画について話したとき、彼の考えも尋ねておいたのだった。

飛行中にアナが見下ろすと、暗がりの中に小さな明かりがごくわずかにあった。新たな住居の中心地だ。深く幅広い暗い溝に囲まれた、単独のものもあった。

「燃料の許す限り飛ぶぞ」と大佐が声をかけた。「危険度の高さは君も承知だろう。彼の気分が沈まないようにしてくれ」

「彼も危険度については承知しています」とアナ。

兵士たちは薄暗い大きな貨物倉の両側に、コードと鋼のクリップ、それにつなぎ鎖で固定されて座っていた。彼らは自分たちの目の前にある空間を見開いた目で見つめていたが、そこには目を大きく開けたニックが立っていた。

「そうだな」と、大佐。「彼はわかっている。それでも、気にはしているんだろう?」

「ええ。彼の姿を見てください。今は気にしていますす」


ニックは貨物倉を端から端まで、行ったり来たりしていた。彼がそこまで熱心になっている様子を、アナは見たことがなかった。元気いっぱいというように、大股で歩いている。

「誰のあとを歩いているかが、わかっているからですよ」とアナは付け加えた。

空中に浮かぶ部屋に太陽の光が差し込むあいだ、地球上を八時間飛行した。ニックは気力が衰えてきた。『若き日の愛情みたいね』アナは冷淡なユーモアとともに思った。「さあ、ニック」と声をかける。チョコレートとコーヒーと薬を与えて眠らないようにし、萎《な》えた筋肉を動かし続けるよう、言葉巧みに頼み込んだ。彼にトイレを使わせたものの、鍵をかけることは許さなかった。

彼は何度も試したのち、また気力が衰えた。「何だよ！」と叫んでは、パニックになる。積み込んであったランドローヴァーRSOV（偵察戦闘車）のまわりを何度か走り回ったので、疲れることになるからばかなまねはやめて、とアナは大声で言った。兵士たちは見ているだけだった。歩き、這うニック。五時間目に入ったとき、彼は疲れて泣きはじめたものの、動くことはやめなかった。自分のまわりに亀裂が現れないように、休むことをしなかったのだ。物質のない状態で金属がハチの巣状になり、自分のまわりに飛行機ごと溝ができないように。

七時間目には、彼は膝をついて両腕を広げて前に倒れると、もう動けないと言い張った。アナが大声を出す。ついに兵士のひとりのハンコックスが彼にピストルを向けた。

「歩いてろ、クソ野郎」ハンコックスはニックのところまで行くと膝をついて、相手の頭のてっぺんに銃を突きつけた。首と体にまっすぐに狙いを定めている。「自分の体で弾丸を止めることもできるぞ」と彼が言った。

ニックは這い始めた。

地図の中から選んでいた、使われていない飛行場に着陸すると、暮れるスコットランドの日差しの中、一同は雑草混じりの滑走路上でニックを運び、使われなくなった事務所ビルへ運び込んだ。彼はそこで夢を見ながら十一時間連続で眠った。一方何時間も動いたことで、以前よりも素早くニックの壕が現れた。

一同は、遠くの戦闘機の音とはるか彼方の爆発音で目が覚めた。どこの政府とも、連絡は取っていなかった。

「もし連絡が取れても、誰がどこで機能しているのかわからんからな」と大佐は漏らした。

彼らは地図を確認すると、崩壊後の新たな民主主義にそって、ためらいがちに計画を立てた。ニックも加わった。彼は自分の溝を飛び越えてくると、一同が彼を据えられるようにした、ＲＳＯＶのちょうど真ん中近くに腰を下ろした。

「問題ないかもしれません」とアナが口を開く。「濠の半径は、この車の長さのほぼ半分です。それに、彼がちょうど真ん中から動かないでいられたら、ほとんど同じ長さになります。定期的に立ち止まることですね。ヘッドライトと後ろのバンパーは失うことになるかもしれませんが……」

「くそ」と、大佐。「一か八かだな」

シーンという兵士がその大きな車を運転し、遺棄された車やトラクターが点在する、人気のない道を何マイルも縫うように突っ走った。小さな村にあるジグザグのバリケードを通り抜けたときには、おびえた男女がショットガンを撃ってきた。

一同は三十分ごとに車を停めた。ニックの溝が地面にできそうな場所で、彼が歩いたり座ったりするためだ。シーンがＲＳＯＶを調べられるようにでもあった。かなり頑丈そうな車だったが、午後になって雨が落ちてくると、金属がきしる音が急にしだして、後部の床が切り裂けるや、その金属が不気味に折り重なって車が傾き、車は道を斜めに滑っていった。

一同は大破した車から這い出た。ニックが叫び声を上げている。片方の腕が折れていた。バローズもガラスでひどく切っていた。アダムズは頭に車軸が当たって、息絶えていた。

「くそっ、一体何なんだ？」シーンが声を荒らげる。彼はニックに対して怒りをぶつけていた。あたかもその若者が、自分の溝が押し寄せる場所を選んだとでもいうように。だが、一同が自分たちを手当てするためにじめついた木々の下に入ると、シーンのまわりの泥が沈んで水路になっているのが、アナにも見えた。

「くそ」彼は毒づいた。「おれだったのか」車体を突き破って新たな溝が現れたのは、前の座席にいたシーンのところだったのだ。

「困ったことになりましたよ、大佐」シーンはそう言うと、声を立てて笑った。大佐からピストルを向けられても、動こうとしなかった。一同は彼を溝に残して置いていくより仕方がなかった。


残った六人は装備を身につけた状態で、半剛体の救命ボートの空気を抜きながら、何時間もとぼとぼと歩きつづけた。道からはずれてテントを張り、朝になるとますます石だらけになってきた地面の上を、海岸に向かって歩き続けた。

「何か燃えてる臭いがする」ハンコックスが声を上げた。

一同は長い上り坂を登っていった。その坂の向こうにある地面は、さらなる急角度で再び傾き、平らな地面になっていたが、飛び出た石英によって緩んでいた。

アナは橋のない砦《キープ》の濠に目をやった。

「いったい何があったのかしら？」

水の中から姿を見せているごつごつした土と岩の山の上には――ビルギットの写真では城の残骸がはっきりと写っていた部分だが――塔の部分がずいぶん前に崩れ落ちて、今は瓦礫と化していた。

破壊によって粉々になった壁が、大きな塊の山をつくっている。

「爆撃されたんだ」大佐が口を開いた。

空には暗い雲が低く立ち込めていた。アナは爆撃のことに思いを馳せた。はっきり見えない飛行機か武装ヘリから轟音を立てて放たれたミサイルが、扉のないこの城を彼女の頭の中で粉々にしていた。

ゴメスはカスティーリョとバローズとハンコックスを見張りにつけたが、彼らはその新たな構成にさからわず、命令に従った。大佐とアナは水の張ったあたりへボートを漕いでいった。ニックは腕を揺すっている。

濠の真ん中まで来たところで、ニックが声を上げた。「何か聞こえなかったか？」彼が水のほうへ身を乗り出す。「今の聞こえたか？」

アナはボートの底に耳を当ててみた。ピチャピチャと水が打ちつける音に耳を澄ます。溝から生じた何かがこちらを探っていて、このボートを下から押しているのかもしれない。

「感染者をボートに乗せるとどうなるか、試したことは？」と大佐が言った。彼は地面の上でボートを引っ張っている。「全体が感染の周辺内に収まるほど、ボートが小さい場合には？　何も起こらない。水の中に溝はできないからだ」

「できますよ」とアナ。「水は溝の通常の深さまで入っていきますから。土がそうなるのと同じです。水が常に埋めていくので、見えないだけなんです」

以前は石があったはずのあたりまで登って行くと、瓦礫が広がる場所に出た。すでに雑草が焦土を覆いはじめている。

「何もない」ニックが声を上げた。「何も」

建物が破壊された地面は、冷えた火山の地面のように窪地へと崩れ落ちていた。アナも目で認めることができた。壁の亡霊、建物の輪郭、そして洞窟や、植物が繁茂した中世の残骸だらけの場所。爆発の臭いがするところへの入り口。

「ビルギットはここまで来なかっただろうし、水の部分も越えていないだろう」とニックが言った。「石に触れて何かを受け取るために、濠による隔離をうち破って、病にかかるために」

アナは土をすくって計測した。ノートパソコンを立ち上げて、数字を打ち込む。大佐はもつれた木の根を背にして腰を下ろし、その様子を見ていた。アナは一連の動きをしながらも、心臓の鼓動の高鳴りを感じていた。もっと理解することを望んでいるからではなく、何としても理解しなくてはならなかったからだ。肌を通してここで感じられるものが根源である。おそらくここでは彼女が抗原なのだろう。彼女には何か意味があるのだ。

ニックは飛び出た石に腰を下ろした。彼のまわりの土は何時間もかけて消失しつつある。根源の亡骸である、病んだ城というこの場所では、通常よりもスピードが早かった。「病んではないよ」アナの心の声が聞こえたかのように、彼が言った。「これは伝染性の適応なんだ」

そのとき、鋭い銃声と叫び声が上がった。アナはさっと坂で腹這いになった。ニックも身をかがめている。大佐は這いながら武器を取り出すと、濠のほうに目を凝らした。

「どこからだ?」と誰かが大声で言う。

アナが水のむこう側を見渡すと、草地にある斜面の岩の陰に三人の兵士の姿があった。バローズは突き出た岩の陰から発砲している。ハンコックスは再装塡に手間取っていた。カスティーリョは横たわったまま動かない。

彼らの相手は、不器用に走っては発砲して身を隠す、男女の集団だった。カーキ色の格好をしている者もいれば、普通の黒っぽい服を着ている者もいる。木の陰に隠れながら、さまざまな武器で撃ってきていた。隠れている地面から立ち上がり、前方に駆けてきては、また姿を消す。

「あいつら、地面から出てきてるぞ」大佐が声をかけた。

アナが答える。「お互いの溝から出てきてるんです」

襲撃者は水平式のクレーンのような何か大きな道具を設置していた。地面の盛り上がったところの陰で身構えている。

ぼろぼろの制服姿の男たちが、バローズとハンコックスのほうに向かって駆けてきた。その男たちのあいだで、担架に乗せられた女性が跳ねている。男たちはその女性を、兵士が身を隠している岩の反対側のすぐのところに置いた。女性は動かないままだ。バローズは武器をいじっていた。

するとと、何かちらつくような素早い動きがあって、アナはまばたきした。担架に乗せられた女性とそのそばにある岩のまわりに、完全な円に近い幅広い溝ができていて、黒い水を満々とたたえていたのだ。

ハンコックスはライフルを落とすと、よろよろと後ずさった。その溝はバローズがいたところまで広がったかと思うと、彼の姿は消えていた。目をぱちくりするアナ。溝の水面が波打つ。それが風によるのか、彼女が見かけた乱れた木の枝によるのか、はたまた何かに引きずり込まれて溺れる兵士が振り回しているライフルによるものなのかは、わからなかった。


「何なんだ、これは」大佐の声が彼女にも聞こえた。

ハンコックスが両手を上げた。相手が銃を構えながら、彼に近づいていく。

「ビルギット！　ビルギット！」とニックが叫んでいた。アナは混乱しつつも、驚きの目で彼を見つめた。

「彼女は飛行機に乗らなかったのよ」と声をかける。

「ビルギット！」ニックはまた叫んだ。その顔は喜びながらも、驚きと切迫感があった。

ついにアナはささやき声を耳にした。水からではなく、空中からだ。巨大な石の塊が地面から優雅に弧を描いていた。あの兵器は投石機だったのだ。飛ばされた石は城の基礎に当たって、あらゆる方向を破壊した。

土の破片が彼女にも当たる。大佐が大声を上げた。

「ビルギット！」ニックは立ち上がって、怪我をしていないほうの腕を必死に振っていた。岩の塊がまた降ってきて、本丸の下にあった洞窟へと残骸を追いやる。

大佐はうめいていた。頭が血だらけだ。襲撃者は木の樽を包囲攻撃用の兵器に載せて、点火した。黒煙が上がる。

「頼むよ、ビルギット、やめてくれ！」ニックは跳び上がったが、骨折による痛みで叫び声を上げた。「ぼくだ！　ぼくだよ！」

投石機がきしんだ音を立てた。白い服を着た女性のそばにひざまずいた兵士たちは、話し合いをしたのち、手を振りながらニックを指差した。


襲撃者はハンコックスの両手を縛り、彼を岸辺に置いた。樽を濠へ転がすと、シューッと音を立てて最後の煙を吐き出したのち、沈んでいった。

ビルギットの部下たちは、木製の漕ぎ船を岸辺まで寄せると、見張りが彼女を船上の自分たちのあいだにそっと降ろしてから漕ぎだした。アナは大佐の世話をした。彼は意識が朦朧として出血が激しく、ほとんど意味をなさないことをつぶやいている。

岸辺には百人ほどの人がいて、立ったまま静かに見つめていた。切り刻まれた地面上に大きく集まっている者もいれば、離れたところでひとりか二人、もしくは三人組で、まわりに溝をめぐらせている者もいた。溝のある者とない者がいる。

ビルギットは目を閉じたまま、船の中に横たわっていた。動きはない。

男がひとり飛び降りて、船を岸辺へと引っ張っていくあいだ、もうひとりの男はアナとニックに――どちらも丸腰で、両手は上げていたが――ライフルを向けたままだった。大佐は出血して、小さな血だまりができている。

「ああ、ビルギット」と、ニックは声を漏らした。「なんてことだ」

彼女は蠟人形のように微動だにしなかった。

男たちはビルギットの亡骸を城の瓦礫のところまで

運んでいった。ニックは彼女のそばで静かに泣いている。

「彼女を休ませたかったんだ」と、運んでいたひとりが言った。スコットランド訛りはない。「おれたちは問題なくやっていた。誰にも迷惑はかけていなかった。そうだろう？　あんたらはどうしてこんなことをしなくちゃならなかったんだ」

「これか？」とニックは大声を出した。「ここを吹き飛ばしたことか？　違う、これはおれたちがやったんじゃない」

「本当よ」とアナも言う。「私たちは事態の解明に来ただけなの」

「それじゃあ、誰の仕業だというんだ？　爆撃機で？　きのう連中がやって来たとき、彼女はここにいた。ここにはよく来ていたんだ。心を通わすために」

『何と？』とは、アナは尋ねなかった。

「彼女はむこうでうまくやっていた。何をすべきなのか、どう続けていくのかを、おれたちに教えようとしていた。おれたちにできるよう、伝えていたんだ。彼女にはわかっていたから。自分が――」男はそこで言いよどんだ。

「長くは持たないことが」と仲間が引き継ぐ。「ひどく怪我をしたんだ。だから休ませるために、ここへ連れ戻した」

日が沈んでいく中、彼らはビルギットを瓦礫の一番高い位置に据えた。ニックは死んだ彼女の体に語りかけていて、兵士たちもそうさせていた。

「あいつ、あの人の何だと思ってんだよ？」彼らのひとりが小声で言った。

「ボーイフレンドよ」とアナは答える。「そんなようなものね」

「そうかい、それであいつは、おれたちよりも心を痛めていると？」

「彼はそんなことは考えていないと思うわ」アナは続

けた。「私たちのことはどうするつもりなの?」彼女はゴメスの顔に手をやった。ぴくっと体が動いた。

彼らにはわからなかった。

「そのうちに思いつくさ」と、ひとりが答えた。影が伸びて、何としても水を越えたいかのようになっている。

最後の日の光が沈むと、ニックはビルギットの亡骸から離れて、城の基部の突端へ移った。この静かな葬儀のために、彼女の信奉者のあいだから現れてきた光のほうに目をやる。

またたく間に、彼女の死体のまわりに溝が現れた。アナが見守るなか、地面が崩れて急斜面の大きな円になっていく。これもまた黒い水で満たされた。アナは眉をひそめた。彼らは水位よりもかなり高い位置にいたからだ。

大佐の息遣いが聞こえたが、もはやしゃべってはいなかった。アナはビルギットの溝に向かって歩いた。

と、アナは走りだした。ひとりの男の横を駆け抜けると、その男は驚いて顔を上げた。スピードを増してビルギットの溝の端まで来ると、一気に力を入れてジャンプし、むこう側へ飛び移ることができた。岩場へ転がり落ちてから、死体へと近づいた。

「あの女を彼女から離せ!」男たちがライフルを構える。

「やめて!」とアナは叫んだ。「何もしないから」彼女は白い服を着たビルギットのそばに長いことじっと立っていた。一時的な石の棺台の上にいるビルギットは、溝の濡れた黒色を浴びて輝いているように見えた。

光が弱まると、アナはひざまずいて、ビルギットの溝の水へと、内側のほうから耳を近づけた。膝の下で、地面が動いているのがわかる。ビルギットの死体とアナのあいだから土煙が吹き上がり、土が沈むと同時に不安定な地面が揺れ動いた。不規則な薄明かりには一本の線も差していない。

ニックは彼女から目をそらして、暗闇のほうを向いた。

「ちょっと」アナが声をかける。

ビルギットの死後にできた溝ほどに素早くではなかったが、通常よりも早いスピードで、また溝がゆっくりとみずから作られていくところを、アナは見ていた。土と岩と植物の根が動いている。

それはニックのものだった。彼はじっとして動かないが、自分の溝ができ始めると、それはビルギットの溝を突っ切っていった。両者が交差したところで、ビルギットのほうの水がニックの溝へとこぼれ始めた。

アナは自分に免疫があるのは知っていた。感染者を扱う仕事をしていながら、これまでのところは、自分の砦《キープ》を持つことがなかったからだ。溝で区切られたこの小さな地面の塊は、本当の意味での砦とは言えないかもしれないが、二つの砦が出会ったところなのだからら、そうであるとも言えるのだった。

彼女は溝のあいだに足を組んで座った。『これは自分のものではない』と思いながら。

だが、彼女の中で何かが立ち上がり始めたので、より深く息をすると、心臓の鼓動が速くなった。『では、誰のものなの?』

ニックは生きていて闇を見つめていたが、ビルギットは死んで、新たな陰に入っていた。被験者一号と二号の溝がセットのように重なり合っていて、まるで穴と水で描いたベン図だった。その目の形をして交わったところに、アナが座っている。

月は出ていない。星からのかすかな光だけの中で、彼女に見えるのは、ごくぼんやりとした形だけだった。雨が降り、彼女は無限に続く鎖の輪のあいだにいるかのように座っていた。鎖の輪のそれぞれは押されて重なりあい、砦を取り巻いている。

その重なりに囲まれ、免疫を持つアナは待っているのだった。

切断主義第二宣言

A Second Slice Manifesto

市田 泉訳

われわれの運動の嚆矢となる作品『雨傘《レ・パラプリュイ》』は幅一メートル余り、高さ十七メートルのカンヴァス地に油彩で描かれている。大部分は下地材《プライマー》が塗ってあるだけだが、何カ所かでは、さまざまな色の抽象的な形が重なり合って画面を横切っている。細くうねうねした黒線で描かれた、直径数センチの輪郭がいくつかあり、その一部の中には、色とりどりの縁を持つ薄ピンクがかった茶色のしみがあって、さらにその中に、陰影のある赤いものや乳灰色の芯が描き込んである。こうしたもののあちこちに、曲線や、ぎざぎざ模様や、くすんだ色の直線がちりばめられている。

作品の下辺から二、三メートルのところに、地図の陸地めいた、黒または茶色で縁取られたかなり大きめのしみと、アメーバに似た赤い形が寄り集まっている。この第二層から一メートルばかり上へ行くと、こうした形は小さくなっていく。

そこから何メートルも上まで、画面はほとんど空白で、下塗りだけの空間のところどころに、リボンのように細い黒線が走ったり、銀色の点や小片が飛んだりしているくらいだ。絵のいちばん上の左端には、からみあった緑の筆の跡《ストローク》——短くて細い——がみっしりと集まり、もっと太い茶色の筋も見られる。

まずは自分の作品の元になる絵を選ばねばならない。この元絵は以後、解剖用の死体《カダヴァー》と呼ばれることになる。

われわれの運動は第二段階に入ろうとしているが、現在、われわれの元を離れた小集団が、たとえばライリー、マッタ、ゲチトフといった具象的でない絵画に基づいて切断作品《カットワーク》を生み出している。われわれはそうした似非《えせ》急進的な逸脱を決して認めない。われわれの芸術はあくまで具象的なものであり、そうでなければ意味がないのだ。

むろんわれわれは断じて、フォトリアリストの絵画から作品を生み出そうとは思わない。しかし作品のきっかけとなる素材としては、抽象よりも具象に重きを置いた絵画を選ぶべきである。

カダヴァーの前に立ち、テムニックな直感に頼ることだ。

『雨傘』は雨降りのパリの街路を行く人々を描いている。

この絵はルノワールが一八八一年から八六年にかけて制作した同名の絵画を斜め切りにしたもの――元絵を奥へ向かって切断した横断面にほかならない。

元絵を切断する平らな刃は、元絵の下辺の数センチ上から、下辺と平行にスタートし、絵の奥へと切り進んでいく。種々の線や細胞めいた形は、すっぱりと断ち切られた衣服、傘、手、体の断面である。

地面からスタートした断面図は、元絵の奥に向かって斜め上へと伸びていく。ドレス、ズボン、骨、子供が持つ木製の輪、群集の頭を貫いて、人々が差す小粋な傘の群れに到り、いちばん上では木の葉の中へ食い込んでいる。

テムノ＝切断する。

選択した情景を貫いて、概念上の断面を伸ばしていかねばならない。壁に掛かった《ハングド》カダヴァーの左右両辺と切断面が交差する限り、どんな軸に沿って、どんな角度で絵画を切り進んでいってもかまわない。ちなみに、こうした文脈で芸術作品をとりあげる際は、hang（掛ける）の過去分詞は hung でなく hanged （「絞首刑にされた」という意味になる）を用いるという習慣がある。
画家の仕事は、カダヴァーの横断面を描くことである。

切断作品《スライスワーク》に描かれた形は、ルノワールの絵画の前景に描かれた人や物の背後に隠されたものについて、新たな情報を示し、秘密をほのめかしている。宙に浮くこげ茶色の小さな点は、きついレインコートからはじけ飛んだボタンだ。巨大な細胞のような赤いものに押し付けられた、髪のように細い淡色の線は？　男がポケットではなくシャツの下、素肌のそばに手紙を入れているのだ。

これは多くをあらわにする表現形式だ。急進的な美のデモクラシーだ。われわれの作品はカダヴァーの領域内にある、あらゆるものに等しい価値を与える。

そしてわれわれの作品は、そこに存在しているが、今までは隠れていた要素を明らかにする。何かの背後にあるもの、元となる作品では見えなかったものを、われわれは冷静かつ無情に切断していく。その内臓を、その本質をむき出しにするために。

以前に描かれた断面から少しでも離れているならば、すでに解剖された絵画を元に、新たな切断作品を生み出すのは不名誉なことではない。むしろ反復によって、われわれの作品が遠隔透視の産物であることが証明されてきたのだ。

というのも、同じカダヴァーを元に生み出された複数の解剖作品は――画家同士が互いの作品を知らない場合を含め――どれをとっても、情景内のあらゆる要素が一致しているからだ。カダヴァーの中では見えなかった場所、いちばん奥の木の脚の背後に、黒く小さく入り組んだ、生物めいたものを描いた切断作品が三枚めになったとき、それを見た者はだれもが納得した――ファン・ゴッホが一八八九年に『ファン・ゴッホの椅子』を描いたとき、台所の床には甲虫がいたのだと。

ヴィクトリア朝の静物画の切断絵画《スライス・ペインティング》には、ドアの背後にしゃがんだ子供たちの血と肉と骨でできた円が見てとれる。何十年も杖だと思われていた黒っぽい木の中に、切断された金属の細い銀色の筋が入っていて、それが実は剣であったと判明することもある。盗難が暴かれたこともある――書類カバンの中の色鮮やかな宝石。船の下には、灰色の輪郭を持つ大魚の血液が潜んでいる。

しかし絵の中にあるのはこれだけではない。切断主義的《テムニツク》な芸術が切断魔術的《テムノマンティツク》な芸術に変容するとき、その背後に存在するのは、切断絵画によってあらわにされたいくつかの影である。それは動物の肉体と同じ構造――骨という支柱が肉に包まれた構造をしているが、その形状、色、姿勢を見れば、この世に存在するはずがないとわかる。ジョン・アトキンソン・グリムショーの夜景画を元にした絵の中で雲の下を漂うものは、この輝く被膜と、人の骨に似た肋骨の断面は何だろう。その肉の両側にある、血と羽根でできたこの大きなしみは何だろう。

こうしたものが、われわれの絵画の中を動き回っている。われわれと画廊を共有し、世界を共有する、その種の存在はいったい何ものなのか、検証できるのはわたしたちだけだ。

『雨傘』の上部の緑と茶色の中にある、異質な色の塊は、正体を解き明かすことができない。もつれ合った色で表現される、筋肉と血管を備えた何ものかがそこに存在するのだ。

生物ではあるが動物ではないもの、木の上からわれわれを見つめているものが存在するのだ。

コウヴハイズ

Covehithe

日暮雅通訳

ダニッチの村に泊まった数日間、二人は宿の女主人から、ここいらで部屋がとれるなんてラッキーだよ、と言われつづけた。ダニッチの浜辺を娘といっしょに歩き、越冬するガンの群れを見せてやった父親は、双眼鏡のあまりの重さに笑い出す娘の声を聞きながら、ここがサウスウォルドやウォーバーズウィックでないことにほっとしていた。めざわりな観光客に悩まされることもないからだ。二人は毎晩、フィッシュ・アンド・チップスかパブの料理で夕食をすませた。夜になって娘が寝入ると、父親は隣室のＷｉ‐Ｆｉをハッキングして、自分のメールボックスを確認したりフォーラムをのぞいたりした。

木曜の晩、父親は娘を起こした。真夜中を少し過ぎたころだ。

「さあ、起きてくれ。静かにな。ほかの連中を起こさないように」

「いやよ」娘は枕に突っ伏したままだ。

「わかってるさ。でも頼むよ。携帯は置いてってくれ」

おもてには人影がほとんどない。ドゥーガンは静かな運転でラウンドアバウトを回り、ブライスバラの村を抜けてＡ１４５号線をアガシャルへ向かった。道が広くなっていくあたりに、掘削機が取り残されている。「どこへ行くの？」娘がそう訊いたのは一度だけだった。うずくまるように座っているが、ヒーターの温度を上げてくれとは言わない。

レンサムの村は、特別警戒地域の西のへりにある。

警戒地域はここからA12号線に沿って北へ延び、南はB1127号線でサウスウォルドの村まで続く。その内側でも、日中はまだ畑に人がいて家畜の飼料などを作っているし、ほとんどの道路が通行できる。だがそれは、いわば寛大な措置であり、本来の状態ではない。陽が落ちてからのこの地域は、しかるべき役人の付き添いがないかぎり立ち入り禁止なのだ。この小さな三角地帯、六マイルの海岸線を斜辺とした三角形は、法的に特別な扱いを受けており、その斜辺の中間地点に、コヴハイズという集落がある。

ドゥーガンはレンサムの南にあるパブの敷地に車を駐めると、人差し指を口に当てながら、ドアを開けて娘を降ろした。

「パパ」

「シッ」

空はどんよりとして、風が強い。二人は見え隠れする月に照らされ、地面に影を落としながら、下生えの茂みを抜けて、敷地の境界にある排水溝まで歩いていった。息をひそめ、ひと言もしゃべらずに、それを越える。さらに、畑のへりを東に向けて進んでいく。

「パパ、これマジでおかしいわよ」ドゥーガンは懐中電灯を持っていたが、点けようとしない。月明かりが十分に明るくなったところで、自分の位置を確かめた。

「あっちは銃を持ってるわよ」

「だから静かにしてろ」

「捕まったらどうなるのかしら」

「狼に食わせるのさ」

「あはは」

ヘリコプターの音が聞こえ、二人は動きを止めた。畑の半分ほど先を、サーチライトの光が照らしだす。あまりにも明るいせいか、光は硬い棒のように見える。

空中を匂いが漂ってきた。何かがこだまのように反響して聞こえる。ドゥーガンは、つい最近まで住民がいた集落を避けて進んでいった。当局に接収されたが、たいして騒ぎにもならなかった家々だ。窓に明かりが見える。二人は普通の道を行かず、北からコヴハイズに入っていった。

　屋根が落ちて廃墟となった教会のそばまで来ると、ドゥーガンは娘を止めて指さした。彼女がはっと息をのみ、前方を見つめる。雲間から射す月明かりが、穴だらけでところどころ崩れ落ちた壁を通り抜け、古い教会の身廊につくられた低く新しい教会に当たっていた。ドゥーガンはにやりとした。やがて娘が視線を戻したので、二人は墓地を抜けて進んでいった。今は墓場を怖いなどと思うひまはない。

　なんか、地面が震えてるって感じね、地面に〝ある《ミス》まじい振る舞い《ビヘイヴィシャス》〟ってやつ？　と娘が言う。そういう言い方が気に入っているのだろうか。一帯に生えている木には葉がないが、ひんやりとした光が時おり揺らめいている。ドゥーガンが地面の土を手にすくうと、それを見た娘も同じことをした。脂っこいような重い土で、黒土にクリームを混ぜたような感触がある。

「どっちに向かってるの？」

「気をつけろよ。このへんの地面は……」

「今夜だって、なぜわかるの？」

　ドゥーガンはしばらく沈黙した。「まあ……いろいろだな」彼は自分たちの来た道を肩越しに振り返った。「蛇《じゃ》の道はヘビっていうか……」

「見つけたとして、どうするの？」娘は前方のコテージを見つめた。答が返ってこないとわかると、あきれたというように目をむいた。

　二人はそれより先の進入を禁ずる標識を無視して、さらに進んでいった。かなり古いアスファルト道路に立つその標識は、すでにひとつの風景となりつつある。妙な景観だ。しめっぽい泥の匂いと、海の香りがする。

「見て！」娘が息をのんだ。道路が突然、ギザギザの切れ目になっていて、その下には何も見えない。娘はドゥーガンよりほんの少し先にいる。「崖になってるんだわ！」

「海が昔を取り戻そうとしてるんだろうさ」とドゥーガン。「ここいらの海岸はもっと広かった。気をつけろよ」

娘は、崖のふちでべったり腹ばいになると、アスファルトのへりに指先をかけ、顔だけを出して切り立った崖下の浜辺をのぞきこんだ。

「それって、まだ動いてるの？」彼女の声は聞き取りにくい。顔を道路よりも下に突き出しているせいだ。

「消えちゃわないの？」

ドゥーガンは肩をすくめた。娘が体をずらしてこちらを向くのを待って、もう一度肩をすくめて見せた。

何かが起きるとしたら、あと二、三時間以内だ、と彼は言った。だが、それがネットの掲示板で集めた断片的な情報による判断だということは、言わなかった。その情報の中には、知った名前が二つあった。かつての同僚だ。来週イプスウィッチの近くに行くから昔の仲間でいっしょに飲まないか、と二人ともが書いていた。最近どういう暗号が使われているかは知らないが、この誘い文句と、真夜中に突然暗号めいたチャットが増えたことは、行動を起こすに十分な理由となる。

だから、と彼は言い、時計をちらりと見てから、娘といっしょに道路のへりに腰を下ろした。彼はあぐらをかいて座り、娘は両手でひざを抱えてあごを乗せている。じっと海を見つめつづける娘。波の音は、最初から意図されていたかのように二人の気持ちをやわらげた。照明はないが、月明かりと、何かはわからない鉱物の輝きがある。どこかでサヨナキドリ《ナイチンゲール》ではない鳥が、狂ったように鳴いている。

重ね着をしていても、あまり効果はなかった。一時間もたたぬうちに二人ともぶるぶる震えはじめたが、そのときドゥーガンが浜辺に動くものをみとめた。じっとしてろよ、と娘に言うと、砂利の上で動く光を双眼鏡で見た。三組のヘッドライトが動きを止めると、互いに重なり合いながら、海と浜辺のへりに光を当てている。

「やつらだ」とドゥーガン。「準備をしてる。きっと……」娘のほうは、彼の興奮が必ずしも興味や熱意からのものではないとわかっていた。「やつらは……間違いない」

車のヘッドライトに照らされたもの以外はいっさい見えず、聞こえるのも波の音だけだ。彼はもう一度双眼鏡をのぞき込んだが、むこうは気がついていない。崖の上は立ち入り禁止地区であり、侵入者は二人以外にいなかった。娘は波間をずっと見つめている。ドゥーガンは、「いつまでいるの?」といったたぐいの不平を聞かされるかと思ったが、彼女は何も言わなかった。二十分後、今度は彼女が指摘する番だった。海の中に何かを見つけたのだ。

ヘリコプターはもういない。音を立てるものは何もいない。岸からずっと遠いところから波をかき分けて向かってくるものを照らしだす光はない。月明かりだけが照らしだしたもの。巨大なタワー。大梁のはりめぐらされた尖塔。それが水面に浮かび上がり、進んでくるのだ。

娘が立ち上がった。ねじれた金属の集まりは、ひん曲がったクレーンのようにゴッゴッしながらも、崩壊に耐えている。よろめくように進みながら、立ち止まってはまた、陸のほうへ動き出す。そのたびに、ためらうように揺れてから、さらに高く水面に浮かんでは、こちらへ近づいてくる。

浜辺のヘッドライトが消えた。タワーの先端で炎が燃えあがる。すすけたセピア色の、風になびく炎がシャフトを照らす。その下の部分に当たる海水は、平らに押し広げられたかと思うと、いきなり上昇する入り組んだ構造物から、黒い角張ったかたまりとして押し出されて落ちていく。まるで、海底そのものがくさび形に切り出されたかのようだ。

巨大なタワー構造物は、さらに巨大な台座の上に載っている。タワーみずからの炎による明かりで、二人は台座の側面を見ることができた。コンクリートと鉄サビ。フジツボのびっしり付いた鉄の支柱。海底で育った、細長い布のようなゼラチン状のものがからまっている。

それが、コヴハイズの絶壁めがけて進んでくるのだった。サビの広がるタワーの下側、台座の上には、もっと見慣れたしるしが見てとれた。注意標識のかすれたペイント。円で囲まれた〝H〟の文字だ。

次の一歩を踏み出すと——いかにもぎごちなく、一歩一歩進んでくる感じがするのだ——台座全体が水面に現われ、海水を雨のように降らせた。歩いているとしか思えない。ビルひとつか、汽船の煙突くらいの太さがあるコンクリートの柱が四本。片側の脚二本がいっしょに前方に出ると、次にはもう片側の二本が前に出る。屋根の高さくらいに持ち上がった底面からはたくさんのパイプがたれ下がり、群れのようになって海中に没している。スラム街にある朽ち果てた住居のようなスチール製コンテナや、古びた巻き上げ機、骨組みだけの貨物用エレベーターもあった。

岸から波いくつ分かの距離に近づいたところで、それはためらっているように見えた。家ひとつの大きさはありそうな炎を、海の風にさらしている。

「P‐36」とドゥーガン。「ペトロブラス社製の石油プラットフォームだ」

眼下にいる車のひとつが、またヘッドライトをつけた。プラットフォームが怯えているように見える。ドゥーガンは非難するようなつぶやきを発した。だが、ライトはすぐ下向きになった。「たぶんもう大丈夫だろう」

台座の部分は、二人のいる崖の上くらいまでの高さがある。その奇妙なぎごちなさの理由が、いま娘にはわかった。左右二本ずつの脚、つまり支柱が、いちばん底の部分で水平方向の柱で結ばれているため、四本脚でスキーをするような動きをしているのだ。深さ十フィートほどはあるはずの海水が、この水平の支柱にひたひたと打ち寄せるさまは、水たまりに入った子供の靴を思わせた。顔がないはずのプラットフォームは、北の方向を向いて海岸線で足踏みしているように見える。

「急げ」とドゥーガン。二人は崖からはずれる小道を急いだ。右手に垣根があり、その葉っぱの上には、プラットフォームのタワーがかしいでいるのが見える。

「二〇〇一年に沈没」とドゥーガン。「ロンカドール油田」

「何人死んだの？」

「沈んだときか？　それならゼロだ」

「パパは……これって最初の……？」

ドゥーガンは足を止めると、振り返って娘を見た。いまや炎の音が聞こえるし、金属のきしむ音もする。

「こいつは今まで見たことがないやつさ」

道が下りになっていく。家を出た父親が、誇れるものにせよ怖れるべきものにせよ、その業績を残して帰ってきたとき、彼女はまだ小さな子供だった。覚えているのは、疲れ果てて帰還した父親が、気づかうようなやり方で自分をひざに乗せてキスすると、おもちゃや外国製の菓子をくれたということだけだ。その後、あのときの旅行では何をしてきたの、と訊いたことがあったが、父親の答があまりにも煮え切らないものだったので、かえって自責の念に駆られたことがあった。父親が負った傷についても、彼女はあえて訊ねなかった。

プラットフォームの動きがのろくなってきた。匂いが強くなってきているし、地表では、その巨大な一歩が踏み出されたときでなくても、空気が震えている。ドゥーガンは小道のはずれにある最後の木の前で足を止めた。木の幹につかまる二人のほうへ向かって、プラットフォームが傾いてくる。ドゥーガンが娘の手をつかんだ。娘も彼を見つめる。だが彼は不安なそぶりは見せなかった。蘇る記憶もなければ、恐怖感もない。

二十一世紀のまだ早い時期、ある秋の夕暮れに、ハリファックス（カナダ南東部ノヴァスコシアの州都）の南東沖にいた漁船が、何ものかに襲われているというSOSを発信した。通信の内容ははっきりしなかったが、駆けつけた救助隊が散乱する破片の中に見つけたのは、負傷した生存者が二人。救助活動をしているあいだに、事件の元凶は岸辺に到達していた。その映像が市民のあいだに広がるのを、当局はおさえきれなかった。

それが〈ローワン・ゴリラI〉であり、初めて出現したプラットフォームだった。〈パイパー・アルファ〉（一九八八年爆発・沈没、死者一六七人）でも〈ディープウォーター・ホライズン〉（二〇一〇年爆発・沈没、死者十一人）でもない、格別目立たなかった存在。北海に移動中の一九八八年、嵐で船体が破損して失われた、ジャッキアップ型の三本脚プラットフォームである。転覆により確かに沈没したのだが、三十年ほど海底にいたあと、蘇ったのだった。巨体全体が痙攣を起こしたような印象で、格子づくりの脚三本は台座部分を串刺しにした状態にあり、上下に突き出していた。テレビ映像を見ると、三つの脚の空に突き出ている部分は、きしりながら互いにもたれ、揺れ動いており、泥の中を一歩ずつ進むたびにクレーンのように傾いては絡み合っていた。よろよろとカナダ沿岸へ向かうその姿は、海中から現われた手足の不自由な火星人といった感じだ。

上陸したそいつは、岸辺の地面を震わせながら移動した。建物のあいだを縫って歩き、ちぎれたケーブルやパイプを、訓練されていないヘビか、重すぎてもてあましている触手のように振り回しては、トラックに一撃を与えた。錆びついたチェーンを地面から突き出た残骸にぶつけながら、海水や化学廃棄物、蓄えていた石油などをしたたらせていく。

　その後、結局は陸地を十マイルほど進んだ地点で軍の砲撃に遭い、ばらばらに破壊されてしまうことになる。そのあたりにはのちに記念公園がつくられ、プラットフォームの甲板の一部がそのまま花壇となったのだった。

　だが、傷ついたプラットフォームの背後で釘付け状態にあったドゥーガンの部隊は、混乱し、パニックに陥っていた。自分たちが〈ローワン・ゴリラⅠ〉と海にはさまれた地点にいたとわかるのは、しばらくあとのことだ。部隊の三分の一が死亡した。ワイヤの激しい一撃に遭い、あるいは最後の砲撃に巻きこまれ、踏みつぶされた仲間の記憶はいつまでも残り、何年ものあいだ夢に見つづけた。

　世界的な動揺がつづき、調査はなかなか始まらなかった。が、今度は一九七六年に転覆して十三人が死んだ〈オーシャン・エクスプレス〉が――メキシコ湾の底で静かに眠っていたはずなのだが――浅瀬で立ち上がり、陸地に向かってきた。

　エグリン空軍基地のジェット戦闘機が緊急発進し、かなりのダメージを与えて動きを鈍らせた。さらにミサイル駆逐艦カーニーが支柱のひとつに魚雷を命中させた。傷つき、傾いたプラットフォームは、戦いに負けた騎士のようにひざをついてじっとしていたが、カーニーの砲撃により、相手はばらばらになった。

　ドゥーガンは、このときのようすをカーニーの甲板から見ていた。彼は数人の仲間とともに、アメリカ海軍のアドバイザーとして飛行機でやってきたのだ。だが、その後まもなく、オーストラリア沖に出現した〈キー・ビスケーン〉（一九八三年に西オーストラリア沖で沈没）や、ナイジェリアに上陸しようとした〈シー・クエスト〉（一九八〇年、ナイジェリア沖で爆発）のせいで、彼はふたたび戦闘員となる。

　その後組織された国連プラットフォーム撃退部隊（UNPERU）に対して、各国政府が科学者やエンジニア、神学者、エクソシスト、兵士、それに最初の戦闘を経験したドゥーガンのような退役軍人を派遣した。彼は亡霊のように蘇ったプラットフォームの新たな動き――気まぐれのようにも見える暴力的で大きな揺れについて学んだ。UNPERUの仲間は、この炭化水素のかたまりと神々の黄昏《ラグナロク》（神々と悪魔の大戦による全世界の滅亡）の関係性を解き明かそうともした。揺れる船のデッキに乗って相手を間近に見たことも二度あったが、何も発見はなかった。これが何らかの神罰だとして、経済的損失がどのくらいになるかを算出しようともした。破壊され、炎上し、捨てられたプラットフォームは、海洋の奥底で傷を癒し、戻ってきたのだ。ジャッキアップ型、半潜水型《セミサブ》……すべての失われたものたちが。

セミサブ型の〈シー・クエスト〉が激しい攻撃によって撤退し、ギニア湾へ潜っていくと、UNPERUはその注意と資源を大西洋の海底を進んでいる〈オーシャン・レンジャー〉（一九八二年、北大西洋で沈没）へと向けた。そのため、すぐに引っこんだと思った〈シー・クエスト〉が再び姿を現わして、石油に汚れたニジェール・デルタ（ナイジェリア南西部でギニア湾に面したニジェール川の三角州地帯）に向かいはじめたとき、彼らは不在だった。カナダへ向かう途中で連絡を受けたドゥーガンと隊員たちは、飛行機の進路を変えてただちに引き返した。

彼らはナイジェリア政府から許しを得ると、地元の地理を知り抜いているニジェール・デルタ解放運動（MEND）の元ゲリラたちに付き添われて内陸へ向かった。プラットフォームがあたりをつぶした跡や、さまざまな色の液体、三本脚の足跡をたどっていく。振り返《イン・レトロスペクト》ってみると、内心、のちにこの石油の亡霊《ペトロスペクトラル》のような存在がもっと劇的な不安定状態をもたらすという、漠然とした予兆はあった。

〈シー・クエスト〉が最後に攻撃を受けたときにクレーンから上がっていた炎は、一時は消えかけていたもののまた復活し、森の木々の上に見えていた。兵士たちは〈シー・クエスト〉が踏みならして切り開いた土地のへりまでたどり着いた。発砲はせず、じっと観察している。

まだびっしりとサンゴの付いた支柱に支えられた〈シー・クエスト〉は、泥の中でじっとしていたが、まもなく掘削を始めた。ドリルを地面に押し込んで、掘りはじめたのだ。

しばらくのあいだは、台座からぶら下がる装置が時おり震える音がするだけだった。攻撃しますか？　と士官が何度か訊いたが、ドゥーガンは首を振った。

彼はベータ部隊の映像をチェックした。ラブラドル沿岸沖にいる〈オーシャン・レンジャー〉のタワーの先端が、イルカの背びれのように見える。プラットフォームが波の下でもやはり歩くのだという証拠映像を見ると、胃が絞られるような感じがした。

〈シー・クエスト〉の頭上にあった炎は、ほとんど消えていた。かわりにくすんだ煙が、ニワトリのとさかのように見えている。「飲んでるんだ」ポンプが揺れているのを見て、兵士のひとりがつぶやいた。四時間たったとき、ドゥーガンは少数の一隊を送り、プラットフォームが反応しないことを知ると自分も合流した。さらに四時間後、もっと近づいてみた。そして掘削が始まってから十一時間後、タワーはふたたび炎をともし、身震いすると、いきなりドリルを地面から引き抜いた。

プラットフォームに付着した深海からの腐肉をついばんでいた鳥たちが、飛びたってひとつの群れになった。兵士たちは樹木の生えているあたりまで後退する。〈シー・クエスト〉が支柱の脚で立ち上がるさまは、何やら架空の厚皮動物の動きを思わせた。それはまわりの木々に影を落としながら、自分の踏みならした跡をまたたどっていった。

周囲の住民を近づけないようにしながら、UNPERUの部隊があとを追う。彼らはプラットフォームを海に戻すエスコート役なのだ。〈シー・クエスト〉はゆっくり海へ入っていくと、さざ波を立てて一瞬立ち止まってから、沈んでいった。

　雑木林から突き出る枯れた木々は、コヴハイズの集落のはずれを示す白い標識のように見えた。地面に広がるメヒシバのすじが、海岸線とベナカー・ブロードを仕切っている。ベナカー・ブロードは、さまざまな鳥のねぐらとなっている、冷たい水をたたえた沼地だ。〈P-36〉はそこに近づいていた。

ドゥーガンがためらっていることに、娘は気づいた。彼はもっと近づきたかったが、さえぎるものが何もないのだ。

　石油掘削プラットフォーム。自分に近づいてくるそれを見て、娘は息をのんだ。あまりにも近くにいるので、それが運んできた冷たい空気や、深海の腐敗臭、石油熱分解の音が感じられた。海水のしぶきがかかってくる。疲弊した工場からのしぶき。それは彼女の隠れ場所を大股で通り過ぎ、サフォーク州の鳥たちを散らしながら沼地に入ると、昔から置かれているモニュメントのようにじっとうずくまった。

　それがぴたっと身をかたくすると、チェーンがガラガラ音をたて、古い貝殻がピシピシと割れた。ドリルが地中に入っていく。

　初期に出現したプラットフォームたちは、もともとの沈没地点に近い場所から現われていた。だが、〈インターオーシャンⅡ〉（一九八九年に沈没）の場合は北海でなくポルトガルの港湾都市オポルトの港に現われ、家畜用の踏越し段を乗り越えるようになんなく防波堤を越えてきた。〈Ｓｅｄｃｏ１３５Ｆ〉（一九七九年オイル流出）は、メキシコのカンペチェ湾からはるか離れたガラパゴス島沖に出現した。多脚型の〈オーシャン・プリンス〉（一九六八年北海で沈没）が現われたのも、北海中央部の漁場であるドッガーバンクでなく、サルディニアだった。出現場所はどこになるかわからない。ふたたび現われて地面を掘削し、海に戻ってまた現れるというケースもあるのだった。

ドゥーガンの娘は彼から離れ、〈P‐36〉のほうに近い場所にいた。彼は娘が離れていくのに気がつかなかったのだろうか。おれが気づく前にもう動いていたんだ、と彼なら言うかもしれない。そのとおりだったのだろう。彼女は今、枯れ木のひとつにもたれている。そのむこうには、機能の停止した市街区のひとつのように、〈P‐36〉がたたずんでいる。ドゥーガンは娘の名を小声で呼んでみた。彼女は一度死んで蘇ったプラットフォームを、ぼうっとながめている。

当然ながら、彼は娘のそばへ向かった。この樹木の生える境界線から抜けだそうと、呼びかけるために。急ぎ足で近づくと、娘といっしょに樹皮のない枝のあいだからむこうを見た。プラットフォームは身動きせず、炎も弱まっている。ただ、何千トンという巨体全体をわずかに震わせているだけだ。沼地に伝わるさざ波は、外へでなく中へ向かって伝わり、波の円がしだいに小さくなると、シャフトが地面に刺さっている地点へ縮まっていった。

二人は見つめつづけた。しばらくたったころ、ドゥーガンは背中に何かが押しつけられるのを感じた。相手がまだ声を出さぬうちから、彼は自分が気づかぬまま誰かがこんな近くに来ていたことに驚いていた。さっきから見つめている気味の悪い建築物と、その悪臭のせいだろう。

相手の声がした。「ちょっとでも動いたら撃つぞ」

姿を消していたプラットフォームが世界各地で蘇ったとき、専門家たちの中には、ドリルの動きが逆のように見えたと主張する者がいた。これにはドゥーガンは懐疑的だった。精神的ショックで見間違えたのではないのか、と。ただ、プラットフォームが行った先のほとんどは、油田のない場所だ。彼らは石油以外で自分たちに必要なものをかぎつけたのかもしれない、とも思った。だが、それは誤りだった。

「こっちを向け」顔をつきあわせた軍服姿の男はまだ若く、不安げな顔だ。自分に向けられた銃を見て、昔ながらの方法を覚えている筋肉が指をぴくつかせたが、ドゥーガンはじっとしていた。

　男は二人をじっと見た。対戦車ロケット弾《RPG》も、迫撃砲も、その他の小型火器も持っていない。〈P-36〉を攻撃しに来た石油嫌い《オリオフォーブ》の狂信者でもないし、自分やその仲間、それに調査や活用や、いわゆる視察のために来たほかの者たちを殺そうとする、石油第一主義者《オイル・ファースター》でもなさそうだ。

「おまえたちは何者だ?」警備兵は二人の頭越しに、もぞもぞ動くプラットフォームをちらりと見た。彼は小声で話しているが、ドゥーガンは大声だろうともたいした違いがないことを知っていた。

「見物に来ただけなんです」娘のほうが静かに言った。なだめようとしているらしい。「パパがあたしを連れてきてくれたの。見物するために」

　警備兵はぎごちない仕草で二人の体を調べた。ドゥーガンは黙ったまま、銃を取り上げるチャンスが何度あるかをかぞえていた。相手が見つけたのは、双眼鏡と懐中電灯、それにカメラだけだ。カメラをあらためた彼は、サフォーク州の景色やパンチ・アンド・ジュディの人形劇、道ばたで見つけたおかしなものしか写っていないのを見て、眉をひそめた。禁止区域の写真はない。「くそ!」という小声。「むこうへ歩け」

　三人の背後で、プラットフォームが体の位置をずらした。その大きな音に警備兵は身をすくめた。「なんで見物なんて考えたんだ?」枯れていない木々のあるあたりまで退いたところで、彼は訊いてきた。「ここがどんなに危険なのか、わかってるのか?」

「すみません。言いだしたのはあたしなんです」また娘が言った。「どうしてもすぐ近くで見てみたかったんで、パパにお願いしたの。ほんとにごめんなさい」

警備兵は額をぬぐった。「じゃあ教えてやろう。前回、あれのひとつがキャンバーサンズのあたりに来ただろう？」〈アドリアティックⅣ〉だ。ドゥーガンは何も言わなかった。「若い男が二人やってきて、おれたちの警備をくぐり抜けた。……言っちゃいけなかったかな。連中は、はしゃぎまくってた。写真を撮ったり、いろいろね。で、何が起きたと思う？　犬をいっしょに連れてきてたんだが、そいつが近づきすぎて、あれを脅かしちまった。するとあれは、いきなり動いてこっちへ出てきた」警備兵は雑木林に向かって手を振ってみせた。「犬は踏みつぶされてぺちゃんこさ」

ドゥーガンは振り返って、〈P‐36〉のおとなしくなった炎を見上げた。

「さあ、こっちへ」警備兵は手まねきした。「戻るんだ」

砂浜に着くと、娘が彼に向かって訊いた。「どのぐらいあそこにいるんですか？」ちょうどプラットフォームがつくったくぼ地や入り江のあたりに近く、まぶしいヘッドライトから視線をそらすことができる。複数のジープと人影が一瞬見えた。

「少なくとも半日はいるね。それで、二、三カ月たったころにすべてが始まる」男は答え、笑みをもらした。「いやまあ、わかんないけれど、あんたはたぶん十分な歳なんだろうね。でもここの連中はキッズクラブみたいなもんをつくっててね、みんなで活動をしてるってわけさ」

「パパはほかにも見たことがあるんでしょ？」そう娘に言われても、ドゥーガンは腹を立てなかった。ただ驚いただけだ。

UNPERUは、あらゆる調査を続けていた。だが〈オーシャン・レンジャー〉の出現後一年がたったとき、それがドリルを差しこんだニューファンドランド島の地面から、プラットフォームの卵からかえったばかりのヒナが這い出てくると、彼らは世界のほかの人たちと変わらぬ激しいショックを受けたのだった。

ヒナたちは夜中に地中から出てくると、大地を震動させた。金属やコンクリートのこわばった脚で、震えながら立ち上がった。小さなヘリポートは、傾いている。そして最終的に、よちよちと海に向かっていったのだった。

「大きさはどのくらいなの、パパ？」

「映画を見たことがあるだろう。おれと同じくらいさ」

ドゥーガンはそのころ、ナイジェリアに戻った。何カ月かのあいだ、予測のつかない妊娠期間を待機して過ごしたあと、ようやくデルタに設置した装置が地中の変動を感知した。夜明け前の数時間、彼は六本脚のミニチュア・プラットフォームたちが森林の泥を掘って出てくるのを、じっと見守っていた。全部で七体、建物も支柱もすじかいもクレーンもすべてが異なる設計だ。タール状の嚢のせいでまだ濡れている彼らは、生まれたての赤ん坊のようにぐらつきながら、傘くらいのサイズのクレーンを動かしている。

彼はそのうち二体をつかまえると、残りを海の方向へ誘導した。海中ではダイバーがあとを引き取り、人間の潜れる限界まで付き添っていった。つかまえた二体のほうは、巨大な海水タンクが入っている格納庫に連れていったが、数日のうちに具合が悪くなり、死んでしまった。あとに残ったのは、ばらばらになった破片と瓦礫だった。

オポルトの当局は、〈インターオーシャンⅡ〉が掘削した大学構内の土地に毒物を注入して、どろどろのままに維持した。それでヒナがかえるのを阻止できたかどうかは、定かでない。ここの卵を回収することはできなかった。そのほかの沿岸都市では石油プラットフォームの新生児が出現して大騒ぎになり、不安感とパニックが広がっていった。

彼らの出現以来、最も過激な破壊行為をするしか、止める方法はなさそうだった。プラットフォームが二度と戻ってこられないような二度目の死を与え、産卵用の掘削場所へ行かせないようにするのだ。産卵場所がいったん決まってしまうと、深海から歩いてくる野生のプラットフォームが、みなそこをめざすかもしれない。そうした場所は、集団で決めているようにも思えるのだった。UNPERUはつねに彼らの営巣地を調査し、プラットフォーム自身が巨体でエサを食む場所や、海底を歩き回るようすを追っていた。

「そのクラブでは、どんな活動をするんですか？」娘が訊いた。

「まあ」警備兵が肩をすくめる。「卵のようすをライブ映像で見るとかね。連中は卵のところまで地面を掘って、カメラとか温度計とかを設置したんだ。殻を通して中を見ることだって、できる。それから、塗り絵帳とかゲームとかな」彼はまた笑みを浮かべた。「さっき言ったように、あんたには幼すぎる活動さ」

彼らは卵を産む。ということは性別があるのだと多くの人が言うが、筋が通らない。彼らはプラットフォームなのだから。だがドゥーガンは、そうした考えが、深海でさかりのついた連中がエンドレスに交わるという好色な想像から逃れるためのものであると、思っていた。海床の熱水孔からの熱で暖まったプラットフォームが組んずほぐれつする姿に怯えたクジラが逃げていくという、非人間的なポルノグラフィー。

「で、子供のプラットフォームがどうなったかは、誰も知らないのね、パパ？」

ほかの警備兵たちがこちらへやってきた。なかば歓迎するような、でも横柄な態度だ。ドゥーガンの知った顔はなかった。そのうしろには、何人かの観光客。近隣の認可されたホテルに泊まっていて、たまたま装置が〈P－36〉の歩行を感知したときに居合わせたという、ラッキーな者たちだ。

「そう、まだ誰も知らない」ドゥーガンは娘に答えた。

「まだ幼すぎるしね。彼らはまだ小さくて、海は広大だ。まだまだどんどん成長するだろう」

　観光客のガイドが、くどくどと説明している。「産卵が終わる朝に、またここへ戻ってきましょう。そのときはカメラを持ってきてもかまいません。フラッシュをオフにしておくのを忘れなければ、危険はありませんから」客たちのあいだに笑い声が起きた。

「だからなんだってんだ？」ドゥーガンは小声で言った。

「ねえパパ、さっきの人が言ったこと、ほんとだと思う？　あの犬の話。ぞっとするわ」娘は顔をしかめた。

ドゥーガンは沼地でコンクリートの巨体をぴくぴくさせている〈P-36〉のほうは見ないようにしていた。イギリスの地面に黒いすべすべの卵を注入しているドリルの産卵管も、見ていない。彼の目は海だけをながめている。「たぶん、あたしたちを怖がらせようとして、嘘をついたのよね」と娘は言った。

　ドゥーガンは振り向いてコヴハイズの浜辺を見わたした。まだよくは見えないので、墓場の方向に目を転じ、セント・アンドリューズ教会を見つめた。ずんぐりした教会堂では今でも中世の雰囲気をたたえた礼拝が行われているが、それは堂々とした教会が大内乱（国王チャールズ一世と議会の抗争）などの歴史と経済の変遷の中で崩壊した、残骸なのだった。

饗　応

The Junket

嶋田洋一訳

ダニエル・ケインは八月初旬のある木曜日、午後二時四十五分にジムを出た。プレストン・アヴェニューとの分岐点に近いアヴァロン・ストリートの食品雑貨店に立ち寄り、ジュースとピーナツバターを買ったのを店員が記憶している。午後二時五十七分に店を出て、七カ月前から住んでいるアパートメントのほうに歩きだした。

徒歩で二十分くらいの距離で、いつもやっていることでもある。だが、西海岸でもっともヒップでつねに議論の的になる脚本家のダニエル・ケインが、自宅に帰り着くことはなかった。

ここまでは知っているはずだ。ケイン失踪の状況は細部まで判明している。知らないやつがいるか？ その後のことも知っているだろう。だからこれを読んでるんじゃないか？ 真相を知るために？

教えてやろう。

彼女はその年、全世界でもっとも多く写真に撮られた女性五人のうちの一人だったが、彼女が姿を見せたとき、それがアビ・ヘンペルだと気づくのに一瞬の間があった。

彼女をトップ・クラスに押し上げた映画が公開されたのは、ほんの二、三週間前のことだ。当時の彼女は何を着ていようと――アレキサンダーワンでも、ロダルテでも、ウエストウッドでもヴィンテージでも――ほぼかならず暗褐色の髪を、《ヴォーグ》の言う〝慎ましく猛烈〟なスタイルにしていた。薄汚れてさえ見えるが、実際はもちろん違う。分け目は左で、肩までの長さ。彼女をあまりにも有名にしたキャラクターを前面に押し出し、それまで十年以上続けてきた、大きな奥まった目、ぼさぼさの眉、青白い肌に歪んだ笑みという元来のスタイルとは異なるものの、ヘンペルの印象はいつも驚くほど似かよっていた。

ところが、ステージに上がった若い女はほとんど誰だかわからない。期待が驚愕に変わる。あのダークグレイのパンツスーツは何だ？　肌は日焼けしてるのか？　あのボブ・ヘアは？

たぶん誰かさんは、売り方に飽きたんだろう。

アビが黒縁眼鏡の奥からわれわれを見つめる。ソルボンヌで哲学を学んでいて、言葉づかいはともかく、いかにもそれらしく見える。

「台本を読んだとき、〝わお〟と思ったわ」とアビが言う。われわれはこの種のたわごとを神の啓示のように記事にする。「すごくスマートで、おもしろくて、影があって。ほんとにすばらしかった」

こんなものだ。わたしと数人の仲間は――落ち着け、諸君、名前を出す気はない――互いに目配せし、チェックリストに小さなマークを入れる。参加費は一人二十ドル。ビンゴをやっているのだ。

スタントは自分でやったんですか？　彼女は力こぶを作って見せ、全員が笑う。

「とんでもない。ジョンはCGを使いたがったけどね。たとえば、博物館の屋根からジャンプする場面とか？　ゲイブリエル・ビンていうすごいスタントウーマンがいて、実際にやってくれたわ。トレーニングの様子を見たけど、わたしはまあ、勘弁してって感じ。

わたしはできることをやっただけ。もともと運動はしてたし、すばらしいクラヴマガ（実戦型の護身術の一種）のインストラクターもついてくれた。格闘シーンはできるだけ自分でやりたかったの。トミーの顔面にパンチを入れてやったわ」またしても全員が笑う。義務的に。

映画の主題がどれほど議論を呼ぶか、わかっていました？

「正直、わかってなかったわね。驚いてるくらいよ。わたしはこの作品が気に入らない人たちも全面的に尊重するけど、知ってのとおり、そもそも誰かを傷つける気はないの」ブザーの音。また一つあいた。「わたしたちにとって、作品は敬意のあらわれよ」

今のは二つあけてもいいかな？　彼女は礼儀正しく、いかにも真剣そうで、説得力さえ感じられるくらいだ。

ダニエル・ケインとの仕事はどうでした？

この質問は誰もが予期していたものだ。アビが座りなおす。

「あまりいっしょにはならなかったわ。セットに入って、脚本を多少手直しした程度だったから。二回ほどディナーに付き合ったかな。いい人だった。あんなことになったのは本当に悲劇で、ご家族には心からお悔やみ申し上げます」

反対してる人たちに何か言いたいことはありますか？

「そうね、嫌なら映画を観にこないで」

ここで読者諸氏の怒りを買って仕事を失う危険を冒して言わせてもらうと、みなさんが愛してやまない脚本家は、アビ・ヘンペルと短時間でも一対一のスケジュールを組めた、幸運な少数の一人だった。わたしは受けずに、別の誰かに場所を譲った（どういたしまして、《シュロック・ウェイヴ》の読者のみなさん！）。

どうかそのまま読んでくれ。わたしには仕事があり、電話もかけなくちゃならない。当局を質問責めにし、電話の相手を魅了する必要もある。〝公式には何もできないが、誰かに連絡してそっちから電話させるよ〟と言わせるために。

ダニエルの友人たちは、彼が二日続けて二つの会合に顔を出さなかったのを見て警報を鳴らした。警察はあまり真剣にならなかった。金持ちの若い男が、パーティばかりの街で無断欠席？　ヘリは離陸しなかった。

その三日後、発信元をたどれない匿名の電話がニッキ・フィンケにかかってきた。相手の女は〝ダニエル・ケインの犠牲になった者たち〟の代理で電話したと言い、〝彼の犯罪は許されないもの〟で、〝正義はなされた〟と告げた。

これで警察も本腰を入れた。

車で街を横切る。ジョニー・Dが別のホテルでインタヴューに応じるという。〝創造性の違い〟があったとの噂がある。

「よしてくれ」とジョニー。「アビは大したもんさ。きみらも観たんだろう？　すばらしい仕事だったじゃないか」彼は煙草を吸いたがっているように見えた。「なあ、こういうプロジェクトに議論はつきものだ。だからって――」

運河のシーンで文句が出たそうですが？

「ああ、その話は聞いてる。何度もリテイクがあって、アビは一晩じゅう水に浸かってるはめになり、肺炎になった、だろ？　そんな質問に答える気はないね」

インタヴュー前に釘を刺された。ダニエル・ケインの件は質問禁止。

宣伝イヴェントに集まったジャーナリストを総称する単語は何だろう？　おべっか使い？　代弁者？　追従屋？

だが、どれほど従順な群衆にも、ある種の集合的な抜け目なさはある。どうせそんなものは適当に取り繕ってしまうんだろうと思うかもしれないが、われわれのあいだでうまく配分されるものなんだ。最初は当たり障りのないことから――作品の影響や、最良のタイミングや、ちょっとおもしろい挿話などなど。そのあと反対者に関する質問が来る。《シネマ》の女記者がイスラエルのホロコースト記念館、ヤド・ヴァシェムの声明について尋ねた。

ジョニーは過度に攻撃的なことを言わずに悪ガキじみた印象を与えるすべを心得ている。まあ、〝攻撃的〟というのは、彼が日ごろから注意して避けている態度ではないんだが。おい、こいつはあの悪名高い〈不運スタジオ〉で自分の歯を切り落とした男だぞ。最初の出演作『俺の墓を暴け』は英国議会で非難された。『ステレオタイプ・マン』と『愚かな女』の影のブレーンでもある。

だが、今の彼は慎重だ。〝敏感な問題を大いに尊重〟するため――われわれはもっとイカれるか、もっと大胆になって、多少の笑いを誘う必要がある――一方で〝慎重に影響を考慮〟し、他方で〝故人への哀悼〟のため。

ぽーん。数人がスマートフォンをチェック。グループ・テクストが送信されてくる。単語が一つだけ。

〝ビンゴ！〟

誰が勝ったのかは言わないが、わたしではなかった。

やがて誰かが質問する。質問禁止だろうが何だろうが、これは避けられない。質問者は、またしてもわたしではなかった。だが、もし誰も行かなければ、わたしが質問するつもりはあった。

ダニエル・ケインのことはどうです？

ジョニーはステージに上がろうとするPR係の連中を、片手を振って追い払う。

「ダニエルはおれの兄弟だった」とジョニー。いい写真が撮れたろう。本気で憤っているようだ。

「兄弟みたいなものだった。このアイデアを持ってきたのは八年近く前で、おれはあいつに、もし誰か別のやつと組んでこれを撮ったら、絶対に許さないと言った。さあ、友よ、質問は何だ？　この映画を撮ったことを後悔してるかと訊きたいのか？　ばか言え。これはダニエルの映画だ。ダニエルは後悔してると思うか？　ばか言え。あいつが死ぬことになったのを後悔してるか？　もちろんだ。あいつは死にたがってたのか？　それがおれに訊きたいことか、友よ？　くそったれ。わかったか？　字で書いてやらないとだめか？　そんなわけないだろう。
あんたどこの社だ？　Ｉネット？　ああ、テルアヴィヴだ、そうだろ？　まあ、これだけは言っとこう。ダニエルは誇り高いユダヤ人だった。この脚本を書いたのは、愛からだ。情熱から、誠実さからだ。どっかの狂ったくそ野郎がそれをけなすことなんて、これっぽっちもできやしない」

その言い方を聞いていると、アクション映画だってことさえ忘れそうになる。宣伝や、アクション・フィギュアや、テレビゲームを忘れてもしかたないだろう。

記者が何かつぶやく。

「何だって？」ジョニーが大声で訊き返す。

「ダニエルはハーフだ」

それに続く立ちまわりは、ほぼ全員が実にリアルだと思った。

誰がどう言いくるめたのか知らないが、やってきた警官はすぐに帰っていく。このちょっとした〝口論〟でスケジュールは混乱するが、前述のとおり、痛くも痒くもない。午後はユーチューブでケイン関係資料を見て過ごす。《ファング・クォータリー》のインタヴューではカメラマンに尻を見せている。自転車のパパラッチにスラッシー（細かく砕いた氷に水とカラフルなシロップを混ぜた飲料）を投げつける場面（パパラッチの狙いはケインではない——《オール・リアル・アメリカン・スターレット》の受章者といっしょだった）。墓場でのゴス・ファッションのガキへのインタヴュー。

「最初はおれたちしかいなかったんだ」白い顔の少年がカメラを見下ろしながら言う。「今じゃ阿呆どもがみんな、あいつのかけらを欲しがってやってくる。真夜中とかに来るからよく見えなくて、手当たりしだいに何でも持ってっちまう。やめてほしいよな。そこへ今度はドローンだのカメラだのが群がって、おれたちを見張るんだ」

あのIネットの記者は間抜けだ。ダニエル・ケインは母親がユダヤ人だから、あいつもユダヤ人だ（イスラエルにおけるユダヤ人の定義は〝母親がユダヤ人である者〟）。この無教養なやりとりは、彼が殺されたときにはすでに始まっていた。〝家族は完全に世俗的だ〟対〝彼はバーミツヴァ（ユダヤ教の成人の儀式）を受けている〟。〝彼はユダヤ教に興味がなかった〟対〝しょっちゅうイディッシュ語を使っていた〟。〝母親がユダヤ人だ〟対〝母親だけがユダヤ人だ〟。ヘイト・スピーチはやめて、もっと上品にやれよ。

数年前にネット上で人気になった、酔っ払って陽気になったダニエルが弟のジェイコブをさんざん非難する映像がある。「おまえはくそトションデなんだよ」ダニエルが叫び、ウェイターは彼をなだめようとし、ジェイコブは腹を抱えて笑っている。「おれは、おれはプロッツイングしそうだ。このメシュッゲネーめ！（それぞれイディッシュ語の「ばか」「ひび割れる」「狂人」を意味する単語の、綴りを少し変えている）」

同じくらいよく知られているのが、ケインの死の一週間前に発行された《ニューヨーク・オピニオン》の反応だ。タイトルは〝にやにや笑う銃《スマーキング・ガン》〟。『この男を見てみろ。もちろん言葉は知ってる。でも、よく見て、聞いてくれ。何とかものを考えてみようとして、自分の頭を難破させてる。こいつが使ってるイディッシュ語はいんちきだ（弟に聞いてみろ）。そんな言葉を好んで口から発するのは何のためだ？ からかい？ 冷笑？

偏見だ。それが正体さ。こいつは反ユダヤ主義者だ。そいつのママが何と言おうと』

饗応はシステムだ。腹を減らした記者たちへの配給。われわれは骨抜きにされ（おお！）、ふだんは口にできないようなものを供され（ああ！）、星屑に手を触れることができる（ええ！）。感謝は大きいほどいい。われわれは握手し、記録を配信し、言葉を引用し、〝内部情報〟というばかげたご褒美を一つ二つ、ありがたく頂戴し、徹底的に調査された、奇妙な〝内密の〟噂を反復することになっている。

　まあ、確かに褒められたことじゃないが、武器取引ってわけでもない。コーヒーとポップタルト（ケロッグ社の朝食用の菓子）が常食の人間としては、ビュッフェとミモザ・カクテルはありがたい。いや、ほんとうに。わたしが少々羽目をはずしても、名簿から追放するのは勘弁してもらいたい。

　とはいえ、地方政府に勤めるわたしのディープスロート（ここは耐えてくれ）を取るか、誰かさんと働くのがどれほどスーパークールかを語る若いぴちぴちの相手を取るかなら、選ぶのは簡単だ。

　それでも正直なところ、わたしは壁にぶつかっていた。たぶんカクテル・パーティに行くべきだったんだろう。

　映画の三分の二くらいのところに、サム・デナム演じる学者のミスター・ヘンクが銃を持った男たちに襲われ、助手をなじる場面がある。「おまえはトションデだ、メシュッゲネーだ」と。

「この場面がどれくらい前に書かれたかわかるか？」とカール・ボイヤーは言う。「ダニエルと弟のビデオが撮影されたのは、映画にゴーサインが出るはるか前だ。でも、脚本はもうできていた。あいつは台詞を覚えて、自分の台本を暗唱していた。物語の伝統に精通し、言葉と筋書きに敬意を払っていた。そういったことをケインの〝自己憎悪〟の証拠として持ち出す連中は、専門用語で言う〝くそったれな阿呆〟だ」彼はそう言って片眉を上げる。

　ボイヤーはカリフォルニア大学サンタクルス校で文

化人類学を教えている。『タイムラインからサインを読み取る』や『おっと！　滅亡した』といった著書もある。研究室の壁には映画のポスターがびっしりだ。『カサブランカ』『鮮血の美学』ナイジェリアで製作されたらしい、『ブラッド・ビーチ　謎の巨大生物！　ギャルまるかじり』のリメイク。

ボイヤーはデスク越しに身を乗り出し、レコーダーを軽くつつく。

「今の話がどうつながるか、よく聞いておけよ。ユダヤ人であるということが何を喚起するかを。

あの作品の暴力シーンは壮大な傑作だよ」講義を聴講している気分だ。「『マトリックス』の導入シーンや、『ハード・ボイルド　新・男たちの挽歌』の病院シーン、『グリーン・デスティニー』のレストランのシーンにも匹敵する。くそ、それ以上かもしれない。それ以外の部分がゴミだとしても――もちろんそんなことはないが――あの数秒のシーンだけで、クラシックと呼ばれるだろう」

彼がノートパソコンのプレイ・ボタンをクリックすると、映像が再開する。

ミスター・ヘンクがわめくのをやめる。話が終わり、武装した男たちが近づくと、長い沈黙が続く。観客が不安を覚えるほどの長さだ。〝ポップコーンの中にタルコフスキーを一すくい入れたよう〟と《エンパイア》のレヴューは書いていた。

ヘンクの頭上の窓がスローモーションで爆発する。やはり音は消えたままだ。全身を炎に包まれた人影が一つ、苦痛にもだえながら宙返りし、倉庫の廃墟の中に飛び込んできて、二人の老人の前に着地する。人生最後の数秒で、男は灰色の服を着た重武装の敵五人を、バレエのような精密な動きで片づける。

ボイヤーの話のポイントを理解するのに、映画の暴力シーンの愛好家である必要はない。この映画を批評する者の多くもそれはわかっている。

「よく見たまえ。自分を殺そうとしている炎を使って敵を倒し、爆発物にも点火している。土壇場の逆転劇だ。この信じられないほど痛切な、何とも人間的な所行を見て、それでも何も感じないなら、わたしに言うべきことはない」

　本気なのか？　相手のポーカーフェイスから本心を読み取ることはできない。


　そこで不気味なことが起きる。

　わたしは何も書けないまま、シティ・ホールにいる。完全な手詰まりだ。

　たぶんわたしの名前は黄色い付箋紙に書かれて、すべてのモニターの横に貼りつけられ、その横に大きな赤い×印がつけられているのだろう。

　だが、謎の解明計画を考えなおさなくてはならないかと考えていると、番号非通知の電話がかかってくる。

「あちこち嗅ぎまわってると聞きました。ベイト・オラム・ユダヤ人墓地で働いている者です。話せることがあると思います」

　わたしはウォーターゲート事件を暴いたバーンスタインとウッドワードの両方になった気分で、熱心にメモを取る。いいとも、もちろん名前は出さない、場所はわかる、いや、わからないが、ああ、探し出してそのバーに行くよ。


「映画の噂は二年ほど前から耳にするようになった」名誉毀損防止同盟ロサンゼルス事務所のロバート・フォクサー所長が椅子の背にもたれ、両手の指を組む。「実のところ、その話を聞いたとき、何かの間違いではないかと思った。自分の耳を疑ったよ。冗談だと思って、その日がエイプリル・フールではないことを確かめたくらいだ」

　彼はかぶりを振り、ゆっくりと先を続ける。「その映画は古くからある、憎しみに満ちたステレオタイプの集大成だった。ナチのジャーナリストだったシュトライヒャーなら、高く評価しただろう。この役職に就いてからの十二年間に見た中でもっとも衝撃的な、唾棄すべき反ユダヤ主義映画だ。それがアメリカ映画であり、アメリカ人の金で撮影されたことに……わたしは言葉を失った」

ユダヤ人の子供たちにとって、この作品が試金石になっているという点はどうです？ ジュー・ダスやヒービー・ジービーといった反ユダヤ組織が深夜上映会を開いていることは、彼も知っていたでしょう。テーマの決まったコスプレ・パーティなどはどうです？

「彼らは間違っている」フォクサーは肩をすくめた。「わたしは時代遅れだと思われているのかな？ 人種差別や憎悪に反対することが時代遅れになったりするだろうか？ だったら、わたしは時代遅れだ」

言論の自由に関する議論はどうでしょう？

「ヘイト・スピーチは保護されない。あの映画はヘイト・スピーチだ。ためらいもとまどいもなく断言するが、われわれはあれを上映禁止に追い込む。必要ならどんな手を使っても」

どんな手を使っても？

フォクサーはため息をつき、天井を見上げる。

今年、活動家たちが〝パンクの種まき〟と呼んだキャンペーンがありました。議長に誰が推されていたか、ご存じですか？

「ダニエル・ケインは」フォクサーが重々しく言う。「預言者エリヤではなかった。それで、わたしに何を言わせたい？ ダニエル・ケインの身に起きたことを支持するか？ 絶対にない。それを実行した者たちに正義の裁きを受けさせたいか？ もちろんだ。この点は明確に断言しておく。誰かがあんなことをしたと知って驚いたか？ いいや」そう言って悲しげに首を横に振る。「まったく驚きはしなかった」

ほかの記者たちの中には、なぜわたしがトミー・デュロワの会見に出席しないのかと尋ね、疑惑の目を向ける者もいる。

「このキャンペーンの側面記事を考えてるんだ。古いポスターを全部チェックしてみないとな」

まったくの嘘ではない。電話の男に――あるいは女に――会う前に、質問のリストを作っておきたいのだ。相手の性別については、まだ確実なことは言えない。突きつめると、質問はこういうことになる――墓から持ち去られたものはどこにあるのでしょう？

ＢＢ＆ボーンズのオフィスのそばを車で走る。ほとんど表には出ないが、業界の人間ならこの広告会社のことを知っている。人気の高い映像を流すものの、そこに登場して注目を集める商品の販売企業は、くり返し明確に関係を否定する。

弁護士は慎重にやるようにと言っている。こうした不適切な広告は非公認で、製作途中のものが流出したような場合もある。何でもいいが、とにかく、起亜自動車の拷問広告、クルボアジェの死んだ馬、リーボックのポルノ広告などは、タンブラーやツイッターで何十万回も言及されている。

この映画に関しては、ＢＢ＆Ｂのやり方は単純な、よく知られたものだ。目的は炎上ではなく、映像は人種差別的な考えを打倒しようとしていた。

「何一つ打倒していない。そんな気配すら見えない」とフォクサーは判定する。

最初に不信の嵐を呼んだのは、まあ無理もないが、あの予告ポスターだった。題名はなく、ぼやけた輪郭だけで、影になった顔、暗い目、暗いドアが描かれている。そこに白い文字で、惹句がどれか一つ書いてある。

『わたしは肉の誇りに飢えている』

『さまよって永遠に』

『われわれは国際的陰謀だ』

中でも最大の怒りを買い、英国、カナダ、米国で訴訟騒ぎにまでなったのが、『名誉毀損ではなく、血を』だ。

題名と詳細な内容が公表されると、当然ながら、怒りの炎はさらに激しくなった。だが同時に、これがカウンターカルチャーによる最初の反撃を呼び起こした。ヒップスターのウェブサイト、Jクールは、この映画を〝究極の復讐ファンタジー〟と表現し、脚本家も、監督も、主演俳優も、とにかく映画製作に関わる全員がユダヤ人だという点を指摘した。公式Tシャツが発売されると、ブルックリンに拠点を置く雑誌《それでいいのか？》（のちにこの映画をべた褒めした）が編集スタッフにTシャツを着せた写真を撮影し、今やすっかり有名になったエッセイ「非ユダヤ人《ゴィム》はシャツを着るか？」といっしょに掲載した。エッセイの本文はただ一語、〝いいや〟だけだった。

「ここには何かがいる」とアビの声が言う。「この家の屋根裏に。わたしたちを守ってくれてる。夜になると、それがわたしのところに来るの」

映画館の外では対立するデモ隊が衝突し、誰と誰が戦っているのか、誰がどっちの味方なのかもわからなくなっていた。反ファシスト勢力、タクワコア（イスラムの影響を受けたパンク・ミュージック）、パレスチナ連帯活動家、ヒレル基金（ユダヤ人学生を支援する米機関）、リクード支持者、ユダヤ反シオニズム同盟、さらには雑多なファシスト団体までもが、映画の上映を、あるいは上映禁止を訴えた。

「一つだけよかったことは、反ユダヤ陣営もほかの人々と同じく、混乱に陥ったことだ」フォクサーがにやにやしながら言う。

白人優位主義のウェブサイト、antizog.orgは、きわめて友好的なレヴュー――リベラルな批評家には無視されたが――を掲載し、この映画は〝ユダヤ人の真実を前にたじろいでいない〟と評した。一方、Volksfront.truth.netは〝吸血鬼だろうと何だろうと、ここで描かれたユダヤ人は善良だ。勘違いしないように〟と書いている。

　殺害を示唆する脅迫が始まった。ジョニー・Dに向けたものもいくつかあったが、大部分はダニエル・ケインを名指ししていた。

「エドワード・カレン（ステファニー・メイヤー『トワイライト』シリーズに登場する美貌の吸血鬼）の時代に、牙があるから悪党だというのは確かにばかげている」とボイヤーは言う。「思うに、この映画に対する攻撃の多くは、反ユダヤ主義や親ユダヤ主義がどうこういう以上に、文化的俗物根性によるところが大きいんじゃないか。これは市場開拓的な映画だ。そう言いたければ――ほかのも何だってそうだろうが――ユダヤ市場開拓的と言ってもいい。もちろん、作業や研究はあるが――そうそう、ナチの手術で誕生する狼男も出てくるし――いちばんの眼目はトラッシュ・カルチャーだ。

　きみは言うかもしれない――もちろん私は言うつもりだ――が、今この時代、（引用）トラッシュ（引用終わり）はくだらないニュース以上に有効にたわごとをつつき出す。なのにまだこんな議論をしてるのはある意味ばかばかしいが、ほら――着いたぞ」

　ダニエル・ケインの脚本は熱意とエネルギーにあふれ、独創的で予言的だった。彼が自分の死という事態の後遺症に適応できたなら、両親は彼の部屋を手つかずのまま残していただろう。まるで神殿のように、訪問者に見学させるために。

　だが、これは現実なので、部屋はすぐに片づけられた。母親は代わりに写真を見せながら言った。「あの子が愛したものがこれ。いつだって怪物だったわ」写っているのはオタクっぽいかわいい少年で、その背後の棚にはD&D関係のがらくたが並んでいた。

ハリ・ケインは五十代の長身の女性で、白髪交じりの明るい色の髪を長いお下げにしている。とても疲れているようだ。会話にはスカイプを使っている。わたしはロサンゼルスの陽光の下にいて、彼女は雨に降り込められながら、もう何千回もした話をくり返す。カメラが動くと、ダニエルが毎晩見ていたはずの景色が見える。映像が揺らぎ、画素が乱れた。ボストン郊外の、ばかげた高い煉瓦の塔だ。

それを見ると、映画に出てくる月に照らされた塔を連想せずにはいられない。見張りがオランダの旧教会《オウデ・ケルク》の壁を、トカゲと猫の中間のような動きで登っていく場面。十二歳のダニエルが窓からの眺めで思い描いたものを、想像せずにいるのは不可能だ。

まあ、少なくともわたしは想像せずにいられなかった。

「あの子はそんな形で愛を表現するしかなかったのね。映画を観て、あの女性を愛していなかったと言えるかしら」

わたしはうなずき、ボイヤーの言葉をいくつかくり返す。適切さとか、打倒とか、敬意とか。相手の返答がわたしを驚かせる。

「それはどうかしら。正直、わたしは〝皮肉〟っていうのをまるで信用してないの」彼女はわたしの表情を見て、笑みを浮かべる。「何だかまるで、人種差別的なジョークなんかを口にしたとき、言い訳に〝そこが問題なんだ〟って言ってるみたいじゃない。わたしとダニエルはいつもそのことで口論してたわ」

つまり、あの脚本が気に入らなかった？

「どうかしら。あの子の話には説得力があったから」また笑みを浮かべる。「あの子自身が敬意を欠いているとは思ってなかったでしょうね。それは確か。愛があるから書いたのよ」

それが適切な愛だったのか、ばかげた、皮肉な名前で呼ばれるべき愛だったのかは、なお疑問のままだ。

それが愛だったことには、疑問の余地はない。

　親衛隊の将校数人が階段を登っていく。

「何の音だ?」と一人が言う。

　屋根の傾斜の下に屋根裏部屋のドアが見える。将校たちが拳銃を構える。

「いったい何が……?」司令官がつぶやき、ドアを押し開ける。その奥は闇だ。

「俗物根性さ」ボイヤーからのメールにはそう書いてあった。「シャローム・アウスランダーを見ろ――『希望』は物議を醸す本だが、敬意を欠いているとは誰にも言えないだろう。アウスランダーはあの少女を、たぶん歴史上もっとも有名な犠牲者を、口やかましく性格の悪い老女として描いた。〝著者が真剣〟なら――おれはアウスランダーを憎んでないし、あれはすばらしい作品だ――それでいいんだよ。じゃあ、これはどうだ?」

これは。

　一瞬の沈黙。うめき声が高まる。

　屋根裏部屋の影の中から少女が出てくる。髪も服もよれよれで、それが急な動きで立ちこめた埃と闇の中にひるがえっている。少女の目が燃え上がる。口が大きく開く。牙がきらめく。

　隠れている母親の顔のカット。その顔が恐怖に凍りつく。何かが裂ける音、男たちの悲鳴。噴き出す血。

　女子学生の獰猛な野獣のような顔と、血まみれになって怯える母親の顔。この二つの並列が、この作品のもっとも特徴的なアイコンとなっている。『吸血鬼アンネ・フランク』の。

　正義はなされたという電話から二十時間後、別の誰か、今度は男性がロサンゼルス市警察《LAPD》に電話して、パコイマ地区のとある住所を告げた。

　その廃屋の地下室で、ダニエル・ケインの遺体が発見された。胸には杭が打ち込まれ、首と胴体は切り離されていた。血まみれの身体はバスタブに入れられ、ホースで水をかけられて――つねに流れる水の下にあった。何カ所もの刺し傷があり、傷の一つには安い銀製の包丁が突き立てられ、全体にニンニクがばらまかれていた。

一週間のうちに三つの集団が犯行声明を出した。最初の声明は〈生存のための白人連合〉のもので、メッセージはこんなふうに始まっていた。〝狼をからかったな、血に飢えたユダヤ人？　おまえはわれわれの歯を受けた。戦争の始まりだ〟

同じ日、〈マサダ防衛隊〉と名乗る、それまで知られていなかった〈カハネ主義ユダヤ防衛同盟〉の一分派が、こんな声明を公表した。〝穢れたナチの嘘を広め、同胞の瓦礫の中で冷笑する堕落した自己憎悪する裏切り者は処分された〟

その二日後、敵地のまん中で、アルカイダのスポークスマンが短いビデオ映像をアップロードした。ダニエル・ケインはシオニストのファンタジーを製作したため罰せられたという内容だった。

ウェブでは国家による偽装だ、ファシストとイスラム主義者の共謀だといった陰謀論が爆発的に盛り上がり、スタジオが宣伝のためにダニエルを殺させたという主張まであった。協力者のいるバロック的な自殺という説もあり、大昔に別れた恋人が自殺をほのめかす二十二歳のダニエルの手紙を持ち出して、それなりの信憑性を得たりもした。

ジョニー・Dとスタジオは、ケイン殺害犯の逮捕に役立つ情報に百万ドルの懸賞金をかけた。それにもかかわらず、またLAPDが〝広範囲にわたる徹底的な捜査を継続している〟にもかかわらず、殺人犯が捕まることはなかった。

プロダクションはシリーズ化に着手し、スタジオは三作めと四作めにゴーサインを出した。ライアム・ニーソンがリヒトホーフェン男爵を、エヴァ・グリーンがバートリ伯爵夫人を演じるそうだ。

ダニエル・ケインはロサンゼルス最大のユダヤ人墓地に眠っている。われわれ、情報源とわたしは、今その墓の前に立っている。

情報源のことは〝墓掘り〟と呼ぶことにする。もっとも、わたしの知る限り、彼（女）はずっと事務職員だ。最初、墓掘りは直接会おうとしなかった。やっと会えたのはがっかりするほど立派なバー・ラウンジで、彼（女）はダニエル・ケインをめぐるもう一つの謎の内情を語りはじめた。

「墓がしょっちゅう汚されているのは知っていますか？」と墓掘りは尋ねた。ダニエル・ケインの葬儀では、会葬者が抗議団体にもみくちゃにされた。極右シオニスト、ファシスト、反ファシスト、ジハーディスト、ウェストボロ・バプティスト教会（〝ユダヤ吸血鬼野郎〟〝神は牙を憎む〟）。とくに最初の数週間は、誰もがかれの墓石を狙っているようだった。「さすがにそれは収まりました。理由がわかっていると思うなら、それは間違いです。あなたはわかっていません」

二度めに会ったとき、どういうことなのか見せてくれと言うと、相手は同意した。われわれは立ち上がり、墓掘りは同僚に出くわすことを警戒して帽子と眼鏡を身につけた。

子供たちがケインの墓の近くで遊ぶのを丘の斜面から長いこと眺め、やっと彼らがいなくなると、二人で墓に近づいた。いるのはわれわれだけだ。

スタジオが金を出して、近くの木に監視カメラを設置していた。そちらに目を向ける。カメラを設置してから、襲撃はやんだと聞いていた。

ケインの家族は訪問者が置いていく不気味な供物に寛大だった。「どうせならもっと別のものがいいとは思うが、ほとんどはちゃんとした出どころのものだと思っているよ」と、父親のロジャーは言っていた。

墓石の影にゴム製の蝙蝠と、プラスティックの牙が置いてある。『吸血鬼ドラキュラ』数冊に、薬瓶に入った血液。ステージ用の小道具だと思いたいが、本物かもしれない。頭が揺れ動く吸血鬼の人形と、『夜の子供たち』のアクション・フィギュア。

「これです」と墓掘り。「毎晩、これが全部なくなります。誰かがコレクションしているんでしょう」わたしは手帳にメモする。誰が？　どこで？　なぜ？

これも？　そう言って、そこにあるものを指差す。

「いえ、これは残してあります。いずれ同僚が片づけます。汚くなってきたら。でも、結局誰かがまた置いていくんです」

花のことだ。ダニエルの眠る場所に置かれているのは、吸血鬼がらみのがらくたばかりではない。きれいな花、バーボンのボトル、数珠、トーラーが数冊。映画の脚本もある。そしてもちろん、石も。


ダニエル・ケインの墓石の上には高くきちんと小石が積み上げられている。周囲を見まわしても、ほかのどの墓石よりもずっと高い。

「毎日です」

毎日、知らないあいだに石が積み上げられていると いう。

「ペンキをかけたりハンマーで欠いたりといったことがなくなったのはよかったと思います。ただ、それはカメラのおかげではありません。見えますか？」墓掘りがカメラを指差す。「レンズの横で、小さなランプがついたり消えたりしているでしょう？　あれは見せかけです。実際には、中身はからっぽなんですよ」

墓掘りの表情で、これがそうだとわかった。これが秘密、ダニエル・ケインの最後の謎だ。

「この墓地は守られていますが、守っているのはカメラではありません。この一帯に何かがいるんです。いわばデッド・ゾーンですね。あの映画を観ましたか？　いい映画でした。今まで何度も人が送られてきましたが、誰もちゃんとカメラを動かすことはできませんでした」

じゃあ、映像はない？

「ありません」

襲撃もそうですが、むしろ、何だ、あの供物？　あれは誰が持ってきて、誰が持っていってるんですか？

「それなんです」墓掘りは肩をすくめる。「映像はいっさい撮れていません。とにかくみんなが持ってくるんです。全員が。誰が持っていっているのか？　知りたいですか？　わたしが鍵を持っているといったらどうします？　お貸ししますから、見つからないように身をひそめて、今夜誰が取りにくるか見張るというなら、わたしに止めることはできませんよ？　どう思います？　記事になるんじゃありませんか？」

記事になるだろう。ケインの墓をきれいにしているのが誰であれ、姿をまったく見られていないのだ。

どうして墓石の上に小石を積むのか、誰にもわからない。とにかくそれはダニエルの墓を示す、雑然とした目印だ。

魂をつなぎ止めておくための伝統だという話もある。いじめているのではなく、親切な行為だ。魂は落ち着きなくあちこち動きまわり、さまよい歩き、それは誰にとっても楽しいことではない。眠ったまま歩きまわる死者にとっても。

積み上げられた石は愛の重しで、魂をベイト・オラムに、世界の家に留める力を持つ。

ああ、これは記事になるだろう。誰がやってきて、がらくたを持ち去り、ダニエル・ケインのために重しを積み上げているのかがわかれば。

ただ、この件にけじめをつける役には立たない。

陽が傾くまでそこにいて、わたしは墓掘りに、鍵は持っているように伝えた。墓掘りはがっかりしたようだが、わたしは何も約束しなかった。

カメラは張りぼてだ。われわれも、いつでも姿を見られず行き来できる。大通りの陽光が陰っていく。車の音が聞こえる。

小石は用意してきていた。わたしはそれを墓の上に置いた。

最後の瞬間のオルフェウス　四種

Four Final Orpheuses

市田 泉訳

1　影に惑わされ、よろよろと歩いていたオルフェウスは、日光を目にして、地上と思しき場所へ出てゆく。目をぱちぱちさせながらあたりを見回し、わずかな心許なさを覚えつつも結論を下す——ここは通路が広がって、ごつごつした自然の玄関になっている場所であると同時に、すでに外界であると考えてよいはずだと。オルフェウスはふり向き始めるが、正直なところ、その動作を終えるより早く、まだ頭上には石天井があり、新鮮な空気が吸えるのは、三メートルばかり先だという考えがひらめいたような気がする。それでもエウリュディケと目が合う一瞬前、今ならまだ、動作をやめてあと数歩進むことができる（それは彼も認めざるを得ない）という瞬間、二つのことをほぼ同時に判断する。その一——ここはトンネルとも外とも言い切れない、どちらともとれる場所だ。すなわちこれはフェアではない。その二、一つめの判断になかば基づいて、不安まじりに——まあきっと、大丈夫だろう。

2　オルフェウスは、最後の最後に光が恐ろしくなり、その中へ入っていくには、微笑という精神的な支えが必要となる。エウリュディケをとりもどしたいという願いよりも、その欲求のほうが強い。

3　オルフェウスは禁止事項を覚えられない。どうしたって覚えられないんだ、と心の中でつぶやく。何をすべきだったか、何をしちゃいけなかったか、エウリュディケをふり返って尋ねてみなくちゃ、と考える。

彼女のほうをふり返るのは、複雑な臆病心のせいだ。

4　オルフェウスは許していない。一瞬たりとも。長い上り坂を行くあいだ、ずっと計画を練っている。出口に近づくとペースを落とし、妻のかすかな足音に耳を澄ます。オルフェウスは立ち止まる——まだぎりぎり影の中だ。鋭く息を吐き、くるりとふり返ると、退いていくエウリュディケのぎょっとした顔を、憎らしげに、勝ち誇ってにらみつける。

ウシャギ

The Rabbet

日暮雅通訳

春も盛りだというのに、つい二週間前には雪がちらついていた。むき出しのコンクリートのにおいが鼻を突き、通りの先をバスが通過すれば音でわかる。シムは、マギーとリカルドのフラットにいた同居人が退去すると、すぐに引っ越してきた。「三時過ぎてからにして」マギーは言った。「そうじゃないと、あの人がまだいるから」

マギーは背が高くてやせっぽち。吹く風にもなびきそうな風情だ。コンピュータ雑誌のレイアウトをデザインしている。シムには自分の住んでいるところをこんなふうに言っていた。「そりゃ、ノッティング・ヒルってわけじゃないわよ。だけど、街なかにはすぐ出られるし、ともかく私たちは現に住みつづけてる」ロンドン南部出身のマギーは、北西部にあるニーズデンのことを敵地めかした冗談話にしていた。

細い腰に息子のマックを抱きつかせたマギーが、玄関先の石段でシムを出迎えた。マックが、そこらをかぎ回っている犬を指さす。「ほら見て」マギーは言った。「この子、人見知りしないみたい」

「やあ」マックはうれしそうな顔で挨拶する。「やあやあやあ」犬に声をかけ、それからシムにも言う。「子供ってスポンジみたいなの」そう言って、マギーはシムを二階へ連れていった。

「すごいな」シムは部屋の真ん中に立ち、ゆっくり首をめぐらせて全体を見た。「どうもありがとう、素敵なとこだ」

マギーは窓のそばにいるシムのところまで行って、マックを反対側に抱え直した。四方の壁のうち三面は、あたりさわりのない淡いブルーに塗ってある。窓のあるもう一面は、木や花をあしらったヴィクトリア朝様式の凝った壁紙貼りだ。

「前の住人に会ってもらえばよかったんでしょうけど」とマギー。「すねた子供みたいな人でね。出てってもらうしかなかった。あなたも教訓にしてね。私って情け容赦ないから」

「おや、ぼくがそれを知らないとでも?」

　眼下の庭いちめんにフジウツギが伸び広がっている。地階フラットの専用庭で、ほかの階からは入れない。シムは両手を顔の前に上げて、親指と人差し指で四角形をつくった。そのフレーム越しに景色を眺める。

「石のように冷たい心」とマギー。「キーツが言うところのつれなき麗人《ラ・ベル・ダム・サン・メルシ》ってとこね」庭の向こうにはよその裏庭が細長く続き、その先ではクレーンが一台、線路の側線で作業中だった。列車が地下から姿をあらわした。

　シムが指のフレーム越しにマギーを見る。「そんな。そいつが根に持つはずがないさ、マギー。きみはよくしてやったんだから。ともかく、そいつのことなんか忘れてもいいんじゃないかな。ぼくによくしてくれてるってことのほうが、大事だよ」

　マギーが髪の毛をつかむマックの手をふりほどくと、抜けた長い赤毛が何本かその手に残った。

「そうそう、ここには屋根裏部屋があるのよ」とマギー。「バスルームの脇の隠し戸から上って。あそこに置いてある箱がいくつか使えるわよ。前の人もそうしてたわ」

「そりゃ、ありがたいな。助かるよ」

　日の光が、並んでいる古ぼけた車のさまざまな色に輝いた。クレーンが金属のクズを運んでいく。

マギーとリカルドの部屋は、シムの部屋の真下だった。マギーが同じ大学に通っていたころのシムは人気者だったので、彼女はリカルドと一緒に期待で耳をそばだてていたが、何も聞こえてこなかった。「こっそり女の子を連れ込んでいるとしたら、すごくうまく隠してるってことだな」とリカルド。「それか、ほかの場所でよろしくやってんのかも」

「マックが尻軽女にあんまりたくさん出くわすはめにならないんなら、いいんじゃないの。私がその声を聞かされるはめにならないんなら」

「おれたちでお返しに聞かせてやったっていいんだぜ、なあ」

　シムは三カ月分の家賃を前払いしていた。彼がそうしてくれるのはこちらにとっても好都合だった。

　金のために、彼は火曜日から金曜日まで調査会社でデータ入力をしている。それ以外の日は自分の仕事をする。まだ金にはならないが、古いノートパソコンでビデオ画像やアニメーションを編集しているのだ。彼の本名はサイモン《Simon》、シムは〈SIMカード〉にちなんだ呼び名だった。ロンドンの友人たちが知り合ったころ、彼はいつ見てもスマートフォンを見ていたので、なんとなくそう呼ばれるようになった。マギーとは同い年だが、みんなが彼をマギーより、いや、ほかの誰よりも年下扱いした。つんつん立った黒髪に青い目をした彼は、きゃしゃでかわいらしい。

「シムのやつ、さっき荷物を屋根裏部屋に運んでたぞ」リカルドがマギーに言った。

「じゃあ、今あそこにいるの？」マギーは丸めた片手を耳たぶに当てた。

「だと思うよ」

　夕食はリカルドがつくった。

「すごいな」シムが声をあげた。「きみにできないことなんてあるのかい？」シムは自分がひと口食べては、プラスチックのスプーンでマックにも食べさせている。食べさせながら、そのどろどろしたもののにおいをかいだ。

「シロニンジンよ」マギーが教えた。

「飛行機が来るよ」シムはマックに話しかける。「UFOが来るよ。潜水艦が来るよ。マックはきみにそっくりだね、リカルド」

キッチンはピカピカするキッチュな雑貨や、一九五〇年代のコカ・コーラや、今はもうお目にかかることのない日用品のポスターで飾られている。

「待って、ゆっくり食べさせて」マギーがシムをたしなめる。「この子、まだじょうずに飲み込めないの」

「この周辺は気に入ったかい？」とリカルド。

「うん。ポルトガル系のカフェ、知ってる？」シムが答えた。「すごくいい雰囲気だね」

シムは、そのうちみんなで外食しようと言い、そのとおり彼らを外に連れ出した。ぐるりと遠回りして、例のカフェのほか、アフリカ系の本が中心の書店、地上駅付近にある三角形の小さな公園など、マギーたちの知らないスポットを案内した。

「まいったな」リカルドが言った。「あいつ、ここに来てまだ二週間だっていうのに」

「まあまあ」とマギー。「そういうもんでしょ。住み着いた土地じゃないところのほうが探検はしやすいものだって。引っ越してきたばかりだからこそなのよ」

「おれたちにだって、引っ越してきたばかりのころはあったさ。でも、なんにも見つけなかったぞ。やれやれ」

シムのコンピュータ・アニメはウェブサイトで閲覧できる。マギーとリカルドはその中身に興味を持った。

「うーん」とリカルド。「まだしろうとの域だな」

色鮮やかな森。ウサギのようなキャラクターが歩いている。木からクリスマス用に包装されたプレゼントや電球が生え、リードにぶらさがった犬たちがワンワン吠えている。

「うーん、確かに」マギーも同意した。「ウサギには見えるんだけど。ダークなバッグス・バニーっていうか、『ドニー・ダーコ』(アメリカのカルト映画)に出てくるウサギのパクリじゃない。まったく、シムってば」

「ウシャギ《ラベット》」マックが唇をとんがらせてうれしそうに言った。「ウシャギ、ウシャギ」

「ちょっとレベルが低いと思うなあ」とリカルド。ウサギの耳は細長い水風船のようだ。その耳が調子外れのサウンドトラックに合わせて跳ねている。

「思い出した」マギーが声を上げた。「シムは一年前からこのアニメを作ってたわ」

「どういうこと?」

「確かこのあと、おばあちゃんの家に行くって展開じゃなかったかな」

二人はアニメを見た。「あいつ、これ作るのにどれぐらい時間かけたんだ?」リカルドがつぶやいた。

「卒業してすぐからよ」マギーがそう言うと、リカルドは相手の顔をまじまじと見た。

「消しましょ」とマギー。「イタすぎて見てらんないわ」

「引っ越し祝いパーティ《ハウスウォーミング》をやってもいいかな?」とシム。

「うちは十分あったか《ウォーム》いけど」マギーが返した。

「じゃあ、共通の友だちだけ呼んでさ、シム・ウォーミング・パーティーってことで」

「あなたを元気にするパーティーってわけね」

シムはふたりにスマートフォンで写真を見せた。老朽化した建物に勝手に入って撮ったものだ。シムは画面に指をすべらせ、マギーたちの知らない人たちとバーで一緒に写っている自分のにやけた顔を追いやると、備品を撤去したあとのオフィスや、うらぶれた街角にある、誰もいない階段の吹き抜けを写した画像を出した。窓越しの遠景は夜だ。誰かと一緒のときもあったが、ほとんどが彼ひとりで写っている。うれしそうな顔だ。ある画像では、シムのうしろに、割れた強化ガラスの窓のふちに残ったガラスをはずしている男が写っていた。マギーが眉をひそめる。

「ブライアンってやつなんだ。ブライアンのクソ野郎、なんて苗字だっけかな。あ、下品な口きいてごめん！」

リカルドはマックの両耳を手でふさぎ、引きつった笑みを浮かべた。

その後、シムは以前に増して夜に外出するようになったが、疲れているようではなかった。彼は自分のお宝を持ち帰っていた。

「こんなガラクタ、キッチンに置きたくないんだけど」とマギー。カビくさい本、チープな飾り物。捨ててあった写真、なんの価値もない絵画や版画だ。

「すばらしいものばかりじゃないか」シムは色あせた『インフェルノ』をかざした。「この本は僕がずっと読めなかったやつなんだ」

「こんなのどこで手に入れてくるの？」

「いろんなとこさ」

閉館になった図書館。不法占拠者のいない空き家の窓辺。オフィスや、もちろん打ち捨てられた病院も。

「人って出て行くとき、自分が使ってたものをあっさり置いていくんだね、驚いたよ」

マギーが写真に触れると、じっとり湿った感触が指に伝わってきた。描きかけの油彩の人物像、田園風景の水彩画も湿気でふやけている。

「そっちは郊外まで出かけて拾ってきたんだ」とシム。「ギャラリーとか画商やなんかだったのか知らないけど、美術品が積み上げてあったんだ。そのなかで選りすぐった作品だよ」

「単なる古ぼけたガラクタよ、シム」

黒い額に入った版画は、ヴィクトリア朝時代のカントリーハウスを正面から描いたものだった。上げ下げ窓、屋根の胸壁、柱で支えられた玄関ポーチ。家は木立に囲まれ、月明かりに照らされている。版画のガラスのカバーにアザミウマが点々とはさまっていた。

「かなり大きな古い建物でね、ロンドンの南にある」と、シムはその版画をキッチンテーブルの上の壁に掲げてみせた。「どう思う？　イエローの壁紙に映えると思わない？」

「悪趣味」とマギー。

「コカ・コーラのポスターは悪趣味じゃないわけ？」

「まあ、どっちもどっちね。金づちは階段の下にあるわよ」

「けっこういじらしいわねえ」その夜、マギーはリカルドに言った。彼はキッチンの壁の版画をまじまじと見ている。「シムはこの家に自分のしるしをつけたいんだわ」

「ここはあいつの家じゃない」とリカルド。

「うちにちゃんと収入があれば、家族だけですてきな暮らしができたのに」

「ごめん」リカルドは壁から版画をはずすと、ひっくり返して額縁の裏を見た。装飾もない、シンプルな黒い額。手作りらしく、不格好だ。裏側には経年によるいくつかのしみ以外、何もなかった。

マギーは夫の手から版画を取りあげてもとの場所に掛け直すと、描かれた邸宅を眺めた。『私ならこんな家に入っていきたくない』と思ったが、それを口には出さずにこう言った。「まあ、悪くはないわね」

マックはシムが大好きだ。両手を挙げて、キッチンでシムを一緒に踊らせようとする。シムが自作アニメの楽しいシーンを見せてやると、ウサギが跳んだり向きを変えたりするたびに、マックは「ウシャギ！」と歓声を上げた。シムはマックを抱き上げて、自分が壁に掛けた版画の前に連れていった。

シムは〈マック・ザ・ナイフ〉の替え歌を歌う。

「ほら、おうちの、窓が開いてる。月が光る、明るく。芝をごらん、木をごらん、さあ、何が出てくるかな？」

マギーが彼にちらっと目を向けた。

マックはシムの腕の中で身をよじらせ、版画をじっと見ている。「さあ、おりて、坊や」とシム。「ちょっとお仕事しにいくからね」

「大丈夫？」マギーが声をかけた。「疲れてるみたいよ。徹夜した？」

「いや。働かされる仕事は大っきらいだけど、この仕事は――」シムは自分の部屋のほうを指さした。「がんばらなくちゃ」

シムはマギーに閲覧者を限定したデータベースのURLを教えていた。そこにビデオとアニメの参考資料の写真や、探検中に撮ったスナップを保存しているので、ぜひ一度見てくれという。自撮り写真のシムの顔はたいていおおい隠されていて、髪の毛と目でかろうじて彼だとわかった。レンガや古びたセメント、梁、ほこりまみれの石膏ボード、ガラクタばかりだ。

三角形のスペースに体を丸めて収まるシムがいた。マギーは自分のスマートフォン上の画像をじっくり見た。階段を上り、マックが寝ているのを確かめる。シムが自分の部屋でキーボードを打っている音がする。マギーは屋根裏部屋に続く隠し戸を開け、薄汚れた暗い空間へと入っていった。

屋根裏部屋は箱でいっぱいだった。前のフラットメイトが残していった箱もあれば、マギーやリカルドのものもいくつかある。シムのものもあった。

マギーは画像をもう一度見た。この屋根裏部屋だわ。シムはここを物色していたのね。マギーは震える手で口をふさいだ。シムはここを自分のお宝発掘場所に加えていたのだ。

シムはパーティーを開いた。大にぎわいのキッチンにいる大部分は、マギーの知り合いだった。知らない者も何人かいたが、シムが探検中に撮った写真で見たことがあるような気がした。「あーあ」と言うと、マギーは冷蔵庫のドアを閉じて銀食器の前に立った。

「あれ、マギーんちの家宝?」と、誰かが例の版画を指して言った。

「おれんちの家宝かもしれないじゃないか」リカルドが口をはさんだ。

「おまえは完璧な一般庶民だろ。マギーは没落貴族だ」

「だといいんだけどね」とマギー。

「シムからのプレゼントさ」リカルドが言った。

「あいつ、クズ屋で手に入れたんだ」トムという男が言ってから、マギーの顔色をうかがった。「本当だよ。クズ屋で買ったって言ったのはあいつだよ。あれに絵を描き足そうと考えてるんだって。チャップマン・ブラザーズ(グロテスクな作風で物議を醸しているロンドン出身のアーティスト・ユニット)みたいな絵を」トムは額縁に指を走らせた。

絵はシムがマックに歌ってやっていたとおりの情景だった。家の窓がひとつ開いている。右下隅の濡れて変色した部分は、マギーが前見たときよりひどくなっていた。

彼女は壁から版画をはずした。

「うちのキッチンをチャップマン・ブラザーズに占領させたりしないわ」

シムは階段に座ってビールを飲んでいた。「ごめんなさい」マギーは言った。「この絵、前からどこか気に入らなかったの。あなたの部屋に掛けてくるから」

シムの表情を見て、マギーはひるんだ。

「貸して」シムは手を伸ばした。

「いいのよ、私はただ――」

「貸してってば」シムは立ち上がると、版画を持って自分の部屋のある上階に行った。

　マギーは心の中で悪態をついた。『くそったれ』

　タイヤ量販店の先で教会の鐘が鳴る。マギーが目覚めると、リカルドはすでに起きていた。マックはハイチェアに座っていた。マギーに向かってカップを振り回す。

「こいつ、けさはご機嫌ななめなんだ」リカルドがそう言ってひたいをなでると、マックはのけぞって顔をしかめた。壁のほうをじっと見ている。マギーはひどく冷たい水を飲み込んだような気分に襲われた。息子が凝視しているのはあの黒い額縁の絵だ。もとどおりにまた壁に掛かっている。

　急に立ち上がったせいで、マギーは自分のコーヒーをこぼしてしまった。マックが大泣きし、リカルドは驚いて妻を見た。

　だが、その額におさまっているのは例の版画ではなかった。この家の別の場所から持ってきた、年代ものの広告ポスターの複製に入れ替えてあった。発売されなくなって久しいハミガキの広告だ。食堂《ダイナー》の席についた少女たちが、輝くばかりの白い歯を見せて微笑んでいる。シムの字で『ごめんね』と書かれた紙が額の中にはさみ込まれていた。

「そう」リカルドが言った。「話そうと思ったところだったんだ。何がごめんねなのかって」

「ゆうべ、口げんかしちゃったの」

　マギーはシムにコーヒーを持っていった。返事がないのでドアを開けると、彼は部屋にいなかった。あの版画が机の上にある。シムはそれに加筆を始めていた。自作アニメのキャラクターであるウサギが芝生の上に立って、家の様子をうかがっている姿が、鉛筆で下描きされている。月の光と家のおぼろな明かりに浮かぶウサギの体に、うっすらと陰影がつけられていた。

　雲間から光が差し込んで、絵がよく見えなくなった。

そんなにいい作品とは思えなかった。もともとの版画も、シムの改変版も。


　シムは無言で夕食をつくった。

「どうしたの?」とマギー。

「くそおもしろくない《シッティ》日だったんでね」

「なんだって?　感傷的《シュガリー》な日だって?」と、マックを抱いたリカルド。

「ああ。口ぎたなくてすまない」シムは反感を込めた目でリカルドを見た。「今つくってるアニメで行き詰まってるもんで」フォークに刺した魚がボロボロに崩れ、シムは舌打ちすると、キッチンに掛かった新しいポスターに目をやった。「でも、がんばる」シムは言った。

「どうだか」シムがいなくなるとリカルドは言った。

マギーに例のアニメーションを見せる。

　ウサギに手が加えられていた。「見て」とマギー。

シムはあの版画からカントリーハウスをスキャンして、妙に凝ったデジタル画像をこしらえていた。そこへ向かって四足歩行でするすると芝を進むウサギは、十字架を背負っている。「気味悪くするための演出ね」

　もとの画像と接する境目に沿って、そのむこうにウサギが暗闇の部分をつくり出している。

　マックが泣きだした。

「ほら、怖がらせちゃった」とマギー。

だが、マックはコンピュータ画面を見ていない。壁に掛かったポスターを見ていたのだ。

　マギーもそちらに目をやった。少女たちの赤や緑のスカート、ウエイターが着ている飾りのついた鮮やかな青の制服。チョコレート。少女たちの真っ白な歯。

　マックは泣きやまない。絵の右下に、濡れたしみがついていた。

　マギーは薄いシンプルな額を壁からはずして、ポスターを取り出した。額のニス塗りがはげて、古びた黒い木の地肌が見えている。成形したときに使ったのみの痕もあった。

彼女は階段のてっぺんに額を置いた。「クリップ式の額はどこ?」リカルドに尋ねた。「前に使ってた額はどこにあるの?」

リカルドのあとからベッドまで行って戻ると、階段に置いた額は姿を消していた。


一週間雨が降りどおしだった。シムは毎日のように外出している。夜になると、マギーの耳に、シムが部屋で深夜まで延々と作業をする物音が聞こえた。

ある朝、シムのほうから声をかけてきて、マギーはぎょっとした。

「ずっと不愉快な態度をとっててごめん」シムは謝った。「お察しのとおり、制作にかまけてたせいで気が立ってたんだ。とにかく、ごめんね」

「気にしないで」マギーは言った。「調子はどう?」

「疲れてる。でも大丈夫だよ、ほんとに」マギーに聞かれて意外そうな声だったが、本心のようだ。笑顔を見せた。「だんだん元気になってきたよ。ほんとに大丈夫。ちょっと抜け出せたような気がする。骨身を削る思いだったけど」

「よかった」

「ストーリー漫画も描いてるんだ」

「いいじゃない、確か大学時代にも描いてたわよね」

シムは自作の漫画を見せた。マギーの目には、ぱっとしない作品に映った。ポップでシュールな場面のあちこちに、ペン画の例のウサギが登場する。

「クールね」

「ショボいのは自分でもわかってる。でも、きみたちがちゃんと飾ってくれると……」

「シムはかなり出来を気に入ってるみたいね」マギーはリカルドに向かって言った。「私、動画は見てないけど、ここで一緒にいるほうが彼にとっていいんなら、応援してあげようと思うの」

「見てないのかい？　かなりクオリティが上がったと思うぞ」

リカルドはシムのウェブサイトをまたマギーに見せた。あのウサギ。どぎつい背景。デジタル画像の邸宅。色もデザインもストーリー展開もあまり変わっていないが、以前にはなかった自信が感じられる。それまでは流行を先取りしたマンネリズムを装う歯切れの悪さがあったのに、ぞっとするほど流麗に仕上がっている。無駄に騒がしい情景の中に配されたオブジェクトには意味があるのだと、よくわかった。

「へえ」とマギー。

あのウサギがまた芝生を這っていく。窓によじのぼって家に入る。這い出てくるウサギは、ぴくりとも動かぬ人間の子供を抱えている。こっそり連れ出したのだ。

「な？」リカルドは言った。「クオリティも上がったが、気味悪さも半端じゃない」

「やめて」マギーは両手で画面を覆った。

マギーはマックを抱き上げて、シムの部屋の前に立った。出かけるような物音はしていたものの、様子をうかがって耳を澄まし、留守を確認してから、唇を引き結んで中に入った。

シムはガラスをはずした額を、机の端に置いて壁に立てかけていた。

ノートパソコンは開いてあったが、画面は真っ暗だった。机の上いちめんに、写真や書きつけのある紙が置いてある。ぞっとすると同時にばかばかしくもあり、ときに哀れをさそうようでもあるが、グロテスクな冒険の画像というのが趣旨なのだとマギーは思った。読みにくい筆跡で書かれた、断片的な文章や凝りすぎの詩。どれも四方に大きく余白を取って、文字が紙の中央に寄せ集まっている。

マギーはじっと観察した。どの紙の縁にも、しわが寄っている。何かを押しつけたような線状の痕がついているのだ。

額と紙についた痕は寸法がぴったり合う。シムは額を紙の上に載せて、額越しに、額におさまるように文字を書き、絵を描いていたのだ。

マックがぐずった。マギーが額越しに壁紙を見ると、四本の青い木が額におさまっていた。

壁紙の青い木々は身をよじっている最中だった。まるで踊っているかのように、まるで風が吹きつけてでもいるかのように。額におさまったまったく同じ形の木々が、何か意味があるかのようにそろってねじ曲がっている。

彼女はリカルドに電話をした。「どこにいるの？　何時に帰ってくる？」

「どうしたんだ？」

「もう帰れる？　すぐ戻ってきて、お願い」

マギーは自分のスマートフォンで、シムが街なかのビデオ映像を再編集しているのを確かめた。ナレーションや画像の並びが変わっていた。何度となく目にした、おなじみのキャラクターたちが、現実にはありえないようなやり方で街を闊歩している。見たことのあるシムの写真にも編集が施され、彼はなにやらよからぬ使命を帯びた工作員になっていた。

画面が切り替わるたび、カメラの視点がくり返し画面の隅をうかがう。右下の隅。そこに何かがわき出しているとでもいうように。

「いやだ」マギーは思わず口に出して言うと、マックを窓から離した。日が沈みはじめ、線路が夕陽に輝いていた。

シムのノートパソコンのトラックパッドに触れた。スクリーンセーバーが起動して画面が明るくなると、画面の下枠にブル・タック（接着用の粘着ラバー）が二カ所付着しているのに気づいた。何かを押し付けていたらしい。額を手に取り、指で内側をすっとなぞって、作品にかぶさる張り出し部分のすぐ裏にある溝を探った。額の角はパテのへこみにぴったりはまる。黒い額縁に画面中央部がすっぽりとおさまった。

額の中でスクリーンセーバーのシルエットが、身をよじる海獣のように妙にくねくねと動いている。シムはディスプレイに額を立てかけ、枠の中で新しい作品を作っていたのだ。

マックが泣きだしたので、マギーはベッドに寝かしつけるまで抱っこしてあやした。それから額を下の階まで持っていった。汚らわしいもののように体から離して運び、手近の棚に置いた。手をぬぐってから、リカルドにもう一度電話をかけた。

「誰が作ったんだかわからないけど、あの額、へんよ。シムはどこで手に入れたか教えてくれっこないだろうし。中に入っている絵のほうじゃなかったのよ、おかしいのは」

「おいおい、落ち着けよ、いったいなんの話だ？」

マギーは素通しの額の先にある本を見た。額にはまってしまった本。

『高慢と偏見』が奴隷の死体に悪態をついている。マックのお気に入りの絵本『おやすみなさい　おつきさま』も見える。天空が不気味な虚空《ヴォイド》になりつつある。

額をキッチンに持っていき、今度はハミガキの広告ポスターの前にかざしてみた。

白い歯の少女が三人。なにやら悪事をしでかそうとしていた。真ん中の少女は嬉々として情け容赦がない。右側の少女は婦人にレンガで殴りかかる。三人目、カラフルなジグザグ模様のジャンパーを着た少女は、見知らぬ人たちの靴の中に釘をばらまき、白い歯の口元からよだれを垂らしながら地元の小さな町の夜空を飛び回る。手当たりしだいに木を切り倒す。少女たちは酒に酔わせた客の指から指輪を抜き取ってはカウンター係のところへ持っていき、カウンター係はコカ・コーラに毒を仕込む。

マックがまた泣きだした。リカルドの声が聞こえる。マギーは電話を耳に当てたままだったのを思い出した。リカルドがずっと大声で呼びかけていたのだ。

マギーは何度か返事をしようとした。「お願いだから帰ってきて」やっとささやくような声が出た。「マックがベビーベッドでパパを待ってる」

リカルドの大声の途中で電話を切ると、マックの泣き声を振り切り、家を飛び出す。息子を危険な目に遭わせないよう、この額をできるだけ遠くに持っていかなければ。ポスターの少女たちを守ってあげなきゃ。マギーは走った。

外はまだ薄明るい。通りを二つ三つ過ぎれば運河に出る。パブの前を通りかかると、客たちが顔を上げて彼女の走りっぷりに見とれていた。

うしろから足音が聞こえてきたとき、驚きはしなかった。

酒屋と雑誌販売店の黄色い明かりの中を駆け抜ける。「大丈夫かい?」誰かが大きな声で呼ぶ。マギーが走るそのうしろからシムが走ってくる。追いつきそうだ。彼はマギーの行き先を知っている。鉄道トンネルを越えて盛り上がる、住宅地の薄暗い閑静な通りに出た。運河にたどり着く前に追いつかれそうだ。

坂のてっぺんまでたどり着くと、マギーはもう走れなくなった。振り返ると、シムももう走っていない。日没間際の陽射しを背に、彼は歩いて近づいてくる。

シムが両手を挙げた。指でつくった四角形のフレーム越しにマギーを見る。じりじりと近づいてくる。マギーはシムの指のフレーム越しに彼の顔を見つめた。

マギーは、手にした額を橋のレンガに思いっきりたたきつけた。シムが悲鳴をあげる。

渾身の力を込めて振り下ろすと、額は盛大な音をたててまっぷたつになった。引き裂いた残骸を片手にひとつずつ持ってさらに打ちつけ、接着が甘い部分をたたき割った。

額がこなごなになり、シムは怒号をあげた。

マギーは木切れを壁を越えて投げつけた。額のかけらは、はるか下の線路やゴミだらけの斜面に散らばっていき、ビニール袋や洗剤のボトル、ガラスといった雑多な破片にまぎれ、いずれ日にさらされて色あせていく。

「やめろ、やめてくれ！」シムが叫んだ。「なんてことをしてくれたんだ。ぼくの作品が……」彼は橋のへりから目を凝らした。悲しみと怒りが入り交じった目でマギーを見た。二人のあいだに割って入る者は誰もいない。

シムが駆け寄ってマギーの顔を平手打ちにした。マギーはよろめいたが、頰に手を当てながらシムに向き直った。

「あんなものをうちに持ち込んで」平静と言ってもいい声だった。「子供がいるのに」

「おい！」上のほうの窓から誰かが大声を出した。「警察を呼んだぞ、おまえ！」

「うちから出ていって」マギーは言った。ふらつく足でシムに近づき、唾を吐きかけた。「いったい何に力を借りた作品なのよ。ひざまずいて私に感謝してもいいんじゃない、なんだか知らないへんなものから救ってあげたんだから。うちから出ていってよ」

シムがまだにらみつけているので、マギーはまた殴られるものと覚悟したが、彼は長いことぴくりとも動かなかった。

一台のパトカーがサイレンを鳴らして坂を上ってきた。警官に取り押さえられたシムは抵抗しなかった。マギーの身柄は警察に保護された。パトカーで送られて帰る途中、リカルドに行き会った。マックを抱いて電話をかけながら、大声をあげ、必死に妻を探すリカルドに。

「シムは事情を説明しようとしてるんじゃないかと思うんだ」リカルドは言った。「おれたちと話そうとしたがってる。警察を通じたメッセージでね」

「何を説明するっていうの？」とマギー。二人は最後に残っていたシムの私物を家から処分したところだった。

「心配なのかい？」とリカルド。

「そんなことない。心配なもんですか。あんなやつ」

シムに科されたのは身体傷害の罪だった。彼が再勾留されなかったことに二人は驚いたが、警察の説明によると、勾留する根拠がないという。彼は定期的に警察に連絡するよう義務づけられた。終始警察の監視下にあり、その動向が見張られることになる。

「あいつを街に出さないようにしなくちゃ」リカルドは警察に訴えた。「あんなことをしたんですよ」

「率直に申し上げると、彼はいわば傷ついた人間なのです」家族連絡官の女性は言った。

「こっちだってひどい目に遭ったんですよ」リカルドが返した。

「ご心配はもっともです。私はただ、彼が軽い神経衰弱であると申し上げたかっただけです。同情しているわけじゃありません。警察が注意すべき人物はほかにもいます。はっきり言いますと、彼はその範疇には入りません」

マギーはシムのウェブサイトをチェックした。作品はまだそのままウェブ上にあった。前回見たときは、不気味だがイメージがみごとに凝縮し、企画のセンスも感じられた。背景には例のウサギがいたし、マギーの屋根裏部屋を撮った画像の粗い写真の中には、使命を帯びた探検家の姿が映っていた。

ところが今は、画像合成による陳腐な映像でしかない。子供っぽいショックを与えるだけのアニメーションだ。

「天の報いは遅いということわざがありますが」家族連絡官が言った。「彼はあなたがたと連絡をとろうとしていませんか？　なぜなら……」

「いいえ」


マギーはときどき、すべてをなかったことにしようとした。それでもときどき、シムのサイトのリンクをたどりながら、あのとき手にした額の感触を思い出そうとしたりもした。額は縁飾りのない簡素なものだった。すべて木でできていた。額をたたき割ったときに糊付けされていた結合部のかたちをなんとか思い出そうとした。画面を見て、新しい語彙を身につけた。ぷかぷか、クチビル、ウシャギ。

コンピュータの前に座りながら、マギーはシムの作品が生まれた経緯をたどってみようかと考えた。廃棄された芸術品で足の踏み場もなかったあの部屋で、おぞましい死のシーンがひとつやふたつ、いや、無数に生まれていた。マギーが指でたどった枠のほかに、のみとたがねで何を切ったのだろう。ウシャギの絵にも、このキャラクターがいた溝にも、しみがあった。

うちに来るまでどこにいたの、あの額をどこで見つけたの——とシムに問いかけているようだった。かりに彼女がほんものの調査員なら、人殺しの罪に問われた芸術界の大工を見つけるかもしれない。だが、それをやってどうなるというのだ。

でなければ、素材の木か。邪悪な念を持つ木でできているのかも。悪意に満ちたニスを塗ったのかも。からくりなんてないかもしれない。邪悪の根源を知ったって、なんの意味もない。

マギーはノートパソコンを閉じた。

「あいつ、ウェブサイトを閉鎖したぞ」ある日、リカルドが言った。「サイトはあいつの名前で登録が残っているけど、コンテンツは消えた。臆病者め」

シムのコンテンツは削除されたあと、別のサイトに間借りしているわけでもなかった。ロンドンでも最も猥雑きわまりない界隈で汚らしいガラクタに埋もれ、レンガに絵を描いているシムの姿が、マギーの頭に浮かんだ。

今では客室として使っている部屋にマギーは立つ。この先はここを書斎として使うことになるだろう。

彼女は窓枠が切り取る夕闇を見やった。

夏も終わりを迎えた夜遅く、マギーは目が覚めた。

隣で寝ているリカルドは汗びっしょりで寝苦しそうだ。耳をそばだてると、マックは起きていなかった。

マギーは目がむずがゆくなった。体を起こそうとした。家の中ではいつもどおり生活音がしている。マックがつぶやく寝言がベビーモニターから聞こえる。家にいても、外ではネコが啼き、家路につく若者たちの笑い声が聞こえる。

とても眠かったが、階段からの物音で目が覚めた。

あまりの恐怖に息が止まり、体が動かない。

ベッドルームのドアが開き、誰かが入ってきた。カンバスの裏から入ってくるように、ドアの枠を抜けて。

カーテンの隙間から街灯の光が差し込み、男を照らしたが、明るさが足りない。男の体は闇に包まれ、なにかの思惑を抱いている。

坂道を這い下りて、線路へ向かってきた男。ガラクタをより分けていた男。ガラクタを集めては区分けして、列車が押しやった廃木をあさってきた。

誰かがベッドの足もとに立ってこちらを見ているのに、マギーは体が動かない。男は顔の前に額を掲げた。その額を通してマギーを見る。額は新しい釘で補修され、工業用テープが巻いてあった。接着剤の塊がこびりついている。以前より不格好な形に再生されていた。

男は自分の顔を額に入れてマギーに見せた。あごの先、右側にまだら模様がある。発疹なのか、別の病なのか、それとも影なのか。マギーはリカルドを起こすことができない。体が動かないのだ。

男は自分の顔がおさまる形で額を持っている。額を通してマギーを見ているのはまちがいないが、その前面をマギーに向けている。男は自分を作品として彼女に見せているのだ。額の中の作品として。男はマギーを見すえ、マギーは目をそらすことができない。彼は自分を芸術品に作り上げていたのだ。

鳥の声を聞け

Listen the Birds

市田 泉訳

予告篇《トレーラー》

○：○○〜○：○三

二羽の小鳥が地面で喧嘩している。音は聞こえない。

○：○四〜○：○五

三十代の男性Pがやぶの中に立っている。マイクを握り、目を凝らしている。

○：○六〜○：○九

鳥たちに接近。ヨーロッパコマドリだ。赤い胸が光を弾く。激しく羽を動かし、はたき合っている。ハウリング音。

○：一○〜○：一一

男のマイクのクローズアップ。

○：一二〜○：一五

コマドリの喧嘩がスクリーン一杯に映し出される。ハウリング音が不快なまでに高まる。

○：一六〜○：一九

暗闇。静寂。次いで鳥の声。

Pの声（画面外）「縄張り争いだ。ほら、聞いて」

○：二○〜○：二四

ちらかったアパートの一室。PがLPの束をかき回している。Pより若い男Dが見守る。
P「古い野外録音だ。珍品だよ」と一枚のレコードをDに示す。ジャケットは見えない。
D「どうしてこんなタイトルなの」
P「翻訳ミスだろうな」

○：二五〜○：二七
天板がガラスのキッチンテーブルに、食べ残しが散乱している。カメラは固定されている。テーブルは振動している。静寂。

○：二八〜○：三一
Pの顔のクローズアップ。

Dの声（画面外）「あんたはそういうことをやってるんだ」

Pの声（画面外）「そういうことをね」

○：三二〜○：三五
ふたたびテーブル。今度は真ん中で二羽のコマドリが喧嘩している。

皿やグラスのあいだで、二羽が激しく身を震わせる。ロウソクが一本倒れる。画面が切り替わり暗闇になる。

○：三六〜○：三八
Pが自室のテレビを見つめている。画面は青く、「信号スキャン中」の文字が表示されている。

P自身のひずんだ声がスピーカーから聞こえる。

「……うことをね」

○：三九
コマドリの目のクローズアップ。

○：四〇〜○：四二
Pが街路の人ごみの中を歩いていく。

Pの声（画面外）「信号は確認できるが、出ていく信号か、入ってくる信号かわからない」

Pから見えない場所で群集の一人が、次いでPの背後で二人が顔を上げ、絶叫するように空に向かって口をあける。声は立てない。

○：四三～○：四五
Dがささやく。「あんたは何をしようとしているんだ」

○：四六～○：四八
暗闇。ドスンという音。

Pが窓を見つめる。窓ガラスに白い粉塵――粉綿羽で、飛翔するフクロウの姿がくっきりと描かれている。

画面が切り替わり、窓の下の地面を映し出す。傷ついたフクロウが体をぴくぴくと震わせている。

○：四九～○：五〇
Pがカフェで若い女性と話している。二人の周囲のざわめきが聞こえる。Pの声はひずんでいる。唇の動きとは一致していない。
P「再生に問題がある」

○：五一
一対の男女が地面の上で転がり、殴り合っている。顔は虚ろだ。翼の音が聞こえる。

○：五二～○：五七
Dのささやき（画面外）「聞いてくれ、苦しそうに叫んでるんだ」

Dがイヤフォンをつける。一羽の鳥の声が雑音混じりに聞こえてくる。その声は次第に大きくなり、ほかの鳥たちの声が合わさって、ホワイトノイズめいた叫びとなる。

画面が切り替わり、尖塔の上で風見が回転する。一本の草が向きを変える様子が早回しで映し出される。老朽化した人工衛星が地球の周りを回っている。
鳥の声が大きくなる。人工衛星に明りが一つ灯る。人工衛星は姿勢を変え、アンテナを地球と地上の音に向ける。

○：五八〜○：五九
Dがキッチンテーブルで P と向かい合っている。Dは身を乗り出す。
D「聞いて」

一：○○
Pがコンピュータのディスプレイをにらんでいる。
「ファイルが見つかりません」と表示されている。

一：○一〜一：○二
Dの顔のクローズアップ。
D「聞いて」

一：○三
夜。Pがベッドの足元に裸で立っている。顔を上げ、口をあける。遠吠えしているように喉が震える。聞こえるのはハウリング音のみ。

一：○四〜一：○八
Dが叫ぶ。「聞いて！」
Pが叫ぶ。「いいや、おまえが聞くんだ！」テーブルに手を叩きつける。
Dが目を落とす。ガラスの天板に白い粉塵で、Pの手のひらの跡がくっきりと残されている。

一：○九〜一：一四
やぶの中。コマドリの喧嘩のクローズアップ。

画面がPへと切り替わる。マイクを握って見つめている。裸だ。皮膚は細かいかき傷だらけだ。音は聞こえない。
コマドリはふいに喧嘩をやめ、互いから離れてPを見上げる。

一：一五～一：一九
暗闇。塩化ビニールに当たる針の音。雑音混じりのコマドリの声が流れ始める。
Pのささやき（画面外）「おまえが聞くんだ」
タイトル表示『鳥の声を聞け』

馬

A Mount

市田 泉訳

建物の黄ばんだ醜い煉瓦壁の中、小さな裏窓の枠に縁どられ、一枚の曇りガラスの内側に立っているのは磁器の馬だ。高さ一フィート、つややかに白く、緑の模様が点々とちりばめられている。小さな白い花々をみっしりと囲む葉や茎の模様だ。馬は頭を下げ、前肢を低く上げ、陽気に後肢立ちをしている。意気揚々たる磁器の足どりは永遠に変わることがない。

通りに少年がいて、馬の前で静かに涙を流している。人々はその涙にうろたえる。知らないふりをしたくはない。自宅の窓から、あるいは通りすがりに少年に気づいた者が、一人また一人とやってきて、だいじょうぶかい、お母さんはどこ、お父さんはどこ、力になろうか、何があったんだいと話しかける。少年は短くかぶりを振り、手を動かすだけで何も返事をしない。殴られた痕はなく、洋服にも破れや汚れは見当たらない。たぶんまだ十三歳くらいだが、ひょっとすると十七歳くらいかもしれない——少年というより、自分の面倒くらい自分で見られる年齢の若者で、声をかけるのは余計なお世話かもしれない。だとしても、少年が泣きやまなければ、だれかが警察を呼ぶか、うちへおいでと勧めるか、救急車を呼ぶことだろう。しかし少年のすすり泣きはおおむね治まり、足を地面にこすりつけたり、首をすくめたりする様子からは、よほどしげしげと見ない限り、彼がどんなに傷ついているかは読みとれない。少年の様子を見た者はみな、行動に出るのをためらってしまう。

よく注意を払えば、少年が着ているのはどこの服だろうと不思議に思うかもしれない。なにしろ型といい色合いといい、ここ北ロンドンの裏通りにはなんとなくそぐわないのだ。通りのはずれにはスーパーマーケット（業績下方修正を発表したばかり）と、長いこと塗装がはがれ、壊れかけていたが、とうとうとり外され、木製からむき出しのMDF製に変わったガレージのドアがある。ドアの向こうは町工場の作業場のはずだ。

空気の澄んだ寒い日で、小さな落ち葉の山と、まだ雨に濡れているぼろぼろのポリ袋のあいだで、少年だか若者だか――どう呼んでもいいが――は、他人の家の窓の中の馬を見つめている。ガラスに触れようとはしない。

馬の体を棒が貫いている。ミニチュアの胸に刺さった金色の棒は長さ数インチ、安物の金属製か、馬の体と同じ磁器製で安っぽい金色に塗られており、非現実的にも馬衣に固定されている。回転木馬から外してきた馬を象《かたど》っているのだ。生きた馬の像ではなく、ポーズをとった生きた馬の像の像。さらに言うなら、その一頭を（空想の中で）とり外してきた、架空のメリーゴーラウンドの馬たちは、木ではなく、釉薬をかけた強化磁器でできており、像の素材が磁器なのは間違っていないのかもしれない。

もしそうだとしたら、実物から像になって変わったところは、サイズだけであり、素材は変わっていないのだ。

しかし遊具の馬が、架空の遊具の馬が、本当にそのサイズだったら話は別だ。この小さな複製の元になった、もっと大きな遊具など存在しないとしたら――回転木馬は小柄な生き物、人形、小さなおびえた獣たちのためのものだとしたら。小柄な獣たちが、空想の中で回転し、走りながら上下に揺れる、小さな作り物の動物の冷たい体にしがみついているのだとしたら。

なぜこの馬だけが、こういう玩具めいた形になったのか――そういうことが起きたのだとしたら――何か理由があるに違いない。なぜ明るい色の円錐形の屋根がないのか。ほかの動物たちはなぜ一緒ではないのか。動物たちは全部が馬かもしれないし、いろいろな種類があるのかもしれない。けばけばしい色の多様な動物が、回転し上下に跳ねているのかもしれない。そのメリーゴーラウンドは、はるかプロヴァンスの公園のメリーゴーラウンドと同様、優れた芸術の見本をとりそろえ、回転させて讃えているのかもしれない。一頭一頭が、職人のあいだで称讃される様々な回転木馬の一頭をモデルにしているのかもしれない。はっきりした流行があった時代の馬、アヒル、鞍を置いた熊、あの像やこの像の複製、アールデコの羊に追いかけられるバウハウスの虎――動物の数だけ流派の数があり、そのメリーゴーラウンドは、移動遊園地のデザイナーが彼女の先駆者のうちもっとも偉大な人々に捧げた、つぎはぎ状のオマージュとなっているのだ。最高傑作の寄せ集めであり、規範となる作品の数々をゆったりと回転させて見せているのだ。

このコラージュ状の回転木馬は間違いなくとり憑かれている。複製された一頭一頭の動物に、複製された幽霊が乗っているに違いない。乗り手の一人一人が、この寄せ集め的な遊具の回転によって目覚めた最初の亡霊の木霊であり、目に見えないまぶたをぱちぱちさせ、遠慮がちな不信の目でほかの乗り手を見つめ、みんなどこから来たのか、ここはどこなのかと首をかしげ、遊具から降りて互いの個霊空間《スペクトラル・スペース》を侵害するのを恐れている。

だれかが少年と話をすることができれば、しばらく泣きやませて話を聞くことができれば、少年はそんな説明をしようとするかもしれない。

少年は声を詰まらせて説明するかもしれない。どこのものともつかないなまりで話し、ときおり耳慣れないフレーズを差しはさむが、そのときは自分も口ごもるかもしれない。そうしたフレーズは彼自身の頭にも自然に浮かんでくるわけではなく、この土地の言葉は少し遠いところで学んだのであり、話せるけれど好きにはなれない、とでもいうように――哀れな少年、哀れな若者――まるで指示に従ってその言葉を話しているかのように。もしも少年と話をする者がいたとしたら、その人物は彼についてそうした印象を抱くかもしれない。また、少年が何度も両手を上げ、目の前の空気をつかんでいると――ポールを握り、安全のためにしがみついているようだと――気がつくかもしれない。どこから来たのかと訊かれたら、少年は答えないか、答えられないか、ぽつりぽつりとしか返事をしないのではないだろうか。

どうしても少年を通りから連れ出したいと思う者もいるかもしれないが、それはうまくいかないだろう。少年はすばしっこくてつかまえられないし、その場限りの関心や好奇心以上のものを抱いて近づいてくる相手がいれば、すぐにどこかへ行ってしまうはずだ。少年が消えてしまった場合、あとに残された者はすっきりしない思いを抱えることになる――あの子は暗くなったら戻ってくるのではないだろうか、ほかにもだれかやってくるのではないだろうか、と。

自宅の窓から、そこに飾った馬の陰から見かける者もあるかもしれない――新たにやってきた何者かが、何もないところに乗ろうとしているのを。その何者かは空中を探り、乗馬用の踏み台――ルーピン・ステイン（スコットランド語で、馬に乗るための踏み石）――がないので、高すぎるところに足を上げ、何度もよろめいている。

近ごろ町には――どの町にも――奇妙で耳障りな雑音がやたらと多く、夜明けにはまだ早い時間に、心臓をドキドキさせて跳ね起きることもしょっちゅうある。そんな目に遭った者は、よく覚えてはいないが、目を覚ますほど怖かったことは間違いない物音に、なんとか説明をつけようとする。ことによると、今までもずっとそんなふうで、だれもが深夜、激しく狼狽してたびたび目を覚まし、自分を目覚めさせたと思しき恐ろしい音は何でもないのだと信じようとしてきたのかもしれない。あれは犬が神経質に吠え立てただけであり、暴力の音ではないのだと。どこかの子供が、何とかしてやらねばならない、どうしてもそこから救い出してやらねばならない恐怖や寂しさに泣いているわけではないのだと。若者や娘が――いきなり町に溢れかえった奇妙な服装の若者や娘たちの一人が、窓の外から、小さな馬や羊飼いの男女、自動車、魚と天使のつややかな姿を、他人が所有する磁器の動物を見つめ、ぎごちないささやきを漏らしているわけではないのだと。

デザイン

The Design

日暮雅通訳

死者に関わる仕事をしたことがある者なら、誰でも知っていることがひとつある。死体に何かをすれば、自分に返ってくるということだ。スピリチュアルな与太話ではなく、心理学的な話である。このうえなく丁重な処置をしようと同じことで、物言わぬ検体を切り取るだけでも、深刻な反応を引き起こすことがある。すぐに対処しても、やったことの汚名は決して消えない。

　私がこれを書こうと試みるのは二度目だ。何年か前に書いたとき、書き出しはこうだった。『ウィリアムが死んだ今、私は彼の思慮分別を気遣う必要はなくなった』実際に自分でも驚いているが、ウィリアムが死んで以降は自分のことを気にかけようと、決めていたのだ。

　グラスゴーに来たころのウィリアムは、賢明で、希望に満ちて、いくらか世間知らずだが、堅苦しい男ではなかった。多くの悪名高い医学生同様、しょっちゅう飲み騒ぐ日々を楽しんでいたものだ。その一方、解剖学の実習を含む勉学にも励んでいた。のちに本人が私に語ってくれたように、彼は日々の実習で適度な敬意と関心をもって死者を扱っていたが、特にそれ以上ということはなかった。

　研究室は地下にあった。天井近く、表を歩く通行人のふくらはぎの高さに、霜の張った窓があった。私たちのクラスでは――私は最初の何週間か不在だったため、あとから知ったことを頼りに書いているが――四人ずつのグループに分かれた学生たちが、それぞれの死体を囲み、教授の指示を聞きながら、ホルマリンに浸してあるシーツをめくり、死体をつついたり探ったりしていた。

学期も三カ月目に入った寒い夜、遅い時刻のことだった（むろん、部屋の暖房温度は最低限に保たれていた）。夜間に研究室で過ごすことは、試験勉強程度なら許されていたが、正規の授業時間外に死体にメスを入れるのは、共用の教科書に下線を引くことと同様、グループのほかのメンバーに対する無礼な行為と見なされていた。その夜、研究室には三人の学生がいた。うちひとりがウィリアムだった。

ウィリアムは筋肉組織をスケッチしていた。皮膚をはいである腕をつついたり、内部の繊維の動きを見るために腕を回転させたりしていた。

死体は六十代の男性で、四肢がひょろ長いが、晩年になって筋肉がついたようだった。ウィリアムは屈筋と伸筋のあいだを探った。どちらも手の腱からはすでに切り離されていて、それをめくった。死んだ男の腕の内部でゆるやかに曲線を描く、長い骨があらわになった。

そこで彼は手を止めた。しばらく身動きせず、自分の指の下にあるものをじっと見た。組織を払いのけ、ソーセージの皮のように薄い尺骨の膜に指を滑らせた。

黄色味がかった白い骨には、傷がいくつかあった。最初は怪我による傷だと思ったが、でたらめな模様ではなかった。ウィリアムが見ていたものは、たまたま何かの事故でできたようなものではない。

デザインされた模様――絵柄なのだ。

骨膜、つまり骨の繊維状の膜のことだが、そこにできた裂け目から渦巻き模様が見えていた。尺骨と橈骨の骨幹に絡みつくように、装飾写本の縁取りに似た、繊細な模様が刻まれている。

ウィリアムは顔を上げ、長年のしみがついた壁をながめ、それぞれ別の死体のそばにいるジョンとハープリートに目をやってから、また自分の触っている骨に視線を落とした。あるはずのない彫り模様は、まだそこにあった。ガーゼに包まれているかのような、赤錆色の線が見える。

ウィリアムは震えはじめた両手で筋や肉をまくり、骨にもっと光が当たるようにした。細かい模様を目で追った。手首の近くに植物の絵柄が見つかり、その葉のあいだには、さらに細かい線で描かれた小さな人の形があった。

自分やクラスメートがメスを入れるまで、腕の皮膚は無傷だったはずだ。ウィリアムは作業台に身をかがめ、布で隠された死体の顔を見おろした。

「なあ、きみたち」ウィリアムは声を出したが、ジョンにもハープリートにも聞こえていないらしい。ウィリアムは咳払いをしてもう一度声をかけた。ウィリアムがあとで私に語ったところでは、二人が顔を上げたとき、彼は自分が言ったことに心底驚いたそうだ。本当は、「妙なものがあるぞ――わけがわからないんだが、これがどういうことか説明できるか？」と言おうとした。しかし実際には、彼は少しためらい、そしてこう言ったという。「今度の試験はひどいことになりそうだ。自分が何を見ているのかさっぱりわからないよ」

このまぎらわしい表現に、クラスメイトたちはにやりとして、自分の無学ぶりも同様だと口々に言い合ってから、作業に戻った。灰色の腕と骨の表面にある複雑な模様を見つめるウィリアムは、そのまま放っておかれた。


ウィリアムが扱っていた死体にタトゥーはなく、日常生活でできた傷があるぐらいだった。手は体を使う仕事をしていた人間のものらしく見え、拳を見るかぎり、けんか好きではなかったようだ。

これは断言できるが、死体解剖に求められる姿勢を保とうとする者にとって、死体の顔を顔として見るのはかなり難しい。ウィリアムが死体の顔にかかったフランネルの布を持ち上げたとき、そこにあるものを平面的な皮膚としてではなく、目鼻立ちとして認識するのには努力が必要だった。彼は死体のまぶたをあけ、骨に模様のついたこの男が、生きて動いているところを想像してみようとした。

やがてハープリートとジョンは帰っていった。用務員のボーンが研究室をのぞき、うなずいて挨拶するといなくなり、ウィリアムは謎の前でひとりきりとなった。寝ずの番でもするかのように、寒い部屋の中で身動きもせずじっと座っていた。やがて立ち上がったウィリアムは、腹を決めて動きだした。メスを手に取り、自分でも予期した以上の手さばきで、切り口を広げた。半ば隠れている骨を水で洗うあいだも、骨全体に模様が見つかった。

ペイズリー柄、雲のような模様、波。かがんだ女性の絵もあり、体に何本も斜線が入っている。ウィリアムは男の太ももにもメスを入れた。厚い筋肉を切りひらき、大腿骨をあらわにした――死者に優しくしても意味はない――そこにあったのは、骨に刻まれ、脚の内側から自分を見上げてくる目だった。

胸に殉教者のような切り込みを二つ入れた。あばらの片方には航海の風景、もう片方には抽象的な模様があった。

ウィリアムは手を洗った。ときどき外を行き来する足音が聞こえた。

その後二日間は解剖の授業の予定がなかったが、ウィリアムと死体を共有するほかの三人が、いつやってきてもおかしくはなかった。のちにウィリアムは、このデザインは偶然自分が見つけたものであり、自分だけに与えられたものでもなんでもなく、したがってそのときやろうと決めたことにはなんの倫理的権限もないとわかっていた、と私に語った。しかし本当のところ、自分が選ばれたわけではないとウィリアムが思っていたとは、私にはどうにも信じられない。

「今日はだいぶ遅いじゃないか」ウィリアムがようやく研究室を出てきたとき、ボーンが言った。

「そりゃ、まあ」ウィリアムは言った。「もうすぐ試験ですから」ウィリアムは震えていた。まばたきをして微笑んだが、あまりうまく笑えず、寒い暗がりへ向かって歩いていった。

彼がまた戻ってきたのは、二時間ばかりしてからのことだ。くすんだ色の特徴のない服を着て、帽子を目深にかぶっていた。息を詰めて黙り込んだまま、下宿の庭から堆肥をたっぷり載せた手押し車を押してきた。夜明けまでそれほど時間はなかった。ウィリアムは、背後で自分を見おろしている家々をちらりと見た。明かりはない。研究室の外の歩道にひざまずき、あらかじめ掛け金をはずしておいた窓を引きあけた。

例の死体が横たわっている闇の中に手を伸ばし、化学薬品や道具を詰めて窓枠に結びつけておいた袋を引っぱりだした。それから外壁に寄りかかり、体を突っ張りながら、ロープのように巻いておいたシーツの端を手探りした。その先は作業台の下へと伸びていて、ウィリアムの長く不愉快な作業の成果に結わえつけてあった。

ウィリアムにはその手の専門知識がなかった。ひどい仕事だったにちがいない。解剖室にあった教科書の助けを借り、苦しみに悶え、じゃまが入るのを恐れながら、ぎごちない手つきで慎重に、しかしできるだけすばやく、死体をばらばらにしておいたのだった。

一度でも手が滑れば、この重い荷は死者が立てる足音とも言えるようなやかましい音を立てて、床に落ちるだろう。ボーンが駆けつけるかもしれない。ウィリアムは屍の衣でできたロープを使いながら、切断した死体をひとつひとつ外へ引き上げていった。

ようやく路地に座り込み、息をあえがせた。シャツは汗で濡れ、保存液が包みから浸みだして湿っていた。自分の体が悪臭を放っていた。包みを手押し車に並べ、堆肥をかぶせ、死体を埋めた。早起きの労働者のように見えることを願いながら、握り手をつかみ、そこを立ち去った。


翌日ウィリアムの犯罪行為が露見するまでには、かなりの時間がかかった。研究室に二人だけいた学生たちが、自分の持ち場にある死体はこれまで作業してきたのと別物だということにようやく気づいた。

混乱を広める手段をさまざまに吟味したウィリアムは、すべての死体を傷つけておこうかとも考えた(すぐにやめたが)。結局、車輪付き作業台をすべて違う場所に並べ替えるだけにして、死体がなくなった自分の作業台は目立たない壁際に寄せておいた。

効果はあった。ジョンソンとハーシュは、自分たちの担当する死体が部屋の隅に置かれてあると気づくまでに三十分近くかかった。その後二人は、場所が変わったという説明を聞きそびれただけだろうと思い、作業を再開した。そのうち不安にかられて報告したものの、用務員たちが何かのいたずらだろうと目をぎょろりとさせ、すべての死体を決められた場所に戻そうとしたのは、さらに何時間かたったころだった。そして死体のひとつがなくなっていることに気づいたのだった。


ウィリアムにまず必要なものは、隠し場所だった。胸の奥で心臓が騒ぐのを感じながら、死んだ男の部位を何ひとつ損なうまいという突然の願いに取り憑かれ、手押し車を街の不健全な地区へ押していった。

夜も終わろうというころ、ウィリアムは見覚えのある共同住宅を見つけた。四つか五つの建物分の幅がある、窓が割れて火災の痕が残る空き家だ。裏口のドアをこじあけ、がらくたやゴミをかき分けて中へ入るのに、何分もかからなかった。ホームレスや地元の少年たちが用を足すのに使っている、悪臭のする部屋を通り抜けた。胸がむかつくようなこの臭いに、侵入者が二の足を踏んでくれることを祈った。重たい荷物を階段の上へと運び、床におろした。

ウィリアムは、死体が壁に寄りかかって見えるように、それぞれの部位を配置していった。化学薬品がネズミを遠ざけてくれると思いたかった。肉はどこもむきだしになっていない。汚い布で覆われたままの顔が、じっとウィリアムをながめていた。ウィリアムは視線を返したが、胃がぞわぞわとしてきた。

陽が昇ってくるところを想像してみた。太陽の光が屍衣の片側にあたり、死んだ男の片側から、反対側へと這っていくさまを。光に照らされてもぴくりとも動かない死体の姿を。

学部長のケリー博士がこの恥ずべき行為に怒り狂っていたとき、私はその場にいた。私にとっては劇的な初日だった。あわただしい指示と間に合わせの計画によって、以前の勉学の場からグラスゴー大学に転入してきたところだったのだ。私の到着を迎えたのは、怒りのスピーチだった。

研究室には巡査が何人かいた。散会の時が来て、私に礼儀正しく自己紹介してくれた若者たちの一団と一緒に部屋を出ようとすると、そのうちの四人が、警官の待っている場所へ行くようにと用務員に言われた。

「あれは誰だい？」私は尋ねた。

「目下放浪中の死体を担当してた連中さ」誰かが返事をした。「お偉方とスコットランド警察のところへ連れてかれるのさ」彼はそう言って、芝居じみた身震いをしてみせた。

その罪なき仲間たちから、不愉快な尋問の内容を聞けたことは、ウィリアムの助けになった。ウィリアム自身も彼らと同様、何も知らないと言い張った。その夜着ていた服は処分してあった。ミセス・マリーの手押し車は水路の底に沈めてある。当時ウィリアムの行為がばれなかったからといって、この話で警察の無能さを証明したいわけではないということを理解してもらいたい。

「どう思う、みんな？」冷静沈着なヨークシャー生まれの若者、その後一九四〇年にフランスで戦死するミルズが言った。「どんな説明ができる？」

私たちは、死体はいったいどうなったのかという憶測をしゃべり合っていた。盗難、霊的な事象、手の込んだいたずらなどの説が出た。ウィリアムもそのときに一緒にパブにいて、死んだ男が目を覚まし、自分は死んでないと気づき、肩をすくめて家に帰ったんだろうという空想を披露していた。私は——クラスメイトが新参者にしゃべらせようとせっついたので——きっとみんな魔法をかけられて記憶を操作されているんだ、みんなの記憶にある死体は本当は最初からなかったんだ、と主張しておいた。

死体を失った四人グループは——アデンバラの言葉を借りれば「気の毒なイスラエルの民のように」——ほかのグループに振り分けられた。私もグループを割り当てられ、解剖グループのうちの五つが五人組になった。ウィリアムはグループ分裂に大いに文句を言っていた。

消えた死体は、すぐにクラスで流行をつくり出した。何かがなくなると、例の歩く死体がポケットに入れて帰ったんだということになった。廊下から聞こえる不可解な物音は、廊下で下手くそなはいはいをしている幽霊のせいにされた。ウィリアムもほかの学生とたいして変わりない様子で、こうした冗談に加わっていた。

線路の切り通しを見おろす家並みを歩いていたとき、ウィリアムは地元の店があまった商品を保管している物置を見つけ、汚れた窓の奥をのぞいてみた。線路を列車が通過していった。側溝の中で遊んでいた幼い少女が、人形から顔を上げた。

物置の持ち主はごろつきのような年輩の男だったが、賃料に同意してくれた。ウィリアムは危険な化学薬品を扱っていることをほのめかし、自由とプライバシーを尊重してくれるよう念を押した。持ち主は、家の中で酒か麻薬でも密造するのだろうと思ったらしい。好きに想像させておいた。

「近所の若いやつらが入り込まないようにできますかね?」ウィリアムは尋ねた。

「おれの言うことなら聞くさ」

バラバラ死体の包みを取りに例の古い家にこっそり戻るときは、警官が待っていたりしないだろうかと恐ろしかった。が、待っていたのは汚れた布と、それに包まれた肉体の部位だけだった。射し込んだ月の光が、死体の脇から少し離れた床を照らしていた。出来の悪い演出だ。

ウィリアムが新しい研究室に移るまでには、こうした不快な夜の散歩を三回しなければならなかった。胴体部分は旅行かばんで運んだ。そのあとナップザックで、二本の脚、そして両腕と頭を運んだ。扱いのわりに腐敗臭はあまりしなかったが、かといっていい匂いでもなかった。

あの当時、ウィリアムがひどく疲れていることに気づいた人間はいなかっただろうか? 作業ミスが増え、成績が下がっていることにも? いなかったと思う。全員が必死だったし、疲れているのはみな同じだったのだ。秘密の研究のせいでウィリアムがぼんやりすることがあっても、それは不自然には見えなかった。みなお互いにカバーしあってやっていた——「ああ、ブライスは熱で寝込んでしまったんですよ、教授」と。

それが第二の天性、つまり習慣というやつだった。教授もこれに応じ、そっけなく欠席者の回復を願う言葉を口にするだけで終わりだった。

ウィリアムは私とは別のグループにいたが、そのころには私にもウィリアムのことが少しずつわかってきていた。どんな社会集団でも中心になることがない男で、それは私も同じだった。

ある夜、みんなでブラッドリーのゲストとしてクラブに行ったとき（ブラッドリーは鼻持ちならぬ自慢屋だったが、クラブの会員なのでみんなは許していた）、私の話題になったことがあった。

「で、何があったんだ？」リードウィズはそう言い続けていた。彼はいいやつだし、悪意もないのだが、ちょっと酔っていた。「学期の途中なのに、大あわてでこっちに来たのはどうしてなんだ？　確かダラムにいたんだったよな？」上機嫌でさらにこう続けた。「女かい？　なんでグラスゴーに？」

私は曖昧におどけた返事をしたが、リードウィズは許してくれなかった。「いやほんとにさ、しゃべっちまえよ、ジェラルド」彼はそう言い、私をじっと見つめていた。私は誰の顔も見ないでいた。「なぜここへ来たんだい？」

「おいおい、チャールズ」誰かがたしなめたが、ほかの連中も興味は持っていて、誰かがそんな気の利かない質問をしたことを喜んでいたようにも思えた。ご馳走に向かっていく悪党は、お行儀のいい客が責任を回避するありがたい口実なのだ。

そこでウィリアムが口を開いた。

「チャールズ、つまらん話はよせよ。ジェラルドは話したくないんだ。しつこく聞くなんてみっともないぞ」

場はしんとなり、ウィリアム以外はみな気まずい顔をした。「言うと思ったよ」誰かが弱気な声で言った。「おまえもしょっちゅう秘密の道楽を求めて出歩いてるもんな」

ウィリアムは言い返した。「自分の好きなだけ遊ぶ権利が、ぼくにはないっていうのかい？」

ウィリアムはにっこりした。何人かが笑い、会話は再開された。リードウィズが私のもとにやってきて、こっそりと言った。「悪かったたな。馬鹿なことを言って」もちろん私は詫びの必要などないと言った。

ウィリアムと私は一緒に帰った。二人ともポケットに手を突っ込んで、寒さに体を丸めていた。あまり会話はしなかった。「リードウィズのやつは失言が多い」といったたぐいのことも、ウィリアムは何も言わなかった。私の下宿に着くと、私たちは街灯の下で足を止め、ウィリアムが私の目を見た。一瞬の間のあと、彼は私の肩を叩き、それから霧の中へ姿を消した。

防腐剤のあるなしに関係なく、むかむかするようなすえた臭いが死体からしはじめていた。ハラジロカツオブシムシが、甲虫らしい鼻面をのぞかせている。酸が骨をだめにしてしまうかもしれない。新しく見つけた作業場の小さな窓をペンキで塗りつぶし、ドアに錠をかけ、ウィリアムは自分にやれるやりかたで作業を進めた。

何時間もかけて除去した灰色の肉片が、覆いをかぶせたバケツの中で山になっていった。薄めたコロンにハンカチーフを浸し、自分の口元を覆うように結んでおいた。太い骨はナイフで取り外した。小さめの骨、指、複雑で面倒な中足骨は放置しておいた。

もっと大型のこんろが使えたら、と何度考えたことだろう！　できるだけ大きな深鍋で湯を沸かし、そこに頭を入れた。部屋はひどく暑くなった。いかに科学的で冷静な心構えでいようとも、湯が沸騰する深鍋をのぞき、沸き立つあぶくのせいで目がちらっと上を向くのを見てしまうと、かつて誰かのものだった目が自分に視線を投げかけたことを無視してそれを取り除き、熱のせいでまくれた唇がせせら笑うような形になるまで処理しなければならないことを実感し、ひどい気分になった。

深鍋の液体がどろどろしてきた。忌まわしいかな、料理でもしているような手つきで、ウィリアムは穴のあいたおたまで肉をすくいあげた。吐き気をもよおさずにはいられなかった。

煮えるのを待つあいだ、煙草を吸ったり勉強したりしたが、あまり進まなかった。深鍋に水を足した。だいぶ時間がたち、夜も終わろうというころ、ウィリアムはようやくトングで深鍋の中のものを引き上げた。現れたものを見て息をのみ、手元が狂った。引き上げたものが深鍋にどぼんと落ち、熱湯と人間の微粒子のしぶきを跳ね上げた。ウィリアムは震える手で口を押さえた。

もう一度持ち上げた。頭は湯気を立てていた。膨張した卵嚢のようになった眼球が、恐ろしげにこちらを凝視している。それを取り除くと、分離した肉の内側に骨が見えた。

ウィリアムは顔に残っているものをはがしていき、頭蓋骨をきれいに洗った。脳の中身にはもっと創意工夫に富んだ摘出術、たとえばエジプト人がやっていたような、鼻から取りだすなどの手段が必要だろう。目下のところは、戦利品をかかげ、虚ろな視線をながめるだけにした。

頭蓋骨にも、腕の骨と同じように暗赤色の線で模様が描かれていた。黒の顔料によるものではなく、果てしなく張りめぐらされた血管の筋の色が残っているのだ。

前頭骨の片側にあるのは、大型帆船の絵だった。細かい線で描かれた海に浮かぶ、名もなき貨物船だ。左目にかかるように線の飾り結びがあり、船を追って浮上してこようとする化け物のようにも見える。上顎骨には密林があった。古典的装飾様式の曲線で描かれたツタの茂み、リスが群がっている大枝、楽園の鳥たちが求愛し合う緑樹。

蝶形骨では動物が群れていた。頬骨弓には陰影のある機械の歯車が見える。側頭骨には雲。頭頂部には武器。下顎にはサルと果物。鼻孔の周囲は、カリグラファーがおろしたてのペンで書いたような模様に取り巻かれている。

血や皮膚の下にこんな絵柄が隠されていたのだ。この作品を完成させるためには、生命が必要だった――長年の血流が線に色をつけ、長年の成長が骨格を引っぱって正しい形を作ったのだ。この男が六歳のときは、どんなデザインだったのだろう？　十歳のときは？　十七歳のときは？

ウィリアムは航海中の船を指でなぞった。まだ温かい骨に刻まれた線が感じられた。

自分の転入直前に消えた死体について、もちろん私も何度となく話を聞こうとした。ごく当たり前の好奇心だ。どんな死体だった？　と尋ねた。どこを切開してあったんだ？　冗談はさておき、実際のところ何が起きたんだと思う？

その死体を標本として使っていた学生にも質問した。「残念だけど、いいかげんな憶測すら浮かばないよ」と言ったのはサンダーズだ。「解剖自体、好きじゃないしね」と、まるでそれが何か関係あるかのような口ぶりだった。アデンバラやパリッシュからも、たいした意見は聞けなかった。

私がウィリアムに質問を投げかけたとき、彼の愛想はよかったが、口数は少なく、協力的でもなかった。その用心深い反応に気づかずにはいられず、私は自分で思う以上にがっかりしていた。そのころすでに、私はウィリアムの好みに無関心でいられなくなっていたのだ。

学生が使う死体は匿名を保つよう配慮されていたが、私たちもそれほど馬鹿ではない。十分な金と時間と根気があれば、ウィリアムにも例の男の素性は割りだせたはずだ。ただ、実行すれば、自分の身が危うくなると思ったのだった。自分が研究を続ける死者の名を調べるのはよそうと決断したとき、ウィリアムは自分でも妙な喜びを感じた。

私の担当する死体は、ウィリアムが所属する新しいグループの作業台のそばに置かれていた。授業中、ウィリアムはやたらとほかのグループの作業をのぞきにいった。死体の頭頂部から数インチの頭皮をはぐとき、彼は作業台から作業台をわたり歩き、なんの模様もない頭蓋をながめていた。その表情は失望だったのかもしれないし、安堵だったのかもしれない。

ウィリアムの間に合わせの研究室近くでは、あのときの幼い少女が遊んでいたが、同年代の子供たちからのけ者にされているようだった。よく外壁の陰にいて、いつもひとりで、ほつれそうな口と汚れたドレスの貧相な人形で遊んでいた。ウィリアムがそこを出入りするときは、幼い子供らしい、あからさまな疑いの目を向けてきた。

ウィリアムは強い決意で仕事を続けた。足や手も長いこと煮て、ぼろぼろになった肉から小さな骨を取りだした。それを、人間の輪郭を大ざっぱに描いたシーツにていねいに並べていった。頭を示す丸い部分には、頭蓋骨を置いた。舟状骨、有頭骨、三角骨、月状骨。そして、まるで未完成のパズルのような指骨。

どの骨にも、どんなちっぽけな骨にも、模様が刻まれていた。

たえず鍋を煮立たせ、硬い肉をやわらかくして、尺骨、椎骨のすべて、あばら骨や臀部からも血塊を拭いとった。模様が刻まれた男を解体して並べながら、ウィリアムは肉の内側に存在したものを全部見たくてうずうずうしていた。

ウィリアムと私は小さな海洋博物館に行った。自分がそんな場所へ行こうとしていることへの驚きを、私は何度となく口にした。「行きたくないわけじゃないんだよ」私はずっとそう言っていた。「ただ、どうしてここなんだ？」

「心理戦というのはね」とウィリアムは言った。「いかにして自分に人を従わせるかってことなのさ」

私は彼の家族について尋ねてみた。父親は愛想のない事務員だったというが、ウィリアムの口ぶりには悲しげな嫌悪感がにじんでいるように思えた。母親のことは愛情をこめて語ったが、ひそかな憐れみも感じられた。姉は教師、兄は輸入業者で、彼らについては別に話すこともなさそうだった。

私はグラスゴーの造船所に関する自慢げな説明を、声に出して読んだ。快速帆船《クリッパー》の小型模型を、多少皮肉っぽく、かつては雄大な船だったんだろうとかなんとか賞賛した。

ウィリアムが水夫の慰み細工の展示を一心に見つめる様子に、私はとまどった。鯨の歯や骨に、船の生活風景や海の怪物、訓戒めいた言葉が刻まれたものだ。

「こいつはアメリカのだな」ウィリアムは細かい装飾が刻まれたイッカクの牙を示して言った。そんな説明はどこにもなかった。

「詳しいのかい？」私はようやくそう言った。「誰のもとでそんな研究を？」

「誰にだって興味の対象はあるさ」ウィリアムは言った。「きみにだってひそかな関心はあるんじゃないのか、ジェラルド」

私は答えなかった。寄付金箱に硬貨を入れ、入場者名簿にいいかげんな感想を書いて、博物館をあとにした。

「きみがうちの学校に来たとき」長い沈黙のあとで、

ウィリアムが口を開いた。「何やら秘密結社みたいなところに迷い込んでしまったと思ったんじゃないのかい」

「どうして?」

「さあ、わからないけど。みんなお互いをすでに知り尽くしてる連中だから。よそ者みたいな真似をしたなって感じてしまうこともあるだろうと思って」

「そりゃどうも」私は言った。「そこそこうまくやってきたつもりだったんだけど」

「いや、一般論さ、わかってるだろう。そういう気持ちは、まわりが思う以上に人を傷つけるものだって言ってるだけだ。すでに人がいる部屋に入っていくときって、そんな気持ちになるよな。そこにいる人間がきみを溶け込ませようと楽しくやったって、関係ないんだ。まして、きみみたいに突然やってきたら、なおさらだ」ウィリアムは私の目を見なかった。「それについては、もちろんぼくにだって関心はあるよ。リードウィズは厚かましいやつだとは思うけどね」

　ウィリアムは、私が口を開きかけ、何も言わずにまた閉じるのを見ていた。咳払いをして言った。「自分だけが内情を知らないっていう感覚を、多かれ少なかれ人間は持っているものだと思う」

「そうだな」

「ごくまれに」彼は続けた。「本当に内情が存在する場合もある。関知すべきじゃない何かに出くわしてしまう人間もいる。内情に通じた人間は、どんな努力で応じればいいんだろうな」

　一瞬、ウィリアムは痛ましいほど幼げで孤独に見えた。私たちはしばらく黙っていた。

「大丈夫なのか?」私は尋ねた。

「おや」ウィリアムは言った。「ぼくも、今まさに同じことを聞こうとしてたのに」私は何も言わなかった。

「ぼくのことは気にするなよ」

「もし何か起きているのなら……」私はためらいが

ちに言った。本当に何かが起きてしまっていて、それがなんなのか、ウィリアムが話しだすことを恐れるかのように。
「ぼくのことは気にするな」

すべて終わった。骨はきれいになった。人間ジグソーパズルは完成した。

もう冬が終わりつつある。ウィリアムは排水口を酸で洗った。

その日は誰かにあとをつけられている気がして、作業部屋まで遠回りをして行った。骨を乾かし、優しくブラシをかけた。上腕骨を回しながら、船乗りシンドバッドのような人間がさまざまな土地を旅する様子が浮かぶのを、目で追った。骨にもっと光沢をつけたかった。

少しためらったあと、ノートに走り書きをしてページを破りとり、ドアをあけて人形遊びをしている少女に目をやった。少女はウィリアムの視線を警戒するように立っていた。「やあ」彼は声をかけた。「一シリング欲しくないかい？」

少女はようやく何か言ったが、訛りがひどく、ウィリアムは思わず笑ってしまった。何を言ったかほとんどわからなかった。

「ミスター・マレーを知ってる？」このあたりの人間なら知っているはずだった。「ミスター・マレーにこれをわたしてくれないかな。蜜蠟をくれるはずだ。それを持って帰ってきてくれたら、一シリングあげるよ」

少女はノートの切れ端を受け取り、目指す場所へと駆けだしていった。彼の記憶のかぎり、その日を最後に少女の姿は見かけなくなったという。ウィリアムは階段に腰かけ、ドアを閉めてそこに寄りかかり、陽射しの中で煙草を吸った。

少女が大きな瓶を抱えて戻ってくると、ウィリアムは拍手で迎え、両手を差しだした。少女は蜜蠟をわたし、にっこりと笑顔を見せた。

少女が何か言った。「あの部屋に何があるの」と聞かれていることがわかると、ウィリアムはこう返事をした。「教えられないんだよ」少女は背中を向け、何も言わず、何もせがむことなく、すぐに歩きだした。答えをもらえなくても驚かない少女を見て、ウィリアムは衝撃を受けた。そして少女を呼び戻した。


ウィリアムは骨磨きを楽しむようになっていた。模様の刻まれた骨を、一本一本ピカピカに磨いた。頭蓋骨は輝いていた。肩甲骨、胸骨、脛骨に腓骨。左の膝蓋骨には昇る太陽、右には三日月とオオカミ。死んだ男がひざまずくときは、異教徒の文様を地につけていたのだ。

「正直な話ね」と、のちにウィリアムは私に話した。「ようやくああやってすべてを見られたときは、涙が出てきたよ」

これは解剖されるべきものだったんだ、と彼は思い、絵柄をたどり、道筋を、すでに目にしていた船の旅路を探求した。腕、脚、脚、腕、頭、あばら骨をぐるり。そんな感じだろうか？　英雄の旅路だろうか？

「これがなんだかわかるかい？」ウィリアムは尋ねた。ウィリアムが手に持った模様入りの塊を、少女はじっと見た。そして、ビスケット？　と聞いた。「仙骨って呼ばれてる」ウィリアムは言った。「ぼくにもある。大人になったら、きみも持つことになる。ただね、これが見えるかい？」仙骨の左から右へ、風になびく旗が並んでいる。山々、そして森。少女はしかつめらしくそれを見つめていた。あんたが描いたの？

違うよ、と彼は答えた。何かが、あるいはほかの誰かが描いたんだ。

ウィリアムは少女に模様を触らせてやった。これを見たのはもう自分だけではないということが、うれしかった。模様を少女の記憶にとどめさせた。これは人間の皮膚の下にあったんだと教えてやった。

「これがぼくみたいな男をどんな気持ちにさせるか、きみにも想像がつくと思う」とウィリアムは言った。

「自分は自由思想家だと思っていたけど、そんな威勢のいいものとは思えなくなった。ぼくみたいな人間には厄介なレッテルだ。だって、ほかに誰がこんなものをここに残せる?」ウィリアムの声は低くなった。

「神の手による慰み細工だよ」

少女は彼を見ず、彼も少女を見なかった。

「この男は何者だったんだろう?」ウィリアムは話を続けた。「彼は知ってたんだろうか? ほかにこういう人間がどのぐらいいるんだろう? 何かの兄弟の絆みたいなものかな——姉妹もいるんだろうな、疑う理由はないよ。彫り物を喜んで受ける同志みたいなものかな?」

家がきしむような音がして、ウィリアムは目を上げた。上の階に新しい間借り人がいて、その動きが彼を警戒させた。足音に聞き覚えがある気がした。

「誰もが見事な出来ばえだと言うはずさ」彼は言った。「ただ、ひとつ気になる。ちょっと無計画な作品に見えないか?」

このデザインに物語があるとしても、ウィリアムにその意味は理解できなかった。男とサル、女とヨタカ、星、毛皮や羽毛をまとった怪物、機械、時計、火打ち石銃を使った狩り、石の玉座にいるキリンの高官《パシャ》、雲の上までそびえるタマネギ形の丸屋根がある街、ケルトの墓碑のような飾り結び。これらに物語性があるとは思えない。ウィリアムは大顎にくわえられた怪物を見せ、少女を笑わせた。

「装飾のある写本なんかでは、なぜ絵が添えられているのか、文章との関連でわかることもある。隅っこに絵柄が無造作に寄せ集められていても、多かれ少なかれひとつの主題になっているらしいってこともある」

また上の階から物音がした。身をかがめて穴をのぞこうとしているようなきしみだった。このときウィリアムは考えにふけっていて、音に気づかなかった。しかし少女には聞こえた。ウィリアムが話を続けるあいだにも、少女はびくっと顔を上げた。「最初のうちは、自分がここで見ているものはそういうものだと思ってたんだ。実質的には……」彼はしばしためらった。「落書きだ。とても優れた部類のね。余白への書き込みだ。ただ……」

ウィリアムはあばらの湾曲部に描かれた渦巻きを指さした。「この模様を見てごらん。明らかに変化してる。曲線が複雑になってるんだ。骨の片方の端ではわりと単純だった線が、名人芸の技巧に変わってきてる。あちこちでそういうことが起きてるんだ。進化してる。ここにあるのと同じ模様が——」彼は脛骨の模様を示した。「——こっちにもある——」今度は頭蓋骨の脇。「だけど、こっちのほうがずっと精巧だ。こういう〝進歩〟がたくさん見える。

この骨は実験なんじゃないかと思う。研究、参照、準備、そしてアイデアのテスト。この骸骨はもともと、手慣らしに使われてたんだよ。芸術家が本当の課題に取り組む前のね。どれが何になるのかもわからない。この男を使ってやるのか、ひょっとすると人間を使うかどうかもわからない」

ウィリアムはペンキを塗った窓に目をやった。外の光でガラスが輝いている。彼は早口になった。「たとえば、今から二十年ぐらいたって、ノルウェーの船がシロナガスクジラを陸揚げしたとする。水夫が皮をはいでいると、グンナー・グンナルソン（アイスランドの作家）がこう言うんだ。『見よ、あのむきだしになった巨大な頭蓋の隅に、人の姿が刻まれているのを。等身大の人間が。完全な形で。本物よりも精密なほどの線画で。そして見よ、あの肉の下で、すべてが導かれて作品となるのを。実に美しい。驚くべき物語が語られているのを』どうだい？」ウィリアムは少女に笑いかけた。

「クジラの骨に刻まれた物語さ」

少女はウィリアムをじっと見た。「ここにいるぼくらの友だちを使うのか？」ウィリアムは言った。「そのほかの誰かを使うのかもわからない」彼はドアに向けて、グラスゴーのすべての人間に向けて、両手をさしのべた。「すべての人間が、大ざっぱなスケッチだ。この男が受けた扱いは、ぼくらがモノを使い終わったときと同じだ。捨てられてしまう。ぼくらもそうさ」

ウィリアムはまた笑ったが、目に涙がにじんだ。「ゴミ箱行きなんだ」

ウィリアムの熱弁は大人でも呑み込まれてしまうような勢いで、まして少女となるとなおさらだった。彼は骨を見つめていた。

「ぼくやきみの皮膚の下を見てみたら、何が見つかるんだろうね？　こういう人間がたくさんいるとは思えない――いたら噂になるだろうし。でも、この男だけがそうだとも思えない。どのぐらいの人間が落書きされてるんだろう？

もちろん、自分の皮膚の下をちょっと見てみようかって考えたことはあるよ」彼は自分のむこうずねを軽く叩いた。「なぜやめたか？　もし自分もそうだって、あるいは自分は違うって、それがわかってしまうことに耐えられないと思ったんだ」

ウィリアムは指先を唇につけた。少女はまじめな顔でそれをまねた。彼女はまた天井を見上げたが、音はやんでいた。「自分がデザインをまとっていると知ってる人たちは」とウィリアムは言った。「その理由がなんであれ、なんの前触れであれ、きっと必死に注目を避けようとするだろうね。ここにいるこの男も、厳重な管理の対象になるはずだ。誰が送られてくるのか、ぼくみたいにたまたま気づいた人間に何をするのかもわからない。ぼくらは絶対に黙っていないとね。悪いやつらが来るかもしれない。

そもそも、この芸術が神の仕業じゃなく、別の誰かがやったって可能性もなくはないんだ」

少女は椎骨を盗もうとした。ウィリアムは、たまたま海岸で化石を見つけたかのように驚いたふりをして、少女のポケットから骨を取り戻した。「このすばらしい標本はね、ぼくが持っていなけりゃならないんだ」それはぼくが買い取ろう、と彼は少女に言い、もう一シリングやった。

少女はドアのそばで足を止めた。「クジラじゃない」彼女は言った。「ちっちゃいネズミよ」

「そうだ。そうだね!」ウィリアムはうれしくなった。「そうかもしれないよ」

ウィリアムは少女が出ていくのを見送った。この作品は、聖書の世界の深みに沈んでいくためのものというよりは下描きでしかなく、この男は小銭に替えるために集められる紙くずのようなものなのかもしれない。ある日ネコがネズミをとらえて食べてしまえば、美しく繊細な図柄、顕微鏡でしか見えないような細工までも嚙み砕かれてしまうのかもしれないのだ。

少女の年齢や状況を考えれば、たとえ通報しても聞いてもらえるわけがないと考えるのは、自然なことだと思う。しかしその後、人生の新たな段階に移ろうと考えたとき、私は若い女性に成長したはずの少女をなんとしても見つけるべきだと感じた。名前もわからないし、彼女が目にしたものを覚えている可能性も低いだろう。しかし考えてみれば、彼女がその記憶を、興味のありそうなほかの誰か、私以外の誰かに暴露する可能性はある。そうなればどれだけ注目されるかと思うと、私は不安を覚えた。

ウィリアムの顔色はスコットランドの空よりも青白くなり、体もやせてきた。彼が講義に遅れて駆け込んできて、《パンチ》誌の漫画の人物みたいに論文を撒き散らす姿を、私はじっとながめていた。

「率直に言ってもいいかな？」私は彼に言った。

「きみは神《ゴッド》についてどういう立場《スタンド・オン》をとっている？」ウィリアムは私をさえぎって言った。その声は張り詰めていた。あの少女に対してと同じように、だいぶ早口だった。

「その神聖なる頭の載った冠を頼りにする《スタンド・オン》、というところかな」私は言った。ほんの一瞬だが、期待に沿う答えを得たような微笑が返ってきた。「ぼくはきみたちが非国教徒と呼ぶような家の出だが」と私は慎重に言った。「ぼくが信心深いか？　神学に熱心だったことはほとんどない。ただ、信仰は頭の中だけのことじゃない。体の中にも存在する。ぼくらは育った環境によって、信仰を与えられ、教えを受ける。黙して語らない人間も、はっきり表に出す人間もいるが」私はちらっと彼を見た。「誰もが命令を受けている」

　私がそんなことを言ったので、ウィリアムはぎょっとした。私もだった。そのときの私は、ある種の重圧のもとにあったのだ。

「もちろん、そんな古くさい命令に従うかどうかは、また別の話だ」私はあわてて言った。「ときには人は、自分に驚くこともある。服従は不服従と同じように危険をともなうし、自分が何かを失う覚悟をしているときは、危険はそれしかないように見えるものだ。みんなきみのことを心配してる。ぼくも心配してる」

「ありがたいよ」と言ってから、ウィリアムは咳払いをした。「そんな必要はまったくないのに」

「馬鹿言うな」と言うと彼はびくっとしたが、私は軽い話として済ませたくなかった。「何をしているかは知らないが、きみはよくない方向に向かってるよ。ウィリアム、やめるべきだ」

　ウィリアムは疲れた目で私をながめ、何かを説明しようとしていた。「神《ヤハウェ》のことだけど」と彼は言った。「それと神に関する事象についてだけど、たぶん〝理解〟というものは過大評価されてる。生まれつきの傍観者で、哲学者にはなれない人間もいる。きみはどう思う?」

「そうだな」私はできるだけ気軽な口調でゆっくりと言った。「ぼくは外科医でいることを楽しめるようになりたいね」そして目をそらした。「メスを与えられた修理屋っていう仕事には魅力を感じているよ。誰が何に熱中するようになるか、驚かされることは多いさ」

「まったくだ」と彼は言ったが、私は目を合わせなかった。ようやくウィリアムの注意が私から離れていった。彼の気持ちが、私が歩いたかもしれないあの集合住宅の通りに通じるルートを進み、彼が私に打ち明けようとしない秘密へと戻っていく様子が、私には手に取るように感じられた。私にはわかった。というか断言できた。あとをつけられていると彼が感じていることを。

そのときが来た。空はいつもの灰色で、いつもの突風が路地を吹き抜けても、街はたちまち元気を回復した。自分のしたことの何が疑いをかきたてたのか、自分を見捨てたのが誰なのか、どちらもわからないウィリアムは、いらだちをつのらせた。

そのときの彼は、自分の間に合わせの研究室にある骨の航海日誌のそばにいて、奇妙で陰鬱な光だけが照らすデザインの絵柄を、苦心してカメラにおさめていた。プロのカメラマンに金をやって口止めするような、危ない橋をわたる気はなかった。そこにノックの音がした。

戸口には警官が二人と、医学部の用務員が立っていた。ウィリアムは弱々しく抗議を試みたが、彼らはすんなり中に入ってきた。捜索のあいだウィリアムは通りに出て、終わるのを待った。近所の人々が集まってきた。あの幼い少女の姿は見えなかったが、部屋の家主はいた。家主は顔を上げ、ウィリアムの頭上に見える部屋の窓を見た。罪の意識に打たれているようだった。家主の保護下にあるはずの間借り人に、こんなことが起きたことへの罪の意識だろうか、とウィリアムは思った。彼がこちらを見たので、ウィリアムはうなずいて安心させようとした。

何年ものつきあいのあいだ、私はウィリアムがなしとげた、ほかのすばらしいふるまいをたくさん見てきた。もちろん人命を救うところも見た。医者があまりやりたがらないような方法で、おびえる患者を落ちつかせるところも見た。だが、私が驚いたのは、彼の気取らない無言の心くばりだった。ウィリアムは、ほかならぬ自分自身の破滅の瞬間に、よく知りもしない男を安心させようとしたのだ。この感嘆の気持ちを、表現せずにおくことはできない。

骸骨が横たわる床には、小さなきり、ちっぽけなねじ、接着剤、そしてワイヤがあった。ウィリアムは骨に小さな穴をあけていた。「ばらばらのままにしておくわけにはいかなかったんですよ」と、彼は用務員に言った。そして片手を上げ、いずれは骸骨を吊るつもりでいた、絞首刑に使うような革紐を示した。「ああ、やめてください、お願いします」彼は言った。巡査が骨を乱暴に束ねるさまは、彼には耐えがたいものだったのだ。

ウィリアムが驚いたことに、彼は警察にでなく大学当局に連行された。カレッジの学長や学部長など七人の老齢者たちが、ガウンをはためかせながら無情な質問を大声で浴びせてきた。ウィリアムがあとで話してくれたが、彼は両親のことを考え、目前に迫っている放校処分についても考えていた。細工つきの骨がどうなったかについても考えていた。「そしてきみのことも」と彼は私に言った。

「なぜあんな気味の悪いことを？」ケリー博士が詰問した。「あんな彫刻の何が楽しかったのだ？」

「いえ」ウィリアムはぎょっとして言った。「ぼくじゃありません」そう言いかけた。「ぼくがやったんじゃない。あの骸骨が……」そこで博士の表情を見て、口をつぐんだ。

「身の毛のよだつ品だ」ケリーはウィリアムに言わせれば激しい口調だったという。「きみの芸術的傾向は道徳的とは言えないし、医者にふさわしいとも思わない。優れた技巧なのは認めるが、異様なものだとしか言いようがない。それで、材料はどこから調達したのだ？」

ウィリアムはケリーを見つめた。「終わりにはしたくなかろう」ケリーはゆっくりと言った。「見込みある将来を、このような不法行為でだめにしたくはないはずだ。で――あの骨はどこで手に入れた？」ウィリアムはぽかんと口をあけ、取り引きを持ちかけられているのだと悟った。

「買ったのです、学部長」ウィリアムはようやく、しっかりした口調で言った。「作品を作るために」そして片手を持ち上げ、何かを彫るような動きをしてみせた。学部長は静観していた。その顔はほっとしているように見えた。

ウィリアムの下宿のおかみによれば、翌月末までの家賃は支払い済みだったが、彼はそこから姿を消した。クラスの大半は、家に帰されたのだろうと考えていた。私にもまったく連絡はなかった。だが、ウィリアムへの尋問から二週間後、私以外のほぼ全員にとってまったく予想外なことに、ある講義が始まって間もなく、ウィリアムが静かに教室に入ってきた。

驚きの大波は、サージ教授の怒りのひとにらみで静まった。私たちがいったん静まると、ウィリアムは顔を上げ、そして私を見つけた。私ににっこりと笑いかけ、あとで説明すると伝えるように、人差し指を立ててみせた。

講義のあとみんなが集まり、ウィリアムの背中を叩き、何があったのかと尋ねた。彼はにんまりと笑った。「まあ、つまりだね、馬鹿をやっちゃってさ。ちょっとしたペナルティだ。ぼくがいないあいだに何かあったかい？」説明はそんな感じだった。

ほかの人間がいない場所で、彼は私に言った。「してはならないことをやってたのを、見つかってしまったんだ。骨を持ってるのがばれて、それで――」

「人間の骨か？」

「もちろんそうさ」私たちはたがいの目を見合った。

「どこから骨を手に入れたのか、不審に思われたに違いないよ。ただ、ぼくにはよくわからない理由で、誰かが口添えをしてくれたらしくて、それで……まあね、厳しい警告は受けたし、骨は没収されて、医者としての人生が終わるまではいい子にしてるって約束させられたよ」彼は悲しげに笑った。

「ぼくにはわかってるよ、ウィリアム」おそらくは少し震える声で、私は言った。「それで全部というわけじゃないんだろう？」ウィリアムはまた笑った。「ただ、きみは前に、教養ある態度で、人に言えないことがある人間には寛容でいるべきだって言ってくれたね。だから」私は彼に頭を下げてみせた。

その後ウィリアムは長きにわたり、実際に起きたことを私に話そうとしなかった。それでも私は、この話題がこれきりになるとはまるで考えていなかった。

私は見苦しくない成績で卒業し、ウィリアムも無事やりとげた。私たちは、南ロンドン、オックスフォード、リーズ、そして再びロンドンで仕事をした。ウィリアムはスウォンジーで職を得て二年を過ごし、そのあと南イングランドの海岸にある病院に移った。私はダラムの仕事を受けた。

「信じられないよ」と言うウィリアムに、ダラムはそんなに遠くないよ、と私は言った。

「遠いじゃないか」彼の声が大きくなった。「ダラムのことは、話すのも嫌なはずだぞ。過去に何があったかはともかく、もう一度そこへ行く義務があるとでも思ってるみたいだが――」ウィリアムは怒りつつも、それ以上の詮索はしなかった。「――ダラムはきみ向きじゃないよ。きみがやせ衰えてつらそうに列車を降りてくるのを、出迎えなきゃならないのはこっちだぞ」

「わくわくするようなことは起きないと思うけれど……大げさだよ。どんな生活だって、慎重にやっていかなけりゃならないものさ」

私たちが医者になって五年がたったころ、グラスゴー大学医学部で会議が開かれることになり、私たちの期の卒業生も出席するよう広く通達があった。会議は同窓会になった。みんなとまた会い、かつての講師で今は同業者となった人々と交流を温めるのは、楽しかった。五年などたいした時間でないのはわかっている。当時はノスタルジアを感じたが、今となってはそれもおかしなものだと思う。

大学の中庭の片端に――たぶん今もあると思うが――小さな医学博物館があった。「行こうぜ」滞在の最後の日、私はウィリアムに言った。「入ってみようじゃないか」そのあと何が起こるのか、私にははっきりしていると思われた。

二つの展示室には展示ケースが乱雑に並び、それなりの魅力にあふれていた。古い外科手術用の道具、医学史のジオラマ。太陽の光は斜めに射し込んでいて、特に展示の役に立っているとは言えなかった。

私は角を曲がり、足を止めた。「これはなんだ?」私の表情を見たウィリアムは、ケースのそばに急いでやってきて、私が見つけたものを目にした。

ケースの中にぶらさがっている骸骨は、全身が揃ってはいなかった。頭蓋骨、肩、あばら、右腕と右手、そして左の上腕骨だけだ。十四番目の椎骨より下はない。骨は磨かれていた。デザインも鮮明に見えた。私は、海の風景を、ガーゴイルを、植物や模様を、みずから喜びを表しているかのような線の数々を見つめた。

ウィリアムはガラスに両手を当てた。「実にすばらしい……」彼は何かを話しはじめようとしたが、私は「よせよ」と言った。

『出自不詳』と表示には書かれていた。『作者不詳』とも。

私は頭蓋骨を見た。「ウィリアム、きみが停学になったとき、想像はつくと思うが、ありとあらゆる噂が流れたんだ……」

「わかった。すべて話すよ」彼は言いながら展示ケースに近づいた。

「これだよ。きみがいろんな噂を聞いた死体はこれだ。一瞬、別の骨かと思ったが、確かにこれだ。というより、その残りだね。連中はいったい何をやったんだろうな？」彼は息をついだ。「これを見ると……」

「なぜここにあるんだ？」私は尋ねた。

「ここって、ここ《ヽヽ》か？」ウィリアムは骨を指さした。「それとも、ここ《ヽヽ》ってことか？」彼の指が円を描き、この世界そのものを示した。「わからない。それに、その答えを追求するのは賢明じゃないと思う」彼の口調には妙な堅苦しさがあった。「これがなぜここにあるのかを知っている人間がいるとしても、ぼくは近づくべきじゃないな」彼は私を見た。「ただ、きみになら話はするよ」

私は彼を訪ねて南部へ行った。私が列車を降りると、ウィリアムは私の体に目を走らせた。私はやせていた。自転車でダウンズまで行き、粘土質の盆地で競うようにサンドイッチをむさぼり食った。その午後は異常なくらい暑かった。マルハナバチやスイカズラや、その他もろもろのあいだをただのんびり歩く一日、イングランドの田園が本気を出せば、ほかのどこで過ごす夏の日よりもすばらしく、どことも違うと思えるものにできる、そんな一日だった。おだやかで静かで快いが、何かが迫っているという感覚を感じずにはいられない一日。それを体験した人間も、どんなふうだったかも忘れてしまうような一日。

「ダラムではうまくやってるのか？」ウィリアムはきつめの口調で言った。

「なんとかやってる。そう長くはならないよ」と言うと、ウィリアムはうなずいた。

「きみたちが——」しばらくしてウィリアムは言った。「グラスゴーできみたちが、何が起きたと考えていたかは想像がつく」彼はパンをかじり、煙草をふかし、リンゴ酒を飲んだ。「ただ、ぼくには彫刻なんてできないよ、ジェラルド。どうやるのかも知らない」そしてにっこりと笑った。「自分が仲間に、黒魔術のために死体を盗んだ男だと思われてたって知るのは、奇妙なものだな。かろうじて刑務所行きはまぬがれた男だと……」

「全員じゃないよ」私は言った。「一部の連中が……」

ウィリアムは手を振って私を黙らせた。「彫刻はしてないけど、あの死体を盗んだのはぼくだ」

陽射しがしだいに色濃くなり、影が伸びていくあいだ、彼は私にすべてを話してくれた。それは私が多少の割愛と修正を加えつつ、ここに書き記したとおりだ。

ウィリアムの言葉を私がすべて信じたことは、彼にも伝わったようだった。私が疑いを持たなかったことで、安心したらしい。あの共同住宅で過ごした最初のいく晩かのあいだ、死体がどんな様子だったかを聞いたときは、私もさすがに多少のショックは受けた。

列車に間に合うよう、一緒に自転車で駅へ向かうあいだの道のりは、身の毛のよだつようなひとときだった。

私はその後、長年ウィリアムと一緒に仕事をするという栄誉を得た。彼の死後しばらくは、彼の慈善活動のひとつの運営もやった。得意な分野ではなかったが、彼のために最善を尽くそうとした。

国民健康保険に対するウィリアムの冷淡さが情熱に変わったのは、戦後のことで、そこからウィリアムの経歴は花ひらいた。彼は政治的な人間ではなかったが、一九五〇年代に大学付属病院で仕事をし、それを通じて、現在では〝社会医学〟と呼ばれているものに献身するようになった。この分野での努力が認められ、最終的には大英帝国勲章も授与された。ウィリアムは教育に大きな関心を持っていた。よく脱線はするが、いい教師だった。名誉なんてものは本人がせせら笑ったかもしれないが、その名誉を讃え、ある手術技術の名称として彼の名が使われるようになったことは、本人も喜んだのではないかと思う。

ウィリアムは医療倫理についても過激な主張の持ち主だった。臓器提供の推定同意モデルを支持したばかりでなく、明確な否定の指示がない場合は、誰もが自分の体を医学のために提供しなければならないという考えを主張した。私はよくたしなめたものだ。「ウィリアム、馬鹿げているよ。本気じゃないだろうね」「もちろん本気さ」これもまた、長年さまざまなことを共有しあってきた人間が、人前で喜んでやるような議論のひとつだった。「ぼくが死んだら、きみがぼくを手術台に載せてくれよ」彼はそう言い張った。「そうしたらぼくは、生徒たちに目を光らせられるからね」冗談はともかく、ウィリアムはこうした主義を真剣にとらえていた。献体の書類に署名しただけでなく、友人たちにも熱弁をふるい、同じ行動をとるのが医師としての義務だと主張した。もちろん私はとりわけ熱心に説得され、ついには折れて彼の見る前で書類にサインをした。

私は一度、グラスゴーに一緒に戻り、あの展示品をもう一度見てみようと言ったことがある。「なんにもならないよ」ウィリアムは頑として私にそう言った。「それでも」と私は慎重に言った。「何があったのかを調べることぐらいは、ぼくにもできる。きみは微妙な立場だろうけど、ぼくなら――」

「ジェラルド。きみが目をつけられるようなことにはしたくないんだ。ぼくがたまたま見つけたものがなんであろうと、ぼくを、あるいはきみを待ち受けているものには、誰にも関わりを持ってほしくない」

私はうなずくと目をそらし、彼の幼い話し相手のことを思い出した。「もしかしたら、誰かがきみのあの作業部屋へ警察を呼んだのは、いいことだったのかもしれないな。おかげでほかの組織に見つからずに済んだのかも」

ウィリアムは手術をするとき、いつもじっくりと骨を観察する。そのことには気づいていた。ひょっとしたら『同じ人間への二度めの落雷』があるかもしれない、と思ったのだろう。あるいは、最初の落雷が偶然ではなく自分へのメッセージだったのかもしれない、と。「ときどきね」と彼は何度となく私に言った。世界は「出会う誰もが候補者に思えることもある。〝デザイン〟に満ちあふれてるんじゃないかって」

ウィリアム自身の骨も、調べようと思えばたぶん調べられただろう。そう提案してみたこともある。彼のひざを叩き、「ちょっと麻酔でもかけてみようか？」と私が言うと、ウィリアムは私を奇妙な目で見た。そして、神は自分の存在証明なんて拒否するさ、などと月並みな文句をつぶやいた。結果がどっちに転ぼうと、それで得た確信は、やはり彼を苦しめただろうと思う。何年も前にウィリアムが少女にそう認めたように。何人《なんぴと》も教えに従う必要はない。私はそれが自分の存在証明だと思っている。計画が脱線すれば、人生の大部分は寄せ集めのつぎはぎ状態になる。幸福というものは、しばしばそこから生まれるのだ。

チャンスができしだい、私はダラムへ行って自分がやり残したことをやった。そして変化を求めた私は、永住するために南イングランドへ向かった。ウィリアムと私は、いくらか分不相応な家に移り住んだ。

最初の何年かは、私たちのどちらかが、十分な説明もなく何日も家をあけることが何度かあった。ダウンズでのあの日以降、私もそうした。ウィリアムが消えることもあったが、やがて考え深げな顔で戻ってきた。

私たちはつねに、おたがいの秘密に徹底した敬意を払ってきた。彼が家をあけても行き先を尋ねたりはしなかったが、かつてグラスゴー行きをあんなに激しく拒んだわりに、彼の持ち物をちょっと調べれば、スコットランドの新聞やグラスゴー行きの切符があっさり見つかったりした。そうした旅に関して彼が言及したのは、一度きりだった。一緒に暮らしてから何年かたったころ、ウィリアムは二日間家をあけて帰ってくると、咳払いをして、お茶を注ぎながらこう言った。

「あれがなくなった」

「博物館の展示品ってのは、変わっていくものさ」と私が答え、話はそれで終わりになった。

私がどこかから戻ってきたときには、ウィリアムも私があそこへ言った証拠を探したのではないだろうか。だとすれば、がっかりしたはずだ。私は彼よりも慎重だったし、たとえ旅先の調査が首尾よくいった場合でも、記念品や戦利品を持ち帰ったりはしなかった。証拠となる切符も、グラスゴーの共同住宅への道順を書いた紙も、唇がほつれた布の人形も、彼には見つけられなかったはずだ。

ずっとあとになって、ウィリアムが死を目前にしているという事実が避けがたくなってきたころ、彼は再びデザインのことを口にしはじめた。彼が話したいことをなんでも話させるのは、すでに私の務めとなっていた。彼は、私が最後の日々の話題にしたくないようなことばかり考えていたが、私はあえて話を聞いてやった。廃棄された骨の下描きのこと。警察がどうやって彼の研究を知り、彼を見つけたかということ。どうがんばっても見つからなかったあの少女のこと。デザインについての詳細な理論と、驚くべき洞察。そして何よりつらい話題は、彼自身の死のことだった。

　いよいよ最期というとき、ほとんど動くこともできず、ろくに目も見えない状態で、ウィリアムは私にこうささやいた。「ぼくの体をグラスゴーに提供してくれ。いいだろう、ジェラルド？　きみにはわからないだろうけど」そしてせがむような口調になった。「ああ、だけど、ああ、そうしてくれ、頼む、頼むよ」

　ウィリアムは確信というものを意図的に避け、何かの一部になることを拒んできた人間だったが、それでいて確信を熱望しているのは私にもわかっていた。それでもなお、そんな言葉を聞くのはとてもつらかった。

　ベッドであえぐウィリアムに片手を伸ばすと、彼はそれをしっかりつかんだ。私は小声でささやきながら、もう片方の手で彼の手を包み、しっかりと握った。彼の手が握り返してきた。

　やわらかく握りはしたものの、力をゆるめたりもしなかった。彼の指を私の指に押しつけると、ウィリアムは目をあけた。私の老いた薄い皮膚の下にある骨を感じられるよう、彼の指を押さえた。私は何も言わず、彼も黙っていた。それきりウィリアムは二度としゃべらなかった。私の顔をながめ、その目が驚き以外の何かの力で大きく見ひらいた。そのさまに、私は目をつむらずにはいられなかった。

　ウィリアムの遺体は、本人が望んだとおり、医学部にいる私たちの後輩のもとに届けられた。

　彼が最後に与えた教育課題からは、普通と違うことは何も見つからなかった。ウィリアムが教育現場に貢献し、遺体が戻ってきたのは、二、三年たってからのことだ。現在は、ダウンズの近くに手配できた美しい墓地に埋葬されている。

私はひとりキッチンに座った。私たちに見えている場所のほんの少し下に、美しく優雅に作り上げられた秘密が存在する世界に。私はパジャマ姿で、あの骨たちに囲まれてお茶を飲んだ。そして、そこにいないウィリアムに、きみが傍観者でしかなかったことを残念に思う、と語りかけた。きみと秘密を共有し、きみの擁護者になれた幼い友人を、きみが見つけられなかったことは残念だ。発見されて解放されたデザインのすべてを、きみ以外の人間が見ているということを、きみに知らせてやれないのが残念だ。

私自身の死が近づいていることは悲しいが、誰かを失って寂しいと思いつづけることには疲れてしまった。秘密に疲れてしまった。

例の博物館でもほかの場所でも、この骸骨が見られることは二度とない。ウィリアムが私以外に信頼した唯一の人間である彼が、口を開くことは決してない。だが、これを書くことが私の大いに救いとなるとしても、この物語は私の手で終わりにするつもりだ。

すべての手配は整えてある。友人たちが私の葬儀に来てくれると思うと、胸を打たれる。わざわざ来なくてもいいと言うつもりだが、彼らはきっと来てくれるし、葬儀は彼らのためでもある。

死者との約束を破るのは楽しいことではないが、私の葬儀と遺体に関しては、ウィリアムの死後に指示の変更を行ったことを、急ぎ記しておこう。グラスゴー大学医学部は、当初約束していた遺体のかわりに、彼らが期待する以上の金銭的遺贈を受け取ることになる。私の墓の区画はずいぶん前にウィリアムと同じ墓地に買ってあるが、それは使わない。かわりに、私の遺灰をウィリアムの墓に撒いてもらいたい。

私たちの上を、ウィリアムと私の上を、毛皮の下にデザインをまとったネズミが走っていくかもしれない。自分の理論が部分的にでも正しいという確信を得られたら、ウィリアムはどんなに喜ぶことだろう！　海底の最も暗い場所で、巨大な魚やクジラの骨に絵が描かれているとしたら。デザインを天へと運ぶ鳥たちが、この空を埋めているのだとしたら。

私の最期の頼みを聞いてくれる人々に注意しておこうと思うが、火葬のあとの灰は、暖炉や煙草の灰よりもずっときめが粗い。私のウィリアムが眠る場所を覆っている草地に、骨の塵がきちんと撒かれたかを心配する必要はない。海岸からの風が吹けば、私は消えてなくなるだろう。一度でも雨が降れば、きっと私はウィリアムのいる場所へと沈み、やがて見えなくなってしまうだろう。

訳者あとがき

日暮雅通

本書は『ジェイクをさがして』に続く、チャイナ・ミエヴィルの二冊目の短篇集である。二〇〇五年に刊行された『ジェイクをさがして』には、処女長篇『キング・ラット』の出た一九九八年から二〇〇四年までに発表した作品に書き下ろしを加えた十四作が収められていた。今回はその後に発表した短篇が集められ、作品数は二十八。単純に考えれば、期間が二倍なので作品数も二倍、ということになるが、今回は約半数の十三作が、本書で初めて発表された作品である。

ミエヴィルは『ジェイクをさがして』のあと、二〇〇七年にヤングアダルト向けの『アンランダン』、二〇〇九年に『都市と都市』、二〇一〇年に『クラーケン』、二〇一一年に『言語都市』と長篇を発表してきたが、二〇一二年にヤングアダルト向けの *Railsea* を出して以来、沈黙していた。そして、長篇の発表がないまま三年たった二〇一五年に出たのが、この短篇集だった。

筆者は『ジェイクをさがして』の訳者あとがきで、ミエヴィルは短篇をあまり書かない作家のようだと書いた。確かにその後短篇の執筆量が増えたようには思えないのだが、そのバラエティの豊富さ、「奇想」のインパクトには圧倒される。「ウィアード」なテイストの短篇が多いとはいえ、ファンタジイ、SF、ホラーなどすべてのジャンルにわたっているのが、わかるだろう。もちろん、そのほかにもコミックスの原作を月刊ペースで執筆したりしている。

二〇一五年七月にアーシュラ・K・ル・グィンが本書の書評を《ザ・ガーディアン》に寄せているが、そのときの記事のリードは、「ゾンビの殺し合いから、人の落ち着きを失わせるような環境破壊の寓話まで、まぶしいほどの才能を見せつける短篇のショウケース」だった。さらに、その書評でル・グィンは、「(ミエヴィルの)まばゆいばかりのウィット、生き生きとしたユーモア、そして活力のあるイマジネーションは、驚くばかりである」と称賛している。

二十八作についてひとつずつ解題をする紙幅はないが、書誌的な情報は必要かと思うので、既出作品の情報を書いておきたい。記載のない作品の初出は本書である。

「**爆発の三つの欠片《かけら》**」"Three Moments of an Explosion" ミエヴィル本人のサイトに発表(二〇一二年九月)。

「**ポリニア**」"Polynia" 出版社TORのサイト(二〇一四年六月)。

「**〈新死《ニュー・デス》〉の条件**」"The Condition of New Death" 二〇一四年三月にリヴァプールで開催されたFoundation for Art and Creative Technology の展示で配布。

「**クローラー《這う者》**」"The Crawl" ミエヴィルのサイト(二〇一四年六月)。

「九番目のテクニック」"The 9th Technique" *The Apology Chapbook*（二〇一三年十月、自費出版）。

「〈ザ・ロープ〉こそが世界」"The Rope is the World" Icon Magazine（二〇〇九年十二月）。

「ノスリの卵」"The Buzzard's Egg" *Granta* 二〇一五年四月号（邦訳『ＧＲＡＮＴＡ　ＪＡＰＡＮ with早稲田文学 03』、二〇一六年、日暮雅通訳、早川書房）。

「ゼッケン」"Säcken" Subtropics Issue 17 Winter/Spring 2014。

「シラバス」"Syllabus" 二〇一四年三月、Foundation for Art and Creative Technology の展示で配布。

「ルール」"Rules" 二〇一四年三月、Foundation for Art and Creative Technology の展示で配布。

「団地」"Estate" The White Review（二〇一三年七月）。

「切断主義第二宣言」"A Second Slice Manifesto" 二〇一四年三月、Foundation for Art and Creative Technology の展示で配布。

「コヴハイズ」"Covehithe" The Guardian (online) 二〇一一年四月（邦訳『ＳＦマガジン』二〇一三年四月号、日暮雅通訳、早川書房）。英国ＳＦ協会賞の二〇一一年短篇部門にノミネート。

「最後の瞬間のオルフェウス　四種」"Four Final Orpheuses" ミエヴィルのサイト（二〇一一年四月）。

「デザイン」"The Design" McSweeney's Quarterly Concern Issue 45（二〇一三年十二月）。

なお、ミエヴィルは本書のあとに *This Census-Taker*（二〇一六年一月）と *The Last Days of New Paris*（二〇一六年八月）という二冊のノヴェラを刊行している。前者は少年の記憶とアイデンティティに関わるカフカ的世界、後者はシュールレアリスムをテーマにした歴史改変ＳＦだ。また、同二

○一六年には *The Worst Breakfast* という絵本の原作を書いたほか、二〇一七年にはなんと、ロシア革命に関するノンフィクション書 *October: The Story of the Russian Revolution* が予定されている。長篇小説はいつになるのか……。

二〇一六年十一月

A HAYAKAWA SCIENCE FICTION SERIES No. 5030

日《ひ》 暮《ぐらし》 雅《まさ》 通《みち》

1954 年生，青山学院大学理工学部卒
英米文芸・ノンフィクション翻訳家
訳書『都市と都市』チャイナ・ミエヴィル（早川書房刊）他多数

嶋《しま》 田《だ》 洋《よう》 一《いち》

1956 年生，静岡大学人文学部卒
英米文学翻訳家
訳書『真紅の戦場』ジェイ・アラン（早川書房刊）他多数

市《いち》 田《だ》 泉《いづみ》

1966 年生，お茶の水女子大学文教育学部卒
英米文学翻訳家
訳書『ボーンシェイカー　ぜんまい仕掛けの都市』
シェリー・プリースト（早川書房刊）他多数

この本の型は，縦 18.4 センチ，横 10.6 センチのポケット・ブック判です.

〔爆発《ばくはつ》の三《みつ》つの欠片《かけら》〕

2016年12月10日印刷　　2016年12月15日発行

著者	チャイナ・ミエヴィル
訳者	日暮雅通・他
発行者	早川浩
印刷所	信毎書籍印刷株式会社
表紙印刷	株式会社文化カラー印刷
製本所	株式会社川島製本所

発行所 株式会社 **早川書房**

東京都千代田区神田多町 2－2
電話 03-3252-3111（大代表）
振替 00160-3-47799
http://www.hayakawa-online.co.jp

（乱丁・落丁本は小社制作部宛お送り下さい
送料小社負担にてお取りかえいたします）

ISBN978-4-15-335030-4 C0297
Printed and bound in Japan